La mémoire de la neige

Arrangement sous tension

CINDI MYERS

La mémoire de la neige

Traduction française de
B. DUFY

BLACK ROSE

HARLEQUIN

Collection : BLACK ROSE

Titre original :
SNOWBOUND SUSPICION

HARPERCOLLINS FRANCE
83-85, boulevard Vincent-Auriol, 75646 PARIS CEDEX 13
Service Lectrices — Tél. : 01 45 82 47 47

www.harlequin.fr

ISBN 978-2-2804-3667-0 — ISSN 1950-2753

1

« De nouvelles chutes de neige sont attendues d'ici ce soir sur la majeure partie du Colorado, avec des températures maximales comprises entre moins deux et plus deux degrés. Il pourra tomber dans certaines régions une trentaine de centimètres de neige, qui viendront s'ajouter aux quantités records déjà enregistrées la semaine dernière, et le risque d'avalanche reste élevé. »

Bette Fuller éteignit la radio et serra plus fort le volant de sa Ford Focus. Les flocons qui tourbillonnaient dans ses phares lui donnaient l'impression d'être dans une énorme boule à neige. Elle les aurait trouvés jolis s'ils n'avaient rendu la chaussée glissante, et considérablement réduit la visibilité sur une route de montagne en partie dépourvue de glissières de sécurité et bordée de profonds ravins…

Un accident sur cette même route – la nationale qui reliait Grand Junction à Eagle Mountain – lui avait fait perdre près de deux heures, et ensuite, quand elle était passée devant l'agent de la police routière chargé de rétablir la circulation, elle n'avait pu réprimer un frisson.

Cela lui avait rappelé si nécessaire qu'elle n'aimait pas les policiers. C'était pourtant dans une maison qui en était pleine qu'elle allait séjourner pendant deux semaines et demie… Si Lacy Milligan n'était pas sa meilleure amie, Bette aurait fait demi-tour et regagné directement Denver. Mais ce n'était pas tous les jours que sa meilleure amie se mariait, et Lacy, en lui confiant toute la partie restauration de cet événement, lui rendait un immense service.

Car Lacy, que cela lui plaise ou non, était quelqu'un de connu au Colorado, et la presse couvrirait sûrement son mariage avec le shérif Travis Walker. Les journalistes ne manqueraient pas de rappeler l'historique de leur relation : Travis avait envoyé Lacy en prison pour un meurtre qu'elle n'avait pas commis, il l'en avait sortie après avoir reconnu son innocence, et maintenant, il l'épousait… C'était le genre d'histoire que les médias adoraient !

Cette commande pouvait donc être pour Bette ce qui permettrait à sa carrière de restauratrice free-lance de décoller. La conduite par temps de neige et la fréquentation de nombreux policiers que cela impliquait la rendaient nerveuse, mais elle avait déjà affronté des situations plus difficiles. Les mauvais choix qu'elle avait faits par le passé l'avaient aguerrie : elle réussirait sa reconversion !

Une demi-heure plus tard, une pancarte lui indiquait l'entrée du ranch Walker. Elle longea une allée déneigée, mais bordée de congères hautes d'un mètre cinquante, qui menait à un espace aménagé pour les voitures, non loin d'une grande maison en bois et pierre. Elle se gara, coupa le moteur et poussa un soupir de soulagement : elle était arrivée sans encombre. Avec un peu de chance, les deux semaines et demie à venir ne lui réservaient rien de pire que ce trajet entre Denver et Eagle Mountain.

Après avoir mis pied à terre, Bette s'étira : l'immobilité et la tension avaient raidi les muscles de son dos. Elle admira en même temps le ranch du fiancé de Lacy – ou, plutôt, celui de ses futurs beaux-parents : il semblait appartenir au décor d'un western.

La porte d'entrée s'ouvrit soudain, et un homme de haute taille sortit sur la terrasse. Il portait un stetson et un de ces longs manteaux munis d'une cape en travers des épaules…

Comment ce vêtement s'appelait-il, déjà ?

Ah oui, un cache-poussière…

L'homme descendit rapidement les marches de l'escalier extérieur et se dirigea vers le parking. Sa carrure imposante et ses longues enjambées firent battre douloureusement vite le cœur de Bette. Il avait beau porter une tenue de cow-boy, sa démarche et son maintien assurés trahissaient son appartenance aux forces de l'ordre. Bette avait été en contact avec suffisamment de policiers pendant les quelques années précédentes pour être capable de les repérer au premier coup d'œil.

— Vous devez être Bette Fuller…, dit celui-ci en s'arrêtant devant elle.

Il lui tendit ensuite une main si grande que la sienne y fut comme engloutie quand elle la serra. La nervosité continuait de faire battre son cœur à grands coups dans sa poitrine, mais ce fut une émotion différente qui l'envahit lorsqu'elle croisa le regard bleu-gris de l'inconnu : un trouble sensuel.

Elle jura intérieurement. Ce n'était vraiment pas le moment pour sa libido de lui rappeler qu'elle n'avait pas vu un bel homme d'aussi près depuis très longtemps !

— Je me présente : Cody Rankin, déclara-t-il. C'était Travis qui devait vous accueillir, mais il n'a pas pu vous attendre… Sa sœur Emily est quelque part dans les environs, mais je ne sais pas où, et Lacy est en ville. Dans l'immédiat, vous allez donc devoir vous contenter de moi.

Génial ! pensa Bette. Cody Rankin était très séduisant, mais elle n'avait aucune envie de passer du temps seule avec lui.

— Vous êtes un des amis policiers de Travis ? demanda-t-elle.

— Oui. J'appartiens au service des marshals, mais

je suis en congé en ce moment… Vous voulez que je vous aide à porter vos bagages ? J'ignore cependant où les Walker ont décidé de vous installer.

— Je préfère laisser mes valises dans la voiture en attendant de le savoir, mais j'ai apporté en plus une glacière dont le contenu doit être mis rapidement au frais.

Avant de quitter Denver, en effet, Bette avait fait des provisions de fondant, de chocolat à cuire belge, de blanc d'œuf en poudre et autres ingrédients qu'elle n'était pas sûre de trouver dans une petite ville de montagne comme Eagle Mountain.

— Je vais la prendre, dit le policier.

Quand Bette eut ouvert son coffre, il souleva la lourde glacière aussi facilement que s'il s'agissait d'un paquet de rouleaux d'essuie-tout.

— D'où connaissez-vous Lacy ? déclara-t-il pendant qu'ils se dirigeaient vers la maison.

Elle marchait heureusement derrière lui, si bien qu'il ne la vit pas tressaillir. Elle s'y attendait pourtant : c'était le genre de question que les gens posaient aux mariages. Mais elle n'avait pas encore pris la peine de réfléchir à une réponse moins… surprenante que : « Nous avons partagé une cellule de prison. »

C'était la vérité, mais tout le monde n'avait pas besoin de la connaître.

— Nous sommes de vieilles amies, se contenta de dire Bette.

Le marshal la conduisit dans une cuisine moderne et lumineuse, avec plans de travail en granit noir, îlot central en marbre et appareils rutilants dans lesquels se reflétaient de beaux placards en merisier. Il posa la glacière devant un gros réfrigérateur à deux portes, et il s'apprêtait à l'ouvrir quand Bette s'écria :

— Laissez ! Je préfère m'en occuper moi-même !

Elle pensait qu'il allait maintenant quitter la pièce,

mais au lieu de ça, il s'adossa à l'îlot central et ôta son cache-poussière. Il portait dessous une chemise beige et un jean étroit qui faisaient ressortir son physique athlétique. Des boots marron un peu fatiguées complétaient sa tenue, et la crosse d'un pistolet dépassait de l'étui fixé à sa ceinture. Les yeux de Bette se fixèrent dessus, et le policier s'en aperçut, car il observa :

— Je n'en ai sans doute pas besoin ici, mais les habitudes ont la vie dure… Sans mon arme de service, je me sens nu.

Ces mots projetèrent dans l'esprit de Bette une image qui la fit rougir, et elle se détourna en espérant que son interlocuteur n'avait pas remarqué cette réaction.

— Vous avez fait bonne route ? demanda-t-il.

— Oui.

— Vous avez eu de la chance de pouvoir arriver jusqu'ici : la nationale est souvent coupée, en ce moment. Elle n'est même rouverte que depuis ce matin.

— Je sais. Je suis quand même restée bloquée pendant presque deux heures par un accident, ce qui explique mon retard… Vous séjournez ici en prévision du mariage de Travis ?

— Oui, je serai un de ses témoins. J'ai pris des vacances pour venir ici en avance. Je pensais qu'on aurait le temps de pêcher et de chasser ensemble, Travis et moi, mais à cause de cette affaire de tueur en série, il n'a pas une minute à lui.

— Un tueur en série sévit à Eagle Mountain ?

— Oui. Vous ne le saviez pas ? Les médias en ont beaucoup parlé.

— Je ne suis pas l'actualité de très près.

— Trois jeunes femmes ont été assassinées au cours de ces quinze derniers jours, dont une sur les terres de ce ranch… Si vous devez vous déplacer seule, soyez prudente !

— Je m'en souviendrai.

— Je suis surpris que Lacy ne vous ait pas parlé de cette histoire, mais c'était peut-être pour ne pas risquer de vous effrayer et de vous dissuader de venir.

Piquée au vif, Bette répliqua :

— Il en faudrait plus que ça pour me faire manquer à l'engagement que j'ai pris vis-à-vis d'elle, monsieur Rankin !

— Appelez-moi Cody ! On va beaucoup se voir, jusqu'au mariage, alors autant laisser tomber tout de suite les formalités ! Et maintenant que vous êtes là, la vie au ranch sera bien plus amusante.

— Je ne suis pas là pour m'amuser ! En plus du repas de mariage, je dois m'occuper de toute la partie restauration des diverses réjouissances organisées avant.

— Si vous avez besoin d'un marmiton, je suis votre homme ! Non, sérieusement, avec Travis qui travaille tout le temps, je m'ennuie comme un rat mort. Je ne suis pas habitué à ne rien faire. J'exerce un métier prenant : la poursuite de fugitifs qui déploient des trésors d'énergie pour ne pas être rattrapés demande beaucoup d'efforts et d'énergie.

Bette ne savait que trop bien en quoi consistait la tâche des marshals : jamais elle n'oublierait le moment où l'un d'eux l'avait plaquée au sol, menottée, puis traînée jusqu'à sa voiture…

Combien de temps s'écoulerait-il avant que Cody Rankin soit au courant de son passé ? Il lui suffirait pour cela d'appeler son service, ou juste d'interroger Travis : Lacy devait avoir informé son fiancé de la façon dont elles s'étaient rencontrées. Le shérif avait quand même accepté de l'accueillir chez lui et de la laisser prendre en charge une partie importante de l'organisation de leur mariage… C'était une belle preuve d'amour !

La porte de derrière s'ouvrit. Une bouffée d'air froid

s'engouffra dans la pièce, suivie d'une femme vêtue d'un manteau de laine. Très grande, avec des cheveux blonds et un visage émacié, elle salua le policier d'un signe de tête, puis lança à Bette :

— Qui êtes-vous ?

— Bette Fuller, la restauratrice que Lacy a engagée pour son mariage.

Bette s'avança vers la nouvelle arrivante dans le but de lui serrer la main, mais cette dernière recula d'un pas et indiqua froidement :

— Moi, c'est Rainey Whittington. Je suis la cuisinière des Walker depuis des années, et j'avais dit à Travis qu'il était inutile de faire appel à quelqu'un de l'extérieur, mais quand elles se marient, les jeunes femmes d'aujourd'hui veulent pouvoir se vanter d'offrir un repas « gastronomique » à leurs invités…

Rainey esquissa une moue de dédain avant de poursuivre :

— Débrouillez-vous pour ne pas être dans mes jambes quand je cuisine… Sachez aussi que mon fils me fournit toute l'aide dont j'ai besoin… Doug ! Entre !

Un homme d'une petite trentaine d'années franchit alors la porte. Un bonnet de fourrure à rabats sur la tête, les bras chargés de sacs à provisions, il s'arrêta net en voyant Bette.

— Bonjour…, marmonna-t-il avant de détourner les yeux.

— Je vous présente Doug, mon fils ! dit Rainey. Il a suivi une formation pour devenir cuisinier et projette d'ouvrir un restaurant. En attendant, il m'aide ici, et à nous deux, on aurait très bien pu s'occuper du repas de mariage.

Au moins, les choses étaient claires : elle allait être traitée en ennemie ! songea Bette.

— Je ferai en sorte de ne pas vous gêner, déclara-t-elle. Maintenant, j'ai des produits à mettre au frais…

— Pas ici ! Servez-vous du réfrigérateur du garage… Doug, accompagne-la !

Mais l'interpellé n'était plus là : il avait posé les sacs et disparu. Cody remit alors son cache-poussière, alla prendre la glacière et indiqua à Bette :

— Le garage communique avec la cuisine par la porte du fond… Venez, je vous y conduis !

Avant de quitter la pièce, il se tourna vers Rainey et ajouta :

— L'omelette que vous m'avez servie ce matin au petit déjeuner était délicieuse !

Bette le suivit ensuite jusqu'au réfrigérateur du garage. C'était un modèle plus ancien que celui de la cuisine, et il contenait essentiellement des bouteilles de bière. Tout en y rangeant ses précieuses denrées, elle observa :

— Partager une cuisine avec Rainey va être une vraie partie de plaisir !

— Ignorez-la ! Vous êtes ici à la demande de Lacy et de Travis. C'est tout ce qui compte.

— Ne vous inquiétez pas pour moi : je ne me laisserai pas intimider. J'ai connu pire.

Comparée à certaines gardiennes de la prison pour femmes de Denver, en effet, Rainey était une tendre.

— M. et Mme Walker sont là ? s'enquit Bette. J'aimerais savoir où je logerai.

— Ils ont profité de la réouverture de la nationale pour se rendre à Grand Junction, mais Rainey sait peut-être où ils vous ont installée.

— Je ne compte pas aller lui poser la question ! Si ça ne tenait qu'à elle, je dormirais dans l'écurie ! Non, je vais attendre Lacy.

Bette se pencha pour prendre la glacière, mais Cody

la devança, et elle ne protesta pas. Ce n'était pas un geste galant qui apaiserait sa méfiance envers les policiers.

Au lieu de retourner dans la cuisine, Cody sortit du garage par la porte donnant sur l'extérieur, contourna la maison et gravit l'escalier.

— Je peux laisser la glacière sur la terrasse ? demanda-t-il.

— Oui.

Alors que Bette s'apprêtait à ouvrir la porte, un bruit de moteur la fit se retourner. Une jeep rouge déboucha à vive allure de l'allée qui menait à la maison et s'arrêta sur le parking dans un grand crissement de pneus. Deux secondes plus tard, Lacy Milligan en bondissait, quelques mèches de ses cheveux noirs et courts dépassant d'un bonnet rose orné d'un gros pompon, son corps mince enveloppé dans une doudoune blanche assez longue pour atteindre le haut de ses bottes fourrées.

— Tu es là ! s'écria-t-elle avant de courir rejoindre Bette et de la serrer dans ses bras. Comment vas-tu ? Le trajet depuis Denver n'a pas été trop pénible ?

Elle lâcha Bette, recula d'un pas et enchaîna :

— Je suis tellement contente que tu sois là ! Tu es superbe !

— Tu n'es pas mal non plus, dit Bette avec un grand sourire.

Le seul fait de revoir son amie la rendait heureuse.

— Aucun membre de la famille Walker n'étant disponible, intervint le marshal, c'est moi qui ai pris Bette en charge à son arrivée.

— Merci, Cody ! déclara Lacy.

Puis elle s'adressa de nouveau à Bette :

— Désolée de ne pas avoir été là pour t'accueillir, mais avec la date du mariage qui se rapproche, je ne sais plus où donner de la tête. Et Travis a trop de travail en ce moment pour m'aider… Quand tout sera terminé, j'aurai besoin d'au moins trois semaines de vacances !

Elle prit Bette par le bras et l'entraîna dans la maison. Resté sur la terrasse, Cody annonça :

— Je vais faire un tour à l'écurie. Si je peux être utile à quelque chose, n'hésitez pas à m'appeler !

Mais Lacy ne dut pas l'entendre : elle parlait maintenant du mauvais temps, qui compliquait les préparatifs de son mariage. Bette se retourna, suivit un instant des yeux Cody, qui s'éloignait, et son amie lui donna un petit coup de coude complice.

— Tu t'es déjà débrouillée pour faire ami ami avec le célibataire le plus sexy du coin, à ce que je vois ! Et je suis sûre que tu l'as subjugué… Heureusement que tu n'étais pas là quand Travis m'a sortie de prison : il ne m'aurait même pas regardée !

— Les petits jeux de la séduction ne m'intéressent pas. C'est à cause d'un homme que je me suis retrouvée derrière les barreaux, tu te rappelles ?

— Oui… Et à ce propos, tu as des nouvelles d'Eddie ?

— Aucune, répondit Bette, et j'espère ne jamais en avoir.

Sa liaison avec Eddie Rialto avait été la pire erreur de toute sa vie.

— J'ai définitivement renoncé aux hommes, ajouta-t-elle.

— Ils ne sont pas tous mauvais ! Il faut juste rencontrer le bon.

— Comme tu es amoureuse, tu penses que tout le monde devrait l'être… Je comprends ça, mais je suis là pour travailler – et aussi pour passer du temps avec toi, bien sûr ! Ce sera largement suffisant pour m'occuper.

Lacy prit les deux mains de Bette dans les siennes et, le visage soudain grave, lui demanda à voix basse :

— Tu as fait la connaissance de Rainey ?

— Oui. Elle m'a l'air décidée à défendre son territoire !

— Désolée, j'aurais dû te prévenir… Elle n'est pas commode, mais les Walker l'emploient depuis des années, et j'essaie d'avoir de bonnes relations avec elle. Ça ne m'a pas empêchée d'insister pour t'engager, alors qu'elle voulait se charger du repas de mariage, et par chance, Travis m'a soutenue.

Bette pressa affectueusement les mains de son amie avant de les lâcher et de déclarer :

— Je te suis très reconnaissante de me donner cette chance, mais j'ai une question à te poser : combien de personnes, ici, savent que nous nous sommes connues en prison ?

— Travis est au courant, naturellement… Ses parents aussi : j'ai été obligée de le leur dire. Et son frère Gage doit l'être, parce qu'ils n'ont pas de secrets l'un pour l'autre… Mais ça n'a pas d'importance : maintenant que tu as purgé ta peine, tu prends un nouveau départ, et ils admirent comme moi ton courage. Comment pourraient-ils te critiquer, d'ailleurs, alors qu'ils s'apprêtent à accueillir dans leur famille une femme qui a fait de la prison, elle aussi ?

— Oui, mais toi, tu étais innocente, et Travis l'a prouvé ! Moi, j'ai vraiment été complice d'un hold-up.

— C'était une erreur de jeunesse. Tu n'as rien d'une criminelle endurcie.

— Je suis heureuse que Travis et ses parents aient été aussi compréhensifs. Ce ne serait pas forcément le cas de tout le monde.

En disant cela, Bette jeta un coup d'œil vers la porte, et Lacy comprit pourquoi, car elle observa :

— C'est à Cody que tu penses ? Rassure-toi : je suis sûre qu'il n'est pas au courant. Rainey non plus, naturellement… Tu as rencontré Doug ?

— Brièvement. Il est entré dans la cuisine pendant

que je parlais avec sa mère, et il en est ressorti presque aussitôt.

— Il a un casier judiciaire. Il est censé être rentré dans le droit chemin, mais franchement, il me met mal à l'aise… Sa mère ne supporte cependant pas qu'on le critique, alors à ta place, je n'aurais que du bien à dire de son fils chéri : tu auras ainsi une chance de l'amadouer.

— Ou au moins d'éviter qu'elle me coupe en morceaux et me serve en ragoût au dîner !

Les deux jeunes femmes éclatèrent de rire, puis Lacy passa un bras autour de la taille de Bette.

— Tu vas loger dans un des chalets réservés aux invités. Ils sont très jolis, et tu seras tranquille, là-bas. Je vais t'y emmener. Ensuite, on prendra le temps de s'asseoir, et tu me raconteras tout ce que tu as fait depuis la dernière fois où on s'est vues.

2

Cody se pencha pour flatter l'encolure de son cheval préféré, et il sourit quand les naseaux de l'animal s'approchèrent de la poche de son manteau.

— Désolé, je ne t'ai pas apporté de friandise, aujourd'hui.

Le cheval se détourna pour attraper du fourrage dans le râtelier fixé au mur, et Cody alla s'asseoir sur l'appui de la fenêtre située en face du box.

Un mélange d'odeurs de plantes et de mélasse emplissait le bâtiment, et il le respira en s'efforçant de mettre de l'ordre dans ses pensées. Il passait beaucoup de temps dans cette écurie depuis son arrivée chez les Walker. C'était un endroit propice à la réflexion.

Cody était cependant suffisamment honnête pour admettre qu'il y *ruminait* plus qu'il n'y réfléchissait. Il aurait voulu être en train de poursuivre des criminels en fuite pour les mettre hors d'état de nuire, mais ses supérieurs en avaient décidé autrement. Une malheureuse erreur de jugement, et ils l'avaient obligé à prendre des vacances, comme si cela pouvait lui permettre d'oublier ce qui s'était passé !

C'était tout le contraire : il avait besoin de retourner sur le terrain, de prouver à lui-même et aux autres qu'il était toujours capable de bien faire son travail.

Ces congés forcés ne l'avaient pas trop contrarié, au début. Il s'était dit que ce serait l'occasion de partager des moments agréables avec Travis avant le mariage : ils iraient pêcher sous la glace, chasser l'élan, se promener à pied ou à cheval…

Mais ce dernier occupait l'essentiel de son temps à rechercher un tueur en série, et Cody ne pouvait pas l'aider. Son ami l'avait certes pris en pitié et autorisé à assister à quelques briefings, mais Cody n'avait aucune expérience en matière d'enquête criminelle. Son métier de marshal consistait à retrouver les suspects *après* qu'ils avaient été identifiés.

L'arrivée de Bette Fuller constituait une heureuse diversion à son ennui – et une bonne surprise : quand Travis lui avait parlé d'une restauratrice, sans trop savoir pourquoi, Cody s'était représenté une sorte de matrone. Au lieu de ça, il avait vu descendre de voiture une jeune femme blonde et pulpeuse, dotée de magnifiques yeux bleus et d'une bouche sensuelle.

Grâce à elle, la vie au ranch allait devenir beaucoup plus intéressante. Son premier contact avec lui avait cependant singulièrement manqué de chaleur…

Pourquoi ? Était-ce des policiers en particulier qu'elle se méfiait, ou des hommes en général ?

Mais quelle importance ? Cody aimait les défis. Bette et lui avaient plus de deux semaines pour apprendre à se connaître et, s'ils sympathisaient, comme ils habitaient tous les deux Denver, ils pourraient ensuite continuer de se voir.

Cody se leva et se dirigea vers la porte. Lacy avait maintenant eu le temps d'échanger des nouvelles avec son amie, et il voulait lui demander si elle savait où en était l'enquête de Travis.

Alors qu'il sortait de l'écurie, une odeur de cigarette lui parvint. Il la suivit, et elle le mena à l'arrière du bâtiment, dans l'angle protégé du vent qu'il formait avec la sellerie. Doug Whittington s'y trouvait, en train de fumer. L'apparition de Cody lui arracha un violent sursaut, et il esquissa un geste pour cacher sa cigarette.

— Trop tard ! lui lança Cody. Peu m'importe que vous fumiez, de toute façon… Faites juste attention à ne pas mettre le feu à l'écurie !

— Ne le dites pas à ma mère !

Cet homme d'une trentaine d'années fumait donc en cachette de sa maman ! songea Cody, amusé.

Doug avait des cheveux châtains coupés très court, un visage carré constellé de taches de rousseur et un nez un peu de travers. Cody ne l'avait jamais vu sourire, et il ne devait pas avoir échangé plus de dix phrases avec lui depuis son arrivée.

Après avoir tiré une grande bouffée de sa cigarette, Doug la jeta par terre et l'écrasa sous le talon de sa chaussure.

— Qui c'est, la fille qui était tout à l'heure avec vous dans la cuisine ? demanda-t-il.

Posait-il cette question parce que la nouvelle venue lui avait tapé dans l'œil ? Dans l'affirmative, il se préparait quelques désillusions, car si l'intéressée avait un type d'homme, il ne devait pas y correspondre.

— Elle s'appelle Bette, répondit Cody, et c'est la restauratrice qui s'occupera du repas de mariage.

— Oui, mais d'où elle sort ? Qui a décidé de l'engager ?

— Elle est originaire de Denver, et c'est une amie de Lacy.

— Vous la connaissiez déjà ?

— Non. Pourquoi cette question ?

— J'ai trouvé que vous aviez l'air de bien vous entendre, tous les deux.

Cette remarque fit sourire Cody : Doug n'était pas très observateur !

— Vous avez peur que Bette prenne la place de votre mère ? À mon avis, ce n'est pas du tout son intention !

— Elle va rester ici combien de temps ?

— De toute façon jusqu'au mariage, et donc au moins deux semaines et demie.

— Bon, il faut que j'y aille…

Sur ces mots, Doug s'éloigna d'un pas traînant dans la direction opposée à celle du ranch. Il était un peu bizarre, mais il fallait de tout pour faire un monde, pensa Cody avant de se diriger, lui, vers la maison.

Il y trouva les deux jeunes femmes assises devant la cheminée du séjour – une immense pièce aux murs décorés de trophées de chasse.

— Cody ! s'écria Lacy avec sa vivacité habituelle. On se demandait si on te reverrait un jour !

— Je me suis éclipsé pour vous permettre de parler un peu entre vous, répondit-il en s'asseyant dans un fauteuil.

— C'est très gentil de ta part ! Tu ne t'es pas trop ennuyé, aujourd'hui ?

— Ça a été… Comment va Travis ? Tu sais si son enquête avance ?

— J'ai pu passer quelques minutes avec lui dans son bureau cet après-midi – juste le temps pour lui de me promettre d'essayer de rentrer à temps pour dîner.

— Je crains que tu n'aies là un avant-goût de la vie d'une épouse de policier…

— Je ne suis pas inquiète : j'aime Travis pour ce qu'il fait autant que pour ce qu'il est. S'il ne prenait pas le temps qu'il juge nécessaire pour bien remplir sa mission au service du droit et de la justice, je serais encore en prison.

Jamais Cody n'aurait cru que son ami se marierait un jour avec une femme qu'il avait arrêtée pour meurtre. Trois ans après la condamnation de Lacy, Travis avait découvert des preuves de son innocence, et il avait remué ciel et terre pour que cette innocence soit officiellement reconnue. Après la libération de Lacy, il lui avait demandé de l'aider à retrouver le vrai coupable…

C'était l'histoire d'amour la plus improbable dont Cody ait jamais eu connaissance !

— Pourquoi tu ne m'as pas dit qu'il y avait un tueur en série à Eagle Mountain, Lacy ? questionna Bette.

— C'est égoïste, je sais, mais je ne voulais pas risquer que ça te dissuade de venir. Et tu n'as aucune raison d'avoir peur : avec deux policiers – Travis et Cody – qui résident au ranch, et Gage qui est souvent là lui aussi, tu es ici en parfaite sécurité.

— Je n'ai pas peur, même si Cody m'a appris qu'une des victimes avait été tuée sur les terres des Walker.

— C'est vrai, mais ça ne veut pas dire que le meurtrier rôde encore dans les parages. Emily, ma future belle-sœur, avait organisé une chasse au trésor. Les participants étaient éparpillés sur des centaines de mètres à la ronde, si bien que le tueur a pu arriver de l'extérieur sans être vu de personne. Évite de sortir seule, et tout ira bien.

— Je me ferai un plaisir de vous servir de garde du corps en cas de besoin, Bette ! intervint Cody.

Un regard glacial lui signifia que sa proposition était refusée.

Rainey entra alors dans le séjour, un grand plateau en argent à la main. Cody se leva pour l'aider, mais elle lui fit signe de se rasseoir et posa le plateau sur la table basse.

— J'ai pensé que quelques amuse-gueules vous aideraient à patienter jusqu'à l'heure du dîner, déclara-t-elle.

— Ça a l'air délicieux ! s'écria Lacy en se penchant pour prendre un feuilleté au fromage.

Ce compliment laissa la cuisinière de marbre.

— Vous savez où est Doug ? demanda-t-elle. J'ai besoin de lui pour préparer le dîner, et il a disparu.

— Je l'ai vu il y a une dizaine de minutes derrière l'écurie, indiqua Cody.

— Il devait être en train de fumer une cigarette, comme toujours quand il est nerveux…

Cody enfourna une tranche de saucisson pour n'avoir ni à mentir, ni à trahir la confiance de Doug.

— Vous voulez que je vous donne un coup de main, Rainey ? dit Bette. Je me contenterai de suivre vos instructions, bien sûr…

— Non ! Je me débrouillerai toute seule, comme je l'ai fait pendant des années ! Je suis sûre, en plus, que c'est à cause de vous que mon fils a disparu : vous l'avez stressé.

— « Stressé », alors que je n'ai même pas eu le temps de lui adresser la parole ?

Rainey ne répondit pas. Elle pivota sur ses talons et quitta la pièce à grands pas.

— Elle n'a pas le droit d'être aussi désagréable avec toi, Bette ! s'exclama Lacy. Tu veux que je demande aux Walker de lui parler ?

— Non, ça ne servirait qu'à la monter encore plus contre moi… Je vais aller me doucher et me changer dans mon chalet, maintenant… Je dis « mon » chalet parce que je m'y sens déjà comme chez moi !

— Je vous accompagne, déclara Cody. Je loge dans un des chalets réservés aux invités, moi aussi, et un brin de toilette avant le dîner ne me fera pas de mal.

— Merci, mais je n'ai pas besoin d'escorte.

— Allez, laisse-le t'accompagner ! s'écria Lacy. Tu ne risques sûrement rien, mais en attendant que Travis ait arrêté ce meurtrier, mieux vaut être trop prudent que pas assez.

Bette jeta un regard noir à son amie, mais elle cessa de protester. Elle se leva, enfila son manteau et sortit de la maison – sans attendre Cody, mais sans essayer non plus de le semer.

Il la suivit, plus amusé que froissé. Il soupçonnait

Lacy de vouloir jouer les entremetteuses. À en juger par l'attitude résolument hostile de Bette envers lui, cette manœuvre ne risquait pas de marcher, mais tant que le tueur en série ne serait pas appréhendé, les femmes avaient intérêt à être vigilantes.

Les Walker avaient fait construire pour leurs invités quatre chalets, qui s'alignaient au bord d'un ruisseau, un peu au-delà de l'écurie. Bette avait dû être installée dans le premier chalet de la rangée, voisin de celui de Cody. S'ils étaient identiques, elle allait disposer d'une grande chambre, d'une salle de bains attenante et d'une petite terrasse couverte équipée d'un fauteuil et d'une table.

Quelqu'un – un employé du ranch, sans doute – avait déneigé le chemin dallé qui menait au ruisseau. La nuit commençait de tomber, baignant les alentours dans une lumière crépusculaire, mais une lampe brillait au-dessus de la porte du chalet de Bette. La jeune femme s'arrêta au pied de l'escalier extérieur, mais si brusquement que Cody faillit la percuter.

— Qu'y a-t-il ? demanda-t-il.

Puis il suivit son regard et vit, peints sur la porte en lettres rouges, les mots : « Allez-vous-en ! »

Une fois passé le choc de la découverte du message, ce fut de la colère plus que de la peur que Bette éprouva.

— On sait maintenant ce que Doug Whittington faisait pendant que sa mère l'attendait ! dit-elle en s'engageant dans l'escalier.

— Ne touchez pas la porte !

Cody, qui lui avait emboîté le pas, lui saisit la main au moment où elle approchait la clé de la serrure.

— Pourquoi ? protesta-t-elle. À cause des empreintes digitales ? Même si vous en trouvez, à quoi ça vous avancera ? On ne met pas quelqu'un en prison pour un graffiti !

Puis elle dégagea sa main et ouvrit la porte. Cody la suivit à l'intérieur sans y être invité, ce qui ne la surprit pas : il était en mode policier. Mais pour rien.

— Ce n'est pas forcément Doug qui a fait ça, observa-t-il.

— Sauf si vous pouvez me prouver que sa mère a quitté la cuisine et couru jusqu'ici avec un pot de peinture rouge, je suis convaincue que cette inscription est l'œuvre de Doug. Personne d'autre n'a de raison de vouloir que je m'en aille.

Bette inspecta la chambre du regard. Rien n'avait été dérangé. Ses valises, encore fermées, étaient toujours au pied du lit, là où elle les avait posées un peu tôt dans la soirée, et le sol ne portait aucune trace de semelles humides.

— Je vais parler à Doug, annonça Cody.

— Non ! s'écria Bette en refermant une main sur son poignet pour être sûre de retenir toute son attention. L'une des stratégies possibles, face à un comportement hostile, c'est de l'ignorer. Vous me l'avez même conseillé à propos de mes relations avec Rainey, tout à l'heure…

— Oui, mais là, ça va plus loin : il s'agit d'un acte ouvertement malveillant… Si je dis à Doug de cesser de vous persécuter sinon il aura affaire à moi, je pense qu'il arrêtera.

— Vous n'avez pas à me protéger. Je suis parfaitement capable de me défendre toute seule.

Cody fit un pas en avant, ce qui l'amena pratiquement nez à nez avec Bette. Une lueur sombre brillait dans ses yeux bleu-gris, et il respirait fort… Mais elle aussi, partagée comme elle l'était entre l'envie de le gifler et celle de l'attraper par les épaules pour unir leurs lèvres. Sa libido voulait la pousser dans les bras de cet homme incroyablement sexy, tandis que sa raison lui ordonnait de résister à la tentation.

Quand le regard de Cody se posa sur sa bouche, Bette se demanda si un même désir l'habitait, et cette possibilité lui parut si dangereuse qu'elle lâcha son poignet et recula jusqu'à se cogner au lit.

— Vous devriez partir, déclara-t-elle d'une voix mal assurée.

— Oui, sans doute…

Cody recula lui aussi, mais sans la quitter des yeux, et il reprit :

— Promettez-moi de m'appeler s'il se passe quelque chose de plus grave qu'un simple graffiti. Je loge dans le chalet d'à côté.

— Entendu, mais il ne se passera rien. Je ne vois pas Doug m'agresser physiquement.

— Qu'allez-vous faire pour la porte ?

— Je vais essayer de trouver quelque chose pour la nettoyer avant que quelqu'un voie l'inscription.

— Pourquoi ne pas la montrer aux Walker, pour les mettre au courant de cet acte de malveillance ?

— Non, je ne veux pas les ennuyer. Ils ont déjà suffisamment de tracas, entre le mauvais temps qui perturbe les préparatifs du mariage, et cette histoire de meurtres… Ça doit être stressant d'avoir deux fils occupés à traquer un tueur en série !

Cody eut envie d'argumenter : Bette vit pratiquement les mots se former dans son esprit. Elle se prépara à riposter, mais quand il ouvrit la bouche, ce fut finalement pour déclarer :

— À votre guise…

Il se retourna ensuite, se dirigea vers la porte et ajouta, la main sur la poignée :

— Mais rappelez-vous que je suis juste à côté, en cas de besoin.

Après son départ, Bette se laissa tomber sur le lit et tenta de se ressaisir, car son cœur battait toujours la chamade. La présence de Cody Rankin dans le chalet voisin n'avait rien de rassurant, au contraire…

Cet homme représentait pour sa tranquillité d'esprit un danger bien plus grand que Rainey et son fils réunis.

3

Bette ne savait pas si le menu du dîner – rôti de bœuf, gratin de pommes de terre et haricots verts amandine – était destiné à l'impressionner, ou si Rainey servait tous les soirs aux Walker ce genre de repas. La belle table en chêne de la salle à manger, les couverts en argent et la vaisselle en porcelaine fine ajoutaient en tout cas une touche de raffinement au plaisir de bien manger.

— Je me régale ! dit Bette en toute sincérité.

— Je regrette que Travis et Gage ne soient pas là, déclara Mme Walker.

— Ils auraient voulu dîner avec nous, indiqua Lacy, mais un événement important pour leur enquête les a retenus.

— J'espère que ça va leur permettre d'arrêter le meurtrier !

— Et sans qu'il ait fait une quatrième victime, précisa M. Walker.

Un silence suivit, qu'Emily rompit en observant :

— Je connais des sujets de conversation plus gais !

— Entendre parler de crimes aux repas est l'un des risques que courent ceux qui partagent la vie de policiers, souligna Cody. Lacy s'y habituera.

— Ça ne me dérange pas, annonça l'intéressée. Je trouve même ça passionnant.

Mme Walker se tourna vers Bette.

— J'espère que votre logement vous convient ?

— Oui. Il est à la fois joli et confortable. J'y serai très bien.

— Si vous avez besoin de quoi que ce soit, n'hésitez pas à demander.

— Du white-spirit, peut-être..., murmura Cody, assis à côté de Bette.

Elle lui donna un coup de pied sous la table, et pourtant, ce genre de produit lui aurait en effet été utile : elle avait eu beau arroser sa porte de détergent, puis frotter avec une serviette-éponge, l'inscription n'était pas complètement partie. Elle comptait confectionner le lendemain une guirlande, ou une pancarte décorative, assez grande pour recouvrir ce qui restait des lettres peintes. Les ateliers suivis pendant son incarcération lui avaient enseigné toutes sortes de travaux manuels.

— Si je ne logeais pas ici, lui dit Lacy, tu aurais pu occuper ma chambre... C'est l'une des plus belles de la maison, mais le chalet te permettra de t'isoler quand tu en auras envie.

— Je croyais que tu louais un appartement en ville ?

— Oui, mais Travis m'a convaincue de venir habiter au ranch jusqu'au mariage. Il n'aimait pas me savoir seule la nuit alors qu'un tueur en série rôdait aux alentours.

— Et il a eu raison ! décréta Mme Walker.

— C'est très gentil à vous et à votre mari de m'avoir accueillie.

— On a envisagé de t'installer dans un des chalets, indiqua M. Walker, mais Travis aurait pu trop facilement aller t'y rejoindre. Là, il est obligé de faire attention à ne pas marcher au milieu de la nuit sur une lame de parquet qui craque.

Lacy rougit jusqu'aux oreilles, tandis que les autres convives éclataient de rire.

La porte de communication avec la cuisine s'ouvrit, et Rainey s'encadra dans l'embrasure.

— Vous avez besoin de quelque chose ? demanda-t-elle.

— Tout était délicieux ! lui déclara Bette. Il faudra que vous me donniez votre recette de rôti ! Il était parfaitement cuit et assaisonné.

— Je ne communique jamais mes recettes.

Bette continua de sourire. Il n'était pas question de laisser cette harpie la déstabiliser !

— Moi, c'est le gratin de pommes de terre que j'ai préféré, intervint Cody.

— C'est Doug qui l'a cuisiné.

— Il a donc reparu à temps pour vous aider à préparer le dîner, finalement !

— Il était juste sorti fumer une cigarette, comme je vous l'avais dit ! répliqua Rainey avant de battre en retraite.

— Je crains qu'elle ne soit vexée de ne pas s'être vu confier le repas de mariage, observa Mme Walker. Je lui ai pourtant expliqué que c'était pour ne pas la surcharger de travail, et que Lacy tenait à confier cette tâche à une de ses amies... Mais elle va vite se calmer, j'en suis sûre, et en attendant, Bette, ne vous laissez pas impressionner !

— Je vais faire de mon mieux pour qu'elle accepte ma présence.

Consciente du regard que Cody fixait sur elle, Bette but quelques gorgées d'eau pour se donner une contenance.

Pourquoi fallait-il qu'ils soient assis l'un à côté de l'autre ? Ils ne pouvaient faire un mouvement sans que leurs bras ou leurs mains s'effleurent, et à chaque fois, un frisson la parcourait...

C'était très agaçant, et elle essaierait demain de changer de place avec Lacy ou Emily. Ou alors, si Travis était là, elle lui proposerait de s'installer près de son ami.

— Quel est le programme des réjouissances pré-mariage ? demanda Emily.

— Ce que j'ai baptisé le « thé de la future mariée » est programmé samedi prochain, répondit Lacy. Et maintenant que Bette est là, on va pouvoir commencer à le planifier.

— Un thé ? répéta Cody. Ce n'est pas un peu guindé ?

— Ce sera juste pour nous, les filles, l'occasion de bien nous habiller et de manger plein de canapés et de petits fours… Je ne voulais pas d'un enterrement de vie de jeune fille passé à faire la tournée des bars.

— Eagle Mountain n'en compte pas assez pour ça, de toute façon ! souligna Emily.

— Les hommes ont prévu ce type de fête pour Travis samedi soir, annonça Lacy. Gage m'a dit qu'il allait le kidnapper pour l'obliger à assister à son propre enterrement de vie de garçon !

— Ça se passera à Grand Junction si la nationale reste ouverte, précisa Cody. Sinon, on se réunira au Moe's Pub.

— Je préférerais ça, indiqua Lacy. En présence de la moitié des habitants de la ville, les choses ne risquent pas de dégénérer.

Rainey revint alors dans la salle à manger et entreprit de débarrasser la table.

— Où est Doug ? lui demanda Cody. Il vous aide à desservir, d'habitude…

— Il ne se sentait pas bien. Je lui ai dit d'aller se reposer.

— Je vais le remplacer, dit Bette en se levant et en commençant de rassembler les assiettes.

— Ce n'est pas la peine ! protesta Rainey. Je peux très bien me débrouiller toute seule !

— J'insiste…

Cody imita Bette, et quand, les bras chargés, ils entrèrent dans la cuisine à la suite de Rainey, elle leur ordonna :

— Posez tout ça dans l'évier et retournez vous asseoir ! Je n'aime pas avoir des gens dans mes jambes quand je travaille.

— Moi non plus, déclara Bette. Une cuisinière a sa propre organisation et sa propre façon de faire les choses… C'est agaçant de devoir sans cesse s'interrompre pour donner des consignes ou dire où tel ustensile se range.

Rainey la fusilla du regard avant de lui tourner le dos et d'ouvrir le robinet de l'évier.

— Je doute que la gentillesse et la flatterie suffisent à vous gagner ses faveurs, murmura Cody à Bette pendant qu'ils quittaient la cuisine.

— Et si je n'essayais pas de gagner ses faveurs, mais de la rendre folle ? Les gens grincheux détestent que leurs ennemis soient aimables avec eux.

Quelques instants plus tard, Rainey apporta dans la salle à manger une tarte aux pommes et une barquette de glace à la vanille visiblement faite maison. Elle les posa au milieu de la table, sortit assiettes et couverts à dessert d'un buffet, puis elle se retira.

— Je ne veux rien, annonça Lacy en se levant. Si je prends ne serait-ce que cent grammes, je ne rentrerai plus dans ma robe de mariée.

— Je fais le service ? proposa Bette.

Personne n'émit d'objection. Elle coupa la tarte et distribua les morceaux pendant que Cody s'occupait de la glace. Elle se rassit ensuite, goûta la glace, et il lui demanda :

— Comment vous la trouvez ?

— Un peu trop sucrée à mon goût, mais très bonne quand même.

Lacy, qui avait quitté la pièce, revint alors, son portable à la main.

— Je viens de recevoir un SMS d'Adelaide Kinkaid, annonça-t-elle.

— La secrétaire des bureaux du shérif ? s'exclama Mme Walker. Il est arrivé quelque chose à Travis, ou à Gage ?

— Non, ils vont tous les deux bien. Adelaide me dit qu'ils ont arrêté quelqu'un dans le cadre de l'enquête sur l'Ice Cold Killer.

— L'Ice Cold Killer ? répéta Bette.

— C'est comme ça que les médias ont baptisé le tueur en série. Il laisse apparemment près de chacune de ses victimes une carte de visite avec les mots « Ice Cold » inscrits dessus.

— Qui a été arrêté ? s'enquit Mme Walker.

— J'ai texté cette question à Adelaide, déclara Lacy, et j'attends la réponse.

Le signal sonore indiquant l'arrivée d'un SMS sur son portable retentit. Elle le lut et s'écria, les yeux écarquillés :

— Il s'agit de Ken Rutledge !

— Qui est-ce ? demanda Bette.

— Un enseignant. C'était le voisin de Kelly Farrow, la première victime.

— Ce serait donc lui, le meurtrier ? déclara Emily.

— Adelaide ne le précise pas, répondit Lacy, mais elle n'a évidemment pas le droit de divulguer ce genre d'information.

— Pourvu que ce soit bien lui le coupable ! observa Mme Walker.

— Ça doit être le cas, puisque Travis et Gage l'ont arrêté, souligna Emily. Et sachant que le tueur est derrière les barreaux, je dormirai mieux cette nuit !

— À ce propos…, intervint Bette en se levant. Je vais aller me coucher : j'ai eu une dure journée. Bonne nuit à tous !

— Je vous accompagne ! décréta Cody.

— Non, ce n'est pas la peine ! lui dit-elle.

Puis, le sentant prêt à insister, elle l'en empêcha en se dirigeant rapidement vers la porte.

Une fois sur le chemin qui menait aux chalets, Bette songea qu'elle ne pouvait pas passer son temps à fuir Cody Rankin. Il était certes très séduisant, mais elle était assez forte pour résister à l'attirance qu'il lui inspirait.

Et si, pour plus de sûreté, elle l'informait qu'elle avait fait de la prison ? Cela choquerait profondément le policier en lui, et il garderait ensuite ses distances avec elle.

Cody attendit le retour de Travis avec Lacy et les Walker. Quand il arriva – tiré à quatre épingles et l'œil vif comme toujours malgré l'heure tardive –, le shérif du comté de Rayford embrassa sa fiancée et s'assit près d'elle dans l'un des canapés du séjour. Cody lui trouva cependant les traits tirés.

— Alors ? lui demanda-t-il.

— Alors quoi ?

— C'est Ken Rutledge, l'Ice Cold Killer ?

— Sans doute pas, mais on va revoir les alibis qu'il avait fournis pour les meurtres.

— Pourquoi l'avoir arrêté, si sa culpabilité est aussi douteuse ? déclara Mme Walker.

— Il a agressé Darcy Marsh.

— Darcy est vétérinaire, expliqua Emily à Cody. Kelly Farrow et elle étaient associées… Comment va Darcy, Travis ?

— Bien. Elle a juste eu une grosse frayeur… Mais par qui avez-vous appris cette arrestation ?

— Adelaide m'a envoyé un SMS, répondit Lacy.

— J'aurais dû m'en douter !

— Elle ne voulait pas qu'on s'inquiète de ne pas te voir rentrer à temps pour dîner. Et ce n'est pas comme si cette information allait rester secrète longtemps ! À l'heure qu'il est, la moitié de la ville doit être au courant !

— Oui, probablement…, admit Travis.

— Tu as mangé ? lui demanda sa mère.

— Non. J'irai grignoter quelque chose dans la cuisine tout à l'heure, mais dans l'immédiat, j'ai surtout besoin de me reposer et de me réchauffer.

Assis à droite de la cheminée, M. Walker questionna :

— Quel temps fait-il ?

— Il neige, et la nationale risque d'être de nouveau fermée dès demain… Ton amie a fini par arriver, Lacy ? Je ne la vois pas…

— Oui, elle est bien là, mais le trajet l'a épuisée, et elle est partie se coucher. On l'a installée dans le chalet le plus proche de la maison. J'ai hâte de te la présenter !

— Et moi de faire sa connaissance, déclara Travis – mais sans grand enthousiasme.

Cela donna à Cody l'impression que son ami disait à Lacy non pas ce qu'il ressentait vraiment, mais ce qu'elle avait envie d'entendre.

Rainey entra alors dans le séjour avec un plateau qu'elle alla poser sur la table basse, devant Travis.

— Je vous ai gardé ça au chaud, marmonna-t-elle. Dépêchez-vous de manger, sinon ça va refroidir.

Puis, sans lui laisser le temps ne serait-ce que de la remercier, elle tourna les talons et quitta la pièce.

— Rainey n'est pas de très bonne humeur, à ce que je vois ! remarqua Travis.

— Elle n'apprécie pas la présence de Bette, expliqua Lacy. Mais ça lui passera. Bette est une fille adorable… Si quelqu'un peut se concilier les bonnes grâces de Rainey, c'est bien elle !

— À quoi bon ? Il lui suffit de l'ignorer et de faire son travail.

— Ne t'inquiète pas : elle le fera, et très bien ! Elle

nous est très reconnaissante de lui avoir accordé notre confiance. Cette commande va lui mettre le pied à l'étrier.

— Tant mieux…, grommela Travis avant de se pencher sur son plateau. Je meurs de faim, tout d'un coup !

Ses parents et sa sœur se retirèrent peu de temps après, et Cody était en train de se demander s'il ne devait pas laisser les fiancés seuls quand Travis observa :

— Si Ken Rutledge était le tueur en série, ce serait un soulagement pour tout le monde, mais je ne le pense pas.

— Que s'est-il passé ce soir ? déclara Cody. À moins que tu préfères ne pas en parler ?

— Je peux t'en parler à toi, mais Lacy…

— Tu sais bien que je ne dirai rien à personne ! coupa l'intéressée. Et ton travail constitue une part importante de ta vie… Je ne veux pas en être exclue !

— D'accord… Darcy Marsh était victime d'une sorte de persécution, depuis la mort de son associée : quelqu'un a poussé sa voiture dans le fossé il y a une dizaine de jours et a fait mine hier de lui foncer dessus en motoneige alors qu'elle skiait avec le sergent Ryder Stewart. C'était Rutledge, qui cherchait en l'effrayant à la convaincre de lui demander de l'aide. Il est amoureux d'elle, et je pense qu'il a vu dans les deux premiers meurtres une occasion unique de se rendre indispensable à ses yeux.

— Tu as dit qu'il l'avait agressée ce soir…, rappela Lacy. Il ne s'agissait donc plus seulement de lui faire peur, cette fois !

— En effet. Il l'a assommée et kidnappée. Ryder est heureusement tombé chez lui sur la motoneige d'hier, et il a compris que Rutledge était le persécuteur de Darcy. Il les a trouvés chez elle, et il l'a sauvée.

— Pourquoi tu ne crois pas que ce soit lui, l'Ice Cold Killer ?

— Il a de solides alibis pour les deux premiers meurtres,

et alors qu'il a fait des aveux complets concernant ses attaques contre Darcy, il jure n'être pour rien dans la mort des trois jeunes femmes. On va vérifier tout ça, et on verra.

Travis repoussa son assiette vide et s'étira.

— Je suis épuisé ! Je vais me doucher et me coucher.

— Bonne nuit, alors ! déclara Cody en se levant. À demain matin.

Après la douce chaleur du séjour, le froid du dehors le saisit, et ce fut d'un pas vif qu'il s'engagea sur le chemin qui menait aux chalets. Un nuage de condensation sortait de sa bouche à chaque expiration, et la neige crissait sous les semelles de ses boots.

Alors qu'il arrivait en vue du chalet de Bette, un mouvement, sur la petite terrasse, attira son regard. Il s'arrêta et distingua une silhouette près de la porte. Il quitta alors le chemin pour aller se cacher derrière un arbre. La personne qui se trouvait sur la terrasse ne s'enfuit pas ; elle ne l'avait donc pas aperçu.

Les stores étaient baissés, dans la maison, et aucune lumière ne brillait derrière. Bette devait dormir, inconsciente du danger qui la guettait. Très lentement, en se glissant d'arbre en arbre et en posant les pieds avec précaution sur le sol pour éviter de faire crisser la neige, Cody s'approcha du chalet.

La silhouette, sur la terrasse, bougea légèrement mais resta devant la porte. Elle n'était pas assez grande pour être celle d'une personne debout. Sans doute l'intrus était-il accroupi, en train d'essayer de crocheter la serrure.

Arrivé à hauteur de l'escalier, Cody gravit d'un bond les quelques marches, sauta sur l'homme et le plaqua au sol. Un coude s'enfonça aussitôt dans ses côtes, une main chercha à lui griffer le visage, et une voix cria :

— Lâchez-moi, espèce de malade !

Une voix de femme, que Cody reconnut…

Il se releva précipitamment. L'instant d'après, le faisceau d'une torche électrique l'aveuglait, et Bette s'exclamait :

— Vous ? À quoi vous jouez ?

4

Cody leva une main pour protéger ses yeux de la lumière et recula d'un pas.

— J'ai vu une silhouette devant votre porte, expliqua-t-il, et j'ai cru que quelqu'un essayait d'entrer par effraction… Désolé ! Mais que faites-vous dehors à cette heure ?

— Je n'arrivais pas à dormir, alors je suis venue m'asseoir sur la terrasse. Il ne neige plus, et le paysage éclairé par la lune est magnifique.

La jeune femme s'était relevée et enveloppée de nouveau dans ce qui ressemblait à la courtepointe de son lit. Un bonnet de laine recouvrait ses cheveux blonds, et Cody devait aux gros gants qu'elle portait de ne pas avoir eu le visage lacéré.

— Vous n'avez pas peur d'attraper froid ? demanda-t-il.

— Non, je suis bien couverte.

Cody se sentait de plus en plus bête.

— Désolé ! répéta-t-il. Je vous ai fait mal ?

— Non, juste peur, répondit Bette en dirigeant le faisceau de sa lampe vers le sol. Et vous, ça va ?

— J'ai les côtes un peu endolories.

— Tant pis pour vous ! Vous n'aviez qu'à pas me sauter dessus !

— En voyant une silhouette sur votre terrasse, je vous ai crue en danger, et mon travail consiste à protéger les gens.

— Non, à les poursuivre !

— Je poursuis les criminels pour les empêcher de nuire aux honnêtes gens. C'est une façon de protéger ces derniers.

— Peut-être, mais il me semblait vous avoir dit que je n'avais pas besoin de garde du corps !

— Écoutez, je me suis déjà excusé deux fois… Ça me paraît suffisant ! J'ai froid, maintenant. Je vais me coucher.

Cody se dirigea vers l'escalier, mais une vive douleur lui fit alors pousser un gémissement et porter la main à son flanc gauche.

— Vous êtes blessé ! s'écria Bette.

— Ce n'est rien.

— Arrêtez de jouer les durs, et venez avec moi à l'intérieur. Il faut s'assurer que vous n'avez rien de cassé.

La jeune femme le prit par le bras et l'entraîna dans le chalet. Il y faisait délicieusement bon. Cody s'assit dans l'unique fauteuil pendant que Bette allumait toutes les lampes. Elle remit la courtepointe sur le lit, enleva son bonnet et ses gants, et apparut alors vêtue d'un legging et d'un grand pull-over qui épousait ses formes appétissantes.

— Ôtez votre manteau et relevez votre chemise ! ordonna-t-elle.

Cody ôta son manteau… et sa chemise aussi. Quand Bette se tourna de nouveau vers lui, il se tenait près du fauteuil, torse nu, et il sourit intérieurement en la voyant rougir.

— Je ne vous avais pas dit de vous déshabiller ! souligna-t-elle.

— Ce sera plus commode comme ça.

— Bon… Écartez les bras !

Bette s'approcha de Cody, commença de tâter délicatement son thorax, et le contact de cette main douce sur sa peau fit courir une onde brûlante dans ses veines.

Il changea de position pour tenter d'enrayer un début d'érection, et Bette lui demanda aussitôt :

— Je vous ai fait mal ?

— Non, et je n'ai visiblement rien de grave, déclara-t-il avant de reculer d'un pas.

Un petit hématome s'était bien formé sur son flanc gauche, et tout mouvement brusque serait sans doute douloureux pendant quelques jours. Faute de mettre tout de suite fin à cette séance de palpation, cependant, il ne répondrait plus de rien : il attirerait Bette dans ses bras et l'embrasserait jusqu'à ce qu'elle éprouve un désir égal au sien… Ou lui donne une bonne gifle.

— Je vais me laver les mains, dit-il en prenant sa chemise, et ensuite, je vous laisse.

Une fois dans la salle de bains, il s'aspergea le visage d'eau froide et respira lentement, profondément, pour essayer d'éteindre l'incendie de ses sens.

Le parfum de Bette qui flottait dans la pièce entravait malheureusement ses efforts… Sans qu'il comprenne bien pourquoi, Bette Fuller l'attirait comme aucune femme avant elle. Sa raison avait beau tenter de freiner ses ardeurs, sa libido l'en empêchait.

Cody chercha des yeux une serviette pour s'essuyer le visage et les mains. N'en voyant pas, il ouvrit le placard situé sous le lavabo. Une pile de serviettes s'y trouvait, mais au moment où il tendait le bras pour en attraper une, sa main heurta quelque chose de dur. Il s'accroupit pour regarder à l'intérieur…

Un pot de peinture rouge dans lequel trempait un pinceau voisinait avec les serviettes sur l'étagère.

Bette faisait les cent pas dans la chambre en espérant avoir recouvré son calme quand le policier sortirait de la salle de bains.

Habillé, il était déjà canon, mais torse nu… L'image des muscles puissants de ses bras et de son torse allait longtemps rester gravée dans l'esprit de Bette, nourrissant ses rêves et ses fantasmes…

Des fantasmes qu'elle devait s'interdire de réaliser. C'était un homme comme Cody Rankin qui lui avait fait perdre la tête et l'avait poussée à commettre une faute impardonnable. Cody était bien sûr très différent d'Eddie, mais il avait lui aussi un pouvoir de séduction capable de la faire agir sans penser aux conséquences.

La porte de la salle de bains s'ouvrit, et Cody apparut. Il avait remis sa chemise, mais devant son visage crispé, Bette se dit qu'elle lui avait fait vraiment mal en se débattant. Elle s'interdit pourtant de culpabiliser : il ne pouvait s'en prendre qu'à lui-même, et cela lui servirait de leçon.

Alors qu'elle s'attendait à le voir se diriger vers la porte, il se rassit dans le fauteuil.

— Parlez-moi un peu de vous, déclara-t-il. Quand je vous ai demandé d'où vous connaissiez Lacy, vous m'avez juste dit que vous étiez de vieilles amies… Vous étiez en classe ensemble ?

Bette étouffa un soupir. Il était tard, elle était fatiguée et avait maintenant hâte de se coucher. D'un autre côté, elle avait plus que jamais besoin de créer de la distance entre cet homme et elle, et la vérité serait le moyen le plus sûr d'atteindre cet objectif. Elle s'assit au bord du lit, tira la courtepointe sur ses genoux et répondit :

— J'ai partagé une cellule de prison avec Lacy.

Cody haussa les sourcils, visiblement surpris, mais Bette continua de le regarder droit dans les yeux. Sans être fière de ce qu'elle avait fait, elle n'avait pas honte de l'avouer.

La question qu'elle attendait ne tarda pas à arriver :

— Pourquoi étiez-vous en prison ?

— J'ai été condamnée à dix ans de détention pour participation au braquage de la banque où je travaillais comme guichetière. J'ai obtenu une mise en liberté anticipée pour bonne conduite.

— Mais vous étiez coupable…

— Oui. On était cinq, pour ce hold-up, et on a tous été arrêtés, sauf une personne.

— Vous étiez la complice de l'intérieur ?

— Exactement. C'est la chose la plus stupide que j'aie faite de toute ma vie, et je me suis juré de ne plus jamais enfreindre la loi. Je ne traverserai désormais même plus en dehors des clous !

— Un braquage de banque… Vous avez fait fort, pour ce qui était votre première infraction grave, j'imagine ?

— Oui. C'est mon compagnon de l'époque qui a brandi un pistolet et demandé qu'on lui remette la caisse. Moi, j'ai juste désactivé l'alarme et déverrouillé la porte de service pour lui permettre, à lui et aux deux autres, de s'enfuir. Le tribunal n'en a pas moins considéré – à juste titre – que j'avais participé activement à ce hold-up.

— Pourquoi vous êtes-vous laissé entraîner dans une aventure aussi dangereuse ?

— J'étais amoureuse – autre bêtise que je ne commettrai plus.

— Travis est au courant ?

— Bien sûr, et ses parents aussi. Lacy ne pouvait pas leur demander de m'héberger sans les informer de mon passé. Je leur suis très reconnaissante de m'offrir cette chance de prendre un nouveau départ.

Cody se leva, toujours aussi sexy mais avec maintenant quelque chose de menaçant dans l'attitude, et Bette eut du mal à continuer de soutenir le regard soudain dur de ses yeux bleu-gris.

— J'espère que les Walker ont raison de vous faire confiance, déclara-t-il.

— Je peux vous assurer qu'ils ne le regretteront pas.

— Sachez tout de même que je vous aurai à l'œil.

La brusque froideur du policier aurait dû satisfaire Bette, puisque c'était le but recherché... Elle avait pourtant le cœur lourd. Sans doute avait-elle vaguement espéré que Cody Rankin serait capable, sinon d'oublier le crime qu'elle avait commis, au moins de le lui pardonner.

Cody demeura longtemps éveillé, cette nuit-là, à tenter de s'expliquer la présence de ce pot de peinture dans la salle de bains de Bette. Si elle l'avait trouvé en cherchant des produits d'entretien et des serviettes pour nettoyer sa porte, elle le lui aurait dit.

Si c'était elle qui l'avait caché là après s'en être servie pour écrire ce message sur sa porte, en revanche, elle se serait évidemment tue...

Mais pourquoi aurait-elle fait ça ? Pour qu'il voie l'inscription et se rende ainsi intéressante à ses yeux ?

Non, elle n'avait visiblement aucune envie de se rapprocher de lui. Et ce graffiti, si elle en était l'auteur, n'était pas non plus destiné à s'attirer la compassion des Walker, puisqu'elle avait refusé de leur en parler.

Les motivations d'une ancienne criminelle pouvaient cependant différer de celles des gens honnêtes, se rappela Cody. C'était sans manifester la moindre honte que Bette avait avoué sa participation au braquage d'une banque. Elle s'était certes dite résolue à ne plus jamais enfreindre la loi, mais combien de fois Cody avait-il entendu ce genre de déclaration ?

Ses grands yeux bleus, sa sincérité apparente – et, en ce qui concernait Cody, un corps dont la seule vue le transformait en adolescent torturé par ses hormones – ne devaient empêcher aucun membre de la maisonnée de se tenir sur ses gardes.

Et si Cody découvrait que Bette était là pour escroquer la famille de son ami, elle aurait affaire à lui !

Ce fut sur cette pensée qu'il s'endormit, mais ses côtes endolories lui firent passer une mauvaise nuit, et il se réveilla à l'aube tout ankylosé. Après une douche brûlante, il se rendit dans l'habitation principale. Travis était en train de prendre un petit déjeuner solitaire dans la salle à manger, et Cody lui demanda en se servant une tasse de café :

— Où sont les autres ?

— Ils dorment encore, j'imagine.

Cody s'assit. La douche avait amélioré les choses, mais il était encore un peu gêné dans ses mouvements, et son ami le remarqua :

— Qu'est-ce que tu as ? Tu es tombé en allant te coucher, hier soir ?

— Oui.

Ce n'était pas un vrai mensonge, mais pas l'entière vérité non plus, et Cody se hâta de changer de sujet :

— Que sais-tu de Bette Fuller ?

— Pourquoi cette question ?

— Elle m'a dit que Lacy et elle avaient été compagnes de cellule, qu'elle avait participé à un braquage de banque… L'admettre n'a pas du tout eu l'air de la gêner.

— D'après Lacy, elle s'est juste laissé influencer par son petit ami, un dangereux malfaiteur du nom d'Edward Rialto.

— Tu y crois ?

— Ce sont des choses qui arrivent. Je me suis bien sûr renseigné sur elle, et avant ce hold-up, elle n'avait même pas eu une contravention.

— Toutes les personnes impliquées dans ce braquage ont été arrêtées sauf une, m'a-t-elle dit.

— C'est exact. Il s'agit du conducteur du véhicule qui a permis aux braqueurs de s'enfuir. Il a percuté et tué un piéton après avoir récupéré ses complices, ce qui lui vaut d'être recherché aussi pour homicide. Les autres ont refusé de révéler son identité.

— Y compris Bette ?

Si c'était le cas, cette « loyauté » ne plaiderait pas en sa faveur aux yeux de Cody.

— Bette a déclaré n'avoir vu cet homme qu'une fois, et pendant quelques minutes seulement, répondit Travis. Ils n'avaient pas été présentés, et elle ne se rappelait pas à quoi il ressemblait.

— C'est bien commode ! Tu n'as évidemment pas besoin que je te recommande la plus grande prudence, mais je le fais quand même, parce que tu es mon ami.

— Je ne comprends pas… Bette a dit ou fait quelque chose qui a éveillé ta méfiance ?

Cody faillit parler du pot de peinture et du message inscrit sur la porte du chalet, mais il se ravisa. Il ne pouvait ni prouver que c'était l'œuvre de la jeune femme, ni lui trouver la moindre raison d'accomplir cet acte. Travis et ses parents avaient accepté en toute connaissance de cause d'engager et d'accueillir chez eux une ancienne détenue… Inutile de les inquiéter sans motif sérieux pour le faire.

— Non, je voulais juste en savoir un peu plus sur elle, déclara Cody. Quel est ton programme de la matinée ?

— Je vais rester ici pour rédiger des rapports. Quatre de mes adjoints sont de service aujourd'hui. J'irai les rejoindre vers midi.

— Vous avez d'autres suspects, pour les meurtres ?

— Pas vraiment. On a quelques hypothèses, mais aucune qui soit entièrement vérifiable Les seuls liens entre les victimes, c'est que ce sont des femmes jeunes, et qu'elles habitaient Eagle Mountain. Il reste beaucoup de choses à passer en revue, mais on finira par identifier et arrêter ce tueur.

— Si je peux t'être utile, n'hésite pas m'appeler.

— Entendu. Tu comptes faire quoi, aujourd'hui ?

— Aller pêcher sous la glace sur le lac Spooner.

— Excellent ! dit Travis en se levant. Si tu attrapes assez de poissons, on pourra les mettre au menu du dîner… Il y a du matériel de pêche dans la sellerie, s'il te manque quelque chose. Je crois même qu'il y a une tarière, pour faire des trous dans la glace… Il faut que je me mette au travail, maintenant… À plus tard !

Quand Bette entra dans la salle à manger pour son premier petit déjeuner au ranch Walker, Lacy, Emily et ses parents étaient déjà attablés. Cody n'était pas là, et elle avait pourtant besoin de lui parler. Elle ne se faisait pas vraiment une joie de le revoir, après leur conversation tendue de la veille au soir, mais comme personne d'autre n'était au courant du message peint sur sa porte, elle ne pouvait confier qu'à lui sa découverte.

Ce matin, avant de se doucher, elle avait ouvert le placard situé sous le lavabo pour prendre une serviette, et elle avait eu la surprise d'y trouver un pot de peinture rouge, avec un pinceau dedans. Ces objets n'étaient pas là la dernière fois qu'elle avait ouvert ce placard, et elle ne savait pas trop quoi faire.

Quelqu'un s'était introduit dans son chalet en son absence, ce qui la contrariait fortement, mais devait-elle en informer les Walker ? Bien que Cody ne soit pas son ami, il aurait peut-être un conseil à lui donner à ce sujet.

— Bonjour, Bette ! déclara Mme Walker. J'espère que vous avez bien dormi !

— Très bien, merci.

À quoi bon dire qu'elle était restée éveillée pendant des heures, à ruminer sa rancœur contre Cody Rankin ?

— Tant mieux ! s'écria Mme Walker en souriant.

Comme vous allez sans doute commencer ce matin à planifier le thé de samedi avec Lacy, je vous donne dès maintenant la permission de prendre dans la maison tout meuble, objet ou ingrédient dont vous auriez besoin.

— Merci. C'est très gentil de votre part.

M. Walker regarda sa montre, puis il repoussa sa chaise et dit à sa femme :

— Il est l'heure de partir.

— Il faut que j'y aille moi aussi, indiqua Emily. J'ai un rendez-vous téléphonique à propos d'une demande de bourse de recherche.

— Je te croyais en vacances ? observa Lacy.

— Je le suis, mais les projets de recherche se travaillent même en dehors du campus.

Une fois seule avec Bette, Lacy lui expliqua :

— Emily est en master d'économie à l'université du Colorado.

Se rappelant que Lacy avait utilisé pour financer ses études supérieures une partie de l'indemnité reçue de l'État pour avoir été condamnée à tort, elle lui demanda :

— Et toi, la formation que tu suis te plaît ?

— Beaucoup. Le métier d'enseignante m'a toujours attirée.

Travis entra dans la salle à manger alors que les deux jeunes femmes finissaient leur petit déjeuner. Bette avait vu des photos du shérif dans les journaux et l'avait alors trouvé très beau… Il l'était encore plus en chair et en os, mais sa présence physique avait quelque chose d'intimidant.

Lacy les présenta l'un à l'autre, et Travis eut pour Bette quelques mots aimables, mais il avait l'air à la fois soucieux et fatigué. Cette affaire de tueur en série le stressait visiblement.

Après qu'il leur eut dit qu'il avait déjà déjeuné et venait juste se servir une tasse de café, Lacy observa :

— Tu ne dors pas assez, ces temps-ci. Tu aurais pourtant besoin de te reposer.

— Je sais, et c'est pour ça que je vais passer la matinée ici, au calme, à rédiger des rapports. Quand je suis dans mon bureau, je suis sans cesse interrompu.

— Bonne idée ! Tu as vu Cody ? Il n'a pas pris le petit déjeuner avec nous.

— Il l'a pris avec moi et a parlé d'aller ensuite pêcher sous la glace.

Le marshal cherchait-il à l'éviter ? se demanda Bette.

Non, elle doutait qu'il soit homme à éviter qui ou quoi que ce soit.

Cody trouva dans la sellerie tout le matériel de pêche dont il avait besoin.

Aujourd'hui, nota-t-il, Doug Whittington n'était pas devant le bâtiment en train de fumer en cachette de sa mère…

La journée était froide mais ensoleillée : aucun nuage ne venait ternir le bleu profond du ciel. Cody chargea son matériel dans son 4×4 et prit le chemin du lac Spooner.

La route communale avait été déblayée, seule une fine couche de neige restant sur la chaussée. De grands sapins la bordaient et formaient de chaque côté un rideau qui semblait presque impénétrable. Cody croisa deux skieurs de fond, qu'il salua de la main avant de s'engager dans le sentier forestier qui menait au lac. Aucun chasse-neige n'y était passé, mais toutes les voitures et les skieurs qui l'avaient emprunté avaient tassé la neige, le rendant praticable pour tout type de véhicule.

Juste avant d'atteindre sa destination, Cody aperçut une berline Hyundai arrêtée sur le bas-côté, quelques dizaines de mètres plus loin. Quand il la dépassa, elle lui sembla vide, mais c'était un endroit bizarre pour stationner… La neige, tout autour, portait de nombreuses traces de pas, comme si plusieurs personnes l'avaient piétinée. Cody poursuivit sa route, mais quelque chose, à propos de cette voiture, l'intriguait, et il décida de faire demi-tour.

Il se gara à une cinquantaine de mètres de la berline, sur le bas-côté opposé, descendit de son 4×4 et se dirigea lentement vers le véhicule abandonné, sans quitter le milieu du sentier. Arrivé à la hauteur de la portière du conducteur, il s'en approcha et regarda à l'intérieur.

Une femme était assise dans le siège passager, aussi pâle et immobile qu'un mannequin d'étalage.

5

Après le petit déjeuner, Lacy emmena Bette dans le solarium, situé à l'arrière du séjour, pour y planifier le thé du samedi suivant.

Des baies vitrées, sur trois côtés, laissaient entrer à flots les rayons du soleil. Une table basse, un sofa et deux fauteuils recouverts d'un tissu à fleurs un peu décoloré composaient l'ameublement d'une pièce où, malgré le froid glacial du dehors, régnait une atmosphère chaude et douillette.

Bette avait apporté son agenda, des suggestions de menus, des photos de différents assemblages décoratifs de buffets froids, et un carnet pour noter des idées. Elle posa le tout sur la table, et Lacy observa en commençant de regarder les photos :

— Tu es très organisée… Je suis impressionnée !

— Je tiens à te fournir une prestation aussi professionnelle que si tu étais une cliente ordinaire. Je n'ai cependant pas beaucoup d'expérience, et il est difficile pour une jeune entreprise de se faire connaître. C'est pour ça qu'une commande comme celle que tu m'as confiée est aussi importante pour moi.

— Je te promets de chanter tes louanges sur les réseaux sociaux et de te recommander à tous mes amis et connaissances ! Ceci dit, je ne t'ai pas engagée par pure bonté d'âme, mais pour être sûre que toute la partie restauration de mon mariage sera une réussite.

— Comment peux-tu le savoir ? Je n'ai encore géré en free-lance que deux dîners d'anniversaire et un enterrement de vie de jeune fille… Et tu n'assistais à aucune de ces réceptions.

— Non, mais j'ai goûté ta cuisine, et je l'ai toujours trouvée très bonne.

— C'est des plats que la directrice de la prison m'autorisait parfois à préparer que tu parles ? Les ingrédients dont je disposais étaient tellement basiques, pourtant, que mon choix de recettes était limité !

— Peut-être, mais ça améliorait nettement l'ordinaire ! Je savais donc que, si tu pouvais opérer de tels miracles dans d'aussi mauvaises conditions, tu accomplirais des merveilles quand les circonstances te permettraient de déployer tout ton talent.

— J'ai aussi beaucoup travaillé, depuis ma libération.

Bette n'avait pas l'habitude de s'envoyer des fleurs, mais elle se savait capable de faire une cuisine à la fois savoureuse et inventive. Elle suivait des cours du soir dans ce domaine et travaillait le week-end chez un traiteur, avant son arrestation. Elle avait maintenant juste besoin d'une chance de faire ses preuves, et Lacy la lui offrait.

— Regarde ces menus, reprit-elle en présentant le livret correspondant à son amie. Si tu veux un thé à l'anglaise, tu auras des muffins et des scones servis avec du beurre, de la confiture et de la crème fraîche… On peut leur préférer, ou y ajouter, des canapés, des petits fours, des cookies… Et ma touche personnelle : des fraises enrobées de chocolat.

— Il y a presque trop de choix, et tout a l'air tellement bon !

— Combien y aura-t-il d'invitées ?

— Voyons ça…

Lacy se renversa dans son siège et commença de compter sur ses doigts.

— Ma mère, celle de Travis, et Brenda Prentice, une de mes demoiselles d'honneur. Elle a épousé un des adjoints de Travis en secondes noces, au mois de novembre dernier… C'est une fille adorable.

— On en est à trois.

— Oui. Il y a ensuite Maya Renfro, la femme de Gage – elle a gardé son nom de jeune fille. Et elle amènera Casey, sa nièce, qui a cinq ans.

Passant à l'autre main, Lacy poursuivit :

— Emily, la sœur de Travis – qui fait bien sûr partie de mes demoiselles d'honneur… Et enfin, Paige Riddell. Elle tenait à Eagle Mountain une maison d'hôtes qui a brûlé, mais ça, c'est une autre histoire… Voilà, je pense n'avoir oublié personne. Il y aura donc à ce thé sept adultes, en me comptant, et une petite fille.

— D'accord… S'agissant des témoins de Travis, je sais que Cody le sera… Gage aussi, j'imagine ?

— Oui, ainsi que Ryder Stewart, de la police routière du Colorado, et Nate Hall, un garde forestier.

— Ça fait beaucoup de représentants de la loi !

— Oui, mais c'est normal : appartenir à une même catégorie professionnelle crée forcément des liens. Je suis sûre que les médecins, ou les avocats, se fréquentent beaucoup entre eux.

— Sans doute.

— J'avoue que, juste après ma sortie de prison, le fait d'avoir autour de moi autant d'hommes en uniforme me stressait, mais plus maintenant. Les amis de Travis sont tous très sympathiques.

Bette éprouvait toujours à l'égard des policiers la méfiance dont Lacy parlait, et elle souligna :

— Tu étais innocente, et les amis de ton fiancé le savaient. Ils ne peuvent pas me considérer de la même manière, puisque moi, j'ai vraiment commis le crime pour lequel j'ai été jugée et condamnée.

— Tu te trompes. Travis, pour commencer, est très content que tu sois là.

— Je pense qu'il n'a pas voulu te contrarier, et peut-être ton histoire l'a-t-elle rendu plus indulgent que certains… Tout le monde n'est pas aussi compréhensif.

— Quelqu'un t'a dit quelque chose de blessant ?

— J'ai informé Cody Rankin de mes antécédents judiciaires, hier soir. Il voulait savoir comment je t'avais connue, et j'ai jugé préférable de lui révéler la vérité. Il lui aurait été facile de la découvrir, de toute façon.

— Comment a-t-il réagi ?

— Comme je m'y attendais : il m'a regardée différemment, ensuite. Il me soupçonne de manigancer quelquc chose contre ta future belle-famille.

— C'est ridicule !

— Oui, mais peu m'importe qu'il ne m'aime pas du moment qu'il me laisse tranquille.

Lacy prit les mains de Bette dans les siennes et déclara sur un ton chaleureux :

— Je sais qu'il est difficile de se réinsérer dans la société après un séjour en prison, mais les choses iront de mieux en mieux, tu verras… Ton entreprise va prospérer et, bien que la loi t'oblige à informer tes employeurs de ta condamnation, les clients pour qui tu travailles en free-lance n'ont pas à la connaître. Dans quelques années, ton incarcération t'apparaîtra comme une épreuve qui est arrivée à quelqu'un d'autre.

— Peut-être… Mais revenons-en au thé de samedi…

Une demi-heure plus tard, le menu était composé – avec un point d'interrogation pour les fraises, car Bette n'était pas sûre d'en trouver à Eagle Mountain en cette saison –, et l'addition de cocktails au champagne.

Les deux amies décidèrent ensuite du lieu – le solarium –, et d'un thème – « féerie hivernale » – qui impliquerait de faux flocons de neige, des tentures en dentelle et l'obligation pour les participantes de s'habiller en blanc.

— On va s'amuser comme des folles ! conclut Lacy.

Un rendez-vous chez le coiffeur l'obligea ensuite à partir, et Bette se dirigea alors vers la cuisine. Elle devait faire l'inventaire des ingrédients disponibles et de ceux qu'il lui fallait acheter.

La liste établie avec Lacy dans sa poche, elle poussa la porte de la cuisine. Rainey était adossée à l'îlot central, une tasse de café à la main et le visage sombre. L'arrivée de Bette la fit sursauter, et elle lui lança :

— Qu'est-ce que vous voulez ?

— Voir ce qui est déjà là et ce qui manque pour la préparation de la réception de Lacy, samedi prochain.

— Il n'est pas question que vous fassiez main basse sur mes provisions !

— D'accord, je me débrouillerai autrement..., déclara Bette.

Bien que Mme Walker lui ait donné la permission de se servir dans la maison de toute chose dont elle aurait besoin, mieux valait céder. Elle comprenait d'ailleurs Rainey : si cette dernière avait acheté juste la quantité nécessaire de farine, de beurre et de sucre pour confectionner un gâteau précis, par exemple, elle ne pourrait plus le faire si quelqu'un lui en prenait une partie.

Bette décida d'aller faire des courses à Eagle Mountain plus tard dans la journée et de stocker ensuite ses achats dans son chalet ou dans le réfrigérateur du garage selon le cas.

La porte de derrière s'ouvrit, et Doug entra en traînant les pieds. Une capuche sur la tête, le dos voûté, il avait le bas du visage recouvert d'une ombre de barbe.

— C'est seulement à cette heure que tu arrives ? s'écria sa mère. Et même pas rasé ?

— J'ai envie de me faire pousser la barbe, marmonna-t-il.

— Je te l'interdis tant que tu travailleras ici ! Je trouve ça laid.

Se sentant plus que jamais de trop, Bette s'esquiva, alla s'asseoir dans le séjour et entreprit de rédiger sa liste de courses. Au bout d'un moment, un bruit de pas, derrière elle, la fit se retourner. Travis était en train de traverser la pièce. Il était en uniforme et semblait pressé. Une urgence devait avoir interrompu la rédaction de ses rapports et le rappeler en ville.

— Ah ! vous êtes là, Bette ! déclara-t-il. Lacy vous a abandonnée ?

— Elle avait rendez-vous chez le coiffeur, mais avec la préparation du thé de samedi, j'ai largement de quoi m'occuper… Tout va bien ?

Le shérif fronça les sourcils, l'air d'hésiter à la renseigner, mais il finit par répondre :

— On a découvert un autre cadavre.

Il s'en alla ensuite, laissant Bette sous le choc.

L'Ice Cold Killer avait apparemment fait une nouvelle victime.

6

Cody se tenait sur le bas-côté du sentier avec Travis et le garde forestier Nate Hall pendant que deux secouristes sortaient précautionneusement le corps de la berline Hyundai.

Grand et blond, originaire d'Eagle Mountain, Nate patrouillait dans les environs quand la demande d'assistance avait été émise.

— Je suis venu ici hier, dit-il, et cette voiture n'y était pas. Il n'y avait même alors aucune trace de pneus sur le sol.

— J'ai croisé deux skieurs de fond sur la route communale, annonça Cody, et la neige y est suffisamment tassée pour indiquer le passage d'autres véhicules avant moi… J'ai pensé qu'il s'agissait de pêcheurs se dirigeant vers le lac Spooner ou en revenant.

— Le lac Monroe est beaucoup plus fréquenté, observa Nate. La pêche y est meilleure.

Vêtu d'un long manteau de cuir, d'après-ski et d'une chapka, le médecin légiste regardait lui aussi les secouristes extraire le corps de la berline. Il s'appelait Butch Collins, et c'était un médecin à la retraite, avait expliqué Travis à Cody en le lui présentant.

Quand les portes de l'ambulance se refermèrent, le légiste alla rejoindre les trois policiers.

— Quand j'ai accepté ce travail, déclara-t-il, je ne

pensais pas être appelé à l'extérieur plus d'une fois par mois, et là, c'est la deuxième fois en à peine dix jours !

— Heure approximative du décès ? lui demanda Travis.

— Cette jeune femme est morte dans la nuit d'hier à aujourd'hui. Impossible d'être plus précis pour l'instant. Je verrai plus tard si je peux donner un créneau horaire, mais elle est en tout cas restée ici assez longtemps pour que les tissus gèlent.

— Il a fait jusqu'à moins quinze la nuit dernière, indiqua Nate.

— Poignets et chevilles attachés avec du ruban adhésif argenté, gorge tranchée… On a visiblement affaire à la quatrième victime de notre tueur en série. Cet homme semble avoir peur que je m'ennuie !

— Une de ses cartes de visite a été retrouvée près du corps ? questionna Cody.

Le shérif sortit de la poche de sa parka un sachet à scellés et le lui montra. Il contenait un petit rectangle de papier blanc sur lequel étaient inscrits en lettres majuscules les mots « Ice Cold ».

— L'assassin avait glissé cette carte dans la ceinture du pantalon de la victime, expliqua Travis avant de remettre le sachet dans sa poche.

— Ce sentier ne mène qu'au lac Spooner, remarqua Nate, et il n'y a ni habitations ni terrains de camping aux alentours… Des pêcheurs et des skieurs peuvent l'emprunter dans la journée, mais personne n'a de raison d'y venir la nuit, surtout en plein hiver !

— En effet, déclara Cody, alors qu'est-ce que cette femme faisait là ?

— C'est peut-être le tueur qui l'y a amenée, indiqua Travis.

— Et il serait ensuite reparti à pied ?

— Ou dans une voiture conduite par un acolyte, suggéra Nate.

— C'est possible, dit Travis. Le corps des deux premières victimes a été découvert à l'intérieur de leur véhicule abandonné dans un endroit isolé. Ça laisse supposer que quelqu'un l'y a déposé post mortem, et qu'un second véhicule était là pour récupérer cette personne.

— On aurait donc affaire à deux tueurs ? observa Cody.

— Ou à deux hommes dont l'un tue, et l'autre lui prête « juste » main-forte.

— Ce quatrième assassinat ne peut avoir aucun lien avec Rutledge, en tout cas, puisqu'il a passé la nuit en prison.

— Il est en fait à la clinique d'Eagle Mountain en attendant d'être transféré à Grand Junction, parce que Darcy Marsh l'a blessé à la cuisse avant son arrestation, mais il est sous bonne garde.

— Je me souviens de lui : il était à la chasse au trésor organisée par ta sœur, et où cette malheureuse Fiona Winslow, la troisième victime, a été tuée… Tu crois que commettre un meurtre sur les terres de ta famille était un choix délibéré ?

— Oui, j'y vois une forme de provocation. Les cartes de visite m'apparaissent elles aussi comme un défi lancé à la police.

Nate, qui participait lui aussi à cette chasse au trésor, intervint alors :

— S'agissant de la mort de Fiona Winslow, rappelle-moi qui vous aviez comme suspects potentiels, Travis !

— Rutledge, parce qu'il faisait équipe avec elle, et deux étudiants venus passer des vacances à Eagle Mountain et bloqués par la neige. Ma sœur, qui connaissait l'un d'eux, les avait invités.

— Oui, je me souviens d'eux.

— Le ou les meurtriers ne participaient cependant pas forcément à la chasse au trésor… Qui qu'ils soient, j'espérais qu'ils profiteraient de la réouverture de la nationale pour quitter la ville… Ce n'est malheureusement pas le cas.

— Cette quatrième victime a été identifiée ? demanda Cody.

Travis consulta un petit carnet avant de répondre :

— D'après son permis de conduire, elle s'appelle Lauren Grenado et habite à Denver. Des papiers trouvés dans la voiture indiquent qu'elle séjourne en ce moment dans un appartement d'Eagle Mountain.

— Mariée ? Des enfants ?

— Le bail est au nom d'un certain Adam Grenado. Ce doit être son mari. Il faut que j'aille lui parler.

— Je n'aimerais pas être à ta place !

— J'espérais en fait que tu m'accompagnerais. J'ai appelé Dwight Prentice pour qu'il vienne finir d'analyser la scène de crime.

— Je vais rester pour l'attendre et l'aider, dit Nate.

— Merci, déclara Travis.

Puis il se tourna vers Cody et l'interrogea du regard. Il n'y avait cependant aucune hésitation à avoir : son ami avait besoin de lui, il n'était pas question de se dérober.

— D'accord, je t'accompagne.

Après avoir échangé quelques mots avec Nate, Travis monta dans sa voiture et fit signe à Cody de le suivre dans la sienne. Il prit le chemin d'Eagle Mountain et passa la plus grande partie du trajet au téléphone. Il devait donner des instructions à ses adjoints.

Arrivé à l'entrée de la ville, il mit son clignotant pour indiquer qu'il allait tourner à droite. Ce changement de direction les amena dans le quartier du lycée. Trois adolescents étaient en train de déblayer la neige devant l'établissement. Travis s'arrêta à leur hauteur et descendit la vitre de sa portière, imité par Cody.

— Comment ça va, les garçons ? dit le shérif.

— Ça va, répondit l'un d'eux – un grand blond qui portait un anorak de grande marque et des lunettes de soleil à verres réfléchissants.

Les deux autres levèrent les yeux mais gardèrent le silence.

— C'est bien, continuez ! déclara Travis avant de redémarrer.

Peu de temps après, Cody se garait derrière lui devant une rangée de petits immeubles modernes sans doute construits dans le but spécifique de louer des appartements aux touristes. Il le rejoignit et lui demanda :

— Les trois ados de tout à l'heure ont été condamnés à des travaux d'intérêt général ?

— Oui. Ils s'amusaient à se lancer des défis, dont certains étaient très dangereux, et d'autres sortaient carrément de la légalité. Ils se trouvaient à proximité du lieu du deuxième meurtre, et j'espérais qu'ils avaient vu quelque chose d'utile pour l'enquête, mais ils s'obstinent à nier leur présence là-bas aux environs de l'heure du crime.

Travis consulta son carnet et reprit :

— Les Grenado logent dans l'immeuble B, premier étage, porte 2.

Suivi de Cody, il alla frapper à ladite porte. Le son d'une télévision leur parvint, puis un bruit de pas.

L'homme d'une trentaine d'années qui leur ouvrit portait un T-shirt et un pantalon de jogging. Ses cheveux châtain clair étaient un peu ébouriffés, et il n'était pas rasé.

— Adam Grenado ? dit Travis.

— Oui. Que se passe-t-il ?

— On a besoin de vous parler… On peut entrer ?

— Bien sûr !

À peine avait-il introduit ses visiteurs dans le séjour qu'Adam courut enlever une pile de vêtements d'un fauteuil et ramasser une couverture qui traînait par terre. Une odeur de pizza froide régnait dans la pièce. Il attrapa ensuite la télécommande et éteignit la télévision.

— Asseyez-vous sur le canapé ! déclara-t-il.

Les deux policiers obéirent, mais Cody ne comptait pas participer à la conversation : son rôle se limitait à celui de soutien et d'observateur.

— Lauren Grenado est votre épouse ? questionna Travis.

— Oui, répondit Adam en se laissant tomber dans le fauteuil qu'il venait de libérer. Elle est partie hier soir. On s'est disputés, et on a peut-être crié assez fort pour que les voisins nous entendent… Il y en a qui se sont plaints ?

— Pas que je sache… Votre femme vous a dit où elle avait l'intention d'aller ?

— Non, juste qu'elle sortait faire un tour en voiture, parce qu'elle avait besoin de réfléchir.

— Quel était le sujet de votre dispute ?

— Ses parents nous ont donné de l'argent à Noël, et je voulais en utiliser une partie pour acheter un bateau. Lauren était contre.

— Vous avez essayé de la joindre, après son départ ?

— Oui. Au bout d'un certain temps, comme elle ne revenait pas, je l'ai appelée sur son portable et je lui ai envoyé des textos, mais elle n'a pas répondu. J'ai alors pensé qu'elle était rentrée à Denver. Elle m'a déjà fait le coup une fois : après une dispute, elle a pris la voiture et m'a laissé en rade… Il lui arrive d'agir de façon impulsive.

— Vous ne vous êtes donc pas inquiété ?

— Si, un peu, mais je suis surtout en colère ! Ce n'est pas très agréable de se retrouver seul et sans voiture aussi loin de chez soi !

— Qu'avez-vous fait, après avoir renoncé à joindre votre femme ?

— Je me suis soûlé, et j'ai fini par m'endormir sur le canapé. Je n'en suis pas fier, mais c'est la vérité…

Adam se tut, fixa tour à tour ses deux visiteurs, et une expression de peur se peignit sur son visage.

— Pourquoi toutes ces questions ? reprit-il. Il est arrivé quelque chose à Lauren ?

— Je suis au regret de vous informer que votre femme est morte, monsieur Grenado.

— Morte ? Non, ce n'est pas possible ! Elle allait parfaitement bien, hier soir !

— Son décès remonte apparemment à la nuit dernière. Le marshal Rankin ici présent a découvert son corps ce matin, à l'intérieur d'une voiture abandonnée dans un chemin forestier.

— Je ne comprends pas… Comment est-elle morte ? Elle a eu un accident ?

— Non, elle a été assassinée.

Ce dernier mot resta comme suspendu, dans toute son horreur, dans le silence qui suivit, puis Adam se cacha le visage dans les mains et fondit en larmes.

Respectant sa douleur, Travis attendit un moment avant de lui dire :

— Je suis vraiment désolé, monsieur Grenado, mais je dois vous demander de vous ressaisir. J'ai besoin de vous pour essayer de reconstituer les événements.

Adam hocha la tête, se redressa et déclara d'une voix étranglée :

— Qui a pu faire ça ?

— Vous n'êtes pas sorti, après le départ de votre femme, pour essayer de la retrouver ?

— Non, je vous ai déjà expliqué que je l'ai crue en route pour Denver, et que je me suis endormi après avoir pris une bonne cuite… Vous ne pensez tout de même pas que c'est moi qui… qui…

L'émotion empêcha Adam de terminer sa phrase, et il inspira plusieurs fois profondément avant de reprendre :

— J'aimais Lauren ! On s'est disputés, c'est vrai, mais ça nous arrivait parfois, et sans que ce soit jamais grave.

— Vous n'avez donc pas bougé d'ici de toute la nuit ?

— Non !

— Quelqu'un peut le confirmer ?

— Personne. Vous pouvez demander aux occupants des autres appartements s'ils m'ont vu sortir, mais c'est tout… Je n'avais pas la voiture, de toute façon : Lauren était partie avec.

— Et vous n'en avez qu'une…

— Oui.

— Vous savez si quelqu'un voulait du mal à votre femme ?

— Non, elle n'avait aucun ennemi.

— Vous avez remarqué une personne louche en train de rôder autour de l'immeuble, ou de vous suivre ?

— Non, mais j'ai entendu parler d'un tueur en série qui sévissait dans les environs… Si c'était lui qui avait assassiné ma femme ?

— Que savez-vous de lui ?

— Pas grand-chose. On est en vacances, et on n'a donc pas suivi l'actualité. Mais l'autre jour au restaurant, un homme assis à la table voisine de la nôtre a dit que trois femmes d'ici avaient été tuées par un type surnommé l'Ice Cold Killer… C'est lui qui a assassiné Lauren ?

— Nous l'ignorons, monsieur Grenado… Vous voyez à votre femme une raison d'aller hier soir du côté d'un lac de la région ? Elle aurait pu y avoir rendez-vous avec quelqu'un ?

— Non, elle ne connaissait personne à Eagle Mountain.

— Pourquoi avez-vous choisi cet endroit en particulier pour passer vos vacances ?

— On avait envie de respirer l'air pur de la montagne, et les prix des locations sont bas, à cette époque de l'année.

— Comment avez-vous occupé votre temps, depuis votre arrivée ?

— On s'est surtout reposés. On a juste loué des motoneiges, un jour, pour aller se promener dans des endroits inaccessibles aux voitures.

— Et vous n'avez vraiment ni vu ni rencontré personne qui vous aurait semblé inquiétant, ou juste bizarre ?

— Non.

La conscience de la mort de sa femme parut soudain de nouveau s'abattre sur Adam. Ses yeux se remplirent de larmes, et il bredouilla :

— Que… Qu'est-ce que je vais faire, maintenant ?

— Il y a un membre de votre famille que vous pouvez appeler pour lui demander de l'aide ? déclara Travis.

— Mon frère habite Denver, mais je suis sûr qu'il viendra, quand je lui aurai expliqué la situation.

— Vous voulez qu'un de mes adjoints vous tienne compagnie, en attendant ?

— Non, ce n'est pas la peine… Je suis censé remplir certaines formalités concernant ma voiture et… et le corps de ma femme ?

— J'enverrai quelqu'un dans la journée vous donner ces informations.

Le shérif se leva et tendit une carte professionnelle à Adam en disant :

— Si vous avez des questions, ou si quelque chose de potentiellement utile pour l'enquête vous revient, appelez-moi !

— D'accord.

Les deux policiers prirent congé et, une fois dehors, Travis demanda à Cody :

— Que penses-tu du mari ?

— Sa douleur semble sincère et, sans voiture, je ne vois pas comment il aurait pu matériellement agir… Et puis il y a la carte de visite laissée sur le cadavre.

— Les médias en ont parlé.

— On aurait donc affaire à un imitateur ?

— C'est possible, mais je ne le crois pas. Pour moi, Lauren Grenado est sortie seule hier soir, le tueur l'a vue, et il a profité de l'occasion pour commettre son quatrième assassinat. Il l'a ensuite conduite dans un endroit isolé pour que son corps ne soit pas trop vite retrouvé.

Travis avait l'air abattu. Cody savait que chaque nouveau meurtre le touchait personnellement.

— J'aurais dû être capable d'identifier ce monstre et de le mettre hors d'état de nuire, reprit-il. La région n'est pas si grande…

— Tu ne disposes pas des moyens humains, matériels et techniques nécessaires pour résoudre vite une affaire aussi compliquée. Et le mauvais temps qui provoque sans cesse la fermeture de la nationale ne te permet pas d'obtenir l'aide extérieure dont tu aurais besoin.

— Je n'en suis pas moins responsable de la sécurité des habitants de ce comté… Je manque à mon devoir en ne les protégeant pas d'un criminel aussi redoutable que l'Ice Cold Killer.

Exhorter son ami à ne pas être trop dur avec lui-même ne servant à rien, Cody se contenta de déclarer :

— Dis-moi en quoi je peux t'être utile.

— Dans l'immédiat, je vais te demander de regagner le ranch et d'en informer tous les occupants de ce nouveau meurtre. Insiste auprès des femmes pour qu'elles soient extrêmement prudentes. Il vaudrait mieux, notamment, qu'elles n'aillent nulle part seules en voiture. J'en ai déjà parlé à Lacy au téléphone, pendant le trajet.

— D'accord. Et si tu vois autre chose à me faire faire, tu sais que je suis là.

— Oui, mais le tueur est là, lui aussi, et je dois absolument le trouver avant qu'il frappe de nouveau.

7

Eagle Mountain aurait pu être un village de montagne suisse ou autrichien, avec ses maisons anciennes et ses rues étroites nichées dans une vallée entourée de pics enncigés.

Dans le centre-ville, des décorations scintillantes ornaient les réverbères, et les vitrines des magasins annonçaient les soldes d'hiver, vit Bette quand elle y arriva.

Le contraste entre ce cadre paisible et l'horreur des crimes qui s'y étaient commis était saisissant.

La nouvelle du dernier en date s'était répandue comme une traînée de poudre : pendant que Bette poussait son chariot dans les allées de la supérette d'Eagle Mountain, elle entendit des gens en parler, s'interroger sur l'identité de la nouvelle victime et les motivations du tueur… La plupart d'entre eux pensaient que la femme assassinée était une touriste, car aucune autochtone ne manquait apparemment à l'appel.

Le temps et l'éventuelle nouvelle fermeture de la nationale étaient les deux autres sujets de conversation principaux. Certaines personnes avaient l'air de croire que cela allait se produire : une cliente, près de Bette au rayon crémerie, expliqua à une autre que le soleil rendait le manteau neigeux instable et qu'elle faisait des stocks de nourriture en prévision des avalanches qui risquaient de couper la ville du reste du monde pendant des semaines entières.

Bette prit une demi-douzaine de plaquettes de beurre et deux grands pots de crème fraîche, puis elle se dirigea vers le rayon fruits. Comme elle le craignait, elle n'y trouva pas de fraises. Elle décida de les remplacer par des fruits secs et, alors qu'elle était en train d'hésiter entre des abricots et des dattes, une jolie jeune femme aux cheveux blonds l'aborda :

— Excusez-moi… Vous ne seriez pas Bette Fuller, la restauratrice ?

— Si…, répondit-elle, un peu méfiante malgré le ton chaleureux de l'inconnue.

— Je m'appelle Brenda Prentice, dit cette dernière en lui tendant la main. Je serai l'une des demoiselles d'honneur de Lacy… Elle m'a beaucoup parlé de vous.

Son amie était-elle allée jusqu'à raconter *toute* son histoire ? se demanda Bette. Brenda se montrait-elle cordiale parce qu'elle ignorait son passé, ou parce qu'elle le connaissait mais le considérait comme appartenant justement – et définitivement – au passé ?

— Enchantée, déclara Bette.

— C'est gentil à vous de venir d'aussi loin pour vous occuper du mariage de Lacy. Je sais que ça la touche beaucoup.

— C'est un plaisir pour moi.

— J'attends avec impatience le thé de samedi prochain… Je trouve que ça remplace avantageusement un enterrement de vie de jeune fille traditionnel.

— C'est Lacy qui en a eu l'idée, et je pense que ce sera très amusant… Elle m'a dit que vous étiez l'épouse d'un des adjoints de Travis…

— De Dwight Prentice, en effet. On était au lycée ensemble, mais c'est seulement après mon veuvage qu'on a repris contact.

— Vous vous êtes remariée récemment, d'après Lacy…

— Oui, et dans la plus stricte intimité. Elle ne m'a pas encore pardonné de l'avoir ainsi privée du plaisir d'être demoiselle d'honneur dans le cadre d'un mariage en grande pompe…

Brenda changea de main le sac à provisions qu'elle portait, et enchaîna :

— Il faut que je retourne travailler, maintenant ! J'étais juste venue acheter une ampoule électrique, au départ, et puis je me suis laissé tenter par dix autres articles… À samedi !

— À samedi.

Bette continua ensuite de faire ses courses sans se presser. Brenda avait été très gentille ; c'était exactement le genre de personne que Lacy pouvait choisir comme amie. Si Bette et elle n'avaient pas partagé une cellule de prison, leurs chemins se seraient-ils croisés ? Sans doute pas. Elles venaient d'horizons trop différents.

Lacy appartenait à une famille traditionnelle implantée dans une petite ville. Elle avait toujours été choyée et, même après sa condamnation, ses proches l'avaient soutenue.

Bette, elle, était née à Denver, dans un foyer désuni. Elle n'avait jamais pu compter vraiment sur personne et avait dû commencer à gagner sa vie dès l'âge de dix-sept ans.

Inutile d'être grand clerc pour comprendre pourquoi elle était tombée follement amoureuse d'Eddie. Non seulement il s'était engagé à toujours l'aimer et la protéger, mais il lui avait fait croire qu'elle lui était indispensable.

Quand il lui avait confié son rêve d'ouvrir un garage, cela lui avait parlé, car elle rêvait elle aussi de créer sa propre entreprise. Et quand il lui avait proposé d'aller chercher l'argent nécessaire à la réalisation de ces deux projets dans les caisses de la banque où elle travaillait, il avait réussi au bout de quelques heures seulement à la convaincre de le faire.

Elle avait depuis eu tout le temps de regretter cette décision et de se rendre compte qu'Eddie l'avait manipulée. Il n'avait jamais eu l'intention d'ouvrir un garage, et les hommes qu'il lui avait présentés comme des amis désireux de l'aider étaient en réalité des malfaiteurs comme lui, dont la seule motivation était l'appât du gain. Eddie l'avait courtisée uniquement parce qu'elle travaillait dans cette banque, et qu'il avait reconnu en elle une personne influençable.

L'arrestation d'Eddie et la sienne avaient été une chance pour Bette : elles avaient coupé court à une carrière criminelle qui aurait pu sinon se poursuivre, qu'elle le veuille ou non. Aujourd'hui, grâce à Lacy et à des gens comme elle, une vraie chance de réaliser son rêve lui était finalement offerte.

Bette régla ses achats, les mit dans son coffre et parcourut ensuite lentement les rues du centre d'Eagle Mountain. Elle n'aimerait pas vivre dans un endroit aussi reculé, mais l'idée de venir y passer une semaine ou deux de temps en temps ne lui déplaisait pas. Peut-être y reviendrait-elle un jour l'été ou en automne, pour pouvoir se promener dans les montagnes alentour.

Ce fut sans grand enthousiasme que Bette finit par prendre le chemin du retour. Elle n'avait pas hâte de revoir Rainey, ce qui se produirait forcément, car elle devrait passer par la cuisine pour aller mettre certains de ses achats dans le réfrigérateur du garage.

La perspective de se retrouver face à Cody ne l'enchantait guère non plus, même si elle devait lui parler du pot de peinture rouge découvert dans le placard de sa salle de bains… Il lui fallait d'ailleurs réfléchir à un moyen d'empêcher une nouvelle intrusion dans son chalet.

Avec toutes ces pensées qui tourbillonnaient dans sa

tête, Bette ne remarqua la présence d'un SUV, derrière elle, qu'au moment où il se colla pratiquement à son pare-chocs et où le conducteur se mit à klaxonner furieusement.

Alarmée, elle serra le plus possible à droite. Le véhicule déboîta, et elle ralentit pour qu'il puisse rapidement la doubler…

Ce qu'il fit, mais au lieu de poursuivre ensuite sa route, il s'arrêta, et un homme en descendit. Il était tout de noir vêtu, et la capuche relevée de ce qui ressemblait à une parka cachait son visage. Bette accéléra pour le contourner, mais les roues de sa Ford Focus patinèrent dans la neige molle. L'homme s'approcha et tambourina contre sa vitre. Elle voulut prendre son portable dans son sac pour appeler à l'aide…

Trop tard : la vitre vola en éclats, une grosse pierre frappa Bette à la tempe, puis la portière s'ouvrit, et l'homme l'entraîna de force dehors.

La neige s'était remise à tomber quand Cody reprit le chemin du ranch. Poussés par le vent, les flocons semblaient se ruer sur son pare-brise, et un nouveau manteau blanc commençait déjà de recouvrir la campagne alentour.

Ce n'était donc pas aujourd'hui qu'il irait pêcher sous la glace, pensa Cody. Il y retournerait dans un jour ou deux, si le temps le permettait, et il demanderait cette fois à Bette de l'accompagner. Cela lui fournirait l'occasion de la questionner sans témoins sur le pot de peinture et ses intentions à l'égard des Walker.

À cause de la neige et du va-et-vient de ses essuie-glaces, Cody ne vit qu'au dernier moment le véhicule à demi couché dans le fossé, tel un navire échoué. Il pila. La voiture semblait vide, mais elle lui disait quelque chose, et il se rendit brusquement compte que c'était la Ford Focus de Bette.

Après s'être rangé sur le bas-côté et avoir allumé ses feux de détresse, Cody mit pied à terre et descendit dans le fossé. La portière avant gauche du véhicule était ouverte, la vitre de ce côté-là était cassée, et il y avait une grosse pierre sur le siège du conducteur. Cody la fixa en essayant de comprendre comment elle avait pu atterrir là. Cette portion de route n'étant pas bordée de parois rocheuses mais de bois et de champs, c'était forcément dû à un acte volontaire : quelqu'un avait lancé cette pierre à l'intérieur de la voiture.

Et où était Bette ? Avait-elle quitté la route, basculé dans le fossé, puis décidé de regagner le ranch à pied pour y demander de l'aide ? Mais cela n'expliquait pas la vitre cassée à l'aide d'une pierre…

— Bette ? appela Cody.

Seul le silence lui répondit. Résolu à partir à la recherche de la jeune femme, il recula d'un pas, et son pied heurta alors quelque chose.

Non, quelqu'un, vit-il en se penchant vers le sol.

C'était Bette. Elle était allongée dans le fossé, sans connaissance…

Peut-être morte ?

Cody s'agenouilla près d'elle et posa un doigt sur l'une des artères de son cou. Son cœur battait, et sa peau était tiède. Une onde de soulagement le parcourut, et il lui tapota la joue en disant :

— Bette ! Réveillez-vous !

Pas de réaction.

Il sortit son portable de sa poche et appela le 911.

— Un accident s'est produit sur la route communale 7, à environ un kilomètre et demi du ranch Walker. Il y a une blessée, actuellement inconsciente.

La standardiste promit d'envoyer sur place une ambulance et un shérif adjoint. Cody rangea son portable et examina Bette plus attentivement. Elle avait une entaille à la tempe gauche, mais aucune autre blessure apparente.

Un petit gémissement s'échappa soudain de ses lèvres, et Cody déclara aussitôt :

— Bette ? C'est moi, Cody ! Ça va aller…

Elle ouvrit lentement les yeux et le fixa, l'air hagard.

— Que s'est-il passé ? murmura-t-elle.

— Je l'ignore. Je viens de vous trouver inanimée dans le fossé, près de votre voiture. Vous deviez être en train de regagner le ranch.

La jeune femme tenta de se redresser, mais Cody l'obligea doucement à se rallonger.

— J'ai appelé les secours. Une ambulance ne va pas tarder à arriver. Ne bougez pas, en attendant.

— J'ai froid.

Évidemment qu'elle avait froid, couchée sur le dos dans la neige ! songea Cody, furieux contre lui-même. Il aurait dû tout de suite y penser – et y faire quelque chose !

Il enleva son manteau et enveloppa la jeune femme dedans.

— Que s'est-il passé ? répéta-t-elle.

— Tout ce que je sais, c'est que quelque chose vous a blessée à la tempe… Vous ne vous en souvenez pas ?

— Non. Je me rappelle être allée à la supérette d'Eagle Mountain, y avoir acheté des provisions et rencontré une amie de Lacy du nom de Brenda Prentice… Après, c'est le trou noir.

— Ne vous inquiétez pas, ça vous reviendra.

— J'ai mal à la tête.

— Oui, je m'en doute, mais on va vous soigner.

Bette ferma les yeux et cessa ensuite de parler.

S'était-elle de nouveau évanouie ? se demanda Cody. Devait-il essayer de la réveiller ?

Il prit ses mains entre les siennes et les frotta doucement. Elle avait des poignets délicats, des doigts longs et fins, des ongles coupés court, et elle ne portait pas de bagues – peut-être cela l'aurait-il gênée pour cuisiner. Cody souffla sur ses paumes, puis posa la joue dessus pour les réchauffer. Sa peau était satinée, et il s'en dégageait un léger parfum de rose.

La jeune femme poussa un petit gémissement, et Cody se dépêcha de replacer ses mains sous le manteau qui la recouvrait. Il avait un peu honte de l'avoir observée à son insu.

— Cody ?

— Oui ?

— Vous êtes venu m'arrêter ?

— Vous arrêter ? Mais pourquoi ?

— C'est votre métier, non ?

Les yeux bleus de Bette fixaient maintenant Cody, mais ils ne semblaient pas le voir vraiment.

— Je n'arrête que les malfaiteurs, déclara-t-il. Vous avez enfreint la loi, récemment ?

— Non, mais ça n'a pas d'importance : vous pensez que j'ai un mauvais fond, et je n'arriverai jamais à vous faire changer d'avis, murmura-t-elle avant de fermer de nouveau les paupières.

— Bette ?

Elle ne répondit pas. Le mugissement d'une sirène finit heureusement par retentir au loin. Cody se releva et sortit du fossé pour signaler sa présence. L'ambulance s'arrêta derrière son 4×4, et en descendirent un homme d'une cinquantaine d'années et une femme un peu plus jeune.

Cette dernière sortit une grosse trousse de l'arrière du véhicule pendant que son compagnon s'approchait de Cody et lui serrait la main.

— Je me présente : Emmett Baxter. Et ma collègue

s'appelle Joan Anderson. On nous a dit qu'il y avait une blessée… Elle est dans un état grave ?

— Je ne sais pas.

Cody conduisit les secouristes près de Bette, puis il examina la Ford Focus pour essayer de comprendre ce qui s'était passé, car il n'y avait pratiquement aucune trace de pneus sur la chaussée à l'endroit où la voiture avait dévié de sa trajectoire. Il n'était pas accidentologue, mais un dérapage aurait laissé des marques, et Bette ne pouvait pas avoir quitté volontairement la route.

En dehors de la vitre brisée côté conducteur, le véhicule semblait intact. Alors quelqu'un l'avait-il poussé dans le fossé avant de s'enfuir ? Quelqu'un s'était-il arrêté après l'accident et, au lieu de porter secours à Bette, avait-il cassé la vitre avec une pierre, puis sorti la jeune femme de la voiture ?

Cette dernière idée fit courir un frisson dans le dos de Cody.

Voyant les secouristes se redresser, il alla les rejoindre. Bette était assise, et un pansement recouvrait sa blessure à la tempe.

— Comment vous sentez-vous ? lui déclara-t-il.

— Pas très bien, mais je survivrai…

— Vous vous rappelez ce qui s'est passé, maintenant ?

— Non.

— Comme tout traumatisme, expliqua Joan Anderson, les chocs à la tête peuvent provoquer une perte de la mémoire à court terme.

— Je vais la retrouver ? demanda Bette.

— Ce n'est pas certain, mais à moins que vous ne commenciez à avoir des vertiges ou des nausées, il n'y a là rien d'inquiétant.

— Comme la nationale est de nouveau fermée à cause d'une avalanche qui s'est produite il y a une demi-heure, impossible de vous transporter à l'hôpital de

Grand Junction, annonça Baxter à Bette. On va devoir se contenter de la clinique d'Eagle Mountain.

— Inutile ! Conduisez-moi au ranch Walker, où je séjourne actuellement.

— Moi aussi, indiqua Cody aux secouristes. Je peux donc l'y emmener, et elle sera là-bas entourée de gens qui s'occuperont très bien d'elle.

— Et ma voiture ? observa Bette.

— On fera appel à une dépanneuse ou à un tracteur du ranch pour la sortir du fossé.

— Il faut que je récupère mon sac et mes courses d'alimentation.

— Je vais les chercher, dit Baxter avant de se diriger vers la voiture.

Un instant plus tard, la vitre brisée et la pierre lui apparurent, et il s'écria :

— Que s'est-il passé ?

Puis il se pencha et tendit la main vers la pierre, mais Cody, qui l'avait suivi, le tira en arrière.

— N'y touchez pas ! ordonna-t-il.

— Pourquoi ? Il y aurait eu agression ?

— Je l'ignore, mais contentez-vous de prendre le sac de Bette. Il est sur le siège côté passager, mais je ne vois pas les provisions… Elles doivent être dans le coffre. Je m'en occupe !

Cody venait de transférer les sacs d'épicerie de la Ford Focus dans sa voiture quand un véhicule portant le logo des bureaux du shérif se gara derrière l'ambulance. Travis en descendit et déclara :

— J'ai entendu l'appel sur ma radio, et j'ai préféré venir moi-même plutôt que d'envoyer un de mes adjoints.

Il jeta un coup d'œil à Bette, que Joan Anderson avait aidée à se mettre debout, et Cody lut du soulagement sur son visage. Sans doute avait-il craint que la victime ne soit sa fiancée.

— Comment vous sentez-vous ? demanda-t-il à Bette.

— Pas trop mal.

— Que s'est-il passé ?

— Je ne sais pas. Je souffre apparemment d'une amnésie partielle.

Pendant que la secouriste aidait la jeune femme à s'installer dans le 4×4 de Cody, Travis et Cody descendirent dans le fossé. Baxter, occupé à ranger son matériel médical dans la trousse, indiqua au shérif :

— Quelqu'un a dû casser la vitre avec la grosse pierre qui se trouve maintenant sur le siège, mais qui a blessé avant la conductrice à la tempe.

— Où est ce quelqu'un, à l'heure qu'il est ?

— Il n'y avait sur place personne d'autre que Bette quand je suis arrivé, répondit Cody. Et je n'ai croisé aucun véhicule après m'être engagé sur cette route.

— Moi non plus, déclara Travis, et il n'y a aucune habitation entre ici et le ranch… Bette ne se souvient vraiment de rien ?

— Elle dit que non, et je la crois. Elle a une vilaine entaille à la tempe, et elle était inconsciente quand je l'ai trouvée.

— Elle a eu de la chance… Si tu n'étais pas intervenu à temps, elle aurait pu mourir d'hypothermie.

Cette idée était venue à l'esprit de Cody, et il s'efforçait depuis de la chasser.

— Je vais ramener Bette au ranch, annonça-t-il. Sa voiture a l'air en état de marche, mais il faudrait que quelqu'un l'inspecte avant de la lui rendre.

— Je m'occupe de ça.

— Parfait !

Cody remonta dans son 4×4, mit le contact et régla aussitôt le chauffage sur la puissance maximale.

— Ça va mieux ? demanda-t-il à Bette.

— Oui, marmonna-t-elle sans le regarder.

Pourquoi l'avait-elle accusé de penser qu'elle avait un mauvais fond ? songea Cody. Ce n'était pas vrai ! Il ne jugeait jamais les gens sans les connaître, ne les enfermait pas d'emblée dans des catégories – d'un côté les bons, de l'autre les méchants… Et s'il le faisait, il ne saurait même pas où la ranger, elle. À cause de ses antécédents judiciaires, Bette lui inspirait une certaine méfiance, mais cela n'avait rien de définitif.

Quand ils arrivèrent à destination, la maison semblait vide. Cody aida la jeune femme à descendre de voiture, mais elle s'écarta de lui tout de suite après en disant :

— Je vais aller m'allonger dans mon chalet.

Au moment de se mettre en marche, cependant, elle chancela, et Cody lui passa un bras autour de la taille pour la stabiliser.

— Il ne faut pas que vous restiez seule pendant les quelques heures à venir, au cas où vous auriez un malaise… Allons à l'intérieur, et laissez-moi vous soutenir, sinon vous risquez de tomber et de vous blesser de nouveau à la tête.

Bette ne protesta pas, et Cody l'emmena s'asseoir devant la cheminée du séjour.

— Merci de m'avoir prêté votre manteau, déclara-t-elle en le lui rendant.

Il le posa sur le dossier d'un fauteuil, puis s'installa à côté de Bette.

— Comment vous sentez-vous ? lui demanda-t-il.

— J'aimerais que les gens arrêtent de me poser cette question !

— Ça n'arrivera pas, alors autant vous résigner… Comment vous sentez-vous ?

— J'ai une migraine affreuse.

— Des souvenirs vous sont revenus ?

— Non. Désolée…

— Vous n'avez pas à vous excuser !

Emily franchit alors le seuil de la pièce et s'écria :

— Ah ! vous êtes là, tous les deux ! Je ne vous ai pas entendus entrer.

Le sourire qui accompagnait ces mots s'effaça lorsqu'elle vit le pansement sur la tempe de Bette.

— Que vous est-il arrivé ? s'exclama-t-elle.

— Je ne sais pas. Cody m'a trouvée dans un fossé, à côté de ma voiture. J'étais inconsciente, et quand je me suis réveillée, je n'ai pas réussi à me rappeler comment j'avais atterri là.

— Ça alors ! Tu as prévenu Travis, Cody ?

— Il est sur place. La blessure à la tête de Bette peut avoir provoqué une légère commotion cérébrale et expliquer sa perte de mémoire.

— Il faut que vous voyiez un médecin ! décréta Emily en s'asseyant près de Bette et en lui prenant la main.

— Elle a été soignée par les secouristes venus dans l'ambulance que j'avais appelée, indiqua Cody. Faute de pouvoir la conduire à l'hôpital de Grand Junction, ils voulaient l'emmener à la clinique d'Eagle Mountain, mais elle a refusé.

— Je suis sûre de n'avoir rien de grave, dit Bette. J'ai juste besoin de me reposer et, avec un peu de chance, je retrouverai ensuite la mémoire. Pour l'instant, je ne me souviens qu'être allée faire des courses à la supérette d'Eagle Mountain et y avoir rencontré Brenda Prentice, une amie de Lacy.

— Vous ne savez donc pas ce qui a provoqué cette blessure à la tête ? demanda Emily.

— Non.

— La vitre de la portière avant gauche était cassée, intervint Cody, et il y avait une grosse pierre sur le siège du conducteur. Elle a sans doute heurté Bette à la tempe avant de retomber.

— Une grosse pierre ? répéta l'intéressée, les yeux

écarquillés. On voit souvent en montagne des panneaux signalant un risque d'éboulement, mais je n'aurais jamais imaginé qu'un rocher puisse briser, puis traverser une vitre de voiture !

— Il ne s'agit pas de ça, car le tronçon de route où l'accident s'est produit est bordé par des champs et des bois. Il n'y a aux alentours aucune paroi rocheuse d'où cette pierre aurait pu se détacher.

— Quelqu'un l'a donc *lancée* ? observa Emily.

— Sans doute.

— Mais qui ?

Jugeant inutile d'essayer de répondre à cette question, Cody suggéra à la place :

— Si tu allais faire du thé pour Bette ? Elle doit être encore gelée jusqu'aux os.

— Arrêtez de parler de moi comme si j'étais impotente ! protesta Bette. Je boirais volontiers une tasse de thé, mais je peux très bien aller la préparer moi-même.

— Non, je m'en charge ! dit Emily en se levant.

Une fois seule avec Cody, Bette le fusilla du regard.

— Vous êtes obligé de rester là, à jouer les gardes-malades ? Vous n'avez rien de mieux à faire ?

— Non.

— Ça m'agace !

— Peut-être, mais si on en profitait pour parler du pot de peinture et du pinceau que j'ai vus hier soir dans votre salle de bains ?

— Vous avez fouillé dans mes placards ?

— Non, je cherchais juste une serviette pour m'essuyer les mains, et je suis tombé sur ce pot de peinture rouge… Le même rouge que celui du message écrit sur votre porte.

— Pourquoi ne pas m'en avoir tout de suite parlé ?

— Pourquoi, vous, ne m'en avoir rien dit ?

— Parce que je ne me suis aperçue que ce matin de sa présence. Il n'était pas là hier en fin d'après-midi, je vous le jure ! Quelqu'un – l'auteur du graffiti, sans doute – l'a caché là en mon absence.

— Comment cette personne serait-elle entrée dans votre chalet ? Vous fermez la porte à clé quand vous le quittez, j'imagine ?

— Oui. La clé que Lacy m'a remise doit donc avoir un double.

— Je poserai la question aux Walker.

— Non !

Cody ne put s'empêcher de froncer les sourcils, et Bette s'écria :

— Ne me regardez pas comme ça !

— À savoir ?

— Comme si vous me soupçonniez d'avoir fait quelque chose de mal.

— Si ce n'est pas le cas, pourquoi m'interdire de demander aux Walker s'il existe un double de votre clé ?

— Vous devriez alors leur raconter toute l'histoire et, comme je vous l'ai dit hier, je ne veux pas les ennuyer avec ça.

— Les personnes qui ont le plus envie de vous voir partir étant Doug et Rainey, je pense que les Walker doivent savoir qu'un de leurs employés persécute une amie de leur future belle-fille.

— Comme je ne compte céder à aucune manœuvre d'intimidation, je préfère les ignorer. Et cette affaire ne concerne que moi, alors laissez-moi la gérer comme je l'entends !

— Bon, d'accord, je ne dirai rien…

— À quel sujet ? questionna Emily, de retour juste à ce moment-là dans le séjour avec un plateau contenant trois mugs fumants.

Cody se leva, la débarrassa du plateau et le posa sur une table. Il tendit un mug à chacune des deux jeunes femmes et prit le troisième avant d'aller se rasseoir.

— J'ai demandé à Cody de ne pas parler de la nature de ma blessure aux Whittington, mentit Bette. Je ne veux pas que Rainey s'en serve comme prétexte pour m'interdire l'accès à la cuisine.

— Elle l'apprendra forcément par quelqu'un d'autre, observa Emily. Mais ne vous inquiétez pas : nous ne la laisserons pas vous tyranniser.

L'entrée de Travis et de Lacy dans la pièce interrompit la conversation.

— Venez vous installer près du feu ! leur proposa Emily. Vous devez être frigorifiés !

Lacy vint s'asseoir à côté de Bette, mais le shérif, qui n'avait même pas ôté sa parka, resta debout.

— Je suis arrivée au ranch juste après Travis, expliqua Lacy, et il m'a raconté ce qui s'était passé… Comment te sens-tu, Bette ?

— Ça va…

— La mémoire vous est revenue ? demanda Travis.

— Non. J'ai beau me creuser la tête, c'est toujours le trou noir… Je ne me rappelle même pas avoir quitté la supérette et être remontée dans ma voiture.

— Elle va être remorquée à la fourrière pour y être examinée. On vous la rendra ensuite, et si vous avez besoin d'un moyen de transport dans l'intervalle, mon père ou ma mère vous en prêtera un.

— Je ne devrais pas avoir à bouger pendant les quelques prochains jours : j'ai fait beaucoup de courses aujourd'hui… Et à ce propos, il faut que j'aille les ranger…

— J'irai vous les chercher dans une minute, déclara Cody.

— Autre chose…, dit Travis en sortant un sachet à scellés de sa poche et en le montrant à Bette. J'ai trouvé ça dans le fossé, près de votre voiture… C'est à vous ?

Un frisson d'angoisse parcourut Cody : le sachet contenait un rouleau de ruban adhésif identique à celui que l'Ice Cold Killer utilisait pour attacher les poignets et les chevilles de ses victimes.

— Non, répondit Bette, ce n'est pas à moi.

— Il s'agit donc d'une pièce à conviction, conclut le shérif avant de remettre le sachet dans sa poche. Il faut que je poursuive mon enquête, maintenant, mais je tenais à venir prendre de vos nouvelles.

— C'est gentil, merci.

— Je vais chercher les courses, annonça Cody.

Il attrapa son manteau, suivit Travis dehors et, une fois sur la terrasse, il lui demanda :

— Tu as trouvé une des cartes du tueur ?

— Non, juste ce rouleau de ruban adhésif argenté. Il a l'air neuf. Je ne suis même pas sûr qu'il ait jamais servi.

— Le tueur avait peut-être besoin de renouveler son stock…

— Peut-être… Et maintenant que nous sommes seuls, je vais te dire quelque chose que j'ai préféré taire devant les autres pour ne pas les inquiéter.

— Je t'écoute !

— Sur le chemin du ranch, je suis descendu de voiture tous les cent mètres environ, et j'ai longé à pied les accotements – le droit à l'aller, le gauche au retour – à la recherche de traces indiquant qu'un véhicule en aurait franchi un, pour s'enfoncer ensuite dans les bois ou les champs… Je n'ai rien vu.

— Les voitures ne se volatilisent pourtant pas !

— Non. Et comme l'agresseur de Bette n'a ni bifurqué ni fait demi-tour, c'est ici, au ranch, qu'il est allé. Et il y est toujours.

8

La possibilité que le tueur soit dans les environs immédiats causa un choc à Cody.

— Qu'est-ce que je peux faire ? demanda-t-il à Travis.

— Tu vas m'aider à fouiller les alentours à la recherche d'un véhicule qui a été utilisé au cours de ces deux dernières heures. Il faut aussi inspecter les dépendances : elles peuvent servir de cachette.

— Bette a été attaquée il y a au moins une heure… Le moteur du véhicule de son agresseur a eu le temps de refroidir.

— Oui, mais s'il est dehors, la neige ne l'aura pas encore entièrement recouvert.

— Tu soupçonnes un des employés de tes parents ou une personne extérieure au domaine ?

— Je soupçonne tout le monde, pour l'instant !

— Attends-moi ! Je m'occupe des courses de Bette, et je reviens.

Cody alla sortir les sacs de provisions de son 4×4, retourna avec dans le séjour pour les confier à la jeune femme, puis il rejoignit Travis.

— Si c'est l'Ice Cold Killer qui s'en est pris à Bette, remarqua-t-il pendant qu'il se dirigeait avec Travis vers l'une des nombreuses granges que comptait le ranch, venir ici ensuite est d'une audace folle !

— Oui, mais il a tué Fiona Winslow pendant une chasse au trésor qui comptait beaucoup de participants.

Quelqu'un aurait très bien pu le surprendre… Je pense donc que le risque l'excite.

Trois voitures étaient garées près de l'écurie, dont une berline d'un modèle assez ancien, mais une épaisse couche de neige les recouvrait toutes.

— Elles n'ont pas bougé depuis qu'il s'est remis à neiger, observa Travis.

— Et peut-être même depuis plus longtemps, renchérit Cody.

Ils passèrent les deux heures suivantes à inspecter granges et remises, à remonter sur quelques dizaines de mètres tous les chemins de terre environnants… En vain. Travis interrogea plusieurs employés du ranch, mais aucun n'avait vu de véhicule, connu ou inconnu, pénétrer récemment dans l'enceinte de la propriété.

— Personne n'a envie de se promener en voiture par ce temps ! dit l'un d'eux.

Le soleil commençait à se coucher quand les deux amis reprirent la direction d'une maison que Cody avait hâte de regagner, car il avait les extrémités glacées. Mais Travis, qui ouvrait la marche, la contourna au lieu d'y entrer.

— On va aller jeter un coup d'œil à l'arrière, déclara-t-il, et ensuite, on ira se mettre au chaud.

— Tu crois vraiment que l'agresseur de Bette aurait le culot de garer sa voiture aussi près de la maison ? observa Cody.

Il suivit cependant le mouvement, et soudain, alors qu'ils approchaient de la porte de la cuisine, le shérif s'immobilisa.

— Qu'y a-t-il ? demanda Cody.

Travis pointa l'index vers un endroit situé juste au-delà de la lumière provenant de la fenêtre de la cuisine, et Cody aperçut le pare-chocs d'une voiture.

Les deux hommes se remirent en marche et, un

instant plus tard, la lampe torche de Travis éclairait le capot et le pare-brise de ladite voiture. La couche de neige, sur la carrosserie, était beaucoup moins épaisse que dans le cas des autres véhicules examinés pendant leurs recherches.

— À qui appartient cette voiture ? questionna Cody.

— À Rainey, répondit Travis en éteignant sa torche. Allons l'interroger !

— Je n'ai plus du tout froid, dit Bette en s'efforçant de ne pas trahir son agacement.

Lacy et Emily étaient pleines de bonnes intentions, mais leur sollicitude commençait à lui peser. Elles lui avaient offert des couvertures, une bouillotte, du potage, de l'ibuprofène… Elles refusaient de la perdre de vue ne serait-ce qu'une minute – même pour se rendre aux toilettes ! –, si bien qu'Emily était allée mettre ses courses dans le garage à sa place.

Bette repoussa les couvertures, se leva et reprit :

— Merci pour tout ! Je vais maintenant regagner mon chalet, me doucher et me coucher. Après une bonne nuit de sommeil, je serai complètement rétablie.

— Il faut que quelqu'un aille régulièrement s'assurer que tu vas bien, non ? remarqua Lacy. J'ai lu quelque part qu'une personne blessée à la tête pouvait tomber brusquement dans le coma jusqu'à douze heures plus tard.

— Si quelqu'un vient me réveiller alors que je dors tranquillement, gare aux conséquences !

— Tu ne peux tout de même pas nous reprocher de nous inquiéter pour toi !

— Non, je plaisantais, déclara Bette. Vous êtes très gentilles, toutes les deux, mais je me sens beaucoup mieux. Ma migraine est même presque complètement passée.

C'était faux – elle avait encore très mal à la tête –, mais si elle l'avouait, Emily et Lacy étaient capables de venir à tour de rôle, et pendant toute la nuit, la secouer pour vérifier qu'elle était toujours en vie.

En les voyant échanger un regard, Bette comprit qu'elles allaient insister, mais elle ne leur en laissa pas le temps : elle prit son manteau et quitta la pièce à grands pas.

Désirant être sûre que ses courses d'alimentation avaient été correctement rangées, elle dut se résigner à se rendre dans la cuisine. Rainey, occupée à faire chauffer le contenu d'une casserole, se tourna vers elle et lui lança :

— Qu'est-ce que vous voulez ? Je suis en pleine préparation du dîner !

— Je vais juste voir si Emily a bien mis dans le réfrigérateur du garage tout ce qui devait y aller.

Une fois dans le garage, Bette alluma la lumière et ouvrit le réfrigérateur. Emily y avait bien rangé les produits fragiles, mais les autres aussi, comme les fruits secs. Bette les sortit et les réunit dans un même sac. Elle les garderait dans son chalet jusqu'au moment où elle en aurait besoin. Ainsi, Rainey ne pourrait pas se plaindre que ces provisions prennent de la place dans ses placards.

Le sac à la main, Bette regagna la cuisine – et faillit se cogner à Cody.

— Qu'est-ce que vous faisiez dans le garage ? lui demanda-t-il.

— Je suis allée récupérer quelques produits dans le réfrigérateur.

Elle s'aperçut alors que Travis était là, lui aussi. Son arrivée avait visiblement interrompu une conversation tendue entre le shérif et Rainey : le premier fronçait les sourcils, tandis que la seconde avait les bras croisés sur la poitrine dans une attitude hostile. Elle jeta un coup d'œil à Bette, puis déclara à Travis :

— Je gare toujours ma voiture à cet endroit, et je ne vois pas en quoi ça vous regarde ! Si ça gêne vos parents, qu'ils viennent me le dire eux-mêmes !

— Je ne vous ai pas reproché de vous garer là : je vous ai demandé quand vous avez utilisé votre voiture pour la dernière fois.

— Pourquoi voulez-vous le savoir ?

— Répondez à la question, s'il vous plaît !

— Hier. Je suis allée faire des courses en ville avec, et elle n'a pas bougé depuis.

— Vous en êtes sûre ?

— Évidemment !

— J'ai pourtant remarqué qu'il n'y avait pas beaucoup de neige dessus. Pas autant, en tout cas, qu'il devrait normalement y en avoir après plus de vingt-quatre heures d'immobilité complète.

Rainey baissa la tête, puis elle expliqua sur un ton radouci :

— Je n'aime pas laisser la neige s'amonceler sur ma voiture. C'est trop de travail, ensuite, pour l'enlever. Alors Doug s'en est occupé.

— Quand ?

— Je ne sais pas exactement. Après le déjeuner, sans doute.

— Où est-il en ce moment ?

— Il ne se sentait pas très bien, et je l'ai envoyé se reposer dans sa chambre. Je crois qu'il couve quelque chose… La grippe, peut-être.

— Il faut que je lui parle.

— Pourquoi ? Il n'a rien fait de mal !

— Dans ce cas, il n'a aucune raison de craindre de répondre à quelques questions.

— Quel genre de questions ?

— Doug est adulte… C'est à lui directement que je compte m'adresser.

Une brusque colère s'empara alors de Rainey. Elle écarta les bras, se tourna d'un bloc vers Travis et cria :

— Parce que vous êtes shérif, vous pensez avoir le droit de harceler mon fils ? S'il a fait de la prison, c'est parce que sa petite amie a menti au procès ! Et maintenant, vous êtes prêt à lui mettre sur le dos tout ce qui se passe de louche aux alentours, alors que vous avez introduit dans cette maison une personne qui, elle, a des faits graves à se reprocher ! Vous devriez avoir honte !

— Ça suffit, Rainey ! déclara sèchement Travis.

Mais la cuisinière l'ignora. Elle montra Bette du doigt et reprit :

— C'est à elle que vous devriez poser des questions ! Elle a braqué une banque !

— Comment le savez-vous ? demanda le shérif.

— Je vous ai entendu en parler ce matin avec le marshal Rankin… Cette fille projette sûrement de dévaliser la maison dès que vous aurez le dos tourné !

Ce fut au tour de Bette de voir rouge. Comment cette femme osait-elle l'accuser de vouloir nuire à des gens qui lui témoignaient une telle gentillesse ?

Si quelqu'un, pendant son incarcération, l'avait calomniée de cette façon, elle lui aurait fait ravaler ses paroles. Une prisonnière qui déclenchait une bagarre perdait des avantages et risquait même de voir sa peine prolongée, mais perdre la face était encore pire. Car si certaines détenues détectaient chez une autre la moindre faiblesse, elles pouvaient transformer en enfer son séjour derrière les barreaux.

Mais je ne suis plus en prison, se rappela Bette.

Elle était chez des gens respectables, qui lui avaient confié un travail… Il n'était pas question de laisser

Rainey lui faire perdre son sang-froid, aussi lui dit-elle calmement :

— Le shérif me sait prête à répondre à toute question qu'il voudrait me poser... Maintenant, excusez-moi, mais je vais me coucher. J'ai eu une dure journée.

Bette parvint à quitter la cuisine la tête haute, mais une fois dehors, elle ne put retenir ses larmes, et le vent froid les plaqua sur ses joues. Au bout d'un moment, Cody la rattrapa et la saisit par le bras.

— Laissez-moi tranquille ! s'exclama-t-elle en se dégageant vivement.

— Non, je vous raccompagne à votre chalet.

— Ce n'est pas la peine.

— Si ! Vous avez été victime de plusieurs actes de malveillance en deux jours, et celui d'aujourd'hui aurait pu vous être fatal... Vous préférez peut-être faire comme si tout allait bien, mais pas moi !

Ne sachant quoi répondre, Bette se tut, et ils effectuèrent le reste du trajet dans un silence seulement rompu par le crissement de la neige sous leurs pas.

— Pas de nouveau graffiti sur la porte, observa Cody pendant qu'ils gravissaient l'escalier extérieur. C'est déjà ça !

Sa clé à la main, Bette se tourna vers lui.

— Merci de m'avoir raccompagnée. Vous pouvez aller rejoindre les autres !

— Pas avant de m'être assuré qu'aucune mauvaise surprise ne vous attend à l'intérieur.

Bette n'eut pas le temps de protester : Cody se saisit de la clé, ouvrit la porte et la franchit. Elle le suivit et parcourut la chambre des yeux. Tout y était dans l'état où elle l'avait laissé.

— Personne n'est venu en mon absence, déclara-t-elle. *Partez, maintenant !*

Pour ne pas paraître ingrate, elle dut se contenter de prononcer ces mots intérieurement, et Cody ne bougea pas.

— Ce qui s'est passé dans la cuisine vous a secouée, dit-il, et je le comprends. Les accusations de Rainey n'auront cependant aucun effet sur Travis : elles avaient pour but de détourner une conversation qui la gênait, et il n'a pas été dupe de la manœuvre.

La curiosité l'emportant soudain sur toute autre considération, Bette s'assit au bord du lit et demanda :

— Pourquoi le shérif interrogeait-il Rainey à propos de sa voiture ?

— On a cherché, Travis et moi, le véhicule conduit par votre agresseur, répondit Cody en s'asseyant dans l'unique fauteuil de la pièce. Ni lui ni moi n'avons croisé de voiture entre l'entrée de la route communale et l'endroit où je vous ai découverte. Votre agresseur n'a donc pu prendre qu'une direction…

— Celle du ranch ?

— Oui, et toutes les voitures que nous avons trouvées ici sont recouvertes d'une couche de neige indiquant qu'elles n'ont pas bougé depuis au moins plusieurs heures. Sauf celle de Rainey.

— Je sais qu'elle ne m'aime pas, mais de là à s'en prendre physiquement à moi… Non, je la verrais plutôt cracher dans ma soupe, répandre sur moi de fausses rumeurs ou aller crier sur les toits que j'ai braqué une banque et qu'il faut se méfier de moi.

— Je suis du même avis. Reste Doug… Ça peut être lui, votre agresseur ?

— Je ne sais pas : je ne me souviens vraiment de rien… Mais sa mère a parlé à son sujet de procès et de prison… Qu'a-t-il fait ?

— Il vient de passer quinze mois sous les verrous pour avoir roué de coups sa petite amie.

— Voilà qui ne va évidemment pas contribuer à me

le rendre sympathique, mais pourquoi me détesterait-il au point de mettre ma vie en danger ? Je ne crois pas avoir échangé un seul mot avec lui depuis mon arrivée !

— Il cherche peut-être à protéger sa mère.

— Non ! Rainey me considère comme une sorte de rivale, mais je ne menace en rien son emploi : ma présence la vexe peut-être, mais ne l'empêche pas de continuer à s'occuper des repas familiaux, et après le mariage, elle régnera de nouveau seule dans sa cuisine… Doug le sait, elle aussi, et je veux bien qu'ils essaient de me pousser à partir en me pourrissant la vie, mais je ne vois pas Doug user de violence envers moi : pourquoi risquerait-il de retourner derrière les barreaux juste pour venger sa mère de ce qu'elle considère comme une humiliation ?

— Quelqu'un pourrait vous vouloir *vraiment* du mal ? demanda Cody.

— Non, je n'ai aucun ennemi.

— Et votre ancien compagnon, l'homme qui vous a convaincue de l'aider à commettre ce hold-up ?

— Il est toujours en prison.

— Vous en êtes sûre ?

Bette prit le temps de réfléchir avant de répondre. Après sa libération, elle s'était régulièrement assurée qu'Eddie était encore sous les verrous, mais la peur de le voir resurgir dans sa vie l'avait peu à peu quittée.

— La dernière fois que j'ai vérifié, déclara-t-elle, c'était il y a six mois, et il était alors toujours incarcéré.

— Beaucoup de détenus entretiennent des contacts avec l'extérieur. Ils y ont des amis fidèles, à qui ils peuvent demander des services – retrouver une ancienne petite amie, par exemple, et l'empêcher de parler.

— Mais Eddie a déjà été jugé et condamné ! Je n'ai rien à dire sur lui qui aggraverait sa situation vis-à-vis de la justice !

— Le membre de la bande qui n'a jamais été arrêté

est le conducteur du véhicule qui a permis aux autres de s'enfuir, n'est-ce pas ?

— Vous vous êtes renseigné, à ce que je vois !

Cody demeura impassible.

— Ça vous étonne ? demanda-t-il.

— Non, c'est plutôt le contraire qui m'aurait surprise.

— Et vous n'avez pas témoigné contre cet homme.

— Je n'avais pas la moindre information à donner sur lui. Je ne l'avais rencontré qu'à une occasion, et pendant quelques minutes seulement. Je ne connaissais pas son nom, et j'avais oublié à quoi il ressemblait.

— Votre ancien compagnon en a conscience ?

— Oui. Il faisait volontairement en sorte que j'en sache le moins possible – pour me protéger, disait-il, mais ça marchait dans les deux sens : moins j'en savais, moins je pouvais fournir de renseignements à la police si jamais elle m'arrêtait.

— Bon, d'accord, vous ignorez tout du conducteur de la voiture avec laquelle toute la bande s'est enfuie… Mais cet homme, lui, doit vous connaître. Il a peut-être décidé de vous faire taire.

— Ça me paraît très improbable, et pour plusieurs raisons !

Bette leva une main et commença de compter sur ses doigts.

— Primo, comment pourrait-il savoir que je suis à Eagle Mountain ? Secundo, quand serait-il arrivé ici ? La nationale n'est même pas restée ouverte pendant deux jours entiers ! Et tertio, ce braquage a eu lieu il y a neuf ans. Pourquoi aurait-il attendu tout ce temps pour s'en prendre à moi ? Si ça se trouve, il a commis depuis d'autres crimes, et il purge en ce moment une longue peine de prison pour l'un d'eux.

— À moins qu'il n'ait été, comme vous, manipulé

par Edward Rialto, et qu'il ne soit ensuite rentré dans le droit chemin.

— Mais dans ce cas, pourquoi courir le risque de me faire taire ?

— Il a peut-être maintenant un bon emploi, une femme, des enfants… Si vous l'identifiez, toute sa nouvelle existence s'écroule autour de lui.

— Sans doute, mais comment le passé pourrait-il le rattraper, puisque je ne me souviens pas de lui ?

— Il ne le sait pas forcément, et tant que votre agresseur d'aujourd'hui n'aura pas été confondu, je compte veiller sur votre sécurité – que ça vous plaise ou non.

— Pourquoi y tenez-vous tellement ?

— Disons que ça me fournit une nouvelle occupation. On se lasse vite de déblayer la neige et de couper du bois.

— En venant ici à cette période de l'année, vous deviez pourtant bien vous douter que Travis, même sans cette histoire de tueur en série, n'aurait pas beaucoup de temps à vous consacrer… Il n'est pas en vacances, lui !

— Je suis un de ses témoins.

— Oui, mais le mariage n'est que dans deux semaines et demie… Il vous aurait suffi d'arriver la veille ou l'avant-veille de la cérémonie, non ?

Cody fixa Bette en silence pendant si longtemps qu'elle finit par observer :

— Ma question n'a rien de compliqué !

— Non, mais je n'ai pas de réponse simple à lui apporter.

Un nouveau silence, puis Cody reprit :

— Je vous ai dit que j'étais en congé, mais je n'ai pas *choisi* de l'être. Mes supérieurs m'y ont forcé.

— Pourquoi ? Vous avez commis une bavure ?

À peine avait-elle prononcé ce mot que Bette le regretta, car Cody tressaillit.

— Désolée, dit-elle. J'aurais dû me taire.

— Non, ce n'est pas grave. Je préfère votre franchise au « tact » dont beaucoup de gens se sentent obligés de faire preuve.

Cody marqua une pause, et Bette attendit cette fois qu'il se décide à parler.

— J'étais à la recherche d'un homme visé par un mandat d'arrêt, finit-il par déclarer d'une voix sourde. C'était un membre de la bonne société, quelqu'un de bien, en apparence… Sauf qu'il avait violé sa nièce de dix ans. Et comme il entraînait une équipe de football féminine, peut-être d'autres filles avaient-elles subi le même sort… Je l'ai retrouvé dans la résidence secondaire d'un de ses amis, où il était allé se cacher, et je lui ai servi mon petit discours habituel : « Rendez-vous sans faire d'histoire, et tout ira bien. »

Cody s'interrompit et ferma les yeux. La scène devait être en train de repasser dans sa tête.

— Le problème, enchaîna-t-il, c'est qu'il avait un pistolet à la main, et la façon dont il le tenait me disait qu'il n'avait pas l'intention de me tirer dessus : il voulait commettre ce qu'on appelle un suicide par police interposée.

— Il vous menaçait pour que vous le tuiez ?

— Oui, répondit Cody en rouvrant les yeux, et il n'en était pas question… Cet homme me faisait horreur, mais je ne suis pas un justicier : je mets un point d'honneur à ramener vivants les gens que je poursuis, pour qu'ils soient jugés. J'étais sûr de pouvoir raisonner cet homme, le convaincre de poser son arme… Je pensais avoir tout mon temps : il existe des règles pour désamorcer ce genre de situation, et je les connaissais. Il me suffisait de les suivre pour que les choses se terminent bien.

Sa figure se crispa, et ce fut au prix d'un effort visible qu'il poursuivit :

— Mais cet homme, lui, ne connaissait pas les règles…

Je ne m'étais pas trompé : il n'avait pas l'intention de me tirer dessus. Mais je me suis trompé en croyant qu'il n'aurait pas le courage de se suicider : j'avais à peine commencé à le raisonner qu'il a enfoncé le canon de son pistolet dans sa bouche et pressé la détente, en me regardant droit dans les yeux.

Bette ne put contenir un cri d'horreur, et Cody secoua la tête comme un boxeur cherchant à reprendre ses esprits après avoir reçu un uppercut.

— C'est évidemment une expérience traumatisante, mais je me savais capable de retourner tout de suite sur le terrain. J'ai même dit à mon chef que le travail serait pour moi le meilleur des remèdes… Il ne m'a pas écouté, et le verdict est tombé : je devais prendre un congé qui durerait jusqu'au mois de février.

— Ça n'explique pas pourquoi c'est ici que vous avez choisi de passer ces vacances forcées…

— Si j'étais resté à Denver, dans mon appartement, je serais devenu fou. Travis est un de mes meilleurs amis, et même si je savais en effet qu'il serait occupé à la fois par son travail et les préparatifs de son mariage, je pensais qu'il aurait malgré tout un peu de temps à me consacrer. Je ne pouvais pas deviner qu'une affaire de tueur en série l'occuperait sept jours sur sept pendant mon séjour… Et puis vous êtes arrivée !

— Je suis ravie que ma présence vous aide à tromper votre ennui !

— Elle fait beaucoup plus que me distraire, croyez-moi ! Elle a même sur moi des effets… spectaculaires !

Cody se leva et se dirigea vers Bette en fixant sur elle un regard brûlant qui mit tous ses sens en émoi. Il la prit par la taille pour la mettre debout face à lui, puis il s'empara de ses lèvres.

Pas un instant elle ne songea à le repousser. Elle s'offrit au contraire à son baiser, et ce ne fut qu'après un long moment, et uniquement par besoin de reprendre leur souffle, qu'ils s'écartèrent l'un de l'autre.

— Si vous ne voulez pas qu'on aille plus loin, déclara Cody d'une voix rauque, c'est maintenant qu'il faut le dire.

— Et vous, qu'est-ce que vous voulez ?

— Je pense que vous le savez… Alors ?

En guise de réponse, Bette unit de nouveau leurs lèvres et, tout en l'embrassant avec une passion renouvelée, Cody se cambra pour lui faire sentir son érection.

La force du désir qu'elle éprouvait pour cet homme l'exaltait et l'effrayait à la fois.

Une petite voix intérieure l'exhorta à la prudence, mais elle ne l'écouta pas : elle attrapa le bas du pull-over de Cody, le remonta…

L'instant d'après, ils s'arrachaient pratiquement leurs vêtements. Bette s'allongea ensuite sur le lit, et quand Cody vint l'y rejoindre, elle le chevaucha. Comme grisée, elle se mit alors à rire.

— Qu'est-ce qu'il y a de drôle ? demanda-t-il.

— Il ne vous est jamais arrivé de rire juste parce que vous vous sentiez bien ?

— Non, je ne crois pas.

— Voyons si je peux y faire quelque chose…

Bette glissa le long du corps de Cody et referma les lèvres sur son sexe. Il lui pétrit fiévreusement les épaules pendant qu'elle s'appliquait à lui donner du plaisir, puis il la ramena à sa hauteur en disant :

— Vous êtes sûre d'être en état de faire l'amour ? J'avais oublié votre blessure à la tête !

— J'ai lu quelque part qu'un rapport sexuel calmait les migraines mieux que n'importe quel antalgique.

— Dans ce cas…, susurra Cody avec un sourire gourmand.

Les caresses et les baisers qu'il prodigua alors à Bette avec un art consommé lui firent rapidement atteindre un orgasme qui la secoua de la tête aux pieds. Elle s'affaissa contre lui, et il la berça avec une douceur qui l'émut profondément.

— Il y avait longtemps que… euh… ça ne m'était pas arrivé, avoua-t-elle d'une voix mal assurée.

— Je devrais pouvoir faire encore mieux !

Sur ces mots, Cody la coucha sur le dos et se mit à bouger entre ses jambes.

— Attends ! déclara-t-elle.

— Il y a un problème ?

— Oui. Je ne prends pas la pilule.

— Désolé, j'aurais dû te poser la question avant ! Mais j'ai la solution… Ne bouge pas !

Cody descendit du lit, se rendit dans la salle de bains et en revint en brandissant un petit sachet doré.

— D'où ça sort ? questionna Bette.

— Comme il y a une boîte de préservatifs dans l'armoire à pharmacie de ma salle de bains, la logique voulait qu'il y en ait une ici au même endroit… Les Walker pourvoient à *tous* les besoins de leurs invités !

— Je n'avais pas remarqué cette boîte.

— Il fallait avoir l'idée de la chercher, observa Cody. Tu ne l'as pas eue… Moi, si !

Que voulait-il dire par là ? lui aurait demandé Bette si elle n'avait été trop occupée à le regarder enfiler le préservatif.

Il la rejoignit ensuite, lui écarta doucement les jambes avant de la pénétrer, et là, plus rien ne compta pour elle que l'extraordinaire sensation de ne plus faire qu'une avec lui.

Une sensation si enivrante qu'elle risquait même d'en devenir dépendante comme d'une drogue.

C'était dangereux, mais il n'était pas question d'y penser maintenant. Elle aurait tout le temps de réfléchir plus tard.

9

Quand Bette se réveilla le lendemain matin, elle avait mal partout et, pour tout arranger, un flot d'émotions contradictoires l'envahit aussitôt.

Cody ne l'avait quittée que tard dans la nuit, après lui avoir fait l'amour avec un merveilleux mélange d'ardeur et de tendresse. Elle avait passé grâce à lui les moments les plus intenses de toute sa vie, mais pas plus que la veille à la même heure, elle ne savait maintenant comment leurs relations allaient évoluer.

Elle s'habilla et découvrit une fois dehors un monde comme figé dans la glace. La couche de neige gelée qui recouvrait tout étincelait sous le soleil, et si l'air sec et froid piquait les yeux et brûlait la gorge, il avait aussi des vertus revigorantes.

Bette trouva Emily, Lacy, Travis et Cody dans la salle à manger, en train de déguster des œufs brouillés au jambon qui sentaient délicieusement bon.

— Comment vas-tu ce matin ? lui demanda Lacy. Tu as encore mal à la tête ?

— Presque plus.

Elle n'aurait pas été plus consciente de la présence de Cody s'il n'y avait eu que lui dans la pièce, et pourtant elle évita de le regarder. Le grand jour et le monde réel donnaient l'apparence d'un rêve – ou d'une grosse bêtise – à ce qui s'était passé entre eux la veille dans le cadre intime de son chalet.

— Je suis contente que tu ailles mieux, déclara Lacy. J'ai failli me relever cette nuit pour m'assurer que tu n'avais besoin de rien.

Bette, elle, était contente d'avoir tourné le dos à la table pour se servir à manger sur la desserte, car le souvenir de ce que son amie aurait découvert en venant la voir lui avait fait monter le rouge aux joues.

— Tu as eu raison de rester dans ton lit, déclara-t-elle.

Par chance, Emily orienta alors la conversation vers un tout autre sujet :

— J'ai quelque chose à vous annoncer ! On a décidé, Gage et moi, d'organiser une promenade en traîneau. Papa veut bien qu'on ressorte les deux vieux traîneaux entreposés dans une des granges. Il est en train de vérifier les harnais avec maman.

— Quand avez-vous décidé ça, Gage et toi ? demanda Travis.

— Hier, au téléphone. C'est à toi qu'il voulait parler, mais tu étais dans la cuisine avec Rainey, et on s'est mis à bavarder, tous les deux. Casey lui réclame une promenade en traîneau depuis qu'il lui a montré l'album de photos de famille que maman lui a donné. On s'est dit qu'avec toute cette neige, c'était le bon moment.

— Cette promenade est déjà programmée ?

— Oui, elle aura lieu ce soir après le dîner, avec pour destination l'ancienne cabane de bûcheron située en bordure du pâturage ouest. Là, on pourra se réchauffer en buvant du chocolat, et peut-être même faire des brochettes de guimauve.

À la façon dont Travis fronçait les sourcils, il était évident que cette idée lui déplaisait.

— Je t'interdis de jouer les rabat-joie ! lui lança sa sœur. Ça ne durera pas plus de quelques heures, et ce moment de détente fera du bien à tout le monde. Tu n'es pas la seule personne à être stressée par cette histoire de tueur en série, figure-toi !

— Ce sera romantique, observa Lacy.

— *Très* romantique ! renchérit Emily. On se blottira sous d'épaisses couvertures, et Gage a promis d'apporter une flasque de schnaps à la menthe pour rendre le chocolat plus… intéressant.

— Ça ne m'étonne pas de lui, marmonna Travis.

— Arrête de grogner ! lui ordonna Lacy. On va tous beaucoup s'amuser… Même toi, tu verras ! En attendant, j'ai rendez-vous par Skype avec l'entreprise chargée de l'organisation du mariage…

Puis elle s'adressa à l'ensemble de la tablée :

— Et vous, qu'est-ce que vous comptez faire ?

— Je vais passer une partie de la matinée ici, à travailler, annonça Travis.

Les yeux fixés sur son assiette, Cody garda le silence. Bette avait l'impression qu'il faisait semblant de ne pas avoir entendu la question de Lacy, parce qu'il n'avait pas envie d'y répondre.

— Je ne sais pas ce que certaines de mes recettes donneront comme résultat à cette altitude, indiqua-t-elle. Je vais effectuer des essais, au cas où de petites modifications seraient nécessaires.

— J'ai parlé à Rainey, lui dit Travis. Elle devrait désormais vous laisser tranquille.

— Merci, déclara-t-elle en s'installant en face de lui avec une tasse de café et une assiette remplie d'œufs brouillés au jambon. Et si mes essais sont concluants, ils pourront venir agrémenter la collation de ce soir.

— Quelqu'un sait quand la nationale va rouvrir ? demanda Cody.

— Rien n'est encore sûr, répondit Travis. Il faut d'abord vider les couloirs d'avalanche.

— Comment fait-on ? questionna Bette.

— On utilise de la dynamite, et parfois même un lance-roquettes, pour provoquer un glissement du manteau neigeux – une avalanche volontaire, si vous préférez. La neige atterrit sur la nationale, et il faut ensuite la déblayer. Comme il y a vingt-quatre couloirs d'avalanche sur le tronçon de route qui dessert Eagle Mountain, il ne sera sans doute pas praticable avant plusieurs jours… Et de nouvelles chutes de neige sont annoncées.

— Construire une nouvelle route ne serait pas plus simple ? observa Bette. Ça épargnerait à une ville entière d'être coupée du reste du monde chaque fois qu'il neige !

— La fermeture de la nationale ne dure habituellement que quelques heures, une demi-journée au maximum…, souligna Lacy. Les conditions météo sont particulièrement mauvaises, cette année.

— La construction d'une nouvelle route coûterait des centaines de millions de dollars, indiqua Travis, parce qu'il faudrait faire sauter des pans entiers de montagne. Et je ne parle même pas des dégâts sur le plan environnemental ! De plus, cette nouvelle route serait sans doute elle aussi exposée au risque d'avalanche… Non, les gens d'ici sont habitués à ce genre de situation. Ils savent le gérer… Il faut que j'aille travailler, maintenant.

Travis quitta la salle à manger, et les autres convives l'imitèrent l'un après l'autre. Restée seule, Bette finit rapidement de déjeuner, puis elle regagna tout de suite son chalet pour ne pas être là quand Rainey débarrasserait la table. Elle n'avait pas peur de se retrouver face à la cuisinière, mais si elle pouvait l'éviter, ce serait mieux pour tout le monde.

Vers 10 heures, Bette retourna dans l'habitation principale avec les produits dont elle avait besoin. La cuisine était vide, ce qui lui procura un certain soulagement. Elle attacha ses cheveux, enfila son tablier, et ces deux gestes suffirent à la détendre. Un sourire lui vint même aux lèvres lorsqu'elle commença de rassembler sur l'îlot central les ustensiles dont elle avait besoin.

Cuisiner était pour elle le meilleur des remèdes contre l'angoisse. Plusieurs fois, à des moments difficiles de sa vie, c'était ce qui l'avait empêchée de sombrer. Quand elle hachait, mélangeait, pétrissait, personne ne la manipulait ni ne la contrôlait. C'était elle qui décidait de tout, et le pouvoir qu'elle détenait de créer quelque chose de beau et de bon à la fois à partir d'ingrédients tout simples la valorisait à ses propres yeux.

Bette se rendit dans le garage pour aller chercher les produits frais nécessaires à la confection de certains de ses gâteaux. Les plaquettes de beurre étaient bien dans le réfrigérateur, mais pas les deux pots de crème fraîche, alors qu'ils y étaient la veille au soir.

Déconcertée, Bette regagna la cuisine et se mit à chercher les pots manquants – dans le réfrigérateur d'abord, puis dans les placards… Sans les trouver et, bizarrement, ce fut sur une étagère de l'arrière-cuisine, à côté d'un bocal de poivrons grillés, qu'elle les découvrit.

Le produit était resté trop longtemps à température ambiante pour être encore bon. Bette le vida dans l'évier, lava les pots et les jeta dans la poubelle de recyclage en maudissant l'auteur de ce vilain tour – Rainey ou Doug, probablement.

Une silhouette passa alors devant la fenêtre. C'était Doug, justement, la tête rentrée dans les épaules et la capuche de son anorak relevée. Bette attrapa le manteau suspendu à une patère, à gauche de la porte de derrière, et chaussa la paire d'après-ski rangée dessous. L'un comme l'autre devaient appartenir à Rainey, mais cette dernière n'avait pas intérêt à lui reprocher de les lui avoir empruntés !

Bette trouva Doug près d'un gros tas de bûches, en train d'allumer une cigarette. Elle le héla, et il sursauta si violemment que la cigarette faillit lui échapper des mains.

— Qu'est-ce que vous voulez ? grommela-t-il, les yeux fixés sur ses pieds.

— Quelqu'un a sorti ma crème fraîche du réfrigérateur du garage et l'a mise dans l'arrière-cuisine, où elle s'est gâtée… C'est vous qui avez fait ça ? Ou votre mère ?

— Ça doit plutôt être vous. Avec le coup que vous avez reçu sur la tête, vous avez sans doute le cerveau un peu fêlé.

— Comment savez-vous que j'ai reçu un coup sur la tête ? demanda Bette en se rapprochant de Doug – qui recula aussitôt de plusieurs pas.

— Vous avez un pansement sur la tempe, répondit-il.

— Il pourrait s'agir d'un autre type de blessure. J'aurais pu me cogner, par exemple…

— J'ai entendu parler d'un coup sur la tête…

— « Entendu parler » seulement ? Ce ne serait pas vous, plutôt, qui me l'auriez donné ?

— Non ! Pourquoi j'aurais fait ça ? Je ne vous connais pas !

— Alors pourquoi me détestez-vous autant, votre mère et vous ? Je ne cherche pas à vous prendre votre travail : je suis juste venue m'occuper du mariage d'une amie. Je repartirai ensuite à Denver, et nos chemins ne se croiseront probablement plus jamais.

— C'est tout de suite que vous devriez vous en aller !

— Vous êtes l'auteur du message peint sur ma porte, n'est-ce pas ?

— Je ne vois pas du tout de quoi vous parlez… Mais ce serait mieux pour tout le monde que vous rentriez dès maintenant chez vous.

— La nationale étant fermée, je ne le peux pas même si je le voulais, et je ne comprends pas pourquoi ma présence vous gêne à ce point.

Doug laissa tomber sa cigarette dans la neige et l'écrasa sous la semelle de sa chaussure.

— C'est entre ma mère et vous que les choses se passent mal, déclara-t-il, alors si vous voulez des explications, c'est à elle que vous devez vous adresser.

— D'accord… Où est-elle ?

— Dans sa chambre. Une migraine l'a obligée à aller s'allonger.

Sur ces mots, Doug pivota sur ses talons et s'éloigna à grands pas. Bette le suivit des yeux. Cet homme était vraiment bizarre… Il cherchait visiblement à la tenir à distance et ne l'avait même pas regardée une seule fois pendant leur conversation.

De retour dans la cuisine, la jeune femme remit le manteau et les après-ski à leur place. Elle se passerait aujourd'hui de crème fraîche ; elle irait en racheter le lendemain. Quant à Rainey, mieux valait attendre pour lui parler que sa migraine soit passée.

Dans l'immédiat, Bette avait la cuisine pour elle toute seule, ce qui n'était pas pour lui déplaire.

En passant devant la porte entrouverte de la cuisine, Cody refusa de céder à la tentation de la pousser. Il entendait Bette ouvrir et fermer des placards, déplacer des ustensiles d'un endroit à l'autre… Il l'imaginait concentrée sur sa tâche, des odeurs de vanille et de cannelle se mêlant à un parfum dont le souvenir suffisait à lui donner une érection.

Ce n'était pas dans l'intention de la séduire qu'il l'avait raccompagnée à son chalet, la veille au soir, mais il ne regrettait pas d'y être ensuite resté… plus longtemps que prévu.

Bette exerçait sur lui une curieuse emprise, et pas seulement sur le plan physique. Car en dehors de son supérieur hiérarchique, il n'avait raconté à personne avant elle ce qui s'était passé exactement lors de sa dernière mission. Il avait même refusé de voir un psychologue. Parler ne servait à rien, à ses yeux. Il estimait ne pas en avoir besoin et allait jusqu'à soupçonner ce genre de démarche d'être contre-productif, en traitant comme un problème quelque chose qui ne l'était pas au départ.

Les confidences qu'il avait faites à Bette lui étaient pourtant venues tout naturellement : pour une raison quelque peu mystérieuse, il avait eu envie qu'elle connaisse son histoire.

Ce moment de vérité avait été très fort, et ce qui avait suivi l'avait été plus encore, mais quel effet cela aurait-il sur l'avenir ?

Un avenir indécis, y compris sur le plan professionnel, Cody en avait conscience. Il ne savait pas s'il aurait encore un emploi, quand il retournerait voir son chef, en février. Des rumeurs de coupes budgétaires et de restructuration circulaient dans le service depuis des mois… Et un homme considéré comme « diminué » psychologiquement ferait sans doute partie de la première charrette.

Il avait absolument besoin de travailler, de se montrer toujours capable d'exercer le métier qu'il avait choisi.

Ce fut avec cette idée en tête qu'il alla frapper à la porte du bureau de Travis – une petite pièce du rez-de-chaussée voisine de sa chambre.

— Entrez ! dit le shérif.

Cody le trouva assis derrière une vieille table en bois brut qui offrait un contraste amusant avec l'ordinateur portable ouvert dessus. Travis leva les yeux vers lui et l'interrogea du regard.

— Je viens t'offrir ma pleine et entière collaboration, déclara Cody après s'être installé dans un fauteuil.

— Tu n'es pas censé être en congé ?

N'ayant raconté à son ami qu'une partie de l'histoire, Cody dut louvoyer.

— Les vacances ne sont pas forcément synonymes de farniente ! J'ai besoin de m'occuper, et toi, tu as d'autant plus besoin d'aide que la nouvelle fermeture de la nationale va empêcher les renforts attendus d'arriver… Pourquoi ne pas profiter de ma présence pour me confier certaines tâches, et diminuer ainsi ta charge de travail comme celle de tes adjoints ? Même en vacances, un policier reste un policier, non ?

— Présentée comme ça, ton offre est difficile à refuser !

— Alors qu'est-ce que je peux faire ? Recueillir un témoignage ? Prendre des renseignements sur une personne en particulier ?

— Tu as passé plus de temps que moi avec Bette… Comment la sens-tu ?

Le souvenir d'une peau satinée glissant sous ses doigts qui surgit dans l'esprit de Cody provoqua un brusque afflux de sang dans son bas-ventre. Il parvint à demeurer impassible, mais pria pour que Travis ne remarque pas la crispation de ses mains sur les bras du fauteuil.

— Que veux-tu dire par là ? demanda-t-il.

— Tu penses qu'elle s'est vraiment amendée ?

— Elle a l'air de prendre son travail de restauratrice très au sérieux, et rien n'indique qu'elle ait commis ou projette de commettre un quelconque méfait…

Cody avait jugé inutile d'évoquer ses soupçons à propos du message peint sur la porte de Bette. Il ne lui voyait pas vraiment de raison d'en être l'auteur, puisqu'elle refusait obstinément d'en parler aux Walker. Et cela n'avait aucun caractère de gravité, de toute façon.

— Mais ? insista Travis.

— Elle a un casier judiciaire. Le braquage d'une banque est un crime sérieux.

— En effet.

— Ça ne t'a cependant pas empêché d'accueillir Bette sous ton toit, alors pourquoi t'intéresses-tu particulièrement à elle, brusquement ? Tu viens d'apprendre quelque chose de nouveau sur elle ?

Le shérif se renversa dans son siège et croisa les bras.

— Et si personne ne l'avait agressée, hier ? observa-t-il.

— Comment ça ? La pierre qui a brisé la vitre et atteint Bette à la tempe a bien été lancée par quelqu'un !

— Pas forcément. Bette a pu faire volontairement basculer sa voiture dans le fossé, en être ensuite sortie et avoir cassé sa vitre avec une pierre ramassée par terre. On n'a trouvé aucune trace de sang dans sa voiture.

— C'est théoriquement possible, mais pourquoi aurait-elle conçu une telle mise en scène ? Et ça n'explique pas sa blessure à la tête.

— Rien ne prouve que cette blessure soit vraiment assez grave pour provoquer une amnésie... Elle n'a pas été radiographiée, n'a pas nécessité de points de suture... Bette se l'est peut-être faite elle-même !

— Pourquoi ?

— Pour se rendre intéressante ?

— Ce n'est pas son style... Très franchement, je trouve ton hypothèse tirée par les cheveux.

— Je ne prétends pas détenir la vérité. J'essaie juste d'envisager toutes les possibilités.

— Le scénario le plus probable reste quand même une agression perpétrée par l'Ice Cold Killer, et que quelque chose aurait interrompue.

— Comme quoi ?

— Mon arrivée ?

— Tu n'as pas croisé de voiture, et moi non plus.

— Doug Whittington a pu emprunter celle de sa mère... Tu lui en as parlé ?

— Oui. Il affirme ne pas avoir quitté sa chambre de l'après-midi. Et Rainey le confirme.

— Je la crois tout à fait capable de mentir pour protéger son fils.

— Moi aussi, mais je n'ai trouvé personne qui se rappelle avoir constaté l'absence de sa voiture hier, ou vu Doug la conduire. S'il n'y avait pas beaucoup de neige dessus, c'est donc peut-être parce qu'il l'avait nettoyée, comme Rainey nous l'a dit.

— Alors revenons à l'hypothèse de l'Ice Cold Killer… Entre le moment où j'ai découvert Bette et celui où on a entamé nos recherches, il aurait eu tout le temps de bien cacher son véhicule. Ce ne serait pas la première fois que cet homme se serait révélé insaisissable !

— Non, mais le déroulement des faits ne correspond pas à son mode opératoire. Ses victimes précédentes ont été neutralisées et ligotées rapidement – surtout dans le cas de Fiona Winslow –, et là, il n'aurait même pas eu le temps de couper un morceau de ruban adhésif ? Et la vitre cassée, la pierre… C'est compliqué… Ça ne lui ressemble pas.

— Il a peut-être décidé de brouiller les pistes.

— Il y a trop de « peut-être » dans cette histoire !

— Que faut-il faire, à ton avis ?

— Rien dans l'immédiat, mais je compte sur toi pour surveiller Bette et m'informer de tout ce qui te paraîtrait suspect.

— Entendu.

Cody portait déjà une attention toute particulière à Bette, mais Travis venait de lui donner une raison supplémentaire de ne pas la quitter des yeux.

10

Les traîneaux attendaient leurs passagers à l'entrée de la cour du ranch. Ils étaient rouge vif et garnis de grelots argentés qui étincelaient dans la lumière des petites lanternes accrochées aux quatre coins de leurs bords recourbés.

Chaque traîneau serait tiré par un attelage de quatre robustes chevaux de trait. Leurs queues et leurs crinières avaient été tressées, et leurs harnais, garnis eux aussi de grelots, qui tintinnabulaient à chaque piaffement ou mouvement de la tête d'un de ces animaux.

— Installez-vous dans le traîneau de votre choix, dit Gage à la cantonade, et remontez bien les couvertures sur vos genoux ! Il y a aussi des peaux de bison, pour ceux qui préfèrent.

Bette s'arrêta devant le traîneau le plus proche, encore vide, et grimpa sur le cageot qui faisait office de marchepied. Une main se posa dans son dos pour la stabiliser. Elle se retourna…

C'était Cody.

Au moment de sortir de la maison, elle l'avait cherché des yeux et ne l'avait pas vu. Il la rejoignit à l'intérieur du traîneau, referma une main sur son bras et l'entraîna vers le banc du fond.

Juste pour le principe, elle faillit lui dire qu'elle n'avait pas forcément envie de s'asseoir à côté de lui, mais il aurait alors pu la prendre au mot – ce qui aurait été dommage, car l'idée de se blottir contre lui pendant la promenade lui plaisait beaucoup. Elle garda donc le silence et, quand ils se furent installés, Cody les enveloppa dans une peau de bison. Bette la caressa et la trouva étonnamment douce, épaisse et chaude.

— Tu as l'air de bonne humeur, ce soir..., observa Cody à voix basse.

— Cuisiner me met toujours de bonne humeur.

— Autre chose aussi, si j'ai bonne mémoire...

Bette sourit et prit la main de Cody, sous la peau de bison. Gage aida alors à monter dans leur traîneau une jeune femme dont les cheveux noirs avaient des pointes teintes en bleu. La suivit une fillette toute de rose vêtue, depuis le pompon du bonnet de laine d'où dépassaient ses nattes blondes jusqu'au bout de ses bottines fourrées.

— Ce doit être l'épouse de Gage, Maya Renfro, et sa nièce Casey, murmura Bette.

— Oui, sûrement, déclara Cody.

Les mains de la petite fille se mirent à danser dans l'air froid, et Bette se rendit compte qu'elle utilisait la langue des signes. Gage lui répondit de la même manière, puis il dit à sa femme :

— On va s'installer tous les trois sur le banc de devant, pour que Casey voie bien les chevaux.

Leur traîneau accueillit encore M. et Mme Walker, l'autre étant occupé par Emily, Lacy et Travis, ainsi que Dwight et Brenda Prentice, invités au dernier moment.

Quelques jours plus tôt seulement, la présence de tous ces policiers aurait rendu Bette nerveuse... Ce n'était plus le cas. Il lui fallait même admettre que grâce à eux, elle se sentait plus en sécurité.

Un employé du ranch enveloppé dans un grand cache-poussière grimpa à l'avant du traîneau et prit les rênes.

— Hue ! cria-t-il.

Une petite secousse, puis le traîneau se mit à glisser

sur la neige. Casey éclata de rire et battit des mains, et Bette faillit l'imiter. Il y avait quelque chose de magique à se laisser ainsi emporter dans la nuit, sous un ciel où les étoiles brillaient comme autant de minuscules diamants.

— Encore un sourire…, murmura Cody à l'oreille de Bette. Serais-tu d'humeur carrément… polissonne ?

Elle lui donna un coup de coude pour le faire taire. Il dégagea alors sa main, mais ce fut pour la poser sur la cuisse de Bette et la couvrir de lentes caresses.

Une onde de volupté la parcourut, et son cœur se mit à battre plus fort dans sa poitrine. Jamais encore depuis sa libération elle ne s'était sentie aussi… vivante.

En prison, elle s'était forgé une carapace pour éviter d'éprouver des émotions qui l'auraient fait souffrir. C'était censé la rendre plus forte, et il lui en était ensuite resté quelque chose. Mais il n'avait pas fallu longtemps à Cody pour abattre ses défenses !

Ils atteignirent presque trop vite au goût de Bette l'ancienne cabane de bûcheron où allait se dérouler le reste de la soirée. Tout y avait été préparé : des guirlandes lumineuses entouraient les fenêtres, et un cow-boy franchit le seuil pour accueillir les arrivants. La petite maison avait été visiblement nettoyée et chauffée à l'avance, une belle flambée brûlait dans la cheminée, et du chocolat chaud fut servi à tout le monde par deux autres employés du ranch. Ils circulèrent ensuite dans l'unique pièce avec des plateaux remplis des pâtisseries confectionnées par Bette dans la journée.

La jeune femme aux pointes de cheveux bleues s'approcha de Bette avec la fillette en rose et lui tendit la main.

— Je me présente : Maya Renfro… Et voici ma nièce, Casey.

Cette dernière, qui tenait une madeleine dans une main, signa de l'autre, et Maya traduisit :

— Elle dit que ces madeleines sont délicieuses. Je lui avais expliqué que c'était vous qui les aviez faites.

— Effectivement ! déclara Bette en souriant à la fillette. Je suis ravie qu'elle les aime !

Maya se tourna ensuite vers Cody, qui se tenait près de Bette.

— Et vous devez être le marshal Rankin… Gage m'a parlé de vous. Je sais que vous séjournez en ce moment chez les Walker, mais je n'avais pas eu l'occasion d'y aller avant aujourd'hui.

— Je suis content de faire la connaissance de la seule femme au monde capable de supporter un homme aussi tyrannique que Gage !

— Tu te trompes complètement ! s'écria l'intéressé, qui venait de les rejoindre. Je ne suis plus le maître chez moi : ce sont ces deux-là qui y font régner la loi !

— À mon avis, tu n'es pas très à plaindre ! répliqua Cody.

Un reflet attira l'attention de Bette sur la main gauche de Maya.

— J'adore votre alliance ! lui dit-elle. Je peux la voir de plus près ?

Maya la lui montra. C'était un anneau en argent serti de pierres rose et bleu.

— Je voulais quelque chose de simple, expliqua-t-elle, alors Gage a fait faire cette bague sur mesure. Les pierres sont originaires du Colorado : les roses sont des rhodochrosites, et les bleues, des aigues-marines.

— C'est ravissant !

— Les alliances que Travis et Lacy ont choisies sont très belles, elles aussi. Nous sommes allés les choisir avec eux, Gage et moi.

— Il arrive parfois à mon cher frère d'avoir bon goût, nota Gage. À moins que ce soit ma future belle-sœur qui ait bon goût…

— C'est de moi que vous parlez ? intervint Lacy. En bien, j'espère !

Elle venait de se glisser entre Gage et Cody, Travis sur ses talons.

— J'étais en train de vanter à Bette et à Cody la beauté de vos alliances, lui dit Maya.

— Oui, je les aime beaucoup. Tu devrais les leur montrer quand on rentrera au ranch, Travis.

Le shérif fronça les sourcils.

— Les sortir de leur écrin avant la cérémonie ne porte pas malheur ?

— Mais non ! s'écria Lacy en riant. Tu confonds avec la robe de la mariée, que le fiancé ne doit pas voir avant le grand jour.

— Ah bon !

Emily se joignit alors au groupe et demanda :

— Vous passez tous une bonne soirée ?

— Oui, répondit Bette. C'était une excellente idée.

— C'est moi qui l'ai eue, indiqua Gage.

— Non, c'est moi ! protesta sa sœur.

— J'ai eu celle de la promenade en traîneau, et toi, celle de cette petite fête.

— Admettons…

— Ça fait du bien de s'amuser un peu, en tout cas ! Ces dernières semaines, avec tous ces drames, ont été vraiment dures !

Un frisson courut le long du dos de Bette. Depuis le début de la soirée, elle ne pensait plus au tueur qui rôdait dans les environs. Travis et Gage, eux, devaient rarement oublier la menace que cet homme représentait.

— Tu m'avais promis de ne pas parler travail…, dit Maya à son mari.

— Oui, désolé… Maintenant, écoutez-moi tous ! La partie de *cornhole* qui clôturera les réjouissances va commencer ! Forme les équipes, Emily !

Sans y avoir jamais joué, Bette savait que ce jeu consistait à lancer des petits sacs en tissu remplis de grains de maïs ou de billes de plastique sur une planche inclinée percée d'un trou. Chaque joueur disposait de quatre sacs par manche et marquait un point si son sac atterrissait sur la planche, trois s'il arrivait à atteindre le trou, et aucun si le sac tombait sur le sol.

Cody avait disparu, nota Bette alors qu'Emily l'affectait à l'une des équipes.

Espèce de lâche ! pensa-t-elle avant de lancer son premier sac en direction de la planche installée à l'autre bout de la pièce – et de la manquer d'un bon mètre.

— Je suis nulle à ce jeu ! gémit-elle quelques minutes plus tard, après un deuxième échec. Quelqu'un peut me remplacer ?

Mme Walker, qui s'était jusque-là contentée de regarder, lui prit ses sacs restants. Cody surgit alors de nulle part, saisit Bette par le bras et l'entraîna vers la porte. Là, il l'aida à mettre son manteau et enfila le sien.

— Tu veux t'en aller ? demanda-t-elle.

— Non, juste prendre l'air… Tu préfères jouer au *cornhole* ?

— Non ! s'écria Bette.

Le froid glacial qui les accueillit une fois la porte franchie faillit pourtant lui faire regretter d'avoir accepté de sortir. Mais comme Cody la tenait de nouveau par le bras, elle n'eut d'autre choix que de le suivre.

Quand il contourna la cabane, cependant, elle ne put s'empêcher de protester :

— Où on va ? Je suis gelée !

— C'est pour que tu aies chaud que je t'ai emmenée dehors.

— Ce que tu viens de dire n'a aucun sens !

— Vraiment ?

Cody s'immobilisa alors et se pencha pour embrasser

Bette. Tout en répondant à son baiser, elle glissa les mains à l'intérieur de son manteau ouvert et lui enlaça la taille.

Au bout d'un moment, il releva légèrement la tête et lui demanda :

— Alors, tu es réchauffée ?

— Pas complètement, répondit-elle. Encore un petit effort !

Un sourire, puis Cody reprit ses lèvres, et elle s'abandonna au plaisir de l'instant, si bien qu'elle n'aurait su dire combien de temps s'était écoulé quand des éclats de voix leur parvinrent. Ils rompirent leur étreinte, et Cody remarqua :

— J'ai l'impression que les autres s'apprêtent à remonter dans les traîneaux.

— Il faut aller les rejoindre.

— On pourrait aussi les laisser partir et passer la nuit ici…

— Il n'y a pas de lit dans cette cabane, et les quelques chaises que j'ai vues ne m'ont pas paru très confortables !

— On rentre, alors !

Lorsqu'ils eurent repris place dans leur traîneau, Bette se serra contre Cody et ferma les yeux pour mieux savourer la perfection de ces instants. Elle voulait les graver dans sa mémoire, pour qu'ils y remplacent le souvenir de moments de son existence où un tel bonheur lui semblait totalement inaccessible.

De retour au ranch, tous les participants à cette promenade se réunirent dans le séjour pour se dire au revoir.

— On ne va pas se séparer tout de suite, déclara cependant Lacy. Travis va aller chercher nos alliances pour les montrer à ceux qui ne les ont pas encore vues.

Son fiancé quitta la pièce, et elle enchaîna :

— On a trouvé à Cheyenne un artisan qui fait de très beaux objets de style western, comme des boucles de ceinturon, mais il crée aussi des bijoux, et il a fondu l'or d'alliances provenant de nos deux familles pour fabriquer les nôtres. C'est un beau symbole, non ?

Travis revint très vite, mais les mains vides et le visage grave.

— Que se passe-t-il ? lui demanda Lacy. Où sont les alliances ?

— Elles étaient dans le tiroir du haut de ma commode… Elles n'y sont plus.

Un lourd silence suivit la déclaration du shérif, et Cody observa les personnes qui l'entouraient pour voir si l'une d'elles avait l'air coupable, ou ne serait-ce que moins surprise que les autres par cette nouvelle.

Blanche comme un linge mais refusant visiblement de céder à la panique, Lacy déclara :

— L'écrin est peut-être tombé derrière la commode, Travis, ou bien tu l'auras mis par inadvertance dans un autre tiroir…

— Non, il était bien dans celui-ci ce matin, quand je me suis habillé. Il a maintenant disparu.

— Tu veux dire que quelqu'un a volé vos alliances ? demanda Mme Walker à son fils.

— Je ne vois malheureusement pas d'autre explication.

— Ça ne peut être aucun d'entre nous, indiqua Maya, puisqu'on a tous passé la soirée ensemble.

— Le vol a pu être commis plus tôt dans la journée, souligna Travis. La dernière fois que j'ai vu cet écrin, c'était ce matin tôt.

— Avec tous les policiers qu'il y a dans cette maison, ce mystère devrait être vite résolu ! s'écria Emily. En attendant, il est tard, et ceux qui ne logent pas ici ont sûrement hâte de regagner leurs pénates.

Après quelques discussions avec les personnes concernées, il fut décidé que Maya raccompagnerait tout de suite Brenda chez elle, et que Gage rentrerait plus tard à Eagle Mountain avec Dwight. Bette, elle, s'était déjà éclipsée.

Travis, Gage, Dwight et Cody allèrent ensuite s'isoler dans un coin du séjour.

— On peut déjà exclure plusieurs personnes de la liste des suspects, observa Gage. À savoir nos deux parents, Emily et Lacy.

— Maya et Brenda aussi, nota Dwight. Elles sont arrivées après le dîner.

— Tous nos employés travaillent pour nous depuis très longtemps, déclara Travis. Il n'est bien sûr pas impossible que le coupable soit l'un d'eux, mais franchement, je n'y crois pas !

— Doug Whittington n'est là que depuis quelques mois, non ? intervint Cody.

— Et il a fait de la prison, souligna Dwight. Mais pas pour vol.

— Il y a ici une autre personne qui a fait de la prison, indiqua Gage. Pour vol.

Le cœur de Cody s'arrêta de battre.

— Je ne pense pas que Bette…

— C'est une amie de Lacy, coupa Travis, mais on ne sait pas grand-chose sur elle, finalement. Et elle a passé la majeure partie de la journée dans la cuisine, juste à côté de mes appartements…

C'était vrai, si bien que Cody renonça à défendre la jeune femme. Il ne devait pas laisser son attirance pour elle obscurcir son jugement, l'empêcher d'admettre qu'il était normal de la soupçonner.

— Que comptes-tu faire ? demanda-t-il à Travis.

— On va commencer par parler à Doug, et j'aimerais que tu m'accompagnes. Le fait que tu ne sois pas directement concerné par cette histoire lui donnera peut-être moins l'impression de subir un interrogatoire de police.

— Tu veux qu'on s'occupe de Bette, Dwight et moi ? questionna Gage.

— Non, voyons d'abord ce que Doug a à nous dire.

Cody et Travis trouvèrent l'intéressé et sa mère dans la cuisine, en train de laver la vaisselle rapportée de l'ancienne cabane de bûcheron. Rainey se tourna vers eux… Doug, lui, resta penché au-dessus de l'évier.

— Vous avez besoin de quelque chose ? questionna-t-elle.

— On voudrait parler à Doug, répondit Travis avant de se diriger vers la porte de derrière et de l'ouvrir. Ce ne sera pas long.

La cuisinière commença d'enlever son tablier, mais le shérif l'arrêta :

— Non, juste votre fils ! Doug ?

Son ton autoritaire eut l'effet désiré : le jeune homme s'essuya les mains et le suivit dehors, Cody fermant la marche.

Ils ne portaient de manteau ni les uns ni les autres, et Cody nota que le froid semblait affecter particulièrement Doug. Alors Travis avait-il volontairement choisi de mener cette conversation dehors ? Inventer un mensonge prenant plus de temps que dire la vérité, l'envie de retourner se mettre au chaud pouvait l'emporter chez Doug sur le besoin de se protéger.

— Qu'est-ce que vous me voulez ? marmonna-t-il.

— Vous êtes allé dans ma chambre, aujourd'hui ? demanda Travis.

— Non. Je ne vais jamais dans cette partie de la maison. Je n'ai rien à y faire.

— Il y avait dans cette chambre un écrin contenant deux alliances en or… Vous le saviez ?

— Non ! Je vous répète que je ne vais jamais dans cette partie de la maison ! Ma mère me l'a interdit. La cuisine, la salle à manger et ma chambre sont les seules pièces où j'ai le droit d'aller seul.

— Vous avez vu quelqu'un entrer dans ma chambre, ou en sortir ?

— Pourquoi ? Quelque chose a disparu ? C'est pour ça que vous me posez toutes ces questions ?

— Répondez, s'il vous plaît !

— Eh bien, maintenant que vous en parlez, je me rappelle avoir vu cette « restauratrice » dans le couloir qui mène à vos appartements. Elle était tout près de la porte de votre chambre.

Le regard fuyant de Doug, sa posture défensive et sa promptitude à accuser Bette, comme s'il n'attendait que cette occasion pour lui nuire, sentaient le mensonge. Cody se tut, mais il espérait que Travis partageait sa méfiance.

— Quelle heure était-il quand vous avez vu Bette ? demanda ce dernier.

— Je ne sais pas exactement. C'était quelque part dans l'après-midi, à un moment où elle était censée être dans la cuisine. Comme ma mère m'avait dit que cette fille y passerait toute la journée et que je ne devais pas la déranger, j'ai trouvé bizarre de la voir dans ce couloir.

— Et vous, où étiez-vous à ce moment-là ?

— Je sortais du séjour. Je croyais y avoir laissé mes gants.

— Pourquoi les y auriez-vous laissés, puisque vous n'y allez jamais ?

— Je… Je n'ai pas dit ça ! bredouilla Doug en rougissant.

— Bon, merci, ce sera tout.

Le jeune homme rentra dans la cuisine, et Cody se tourna alors vers Travis.

— Il ment, c'est évident !

— Non, juste possible… Viens, on va parler à Bette, maintenant.

Ce fut rempli d'appréhension que Cody suivit son ami. La lampe extérieure du chalet de Bette était allumée, et la jeune femme ouvrit la porte quelques secondes seulement après que Travis eut frappé. Très pâle, les traits tirés, elle évita le regard de Cody et déclara :

— Entrez ! Je vous attendais.

Elle s'effaça pour les laisser passer, referma la porte derrière eux et alla ensuite s'asseoir au bord du lit, comme la veille. Cody hésita, puis voyant que Travis semblait décidé à rester debout, il s'installa dans le fauteuil – comme la veille.

— On interroge tout le monde à propos des alliances disparues, commença le shérif.

— Non, pas tout le monde ! répliqua Bette. Juste les personnes qui ont un casier judiciaire : Doug et moi.

Travis ignora ce commentaire.

— Vous avez une idée sur ce que ces alliances ont pu devenir ?

— Aucune. Je sais que vous me soupçonnez, mais ma participation au braquage d'une banque est la seule infraction que j'aie jamais commise, et c'est une erreur que je regretterai toute ma vie… Mais les gens comme vous continueront toujours à ne voir en moi qu'une criminelle en puissance : voleuse un jour, voleuse toujours !

La voix de Bette se brisa, et Cody serra les poings pour s'empêcher de lui tendre les bras. Ce n'était pas l'amant qui lui rendait visite ce soir, mais le policier.

— Quelqu'un a déclaré vous avoir vue cet après-midi près de la porte de ma chambre, dit Travis.

— Qui ? Rainey ? Doug ? Ils me détestent tous les deux et ne songent qu'à me nuire – en mentant, si nécessaire !

— Pourquoi vous détestent-ils autant ? Vous ne les connaissiez pas avant de venir ici, n'est-ce pas ?

— Non, mais Rainey doit avoir le sentiment que je lui

ai été injustement préférée, et chez certaines personnes, la rancœur peut se transformer en détestation.

— Et Doug ?

— Il a évidemment pris le parti de sa mère.

— Je vois…

Travis considéra Bette en silence pendant un moment, puis il lui demanda :

— Vous êtes allée dans ma chambre aujourd'hui ?

— Non. Je n'y suis même jamais allée, et je n'ai pas volé ces alliances. J'ignorais jusqu'à leur existence.

— Lacy ne vous en avait pas parlé avant aujourd'hui ?

— Non.

— En plus de valoir beaucoup d'argent, elles ont une grande valeur sentimentale – surtout pour Lacy…

— Vous dites ça pour m'attendrir, pour me convaincre de les restituer, parce que leur disparition rend ma meilleure amie malheureuse ? Mais c'est justement parce que Lacy est ma meilleure amie que jamais je n'aurais volé ces alliances !

— Vous voyez qui aurait pu le faire ?

— Non, désolée…

— Vous nous permettez de jeter un coup d'œil dans votre chalet ?

— De le fouiller, vous voulez dire !

Bette s'était levée d'un bond. Une violente colère empourprait maintenant son visage, et des larmes brillaient dans ses yeux. Elle se tourna vers Cody et lui lança :

— Tu te méfies encore de moi à ce point ?

— Tu as le droit de refuser, répondit-il, mais ce serait le moyen le plus simple et le plus rapide de prouver ton innocence.

— Parce que ma parole ne te suffit pas… Bon, d'accord, allez-y, mais vous perdez votre temps : vous ne trouverez rien.

Le regard noir qui accompagna ces mots atteignit

Cody en plein cœur. Tout était fini entre eux, et il en éprouvait une peine inattendue.

— Par où veux-tu commencer ? demanda-t-il à Travis sur un ton faussement dégagé.

11

Ils trouvèrent l'écrin contenant les alliances au fond du vanity-case de Bette, enveloppé dans un mouchoir en papier et caché sous des tubes de rouge à lèvres, de mascara et d'eye-liner.

Lorsque Travis le lui montra, la jeune femme devint si pâle que Cody, pensant qu'elle allait s'évanouir, se tint prêt à la rattraper. Elle se couvrit la bouche pour étouffer un cri, mais ne put contenir un sanglot.

— Non ! déclara-t-elle en secouant la tête. Je vous jure que j'ignore comme ces alliances sont arrivées là ! Tu me crois, Cody, n'est-ce pas ?

Il aurait voulu lui dire les mots qu'elle avait besoin d'entendre : oui, il la croyait ; oui, il la savait incapable de voler ces bijoux.

Mais ses années de formation lui avaient appris à ne se fier qu'à ce qu'il voyait. Un policier fondait son jugement sur des éléments de preuve et des faits, pas sur des sentiments…

Alors il se tut.

Le shérif mit l'écrin dans sa poche et, d'une voix faible, Bette lui demanda :

— Vous allez m'arrêter ?

— Non. La fermeture de la nationale vous oblige à rester ici, et je ne veux pas attrister Lacy avant d'avoir approfondi la question.

Bette se laissa tomber sur le lit, se cacha le visage

dans les mains, et des sanglots lui secouèrent les épaules. Cody était si malheureux pour elle que, pendant le trajet du retour, il déclara à Travis :

— Si on a eu raison de faire ça, pourquoi est-ce que je me sens aussi mal à l'aise ?

— Tu ne penses pas que ce soit elle, l'auteur du vol ?

— Peu importe ce que je pense… Tout l'accuse ! Quelqu'un l'a vue cet après-midi près de la porte de ta chambre, et même si ce témoignage est sujet à caution, il y a un fait indéniable : les alliances étaient en sa possession.

— Sans parler de ses antécédents…

— Sans parler de ses antécédents, répéta Cody.

— Je n'ai pourtant pas l'impression que la découverte de l'écrin dans ses affaires l'ait *vraiment* surprise.

— Elle croyait peut-être l'avoir très bien caché.

— Non, il était évident que des recherches un tant soit peu méthodiques suffiraient à le découvrir ! Et elle nous a laissés les mener sans beaucoup protester… Étant passée par le système judiciaire, elle connaît pourtant ses droits et aurait donc pu exiger que je me procure un mandat de perquisition… Or elle ne l'a pas fait.

Les deux hommes étaient arrivés sur la terrasse de la maison, mais ils s'y arrêtèrent d'un commun accord. Cody était tellement pris par leur conversation qu'il ne sentait pas le froid.

— Bette a raison de dire que les Whittington la détestent, observa-t-il. La diatribe de Rainey contre elle, hier, est là pour le prouver si nécessaire.

— Oui, mais si ce n'est pas Bette qui a volé les alliances, comment le ou la coupable a-t-il pu entrer dans son chalet pour les y cacher ?

— Chacune des clés de ces chalets existe en plusieurs exemplaires ?

— Oui, elles en ont toutes trois.

— Où sont-ils rangés ?
— Dans le bureau de mon père.
— Qui le sait ?
— À peu près tout le monde : ça n'a rien d'un secret.
— Ton père ferme son bureau à clé, quand il le quitte ?
— Non. N'importe qui peut y entrer.
— Et y prendre la clé du chalet de Bette… Pour la deuxième fois.
— Comment ça ?
— C'est une longue histoire…
— Allons dans mon bureau, dans ce cas. Je suis frigorifié !
— D'accord.
Ce fut seulement une fois au chaud que Cody eut conscience d'avoir les pieds et les mains gelés. Travis s'assit derrière sa table de travail, et Cody déclara après s'être installé en face de lui :
— Quelqu'un s'est introduit dans le chalet de Bette en son absence le jour même de son arrivée.
— Ah bon ? Et pourquoi n'en a-t-elle pas parlé à mes parents ?
— Pour ne pas les ennuyer, m'a-t-elle expliqué. Elle trouvait qu'ils avaient déjà suffisamment de tracas, entre les préparatifs de ton mariage et leurs deux fils occupés à traquer un tueur en série.
— D'accord, mais toi, comment es-tu au courant de cette histoire ?
— Je le suis parce que j'ai accompagné Bette à son chalet, ce jour-là – je loge dans celui d'à côté. Quelqu'un avait peint sur sa porte les mots « Allez-vous-en ! » en lettres rouges. Elle m'a fait promettre de n'en parler à personne, et elle les a plus tard effacés.
— Mais ça s'est passé dehors. Il n'y a donc pas eu intrusion !
— J'y viens… Le même jour, en regagnant mon

chalet après le dîner, j'ai aperçu une silhouette sur la terrasse de Bette, et je lui ai sauté dessus en croyant qu'il s'agissait d'une personne mal intentionnée. C'était Bette elle-même, en fait… Elle m'a ensuite invité à entrer, je suis allé me laver les mains dans sa salle de bains, et quand j'ai cherché une serviette pour me les sécher, j'ai trouvé dans le placard aménagé sous le lavabo un pot de peinture rouge avec un pinceau dedans.

Travis haussa les sourcils, l'air incrédule, mais il garda le silence.

— Je n'ai rien dit à Bette sur le coup, poursuivit Cody. Je suis allé jusqu'à me demander si ce n'était pas elle l'auteur du graffiti, même si je ne lui voyais aucune raison de l'avoir tracé, puisqu'elle ne voulait en parler à personne… Mais le lendemain, après son accident, j'ai profité d'un moment où nous étions seuls pour aborder le sujet. Elle m'a dit qu'elle ne s'était aperçue de la présence de ce pot de peinture dans son placard que le matin même. Quelqu'un était donc entré dans son chalet pour l'y dissimuler. Quelqu'un qui s'était procuré un double de sa clé.

— Ce pourrait donc être cette même personne qui a volé les alliances et les a ensuite cachées dans le vanity-case de Bette… Compte tenu de son passé judiciaire, il était évident que les soupçons se porteraient sur elle et que je demanderais à fouiller son chalet !

— Oui, mais qui ferait ça, et pourquoi ? Les Whittington iraient-ils jusque-là pour se débarrasser d'elle ? Prendraient-ils un tel risque juste pour éliminer une « rivale » en cuisine ? Ça me paraît douteux !

— À moi aussi. Question suivante : qui aurait une raison *sérieuse* de vouloir se débarrasser de Bette ?

— La personne qui l'a agressée hier sur la route ?

— Dans ce cas, il ne s'agit pas de l'Ice Cold Killer.

— À ce propos, l'enquête sur le meurtre de Lauren Grenado avance ?

Avant de répondre, Travis se cala dans son siège, qui craqua sous son poids.

— Non, rien de nouveau dans cette affaire, et dans les précédentes non plus.

— Les cartes de visite retrouvées sur les corps n'ouvrent aucune piste ?

— Aucune. Elles sont toutes identiques et appartiennent à une catégorie de produits qui se vend par planches vierges dans les magasins de fournitures de bureau et sur Internet. L'inscription portée sur celles qui nous occupent a été faite avec une imprimante laser, mais nous ne disposons pas ici des outils d'expertise nécessaires pour en déterminer la marque.

— Et le ruban adhésif ?

— C'est un modèle très courant, qu'on trouve dans toutes les quincailleries et tous les magasins de bricolage.

— Eagle Mountain compte beaucoup de commerces de ce type ?

— Une dizaine. On a interrogé leurs propriétaires, mais ni eux ni aucun de leurs employés ne se rappellent avoir vendu ce type d'article à quelqu'un de louche. On a découvert quelques fibres et éléments pileux dans les véhicules des deux premières victimes… Un de mes adjoints a pu les apporter au labo de Grand Junction lundi, avant la fermeture de la nationale, mais j'attends toujours les résultats d'analyse.

— À ton avis, cette quasi-absence d'indices prouve que le tueur est très habile, ou qu'il est très chanceux ?

— Les deux, peut-être… Mais je suis de plus en plus convaincu que deux personnes ont participé à la commission de ces crimes. Leur vitesse d'exécution, notamment, plaide en faveur de cette hypothèse. Il faut du temps pour maîtriser et ligoter une personne consciente, or les victimes l'étaient jusqu'à leur mort.

— Sauf Fiona Winslow, si j'ai bonne mémoire…

— Oui, elle a reçu avant un coup violent à la nuque, mais c'était sans doute parce qu'il y avait trop de gens aux alentours : il était impératif de l'empêcher tout de suite de crier.

— Et pas de nouveaux suspects en dehors des étudiants amis de ta sœur dont on a parlé hier ?

— Non, mais j'ai l'intention d'aller les interroger demain. Tu veux bien m'accompagner ?

Cody, qui brûlait de participer activement à l'enquête, s'écria :

— Tu peux compter sur moi !

— Parfait ! Ton avis m'intéresse.

— Et pour Bette, qu'est-ce que tu vas faire ?

— Vous avez visiblement sympathisé, tous les deux… Teste auprès d'elle l'hypothèse d'une machination destinée à lui mettre le vol des alliances sur le dos, et demande-lui si elle voit qui pourrait en être l'auteur.

— Entendu, déclara Cody.

La relation que Bette et lui avaient nouée lui semblait cependant définitivement compromise.

La jeune femme pensait qu'il l'avait trahie.

Et il n'était pas loin de le penser lui aussi.

Le lendemain matin après le petit déjeuner, Bette prit Lacy à part. Elle n'avait pratiquement pas dormi de la nuit : l'angoisse et les questions sur ce qu'elle allait faire l'avaient tenue éveillée.

Dans l'immédiat, Travis ne comptait pas l'arrêter, mais ses accusations ne lui permettaient plus de remplir sereinement son contrat de restauration.

— Je dois renoncer à m'occuper de ton repas de mariage, annonça-t-elle à son amie.

— Quoi ?

— Après ce qui s'est passé hier soir, je préfère me désister. Travis n'a pas confiance en moi, et je ne veux pas être la cause d'un désaccord entre vous.

— Mais de quoi tu parles ?

Elles étaient seules dans le séjour. Lacy saisit Bette par la main et l'emmena s'asseoir à côté d'elle dans l'un des canapés de la pièce.

— Pourquoi crois-tu que Travis n'a pas confiance en toi ? lui demanda-t-elle ensuite.

— Je ne le *crois* pas : je le sais ! Il pense que j'ai volé vos alliances.

— Ce n'est pas possible : il les a retrouvées hier soir. Il avait changé l'écrin de tiroir et ne s'en est souvenu qu'au moment d'aller se coucher.

Bette garda le silence. Le shérif avait menti à Lacy pour éviter de lui faire de la peine. Mieux valait ne pas le contredire.

— Il n'est pas question que tu renonces ! enchaîna Lacy. C'est toi, et personne d'autre, que je veux ! Et tu as déjà travaillé tellement dur ! Les gâteaux d'hier étaient succulents, soit dit en passant…

— Merci !

— Les gens ne viennent évidemment pas aux mariages juste pour bien manger, mais j'ai envie d'offrir à mes invités un repas dont ils se souviendront, et je sais que ta cuisine les emballera. De plus, comment pourrais-je trouver quelqu'un pour te remplacer dans un délai aussi court ?

— Il y a Rainey et Doug…

— Tu plaisantes ? Si je voulais un menu composé de steak, de pommes de terre et de tarte aux pommes, ils feraient l'affaire, mais ce n'est justement pas ça que je veux.

— Travis ne serait sans doute pas contre, lui.

— Non, mais ta cuisine lui plaira, j'en suis sûre. Il n'est pas aussi rigide qu'il en a l'air.

Le shérif s'était montré d'une grande intransigeance, la veille dans son chalet…, songea Bette. Sa fiancée connaissait visiblement une facette de son caractère qui lui échappait à elle.

— Je crois que tu as besoin de te distraire, déclara Lacy en lui tapotant amicalement le dos. On va aller en ville, toutes les deux, faire un peu de shopping et déjeuner ensuite.

— D'accord, et j'en profiterai pour racheter de la crème fraîche.

— Tu as mis toute celle que tu avais dans les gâteaux d'hier ? Je n'aurais pas dû en manger autant, alors ! Je fais attention à ma ligne, mais ils étaient trop bons !

Les pâtisseries de la veille ne contenaient pas de crème fraîche, pour la simple et bonne raison que Bette n'en avait pas à sa disposition, mais elle jugea inutile de le préciser.

— Je vais chercher mon sac, reprit Lacy, et on se retrouve à ma voiture, d'accord ?

Ce fut encore indécise que Bette regagna son chalet. Elle gardait en tête l'idée de renoncer à son contrat et d'aller s'installer en ville en attendant la suite des événements. Auquel cas elle communiquerait bien sûr son adresse à Travis. Il pourrait sinon la soupçonner d'avoir l'intention de s'enfuir dès que la nationale rouvrirait.

Comptait-il porter plainte ? Devait-elle engager un avocat ?

Ces questions la torturaient. Elle pensait en avoir fini avec la police, les tribunaux et la prison… Quelle erreur !

Si autant d'anciens détenus retournaient derrière les

barreaux, ce n'était donc peut-être pas parce qu'ils étaient retombés dans la criminalité, mais parce qu'ils étaient des coupables tout trouvés en cas de méfait commis près de chez eux.

Pendant le trajet, Bette s'efforça d'oublier ses problèmes et de se concentrer sur les moments agréables qu'elle allait passer avec son amie. Même s'il s'agissait d'un simple répit, pourquoi ne pas en profiter pleinement ?

Eagle Mountain, avec son cadre magnifique et les nombreuses activités de plein air qui pouvaient se pratiquer aux alentours, attirait beaucoup de touristes. Les rues du centre étaient bordées de magasins d'articles de sport, de boutiques de souvenirs, de brocantes…

Les deux amies passèrent la matinée à faire du lèche-vitrines, mais pas seulement : Bette acheta un coq en céramique dont le bec était conçu pour tenir une fiche de recette ou une liste d'ingrédients. Elle espérait qu'après son départ, cet objet lui rappellerait son amie – et pas la triste façon dont elles se seraient séparées.

Lacy l'emmena déjeuner dans un restaurant baptisé le Cake Walk Café et, avant d'y entrer, elle l'embrassa sur la joue en disant :

— Je suis tellement heureuse que tu sois là ! Tu es l'une de mes meilleures amies. Je ne sais pas si j'aurais survécu en prison, si tu n'avais pas été là.

— Tu aurais survécu, déclara Bette. Tu possèdes une incroyable force de caractère.

Puis elle se détourna pour que Lacy ne voie pas les larmes d'émotion qui commençaient de lui monter aux yeux.

Une fois à l'intérieur de l'établissement, elles s'installèrent à une table située près d'une fenêtre donnant sur la rue principale. De véritables murs de neige se dressaient de chaque côté de la chaussée, et les stalactites de glace qui pendaient des avant-toits scintillaient sous le soleil.

Dans d'autres circonstances, plus heureuses, Bette aurait trouvé ce spectacle féerique.

— J'ai toujours su que tu avais été injustement condamnée, dit-elle à Lacy une fois leur commande passée.

— Comment pouvais-tu le savoir ?

— La victime… Ton patron, c'est ça ?

— Oui.

— Il avait été poignardé.

— Oui, et alors ?

— Alors je ne te voyais pas du tout faire ça. Tu es réfléchie, tu ne te mets pas facilement en colère… Si ton patron t'avait déplu d'une façon ou d'une autre, tu ne l'aurais pas tué : tu aurais démissionné et cherché un autre emploi.

— En effet.

Bette but quelques gorgées d'eau avant de poursuivre :

— Désolée d'aborder un sujet forcément douloureux, mais Travis t'a fait beaucoup de mal, en t'accusant de meurtre et en t'envoyant en prison, non ?

— Bien sûr !

— Je me rappelle la détestation qu'il t'inspirait… Et maintenant, tu es follement amoureuse de lui ! Comment les choses ont-elles pu changer de façon aussi radicale ?

— J'ai appris à le connaître. Il ne m'avait pas arrêtée pour des raisons personnelles, mais parce qu'il était convaincu de ma culpabilité. Un homme était mort, et Travis voulait que justice soit rendue à sa famille – Brenda, sa veuve, en l'occurrence. Pour lui, le mot « justice » n'a rien d'abstrait, et c'est pour ça qu'ensuite, en découvrant des preuves de mon innocence, il a remué ciel et terre pour obtenir ma libération et la condamnation du véritable assassin.

La tendresse, dans la voix de Lacy quand elle parlait de son fiancé, fit de nouveau monter des larmes aux yeux de Bette. Il ne fallait pas grand-chose pour lui donner envie de pleurer, aujourd'hui !

— Tu as beaucoup de chance, déclara-t-elle en posant la main sur celle de son amie.

— Je sais.

— Attends… Tu as bien dit que la veuve de ton ancien patron se prénommait Brenda ? Il s'agit de la femme de Dwight ?

— Oui. Les gens sont souvent liés entre eux d'une façon ou d'une autre, dans les petites villes.

— Et elle ne t'en a jamais voulu de la mort de son premier mari ?

— Non. Nous sommes les meilleures amies du monde.

L'arrivée de leur commande interrompit la conversation – qui reprit ensuite, mais sur des sujets plus légers.

Après le déjeuner, les deux jeunes femmes se rendirent à la supérette du centre-ville pour acheter la crème fraîche dont Bette avait besoin. Dans l'allée menant du rayon crémerie aux caisses, elles durent s'effacer pour laisser passer un homme de haute taille aux cheveux gris et aux épaules voûtées. À peine les avait-il croisées qu'il s'arrêta, se retourna et s'écria :

— Salut, Bette ! Le monde est petit, hein ?

Bette poussa un cri étouffé, prit Lacy par la main et l'entraîna vers les caisses. Elle se dépêcha de payer et quitta le magasin en courant. Lacy la rattrapa sur le parking et, hors d'haleine, lui déclara :

— Tu m'expliques ?

— Pas tout de suite. On part d'abord.

— Comme tu voudras.

Lacy déverrouilla les portières de sa jeep, et Bette, une

fois assise dans le siège passager, s'efforça de reprendre son souffle tout en surveillant l'entrée du magasin. À son grand soulagement, l'homme ne la franchit pas.

— Qui c'était, ce type ? demanda Lacy après avoir démarré.

— Je ne connais que son prénom : Carl. C'était un ami d'Eddie, un de ceux qui ont participé au braquage de la banque.

— Ça alors ! Mais que fait-il à Eagle Mountain ?

— Je l'ignore.

— Je comprends que cette rencontre t'ait surprise, mais pourquoi t'a-t-elle effrayée à ce point ? Tu trembles encore !

— Carl était très proche d'Eddie. Il est peut-être venu ici sur son ordre.

— Dans quel but ?

— Eddie avait menacé de me tuer si je donnais à la police la moindre information sur le hold-up ou ses exécutants. Pendant mon procès, et avant, pendant les interrogatoires, j'ai dit tout ce que je savais, mais les autres membres de la bande avaient alors déjà été arrêtés – sauf le conducteur de la voiture qui leur avait permis de s'enfuir –, et la justice disposait d'assez de preuves contre eux pour les condamner.

— Rien dans ton témoignage n'était donc de nature à alourdir leur peine ?

— Non, mais peut-être Eddie ne voit-il pas les choses de cette façon ?

Lacy se rangea contre le trottoir, coupa le contact et détacha sa ceinture de sécurité.

— Il faut tout de suite aller raconter ça à Travis : et si ce Carl était l'homme qui t'a laissée pour morte dans le fossé, avant-hier ?

Bette s'aperçut alors que la voiture était garée devant le bâtiment qui abritait les bureaux du shérif. Travis

Walker était la dernière personne qu'elle avait envie de voir en ce moment, mais Lacy avait raison : Carl et son agresseur de l'avant-veille étaient peut-être bien une seule et même personne.

12

— Rappelle-moi les noms des étudiants qu'on va voir, demanda Cody à Travis dans la voiture qui les emmenait en ville.

Les litres de café qu'il avait bus au petit déjeuner pour se donner un coup de fouet après une nuit blanche n'avaient fait que lui mettre les nerfs à vif. Cette visite aux suspects identifiés après la mort de Fiona Winslow éloignerait ses pensées de Bette pendant un moment au moins.

— Ils s'appellent Alex Woodruff et Tim Dawson, répondit Travis. Ils fréquentent l'université du Colorado de Fort Collins, comme ma sœur, mais elle ne connaissait qu'Alex avant la chasse au trésor, et même pas très bien.

— On sait pourquoi ils ont choisi Eagle Mountain pour passer leurs vacances ?

— D'après eux, ils avaient entendu dire que c'était un bon endroit pour faire de l'escalade sur glace. Ils logent dans un bungalow qui appartient à la tante de Tim. Ils n'ont pas d'alibi pour les deux premiers meurtres, et je veux leur demander où ils étaient le soir de celui de Lauren Grenado.

— Ils forment une sorte de binôme, et tu penses justement que tous ces crimes sont l'œuvre de deux personnes…

— Oui, mais je n'ai pas assez d'éléments contre eux pour obtenir un mandat de perquisition ou l'autorisation de leur prélever un échantillon d'ADN pour comparaison avec les indices recueillis. Tout ce que je peux faire, c'est les tenir à l'œil.

Le bungalow où logeaient les étudiants se situait à la périphérie de la ville. Quand Travis se gara au bout du chemin qui menait à la maison – un petit bâtiment en rondins doté d'un toit en tôle ondulée un peu rouillé –, il était évident que les alentours n'avaient pas été déneigés depuis la dernière tempête. Aucune lumière ne brillait aux fenêtres, et le garage ouvert attenant au bungalow était vide.

— Personne n'a dû venir ici depuis plusieurs jours, observa Cody.

— On va quand même aller jeter un coup d'œil.

Il fallait pour accéder à la maison traverser une cour où l'épaisseur de la couche de neige rendait la marche difficile. Cody suivit Travis après s'être d'instinct placé derrière lui et sur sa droite. Il avait aussi la main posée sur la crosse de son pistolet : le bungalow avait beau sembler vide, il pouvait y avoir à l'intérieur une ou plusieurs personnes qui les observaient, prêtes à leur tirer dessus quand ils se seraient suffisamment rapprochés.

Ni coups de feu ni autre bruit inquiétant ne les accueillirent cependant lorsqu'ils gravirent le petit escalier extérieur. Les stores étaient baissés, et la porte, fermée à clé. Une grosse poubelle en plastique noir était posée à l'envers près d'un tas de bûches sur lequel une croûte de neige avait eu le temps de se former.

— Ce bungalow n'est plus occupé, c'est évident ! déclara Cody.

— Oui. Tim et Alex ont dû regagner Fort Collins quand la nationale a été rouverte. J'appellerai la police de là-bas pour m'en assurer.

De retour dans son véhicule de fonction, Travis démarra et reprit la direction du centre-ville.

— S'ils ont quitté Eagle Mountain dans la journée de lundi, dit-il, ce ne sont pas eux qui ont tué Lauren Grenado. Il faudra vérifier… Je dois passer à mon bureau, maintenant, ce qui va t'obliger à m'attendre pour rentrer au ranch… Ça ne t'ennuie pas trop ?

— Au contraire ! J'ai tellement besoin de m'occuper que j'irais jusqu'à rédiger des rapports pour toi !

Alors qu'ils approchaient de leur destination, Travis remarqua :

— Tiens, la jeep de Lacy est garée devant le bâtiment !

— Qu'a-t-elle dit, quand tu lui as appris la découverte des alliances chez Bette ?

— Je ne lui en ai pas parlé. Je savais que cette nouvelle la bouleverserait, et j'ai donc prétendu avoir retrouvé l'écrin dans un autre tiroir. Je n'aime pas lui mentir, mais je ne voyais pas d'autre solution.

— On ne peut pas être sûrs à cent pour cent que Bette soit la coupable.

— Non, et peut-être à cause de l'erreur que j'ai commise en arrêtant Lacy, autrefois, je suis plus enclin que d'autres à accorder aux gens le bénéfice du doute. J'ai beaucoup réfléchi, depuis hier soir, et il y a dans ce qui s'est passé des choses qui ne collent pas.

Travis alla se garer dans le parking situé à l'arrière du bâtiment et, à peine avait-il franchi la porte qu'Adelaide Kinkaid le héla :

— Shérif ! Votre fiancée…

— Merci, Addy, je sais : j'ai vu sa voiture, coupa Travis. J'imagine qu'elle m'attend dans mon bureau ?

Un bureau dont il franchit le seuil sans attendre la réponse. Cody le suivit et eut alors la surprise de constater que Bette était là, elle aussi – et qu'elle avait le visage livide.

— Ferme la porte ! lui dit Travis.

Il alla ensuite s'asseoir derrière son bureau et se tourna vers sa fiancée.

— Que se passe-t-il ? Vous avez l'air bizarre, toutes les deux…

— Bette va t'expliquer.

Après un instant d'hésitation, cette dernière déclara :

— Je viens de croiser dans la supérette du centre-ville un des membres de la bande qui a braqué ma banque, il y a neuf ans. Ça m'a fait peur. Je ne sais pas pourquoi il est là.

— Comment s'appelle-t-il ? demanda Travis.

— Carl.

— Carl comment ?

— Je ne connais pas son nom de famille.

Le shérif alluma l'ordinateur posé sur son bureau et se mit à tapoter sur le clavier. Cody, lui, fixa Bette avec insistance, comme pour l'obliger à le regarder, mais elle garda les yeux obstinément baissés.

— Il s'appelle Carl Wayland, dit Travis au bout d'un moment. Il est sorti de prison il y a six mois. C'était sa deuxième condamnation pour vol à main armée, et son casier judiciaire mentionne des délits moins graves – vol de voiture et extorsion de fonds, notamment. Un accord avec le procureur lui a valu une réduction de peine, d'où sa récente libération.

— Mais que fait-il à Eagle Mountain ? observa Lacy.

— Vous avez une idée sur la question, Bette ? déclara Travis.

— Non.

— Il vous a reconnue ?

— Oh ! oui… Il s'est retourné et m'a interpellée.

— Que vous a-t-il dit ?

— Que le monde était petit… Je suis ensuite partie sans lui laisser le temps de rien ajouter.

— Vous pensez que c'est lui, votre agresseur d'avant-hier ?

— Je ne sais pas. Je ne me rappelle toujours pas ce qui s'est passé sur cette route.

— Il a dit autre chose ? Où il logeait, par exemple, ou depuis combien de temps il était là ?

— Non.

— Vous avez été en relation avec lui, ou avec un autre des braqueurs, depuis votre libération ?

— Non ! Je ne veux plus rien avoir à faire avec eux !

— L'un d'eux a-t-il tenté de renouer le contact avec vous, par téléphone, par courrier, par mail ?

— Non.

Travis orienta l'écran de son ordinateur vers les deux jeunes femmes. La photo d'identité judiciaire qui s'y affichait était celle d'un homme d'une cinquantaine d'années à la barbiche et aux cheveux gris clairsemés.

— Carl Wayland ressemble encore à ça ? leur demanda Travis.

— Oui, répondirent-elles en chœur.

— Il portait une veste en cuir noir et un jean, précisa Lacy.

— Je vais partir à sa recherche, indiqua le shérif, et tâcher de savoir ce qu'il fait ici.

— Viens, on rentre ! déclara Lacy à Bette en lui prenant la main. Tu n'as plus à avoir peur : Travis s'occupe de cette affaire.

Quand elles eurent quitté la pièce, Travis demanda à Cody :

— Qu'en penses-tu ?

— Je pense que cet homme terrifie Bette, et qu'elle dit la vérité.

— Je suis du même avis. Essayons de trouver ce Carl, maintenant !

— S'il est venu à Eagle Mountain pour s'en prendre à Bette, je doute qu'il l'admette !

— Bien sûr, mais on peut au moins le mettre en garde. Avec un casier judiciaire aussi chargé, il y réfléchira probablement à deux fois avant de s'attaquer à une femme dont il aura appris qu'elle était protégée par deux policiers.

— C'est vrai.

Cody regagna le parking avec Travis. L'image du visage livide de Bette l'obsédait. Pendant tout le temps qu'ils avaient passé ensemble dans le bureau du shérif, elle ne l'avait pas regardé une seule fois.

C'était comme s'il n'existait plus pour elle, et cela le faisait encore plus souffrir que si elle lui avait planté un poignard dans le cœur.

De retour au ranch, Lacy insista pour réexaminer avec Bette le menu du thé du samedi suivant et celui du repas de mariage.

Bette comprit que son amie voulait la distraire de ses soucis, et elle lui en fut reconnaissante, mais rien ne pouvait lui faire oublier bien longtemps le choc qu'elle avait éprouvé en voyant Carl dans l'allée de la supérette.

Sa présence avait certainement un rapport avec elle. Quelle autre raison un homme comme lui aurait-il de venir dans une petite ville perdue au milieu des montagnes ?

Pendant tout le reste de l'après-midi, Bette se repassa, encore et encore, les événements du mardi précédent dont elle se souvenait. Carl était-il dans la supérette ce jour-là aussi ? L'avait-il suivie quand elle avait repris la route du ranch ?

Mais pourquoi lui voudrait-il du mal ? Le hold-up remontait à neuf ans, et elle était sortie de prison huit mois plus tôt… Si Eddie, pour une raison ou pour une autre, avait voulu se venger d'elle, il aurait agi bien avant !

Mais si Carl n'était pas son bras armé, pourquoi était-il là ? Était-ce lui qui avait volé les alliances et les avait ensuite cachées dans son chalet ?

Non, ça ne tenait pas debout ! S'il avait volé ces bijoux, il les aurait gardés. Le vol était cependant une de ses spécialités, d'après son casier judiciaire…

Toutes ces pensées se bousculaient toujours dans l'esprit de Bette quand Travis et Cody revinrent. Le dîner était alors terminé, mais Rainey leur avait gardé leur part au chaud, et ils racontèrent leur après-midi tout en mangeant.

— On a retrouvé la trace de Carl au motel de la ville, déclara le shérif, mais il en était alors déjà parti.

— Il s'y était enregistré sous le nom de Charlie Fergusen, précisa Cody, et il a réglé sa note en liquide. La réceptionniste l'a reconnu sur la photo qu'on lui a montrée.

— Elle nous a dit qu'il était arrivé mardi dernier, un peu après la fermeture de la nationale, indiqua Travis. Il lui a expliqué que ça l'obligeait à rester dans une ville où il ne devait à l'origine passer que très peu de temps.

— Mais s'il a quitté le motel, où est-il maintenant ? questionna Bette.

— La nationale est rouverte ? demanda Lacy.

— Non, répondit Travis. Ça signifie que Carl s'est trouvé un autre endroit où loger. S'il a déménagé, c'est peut-être parce qu'il a appris qu'on le recherchait.

— Ou alors, Bette et Lacy l'ayant croisé, il s'est dit qu'il devait se cacher, suggéra Cody.

— Mes adjoints ont sa photo et son signalement, déclara Travis. S'ils le voient, ils me préviendront, et les employés du ranch aussi. Il ne pourra pas s'approcher d'ici sans que nous le sachions.

— Je suis désolée de vous créer toutes ces complications, à vous et à votre famille, dit Bette.

— Vous n'avez rien à vous reprocher. Si cet homme est animé de mauvaises intentions, c'est lui qu'il faut blâmer ! Vous êtes mon invitée, et l'amie de ma future femme… Il est de mon devoir de vous protéger, et si je vous ai donné des raisons d'en douter, je vous prie de m'en excuser.

En cet instant précis, la détermination et la sincérité manifestes de Travis firent comprendre à Bette ce que Lacy voyait dans cet homme en apparence austère. Elle le remercia d'un signe de tête avant de se diriger vers la porte. Cody la fixait, elle en avait conscience, comme il l'avait fixée dans le bureau du shérif, plus tôt dans la journée…

Elle avait du mal à le cerner. Comment avait-il pu lui faire l'amour avec une telle passion, et rester muet le lendemain, quand Travis l'avait accusée du vol des alliances ?

Quels que soient les sentiments que Cody éprouvait pour elle, ils n'étaient pas assez forts pour désamorcer ses soupçons – ou pour lui donner le courage de contredire son ami le shérif en la défendant.

Il n'était pas si différent d'Eddie, finalement : c'était le genre d'homme qui privilégiait toujours ses propres intérêts.

13

Quand Bette regagna son chalet après le petit déjeuner, le lendemain matin, elle trouva Cody assis dans le fauteuil de la chambre.

— Je t'attendais, dit-il en se levant.

La jeune femme n'avait aucune envie de lui parler, et rien à lui dire, de toute façon. Lorsqu'il s'était refusé à prendre sa défense face aux accusations du shérif, elle avait compris qu'il était possible d'avoir *vraiment* le cœur brisé, car elle avait alors éprouvé dans la poitrine une sensation de déchirement à la fois très vive et très réelle.

— Tu n'as rien à faire ici ! déclara-t-elle sur un ton sec. Je ne…

L'étrangeté de la situation lui apparut soudain, et elle enchaîna :

— Comment es-tu entré ? J'ai fermé la porte à clé, quand je suis allée déjeuner.

Cody brandit une clé identique à celle que Bette avait à la main.

— Il existe trois exemplaires de la clé de chaque chalet, expliqua-t-il. Ils sont rangés dans un tiroir du bureau de M. Walker. N'importe qui peut les y prendre quand il n'est pas là.

Bette referma la porte derrière elle et alla s'asseoir sur le lit. Cody, lui, se réinstalla dans un fauteuil qu'elle commençait à considérer comme le sien.

— Pourquoi y a-t-il autant de doubles ? demanda-t-elle.

— Quand les chalets ont été construits, les Walker avaient l'intention de les louer aux touristes. Ils ont donc fait faire trois clés pour chaque logement : deux en prévision du cas où c'était un couple qui occupait le chalet, par exemple, et une troisième pour remédier à un problème de perte ou d'oubli éventuel.

— Comment le sais-tu ?

— J'ai posé la question à Travis. Je lui ai aussi parlé du graffiti et du pot de peinture découvert dans le placard de ta salle de bains. Tu m'avais demandé de n'en parler à personne, mais là, c'était trop important : il devait savoir que quelqu'un s'était déjà introduit dans ton chalet pour y cacher quelque chose – en utilisant un double de la clé – et que le même scénario pouvait s'être produit s'agissant des alliances.

Bette haussa les sourcils. Cody l'avait défendue, finalement ?

— Travis t'a cru ? déclara-t-elle.

— Il n'a pas exclu cette hypothèse.

Et toi, tu crois en mon innocence ? aurait demandé Bette si son amour-propre ne l'en avait empêchée.

— Je comprends maintenant comment tu es entré, dit-elle à la place, mais pas ce que tu me veux.

— Je suis venu te proposer d'aller pêcher sous la glace avec moi.

— Pêcher sous la glace ? répéta Bette, interloquée.

— Oui. Il y a près d'ici un lac où la pêche est très bonne, d'après un ami de Travis qui est garde forestier. On pourra utiliser une des motoneiges du ranch pour s'y rendre.

— Pourquoi accepterais-je d'aller pêcher sous la glace avec toi ?

— Il fait beau, et je n'ai pas envie d'y aller seul.

— Peut-être, mais pourquoi ne pas demander à Emily, ou à quelqu'un d'autre, de t'accompagner ? Tu veux m'avoir à l'œil, c'est ça ? me surveiller comme tu surveilles les malfaiteurs que tu viens d'arrêter ?

Cody tressaillit. Le coup avait donc porté, mais Bette n'en éprouva aucune satisfaction. Cette conversation dans l'intimité de son chalet lui rappelait ce qui s'était passé entre eux quelques jours plus tôt, et lui donnait terriblement envie de le revivre.

Comment pouvait-elle à la fois détester cet homme et le désirer autant ?

— Pars ! lui ordonna-t-elle en se levant.

Il l'imita, mais au lieu de se diriger vers la porte, il s'approcha d'elle.

— Je suis désolé, pour avant-hier soir… Tu n'es pas obligée de me croire, et pourtant, c'est la vérité.

— Tu n'as même pas essayé de me défendre ! s'écria-t-elle, soudain incapable de contenir sa colère. Tu as laissé sans rien dire Travis m'accuser d'avoir trahi ma meilleure amie ! Tu l'as ensuite aidé à fouiller mes affaires, parce que, pour toi, je ne suis bien sûr qu'une vulgaire criminelle !

— Non, pas du tout ! protesta Cody.

Ses mains se refermèrent en même temps sur les bras de Bette. Elle tenta de lui faire lâcher prise, mais il la tenait assez fermement pour l'en empêcher.

— Regarde-moi ! dit-il.

Elle lui obéit, et eut alors la surprise de lire du regret dans son regard.

— Avant-hier soir, enchaîna-t-il, ce n'était pas l'amant, mais le policier, qui était ici. J'ai dû mettre de côté mes sentiments, et considérer les faits de manière aussi objective que possible.

— Je ne compte pour rien, alors ? Seuls les faits ont de l'importance ?

— C'est ce que mes années de formation m'ont

enseigné. Mais j'ai appris quelque chose d'important, ce soir-là.

Les mains de Cody descendirent le long des bras de Bette jusqu'à lui encercler les poignets, et elle n'essaya pas, cette fois, de se dégager. Elle était comme hypnotisée. Ce devait être cela qu'éprouvait la souris avant d'être avalée par la vipère.

— Qu'as-tu appris ? demanda-t-elle d'une voix mal assurée.

— Que ma volonté de froide objectivité pouvait en fait m'induire en erreur. Mon cœur n'était pas d'accord avec ce que mon cerveau me disait face aux éléments qui t'accusaient, et je devais en tenir compte. C'est pour ça que j'ai parlé à Travis du graffiti et du pot de peinture découvert dans ta salle de bains. Pour ça que je suis allé chercher la clé de ton chalet dans le bureau de son père.

Jamais Bette n'avait jamais eu envie de croire quelqu'un autant que Cody en ce moment. Elle posa les yeux sur ses lèvres et se pencha en avant, poussée par l'envie d'en goûter de nouveau la caresse, mais elle résista à la tentation et se redressa.

— Je ne sais pas si je peux te faire confiance, dit-elle.

— Je le comprends, mais viens quand même pêcher avec moi.

— Pourquoi ?

— Parce que la pêche est une activité reposante pour l'esprit. Si quelqu'un a volé les alliances pour les cacher ensuite dans ton chalet, c'est dans le but de te nuire. Nous sommes tous les deux intelligents, et si nous réfléchissons ensemble, loin de l'agitation et de la tension qui règnent au ranch, nous arriverons peut-être à déterminer comment, pourquoi, et même peut-être par qui, une telle machination a pu être montée.

Cody lâcha les poignets de Bette et recula d'un pas.

— Les Walker vont faire poser une nouvelle serrure

sur ta porte aujourd'hui, reprit-il, et elle n'aura qu'une clé, la tienne. Si tu t'absentes pendant quelques heures, le changement sera effectué à ton retour. Ce sera plus simple pour tout le monde.

— Alors je t'accompagne, mais si tu espères que je te retombe dans les bras pendant cette partie de pêche, tu vas être déçu !

— Me voilà prévenu…

Pour aller pêcher sous la glace, il fallait apparemment commencer par mettre une combinaison matelassée qui faisait paraître élégantes les tenues de prisonnier, de grosses bottes en caoutchouc à bouts ronds, et un casque qui pesait une tonne.

— On va pêcher ou se promener sur la Lune ? observa Bette après le déjeuner en montant à l'arrière de la motoneige que Cody avait garée devant son chalet.

— Tu as envie d'avoir froid ? demanda-t-il.

— Non, mais je m'étonne qu'on puisse aimer pratiquer une activité qui exige de se transformer en bibendum.

— Ce type de pêche en vaut la peine : il est très amusant.

— Je ne vois pas ce qu'il y a d'amusant à attendre près d'un trou qu'un poisson ait assez faim pour manger un ver de terre !

— Ça l'est pourtant, je te le promets !

Cody enfourcha la motoneige et pressa le bouton de démarrage. Le moteur vrombit, et la trépidation du véhicule secoua Bette de la tête aux pieds.

— Accroche-toi à moi ! déclara Cody.

La motoneige partit comme une flèche, et une boule d'angoisse se forma dans l'estomac de Bette, mais au bout de quelques centaines de mètres, elle commença de se détendre et de se sentir comme grisée par la vitesse.

Cody poussa un cri joyeux en franchissant la lisière d'un bois, et les arbres se mirent à défiler dans un flou accéléré de blanc et de vert. La motoneige gravit ensuite une pente, puis traversa un ruisseau gelé…

C'était comme une promenade à moto, mais en mieux, car la possibilité de couper à travers bois procurait un sentiment de totale liberté. Bette finit cependant par se rendre compte que Cody suivait un itinéraire précis : des balises orange placées sur des troncs d'arbres à intervalles réguliers lui indiquaient le chemin.

Au bout d'une demi-heure environ, il ralentit et pointa l'index vers un lac recouvert d'une couche de glace qui brillait comme un miroir sous le soleil. Quelques minutes plus tard, alors que le lac n'était plus visible, Cody s'arrêta dans une clairière et coupa le moteur. Le brusque silence qui suivit fit paradoxalement tinter les oreilles de Bette. Ils mirent pied à terre et ôtèrent leur casque.

— C'était génial ! s'exclama Bette.

— Tu n'étais encore jamais montée sur une motoneige ?

— Non.

— Alors au retour, on prendra un autre itinéraire, beaucoup plus long.

— Et c'est moi qui serai aux commandes.

— Il n'en est pas question !

— Pourquoi ?

— Parce que tu viens de me dire que tu n'étais encore jamais montée sur une motoneige.

— J'apprends vite, et piloter ce genre de véhicule ne doit pas être bien difficile, de toute façon, puisqu'on en loue aux touristes !

Cody coupa court à la discussion en mettant la clé de contact dans l'une des nombreuses poches de sa combinaison. Il alla ensuite sortir du coffre des cannes à pêche démontées, une boîte rectangulaire qui devait contenir des hameçons et des appâts, deux seaux en plastique et ce qui ressemblait à une grosse vrille. Il assembla les cannes à pêche, les tendit à Bette avec la boîte, puis il chargea l'outil sur son épaule et souleva les seaux.

— C'est quoi, cet instrument ? demanda Bette.

— Une tarière.

— À quoi ça sert ?

— À faire des trous dans la glace.

— Et où est le lac, maintenant ?

— De l'autre côté de cette clairière, indiqua Cody. On va marcher un peu, gravir une petite pente, et on y sera.

Il se dirigea vers les arbres, et Bette lui emboîta le pas. Quand ils atteignirent la lisière du bois, le lac reparut, et Bette vit alors qu'une berge assez large et recouverte d'une épaisse couche de neige le bordait. Ils la franchirent et, une fois sur la glace, Cody posa la tarière.

— Dès que j'aurai fait un trou avec ça, dit-il, on pourra pêcher.

— Je vais me promener sur la rive, en attendant, déclara Bette.

Elle rebroussa chemin et suivit le bord du lac. Il y avait des traces de sabots dans la neige. Les empreintes laissées par un cerf venu là dans l'espoir de trouver à boire, peut-être ?

De là où elle était, Bette ne voyait pas la motoneige, et un sentiment un peu angoissant de solitude l'envahit soudain. Elle se retourna. Cody était en train de pratiquer un trou dans la glace, concentré sur cette tâche comme il devait l'être sur celles que lui imposait son métier de marshal.

Si, un an plus tôt, quand elle était encore en prison, quelqu'un avait demandé à Bette ce qu'elle pensait des policiers, elle n'aurait eu que du mal à en dire. Elle aurait notamment souligné que de simples suspects devenaient trop souvent pour eux des coupables, parce que cela leur épargnait de se fatiguer à rechercher la vérité.

Ce genre de policier existait, bien sûr, mais Bette connaissait maintenant des contre-exemples. Comme Travis qui, bien avant que Lacy et lui tombent amoureux l'un de l'autre, avait remué ciel et terre pour corriger l'erreur judiciaire dont Lacy avait été victime… Comme Gage, son frère qui semblait être lui aussi animé d'une volonté farouche de faire triompher la justice…

Et puis il y avait Cody qui, au péril de sa vie, avait tenté de raisonner un homme armé, pour le voir finalement se suicider devant lui.

La douleur que Bette avait lue dans ses yeux quand il lui avait raconté cette histoire était sincère, comme l'était, tout à l'heure, le regret qui avait assombri son regard lorsqu'elle lui avait reproché de ne pas l'avoir défendue. Il s'efforçait, bien qu'un peu tardivement, de se détacher des faits bruts et de sa formation de policier pour envisager la possibilité de l'innocence d'une femme que tout accusait.

Mais serait-ce suffisant pour qu'il cesse définitivement de voir en elle une ancienne criminelle ?

Bette le vit soudain poser la tarière et lui faire signe de revenir. Quand elle l'eut rejoint, il lui tendit une canne à pêche et posa un des seaux à l'envers, près du trou circulaire qui rompait maintenant l'uniformité glacée du lac.

— Installe-toi confortablement, et plonge ta ligne dans l'eau ! déclara-t-il. Elle est lestée, si bien qu'elle s'enfoncera toute seule.

Il retourna ensuite l'autre seau, s'assit dessus, et l'extrémité de sa ligne disparut elle aussi dans les profondeurs du trou.

Quelques minutes s'écoulèrent dans un silence complet, puis Bette observa sur un ton sarcastique :

— Tu avais raison : c'est follement amusant !

— De quoi te plains-tu ? Il fait beau, on prend l'air, et on va peut-être rapporter assez de poissons pour nourrir toute la maisonnée !

— En attendant que ça morde, si on parlait du vol de ces alliances et de leur présence dans mon vanity-case ? C'était officiellement le but de cette petite expédition, non ?

— D'accord… Presque n'importe quel occupant ou employé du ranch a pu prendre la clé de ton chalet dans le bureau de M. Walker. Les mêmes personnes ont pu entrer dans la chambre de Travis et y subtiliser les alliances.

— Ce serait mieux pour tout le monde que le voleur soit quelqu'un d'extérieur au ranch.

— Quelqu'un comme Carl Wayland.

— Oui, mais je ne vois pas comment il aurait pu s'introduire dans la maison, dérober la clé et les alliances, aller ensuite les cacher dans mon chalet, et tout ça sans se faire remarquer… De plus, pourquoi se donner autant de mal pour le seul plaisir de me porter préjudice ?

— Doug et Rainey ne te portent pas dans leur cœur, mais la jalousie ou le désir de te supplanter constituent-ils vraiment des mobiles suffisants pour prendre de tels risques ? Je ne le pense pas.

— Moi non plus.

— Alors y a-t-il quelqu'un d'autre qui veuille te chasser du ranch, mais sans en faire état de façon aussi ostentatoire que les Whittington ? Un ancien petit ami qui travaillerait ici, par exemple ? Ou une personne que tu aurais fâchée en prison et qui voudrait se venger ? À moins que tu sois la fille cachée de M. Walker, venue réclamer sa part de la fortune familiale ?

Bette éclata de rire.

— Tu ne manques pas d'imagination ! s'écria-t-elle.

— N'est-ce pas ? Bon, oublions momentanément le vol des alliances pour nous intéresser à l'agression dont tu as été victime l'autre jour sur la route… Des souvenirs ont remonté à la surface ?

— Non. Je devrais peut-être essayer l'hypnose.

— Mais Carl pourrait en être l'auteur ?

— Oui. Je l'ai toujours soupçonné d'être quelqu'un de violent.

— Pourquoi te voudrait-il du mal ?

— C'était l'un des meilleurs amis d'Eddie.

— Et ?

— Eddie a juré de me tuer si je disais quoi que ce soit à la police sur lui, les autres membres de la bande et le hold-up lui-même.

— Il aurait donc chargé Carl de mettre cette menace à exécution ?

Bette changea sa canne à pêche de main avant de répondre :

— J'y ai déjà réfléchi, en fait, et ce n'est pas logique. Au moment de mon arrestation, Eddie et deux des autres braqueurs avaient déjà été appréhendés. Le conducteur de la voiture qui leur avait permis de s'enfuir avait échappé à la police, mais j'ignorais tout de lui : je ne pouvais même pas le décrire.

— Rien dans ton témoignage n'était donc susceptible d'aggraver les choses pour ton petit ami ?

— Non. Je ne lui ai pas parlé une seule fois après le jour du braquage, mais il lui aurait été facile, s'il avait voulu me menacer ou me rappeler sa sinistre promesse, de me faire parvenir un message. Je suis libre depuis huit mois, et il ne s'est rien passé qui me donne le sentiment de courir un danger.

— Jusqu'à ce que tu arrives ici… Attends, je crois que j'ai une touche !

Quelques secondes plus tard, Cody glissait une grosse truite dans une épuisette et la déposait sur la glace.

— Voilà une partie du dîner ! s'exclama-t-il avec un grand sourire.

Pendant qu'il s'occupait du poisson, puis réamorçait sa ligne, Bette repensa à sa rencontre de la veille avec Carl.

— Quand j'ai croisé Carl dans la supérette, dit-elle, il n'a pas eu l'air surpris de me voir. Il est donc sans doute venu à Eagle Mountain sachant que j'y étais… Mais que peut-il bien me vouloir ?

— Le braquage de la banque a rapporté un gros butin ? Carl croit peut-être qu'Eddie te l'a confié, et il vient te réclamer sa part.

— Non, la banque a récupéré tout son argent. Eddie et les deux autres ont été arrêtés avant d'avoir eu le temps de le partager.

— Et le quatrième homme ? Comment a-t-il pu passer entre les mailles du filet ?

— Il ne devait pas être dans l'appartement quand la police y est allée. Je n'y étais pas moi non plus : j'ai été arrêtée plus tard, après que les enquêteurs ont appris ma relation avec Eddie. Ils savaient déjà que quelqu'un avait désactivé l'alarme et déverrouillé la porte de service… Je regrette tellement de l'avoir fait ! Je savais que c'était mal, mais Eddie avait réussi à me convaincre que la fin justifiait les moyens.

— Tu as payé ta dette à la société.

— Oui, et je m'efforce maintenant de prendre un nouveau départ. Je travaille dur pour atteindre cet objectif, et jamais je ne courrais le risque d'hypothéquer tout mon avenir en volant des alliances… Sans compter que ces alliances appartiennent à une femme qui m'apporte un précieux soutien !

— Je te crois, déclara Cody.

Interdite, Bette se tourna vers lui.

— Tu es prêt à ignorer complètement les preuves de ma culpabilité ?

— Ces « preuves » ne sont pas tellement solides, en réalité. Les alliances étaient faciles à trouver. Si tu les avais volées, tu les aurais mieux cachées.

— J'aurais pu penser que personne ne viendrait fouiller mes affaires.

— Mais tu nous as autorisés à le faire sans mandat de perquisition, ce qu'une autre personne, même innocente elle aussi, n'aurait peut-être pas accepté… Si tu avais été coupable, tu aurais vu dans le délai nécessaire pour contacter un juge une chance de mieux cacher les bijoux. Tu es assez intelligente pour ça.

— Merci !

— J'ai convaincu les Walker de ne parler à personne du changement de serrure. Ils vont laisser les anciennes clés à leur place habituelle, et Travis a dissimulé dans la pièce une caméra vidéo braquée sur le bureau de son père. Si quelqu'un vient de nouveau chercher la clé de ton chalet, il sera filmé… et démasqué.

Toutes ces attentions émurent Bette au point de l'obliger à s'éclaircir la voix avant de déclarer :

— Je vous dois des remerciements, à Travis et à toi. Vous vous donnez beaucoup de mal pour tirer cette affaire au clair !

— Le pire qui puisse arriver à un policier, c'est d'apprendre qu'il a envoyé un innocent en prison. Il doute de tout, ensuite – y compris de lui-même.

— J'avoue n'y avoir jamais songé. J'avais jusqu'ici toujours envisagé les choses du point de vue de la personne injustement incarcérée – comme Lacy.

— Les policiers sont parfois victimes de leur envie de boucler rapidement une enquête.

— Ça t'est déjà arrivé ?

— Non, mais le fait de savoir que ça *peut* se produire

me rend vigilant. Et je ne veux surtout pas commettre ma première erreur à tes dépens.

Bette reporta son attention sur sa ligne. Les paroles de Cody lui réchauffaient le cœur. Elle voulait croire qu'il était sincère, mais elle était bien placée pour savoir que sa libido pouvait troubler sa raison.

— Pourquoi es-tu entré dans la police ? demanda-t-elle. Pourquoi avoir choisi un métier qui te met presque au quotidien en contact avec de dangereux criminels ?

— Pourquoi as-tu choisi le métier de restauratrice ?

— Parce que j'ai toujours aimé cuisiner et que, sans me vanter, je suis douée pour ça.

— On peut donc parler d'un mélange de vocation et de réalisme ?

— Oui.

— Eh bien, pour moi, c'est un peu la même chose. J'ai d'abord voulu devenir avocat : je m'en savais capable, et j'aimais l'idée de servir la justice. De plus, les séries télévisées qui parlent de cette profession la font paraître passionnante… Mais le temps que j'aie atteint le niveau d'études nécessaire pour passer l'examen du bureau, je m'étais rendu compte que, dans la vie réelle, ce métier pouvait en fait être assez ennuyeux.

— Ce n'est pas très gentil pour les avocats !

— Non, mais c'est vrai… J'ai alors fait la connaissance d'un marshal. Il m'a dit que son service était en train de recruter, et que mon diplôme de droit me donnerait un net avantage sur de nombreux candidats. J'ai postulé, j'ai été pris, et je me suis accordé une période d'essai de deux ans : si ce métier ne me plaisait pas, je démissionnerais. Mais j'ai trouvé là un moyen de satisfaire mon amour de la justice, et je suis resté.

— Tu n'as ensuite jamais songé à faire autre chose – à passer quand même l'examen du barreau, par exemple ?

Cody hésita un moment avant de répondre :

— Pas jusqu'à récemment. Maintenant… Je ne sais pas. Le fait d'avoir vu un homme se suicider en me regardant droit dans les yeux m'a peut-être affecté plus profondément que je ne le pense.

— La police a besoin de gens comme toi, déclara Bette en posant sa main libre sur le bras de Cody, mais je suis sûre que tu ferais aussi un très bon avocat.

— La voie qu'on choisit dans sa jeunesse n'est pas forcément celle qu'on suivra toute sa vie. Les gens peuvent changer.

Le ton grave de Cody poussa Bette à se tourner de nouveau vers lui. Elle croisa son regard et eut alors la certitude que ses derniers mots lui étaient personnellement destinés. Cody lui disait croire qu'*elle* avait changé, et elle en éprouva un immense bonheur : ce policier intransigeant semblait prêt à oublier ses erreurs passées…

Ce qui rendait peut-être même possible une relation durable entre un homme comme lui et une femme comme elle.

Le temps que le soleil commence à baisser sur l'horizon, ils avaient attrapé cinq gros poissons. Cody les nettoya, les mit dans un des seaux entre deux couches de neige, puis ils rassemblèrent leur matériel et reprirent le chemin de la clairière où ils avaient laissé la motoneige.

Ils en étaient à une cinquantaine de mètres quand Cody s'immobilisa. Bette l'imita et, le voyant froncer les sourcils, elle lui demanda :

— Qu'y a-t-il ?

— Rien…

Mais lorsqu'ils se furent remis en marche, Cody s'arrêta de nouveau au bout d'une vingtaine de mètres. Il posa les seaux et la tarière, fit signe à Bette de ne pas bouger, puis il s'approcha de la motoneige.

De là où elle était, la jeune femme voyait seulement que la neige avait été piétinée, autour du véhicule, et que le capot du moteur avait été enlevé. Cody inspecta la motoneige, examina le sol, scruta les alentours…

N'y tenant plus, Bette le rejoignit et déclara :

— Alors ?

— Quelqu'un a saboté le moteur : tous les fils du circuit électrique ont été coupés.

— Qu'est-ce qu'on va faire ?

— Je ne sais pas encore.

Cody sortit son portable et prit des photos de la scène avant de jeter un coup d'œil à l'écran de l'appareil et d'annoncer :

— Pas de réseau ! Il va falloir marcher.

— On est à quelle distance du ranch ?

— Environ huit kilomètres. Inutile de s'encombrer des poissons et du matériel : on les laisse là, et on reviendra les chercher demain. On prend les casques, en revanche : ils nous protégeront la tête du froid.

Il alla récupérer les affaires abandonnées un peu plus loin pendant que Bette posait les cannes à pêche et la boîte d'appâts près de la motoneige.

— En route ! s'écria Cody après y avoir ajouté les seaux et la tarière. On a intérêt à se dépêcher, si on veut être rentrés avant la nuit !

14

Le retour au ranch s'avéra très vite éprouvant, à cause d'une neige dans laquelle ils s'enfonçaient jusqu'aux genoux. Au bout de cinq cents mètres à peine, Cody transpirait à grosses gouttes. La combinaison matelassée et les bottes en caoutchouc étaient parfaites pour faire de la motoneige et pêcher sous la glace, mais elles pesaient lourd et gênaient les mouvements.

Bien qu'elle ne se plaigne pas, Bette connaissait forcément les mêmes difficultés. Cody essayait de lui ouvrir la voie, mais cela ne devait pas lui faciliter beaucoup les choses.

Avant de quitter la clairière, Cody avait pensé à prendre une bouteille d'eau dans le coffre de la motoneige. Après avoir parcouru environ le quart du trajet, il s'arrêta dans une nouvelle clairière, sortit la bouteille de la poche de sa combinaison où il l'avait mise, et la tendit à Bette. Elle en but plusieurs longues gorgées et la lui rendit ensuite en disant :

— Comment peux-tu savoir qu'on marche dans la bonne direction ?

— Je suis les traces laissées à l'aller par notre motoneige. Elles ne sont pas très visibles, mais grâce aux balises orange placées sur certains arbres, je peux vérifier régulièrement que je ne me suis pas trompé de chemin.

— Tu penses que le sabotage de la motoneige est

destiné à me décourager de rester au ranch, comme le graffiti sur ma porte ?

— Je ne sais pas. Ce lac est situé sur des terres appartenant au domaine public… N'importe qui a pu, en se promenant, tomber sur notre motoneige et « s'amuser » à la mettre hors service.

— On n'a pourtant détecté aucune présence.

— On ne voyait pas la clairière depuis le lac, et le coupable a dû veiller à ne pas faire de bruit.

— Je suis peut-être parano, mais je pense, moi, que cet acte de malveillance me vise personnellement : il s'accorde avec une stratégie de harcèlement.

— Ce serait Carl le responsable, selon toi ?

— Peut-être… Je ne le connaissais que très peu, il y a neuf ans.

— Quand Travis l'aura retrouvé, il pourra lui demander où il était cet après-midi.

— *Si* Travis le retrouve…

Cody remit la bouteille dans la poche de sa combinaison, et il s'apprêtait à repartir quand une détonation retentit et quelque chose passa en sifflant près de son oreille.

— Baisse-toi ! cria-t-il à Bette.

D'autres coups de feu éclatèrent alors, et il poussa la jeune femme vers un bouquet de sapins situé à une cinquantaine de mètres sur leur droite, dans la direction opposée à celle des tirs.

Tandis qu'ils progressaient difficilement dans la neige, les balles continuaient de pleuvoir autour d'eux. Cody, tout en s'efforçant de rester entre Bette et le tireur, se déplaçait le buste fléchi et en zigzag pour constituer une cible aussi petite et mouvante que possible.

Ils avaient presque atteint leur destination quand Cody ressentit une douleur fulgurante à l'épaule gauche. Il tomba en avant mais continua de suivre Bette – en rampant, cette fois –, et ils s'allongèrent tous les deux sous l'un des sapins, la poitrine haletante.

Cody se souleva juste assez pour pouvoir ouvrir sa combinaison et prendre son pistolet. Même léger, ce mouvement le fit grimacer. Il avait l'impression que quelqu'un lui avait enfoncé une barre de fer chauffée au rouge dans l'épaule, et il sentait du sang couler le long de son dos.

— Tu es blessé ! s'écria Bette, aussi blanche que la neige, autour d'eux.

Centimètre par centimètre, en faisant porter tout son poids sur le côté droit, Cody s'adossa au tronc de l'arbre.

— Montre-moi l'endroit où tu es blessé ! dit Bette après s'être assise près de lui.

Il orienta avec précaution son épaule gauche vers elle et indiqua :

— Je crois que la balle n'est pas ressortie. Ça saigne beaucoup ?

— Non, presque pas. C'est bon signe, non ?

— Oui, à condition qu'aucune artère interne n'ait été touchée… Tu as un brevet de secouriste ?

— Non. Je suis capable de poser un pansement adhésif sur un bobo, mais ce que tu as exige des compétences médicales bien supérieures !

— Si j'étais le genre d'homme à toujours avoir sur moi un grand mouchoir blanc, on aurait pu s'en servir comme bandage.

— Ce qu'il te faut, c'est donc un morceau de tissu propre pour absorber le sang et protéger la blessure des corps étrangers ?

— Oui.

— Alors j'ai une idée…

Bette se retourna, ouvrit sa combinaison et, quelques instants plus tard, elle brandissait son soutien-gorge sous le nez de Cody.

— Il est rembourré et composé majoritairement de coton, annonça-t-elle.

Sachant que rire n'était pas recommandé dans son état, Cody s'interdit de le faire, mais ce n'était pas l'envie qui lui en manquait… Il se contenta de sourire et de dire :

— Tu es formidable !

— Non, juste pragmatique. Tourne-toi !

Cody serra les dents pendant que la jeune femme versait le reste de leur eau sur sa blessure, puis entortillait le soutien-gorge autour de son épaule.

— Ce n'est pas très orthodoxe, observa-t-elle ensuite, mais l'essentiel, c'est que ça tienne.

Les tirs avaient cessé, laissant derrière eux un silence presque irréel après cette brusque explosion de violence.

— Notre agresseur nous suivait, déclara Cody. Il nous a laissés nous éloigner de la motoneige, et quand nous nous sommes arrêtés dans cette clairière, il a eu le temps de nous mettre en joue et d'ouvrir le feu.

— Ça ne peut pas continuer comme ça ! Il faut que je trouve Carl, pour lui demander ce qu'il me veut ! C'est ce que j'aurais dû faire hier à la supérette, au lieu de m'enfuir.

— Ce n'est pas forcément lui.

— Ce serait Doug, alors ? Ou Rainey ?

— Ou l'Ice Cold Killer.

— Ce n'est pas sa méthode : lui, il tend des embuscades à des femmes et leur tranche ensuite la gorge.

— Il ne t'a pas tuée, l'autre jour… Alors il a peut-être décidé de finir le travail.

Plus Cody y pensait, plus il trouvait d'arguments en faveur de cette hypothèse. L'attaque contre Bette, sur la route du ranch, ne correspondait certes pas au mode opératoire de l'Ice Cold Killer, mais si c'était le signe d'un certain affolement ? Et un tueur en série avait sûrement du mal à accepter une perte de contrôle aboutissant à ce qui équivalait pour lui à un échec. Un échec dont la réparation pouvait tourner à l'obsession : la femme qui avait survécu à son agression devait mourir, d'une façon ou d'une autre…

Mais Cody savait aussi qu'il fallait se méfier de la tendance du cerveau humain à privilégier certains faits et à en ignorer d'autres de façon à légitimer une idée préconçue.

— Qu'est-ce qu'on fait, maintenant ? demanda Bette.

— On attend de voir si le tireur va se risquer à s'approcher… Auquel cas, j'ai mon pistolet, et…

— Non, je ne vais certainement pas rester là, à lui servir de cible !

Sur ces mots, la jeune femme commença de se redresser, mais elle n'était pas encore debout qu'une balle percuta le tronc du sapin, juste au-dessus de sa tête. Elle poussa un cri et se remit à couvert.

— Bon, d'accord, c'était une mauvaise idée…, marmonna-t-elle.

Cody scruta les alentours et repéra sur leur gauche – la direction d'où venaient les tirs – un petit talus. Il le montra à Bette en disant :

— Je pense que notre adversaire est tapi derrière. Il ne nous voit pas tant que nous sommes assis ou couchés, mais il doit avoir compris que j'étais blessé, et il attend que nous bougions.

— On ne peut tout de même pas passer la nuit ici ! s'exclama la jeune femme.

— Non. On va s'enfoncer plus profondément dans le bois, en restant bien baissés. Le temps que notre agresseur s'aperçoive de la manœuvre, on ne sera plus dans sa ligne de mire. S'il décide ensuite de nous poursuivre, il arrivera peut-être un moment où il sera à découvert *et* à portée de tir de mon pistolet. Il est armé d'une carabine, mais moi, j'ai besoin qu'il se rapproche assez pour avoir une chance de le neutraliser.

Ils parcoururent alors presque en rampant la dizaine de mètres qui les séparait d'un ruisseau gelé que Cody reconnut. Son épaule blessée lui faisait souffrir le martyre, et il dut prendre une profonde inspiration avant de retrouver l'usage de la parole.

— Si on suit le bord de ce ruisseau, on sera dans la bonne direction pour rentrer tout en restant à couvert pendant un bon moment.

— Peut-être, mais on avance tellement lentement qu'on ne sera pas au ranch avant demain matin ! souligna Bette. Et tu as besoin d'un médecin.

Cody s'abstint de lui dire qu'ils n'avaient pas toute la nuit. Un homme qui les avait suivis jusqu'au lac, avait saboté la motoneige et attendu ensuite patiemment l'occasion de les abattre, ne renoncerait jamais à les traquer. Et comme il pouvait se déplacer normalement, lui, il ne mettrait pas des heures à les rattraper. Tout ce que Cody pouvait faire, c'était lui compliquer la tâche.

En prenant appui sur le tronc d'un arbre, il parvint à s'agenouiller, puis à se mettre debout. À son grand soulagement, le silence persista.

— On repart ! dit-il à Bette. Et en marchant, cette fois : on ira plus vite.

Ils se remirent en route, évitant de poser les pieds sur des amas de feuilles et de branches mortes. Aucun coup de feu n'éclata, mais n'était-ce pas juste parce que le tireur attendait qu'ils ne soient plus à couvert ?

Ce risque se matérialisa quelques minutes plus tard, quand la lisière du bois leur apparut. Un grand champ s'étendait au-delà, nu et plat comme la main. Cody s'arrêta à dix mètres de la bordure d'arbres. Bette l'imita et murmura :

— On ne peut pas traverser ce champ. On y serait trop visibles.

Cody chercha du regard les meilleurs postes d'observation pour le tueur et en identifia une demi-douzaine. Faute de savoir d'où viendraient les tirs, il serait impossible de s'en protéger. Bette avait raison : essayer de traverser ce champ serait du suicide.

— Il y a au ranch des gens qui nous savent partis pêcher sur ce lac, reprit-elle. Notre absence au dîner déclenchera des recherches.

Seul, Cody aurait peut-être tenté d'affronter directement le tueur, mais il ne voulait pas faire courir à la jeune femme plus de risques que nécessaire.

— On n'a maintenant plus d'autre choix que d'attendre les secours, déclara-t-il donc.

Puis il s'assit au pied d'un arbre, son pistolet à la main, en s'efforçant d'ignorer les élancements qui lui transperçaient l'épaule gauche. Bette s'installa à côté de lui et, au bout d'un moment, ayant remarqué qu'elle jetait de fréquents coups d'œil à l'endroit de sa blessure, il lui demanda :

— Qu'y a-t-il ?

— Le bandage ne suffit plus à absorber le sang.

— J'espère que ce n'était pas ton soutien-gorge préféré !

— Si tu devais en porter un, tu saurais que ça n'existe pas.

— Je crois parler au nom de la plupart des hommes en disant que je trouve cet accessoire parfaitement inutile.

Le craquement soudain d'une brindille les fit tous les deux sursauter. Cody serra plus fort la crosse de son pistolet, tandis que Bette murmurait :

— C'est peut-être un cerf…

Elle avait à peine fini sa phrase qu'une balle alla se ficher dans un arbre, à moins de deux mètres d'eux.

— Aux dernières nouvelles, les cerfs ne se promenaient pas armés d'une carabine, observa Cody. Couche-toi !

Puis il se pencha pour voir ce qui se passait de l'autre côté du tronc d'arbre.

Un mouvement, derrière un amas de rochers, attira son regard. Il pressa la détente de son pistolet, des éclats de roche jaillirent, et la riposte ne se fit pas attendre : une grêle de projectiles s'abattit tout autour de lui. Il s'allongea alors sur Bette – qui protesta aussitôt :

— Tu m'écrases !

— Tu préfères mourir ?

— Dit comme ça…

— Si je pouvais me rapprocher un peu de lui, j'aurais plus de chances de l'atteindre.

— Non, tu vas te faire tuer !

— Pas si je suis prudent.

— Non ! Reste là !

— D'accord…

Cody venait en effet de comprendre que son projet était trop risqué : s'il mourait, Bette serait seule face au tueur.

Ce dernier tira de façon sporadique pendant les dix minutes suivantes, et Cody riposta à chaque fois… jusqu'à ce que son chargeur soit vide. Il en avait un de rechange, fixé à sa ceinture, et après avoir roulé sur le côté, il tenta de le prendre avec sa main gauche…

Impossible, la douleur était trop forte !

— Qu'est-ce que tu fabriques ? demanda Bette.

— J'ai besoin du chargeur accroché à ma ceinture… Tu peux me le passer ?

La jeune femme tâtonna un peu mais parvint finalement à détacher le chargeur, et elle le tendait à Cody quand le grondement simultané de deux moteurs se fit entendre. Des phares illuminèrent ensuite la lisière des arbres, tandis qu'un bruit de brindilles écrasées et de pas précipités annonçait la fuite du tueur. Une voix s'éleva alors, puissante et rassurante :

— Cody ? C'est moi, Travis !

— On est là ! cria Bette en se levant et en agitant les bras.

Cody s'adossa au tronc de l'arbre et ferma les yeux.

Ils étaient hors de danger.

Pour l'instant, tout du moins.

15

— Je n'ai jamais été aussi contente de voir quelqu'un ! dit Bette au shérif en le prenant par le bras pour l'emmener vers l'endroit où Cody attendait. Votre ami est blessé. Il a un besoin urgent de soins médicaux.

— Que s'est-il passé ? demanda M. Walker, qui avait accompagné son fils.

— Quelqu'un a saboté notre motoneige, expliqua Bette, si bien que nous avons dû nous résigner à rentrer à pied. Mais cette personne nous a ensuite tiré dessus, et Cody a été touché à l'épaule gauche.

Quand ils eurent atteint l'arbre qui leur avait servi de rempart, Travis s'agenouilla près de son ami.

— Ah ! te voilà enfin ! s'écria ce dernier. Tu y as mis le temps !

— Bette nous a dit que tu étais blessé à l'épaule.

— Oui, j'ai reçu une balle de carabine. Mais ça n'a pas beaucoup saigné.

— Fais voir !

Travis aida Cody à se pencher en avant, puis il dirigea le faisceau de sa torche sur l'endroit de la blessure.

— C'est quoi, ce truc ? s'écria-t-il en montrant le bandage improvisé – et maintenant imbibé de sang au point de ne plus être reconnaissable.

— Mon soutien-gorge, dit Bette. C'est tout ce que j'avais sous la main.

Heureusement pour lui, car tout shérif qu'il était,

elle n'aurait pas hésité à le rembarrer, Travis ne fit pas de commentaire.

— Vous avez vu le tireur ? demanda-t-il.

— Non, déclara Cody. Il nous a attaqués une première fois à un moment où on était à découvert, et il nous a ensuite suivis jusqu'ici. J'ai réussi à le tenir à distance, mais j'ai vidé un chargeur, et même si j'en avais un de rechange, il était temps que vous arriviez et que vous le fassiez fuir !

— Où était-il exactement ?

Cody montra l'amas de rochers, et Travis reprit :

— Je vais y jeter un coup d'œil.

Pendant son absence, son père expliqua :

— Quand on ne vous a pas vus au dîner, on a pensé que votre motoneige était tombée en panne.

— Les fils du circuit électrique ont été coupés, indiqua Cody, mais ça ne devrait pas être trop difficile à réparer.

— Ce n'est pas pour la motoneige que je me fais du souci en ce moment, mais pour toi… Et vous, Bette, comment allez-vous ?

— J'ai eu très peur, mais ça va, maintenant.

Quelques instants plus tard, la lumière de la torche de Travis annonça son retour.

— Je n'ai pas trouvé grand-chose, dit-il. Juste des traces de pas dans la neige. Je reviendrai demain. Là, il fait trop sombre pour suivre une piste quelconque.

— Le tireur est sûrement déjà loin, de toute façon ! observa Cody.

— Tu peux marcher ?

— Oui. Aide-moi juste à me relever.

Le shérif remit sa torche à son père, mais ne se contenta pas ensuite de tendre la main à son ami : il le soutint sur toute la distance qui les séparait des motoneiges. Il le fit monter sur la sienne, tandis que Bette s'installait à l'arrière de celle de M. Walker.

Le trajet fut beaucoup moins agréable dans ce sens que dans l'autre. Le vent glacé qui s'était levé fouettait le visage de Bette, et elle craignait de voir Cody, pris d'un malaise, tomber de la motoneige.

Au bout d'un moment, celle-ci ralentit, et M. Walker dit à Bette par-dessus son épaule :

— Il y a du réseau à partir d'ici. Travis doit appeler les secours, et peut-être le ranch, aussi.

Ils y arrivèrent un quart d'heure plus tard et y furent accueillis par Lacy, Emily et Mme Walker.

— Une ambulance sera là dans quelques minutes, indiqua alors Travis. Allons tous nous mettre au chaud, en l'attendant !

Bette descendit de la motoneige et voulut s'approcher de Cody, mais Lacy lui passa aussitôt un bras autour des épaules et l'entraîna vers la maison.

— Tu dois être gelée ! Viens t'asseoir près du feu !

— Cody…, commença Bette.

— Je m'occupe de lui ! déclara Travis.

Trop épuisée pour protester, Bette laissa son amie la conduire à l'intérieur, puis l'aider à enlever casque, combinaison et bottes. Elle poussa un soupir de bien-être quand Lacy l'eut installée dans un fauteuil, devant la cheminée, et enveloppée dans une couverture. Cody entra alors dans le séjour, soutenu par Travis, mais il refusa de s'asseoir sur un canapé.

— Je ne veux pas tacher de sang le tissu de vos meubles, expliqua-t-il.

M. Walker alla chercher une chaise dans la salle à manger, et Cody y prit place avec précaution. Son visage était blafard et crispé par la douleur. Bette souffrait pour lui et ne le quittait pas des yeux. Jamais elle n'oublierait qu'il lui avait fait un bouclier de son corps.

— Où est cette ambulance ? marmonna-t-elle, la gorge contractée par l'angoisse.

— Elle ne va sûrement pas tarder, dit Lacy.

— Que s'est-il passé ? demanda Emily. Travis n'a pas donné beaucoup de détails, au téléphone.

— Quelqu'un a mis notre motoneige hors service pendant que nous pêchions, déclara Cody, et il nous a ensuite tiré dessus. Il nous avait acculés derrière un arbre quand la cavalerie est arrivée et l'a fait fuir.

— Qui était-ce ?

— J'aimerais bien le savoir !

Le mugissement d'une sirène interrompit la conversation. M. Walker sortit pour accueillir les secouristes et, deux minutes plus tard, il introduisait dans le séjour deux hommes, qui entreprirent aussitôt d'examiner Cody.

Lacy, qui s'était absentée, regagna la pièce peu de temps après. Elle s'assit à côté de Bette et lui tendit un mug fumant en indiquant :

— C'est du chocolat chaud arrosé de schnaps à la menthe. Rien de tel pour se réchauffer !

— Merci beaucoup.

— Tu n'as pas de blessure, ou d'engelure, qui aurait besoin d'être soignée ?

— Non, je n'ai rien.

— Tu as dû avoir terriblement peur !

— Oui, avoua Bette.

Et cette peur était encore là. Ils auraient pu mourir aujourd'hui, Cody et elle…

Non, mieux valait ne pas y penser, se concentrer sur le fait qu'ils étaient toujours vivants.

Cody poussa soudain un cri de douleur qui fit trembler Bette au point de l'obliger à poser son mug sur la table basse. Les secouristes déployèrent le brancard pliant qu'ils avaient apporté, aidèrent Cody à s'allonger dessus et mirent plusieurs couvertures sur lui.

Travis s'approcha alors de Bette et lui annonça :

— J'accompagne Cody à la clinique d'Eagle Mountain,

où la balle logée dans son épaule sera extraite… Qu'est-ce que vous pouvez me dire sur votre agresseur ?

— Rien de plus que Cody, malheureusement. Je ne sais pas du tout qui c'est, je vous le jure !

— Doug et Rainey ont fait tous les deux le service du dîner ce soir, indiqua Travis. Il ne s'agit donc pas d'eux. On recherche toujours Carl Wayland, mais c'est comme s'il s'était volatilisé… Excusez-moi, il faut que j'y aille, maintenant !

— Appelle pour donner des nouvelles de Cody quand il aura été opéré ! déclara Lacy.

— D'accord.

Une fois le shérif parti, Lacy se tourna vers Bette.

— Bois ton chocolat ! Je vais t'apporter quelque chose à manger.

— Je n'ai pas faim.

— Alors tu te forceras : tu as besoin de reprendre des forces.

Exténuée, Bette renonça à discuter. Elle posa la tête contre le dossier de son siège et ferma les yeux.

Elle pensait que les événements de cette fin d'après-midi allaient défiler dans son esprit… L'image qui lui vint spontanément fut en fait celle de Cody et d'elle assis côte à côte sur leurs seaux retournés, attendant tranquillement que le poisson morde.

La complicité qui les unissait alors compterait sûrement parmi les plus beaux souvenirs qu'elle garderait de son séjour à Eagle Mountain.

Cody appela les bureaux du shérif le lendemain à 8 heures. Ce fut Adelaide Kinkaid qui décrocha, et quand il lui dit vouloir parler à Travis, elle lui répondit que celui-ci n'était pas là.

— Il doit être en train de prendre son petit déjeuner

au ranch, ajouta-t-elle, car une urgence l'a obligé à veiller tard, la nuit dernière.

— Je sais. C'était moi, l'urgence.

— Marshal Rankin ! Je ne vous avais pas reconnu ! Comment allez-vous ?

— J'ai une épaule en capilotade, je suis de mauvaise humeur, et je n'ai pas l'intention de rester dans cette clinique une minute de plus que nécessaire !

— Le shérif ne peut pas y faire grand-chose…

— Si ! Je voulais qu'il vienne me chercher pour me ramener au ranch, mais comme il n'est pas en ville… Écoutez, Adelaide, c'est vous qui assurez la bonne marche de ces bureaux, tout le monde le sait, alors vous pouvez m'envoyer un des adjoints de Travis ?

— Ils sont policiers, pas chauffeurs de taxi.

— Je suis policier, moi aussi, et ce serait donc un service rendu à un collègue.

Silence, au bout du fil, si bien que Cody dut se résigner à supplier :

— S'il vous plaît, Adelaide ! Le café est infect, dans cette clinique, et j'ai dû menacer l'infirmière pour qu'elle m'apporte mes vêtements !

Dix minutes plus tard, Gage entrait dans la chambre de Cody et lui tendait un sweat-shirt portant le logo des bureaux du shérif du comté de Rayford.

— Je me suis dit que ta chemise devait être hors d'usage, expliqua-t-il. J'ai pris la taille XXL, à cause de ton épaule bandée.

— Merci.

Gage aida Cody à enfiler le sweat-shirt et, quand ils furent dans sa voiture, il lui remit un gobelet de café.

— De la part d'Adelaide, indiqua-t-il.

— C'est un ange ! s'exclama Cody avant de soulever le couvercle et de boire une grande gorgée de café.

— Elle m'a dit que tu étais de très mauvaise humeur, au téléphone… Je peux savoir pourquoi ?

— Je me suis fait charcuter l'épaule, j'ai passé la nuit dans un lit trop étroit, avec une infirmière qui venait toutes les deux heures prendre mes constantes – et me réveiller par la même occasion les rares fois où j'avais réussi à m'endormir dans l'intervalle –, et ce matin, pas moyen d'obtenir un café buvable ! Tu ne crois pas qu'il y a de quoi mettre quelqu'un de mauvaise humeur ?

— Normalement, on envoie les blessés par balle à l'hôpital de Grand Junction. Cette clinique ne pratique théoriquement pas d'actes chirurgicaux, et tu as tort de te plaindre : il paraît qu'à quelques centimètres près, la balle t'explosait l'omoplate.

Une nouvelle gorgée de café permit à Cody de se sentir plus… humain.

— Comment va Bette ? déclara-t-il.

— Pourquoi ? Elle a été blessée, elle aussi ?

— Non. Je me demandais juste comment elle allait.

— Je ne sais pas. Tu pourras lui poser la question une fois au ranch. J'ai appelé Travis pour lui annoncer ton retour.

— Carl Wayland est toujours introuvable ?

— Oui, mais sauf s'il est parti à pied, il est encore dans les parages. Une avalanche, au niveau de Dixon Pass, a renversé plusieurs lignes à haute tension sur la nationale et les a ensuite ensevelies sous trois mètres de neige et de roches. Il va falloir du temps pour déblayer tout ça.

Gage démarra, et Cody garda ensuite le silence. Son épaule lui faisait très mal, parce qu'il avait refusé de prendre les antalgiques prescrits par le médecin : il préférait souffrir plutôt que d'avoir le cerveau embrumé.

Cette nuit, pour meubler ses insomnies, il s'était passé

et repassé le film de l'agression de la veille, mais sans parvenir à lui trouver d'explication vraiment satisfaisante.

Et c'était cela, plus que tout le reste, qui l'avait mis de mauvaise humeur.

Lorsque la voiture s'arrêta devant le ranch, Travis sortit pour l'accueillir, Bette et Lacy sur ses talons. Cody mit son point d'honneur à descendre du véhicule sans l'aide de personne, et quand son regard croisa celui, inquiet, de Bette, il lui sourit pour la rassurer.

— Tu n'aurais pas dû rester plus longtemps à la clinique ? lui demanda Lacy pendant qu'ils allaient tous s'asseoir dans le séjour.

— À quoi bon ? Je me remettrai aussi bien ici que là-bas de ma blessure !

— Il faut que je retourne en ville, annonça Gage. J'ai un enterrement de vie de garçon à préparer.

— Ça tombe vraiment mal ! observa Travis. On devrait reporter ça à un autre jour.

— Moe ferme son établissement au public juste pour nous ! Tu peux bien prendre quelques heures pour dire adieu au célibat avec tes amis, non ? Tu n'en mourras pas !

— Tu n'as pas eu d'enterrement de vie de garçon, et Dwight non plus.

— C'est pour ça qu'on tient à ce que tu en aies un. Tu ne peux pas te défiler, de toute façon : il est trop tard.

— Et je ne veux pas de toi dans la maison ce soir, Travis ! intervint Lacy.

— Pourquoi ?

— Tu ne dois pas être là pendant que nous, les femmes, nous aurons notre petite réception.

Gage se tourna vers Cody.

— Tu te sens d'attaque pour te joindre à nous ? lui demanda-t-il.

— Oui, ça devrait aller.

Après le départ de son frère, le shérif vint s'asseoir près de Cody devant la cheminée.

— On est retournés au lac tôt ce matin, mon père et moi. Grâce aux empreintes de pas dans la neige, on a pu suivre la piste du tireur de l'amas de rochers jusqu'à un endroit où il avait dû garer une motoneige, parce qu'on a ensuite perdu sa trace.

— Et la motoneige qu'il a sabotée ?

— Elle ne devrait pas être trop difficile à réparer. On a rapporté les poissons que vous aviez pêchés. Le seau a fait office de congélateur : Rainey les servira demain au dîner.

— Je laisserai ma part à quelqu'un d'autre ! s'exclama Cody.

Puis il sortit de sa poche un petit sachet en plastique et le tendit à Travis.

— Je t'ai apporté la balle qu'on a extraite de mon épaule. Le médecin en a aussi retiré quelques bouts d'os, mais je me suis dit qu'il ne s'agissait pas vraiment de pièces à conviction…

— Cette balle est déformée.

— Oui, mais on peut quand même voir que c'est une munition de calibre 225.

— Elle sera peut-être utile le jour où on aura un suspect à cuisiner… Maintenant, qu'a dit le médecin à propos de ton épaule ?

— L'omoplate est indemne, il n'y a pas eu d'hémorragie interne, et aucun ligament important n'a été lésé. Il y a malgré tout quelques dommages osseux et musculaires, qui nécessiteront de nombreuses séances de kinésithérapie. De plus, à partir d'aujourd'hui et jusqu'à la fin de mes jours, je pourrai prédire l'arrivée d'une tempête de neige… Bref, je suis bon pour un arrêt de travail de trois mois minimum.

— C'est dur !

— Oui, je vais devoir me trouver un hobby !

— Il faut que je te laisse pour repartir à la recherche de Carl Wayland… Et à propos de ce soir… Ne te sens surtout pas obligé de venir !

— Tu plaisantes ? Je ne raterais cette petite fête pour rien au monde !

Bette passa le reste de la matinée de ce samedi dans la cuisine, à confectionner les gâteaux du « thé de la future mariée ». Contente d'avoir quelque chose pour lui occuper l'esprit, elle était en train de sortir une plaque de cuisson du four quand Rainey entra dans la pièce, la rejoignit et lui demanda :

— Qu'est-ce que c'est ?

Surprise, parce qu'elle s'attendait à une récrimination ou une critique, et que l'intérêt de Rainey semblait sincère, Bette répondit :

— Des petits fours. Ils ne paient pas de mine, pour l'instant, mais c'est parce que je ne les ai pas encore décorés.

— Vous, les jeunes, vous aimez ces trucs recherchés… Moi, je n'ai pas appris à faire ce genre de cuisine. Je ne sais préparer que des choses simples.

— Tous les repas que j'ai pris ici étaient excellents, et ils doivent correspondre exactement aux attentes des Walker.

— C'est vrai, mais je regrette quand même de ne pas être capable de faire des choses plus… raffinées.

— Pourquoi ne pas apprendre ? Étant déjà de la partie, il ne vous faudrait pas longtemps pour acquérir de nouvelles compétences… Je peux même vous enseigner quelques recettes, si vous voulez.

— Oui, peut-être, si je trouve le temps, parce que j'ai beaucoup de travail, avec une maisonnée aussi nombreuse.

— Vous avez dû être contente, quand votre fils est venu vous prêter main-forte.

— Oui. Sauf que…

Rainey laissa sa phrase en suspens.

— Sauf que ? insista Bette.

— Doug ne m'aide plus beaucoup, depuis votre arrivée. Et vous savez pourquoi ?

— Non !

— Parce qu'il vous évite. J'ai mis du temps à trouver la raison de ce comportement bizarre, mais j'ai fini par comprendre : il a peur de vous.

— Peur de moi ? Mais pourquoi ?

— C'est pour vous poser cette question que je suis venue.

Ce qui expliquait peut-être la soudaine amabilité de Rainey, songea Bette.

— Je ne sais absolument pas pourquoi Doug aurait peur de moi, déclara-t-elle. Je ne lui ai rien fait, je vous le jure ! Qu'aurais-je pu lui faire, de toute façon ?

— Même s'il a toujours été un peu marginal, il a un bon fond. Il a fait des bêtises, mais il m'a promis que c'était terminé.

— Je le souhaite, pour lui comme pour vous.

La sonnerie du minuteur retentit, et Bette sortit la dernière plaque de petits fours.

— Je dois attendre qu'ils aient refroidi pour les décorer, déclara-t-elle. Le four est maintenant disponible, si vous en avez besoin…

— Non, le menu du déjeuner se composera de ragoût et de sandwichs.

— Très bien ! Je vais aider Lacy à préparer le solarium pour la réception de ce soir.

La compagnie de Rainey la mettant toujours un peu mal à l'aise, Bette quitta rapidement la cuisine, et elle traversait le séjour quand Cody la héla. Elle se retourna et le vit venir à sa rencontre.

— Tu peux m'accompagner à mon chalet ? dit-il. J'y ai en dépôt un cadeau pour Travis qu'il faut finaliser. C'est une surprise – ni sa famille ni sa fiancée ne doivent être au courant –, et je ne suis pas censé me servir de mon bras gauche.

— Ce serait volontiers, mais Lacy a besoin de moi pour pousser les meubles du solarium contre les murs en prévision de ce soir.

— J'ai entendu Emily lui proposer de l'aider.

— Dans ce cas, je te suis.

Quelques instants plus tard, Bette découvrait le chalet de Cody. C'était le jumeau du sien, la seule différence étant l'énorme peluche posée sur le sol, entre le fauteuil et la table : une vache qui faisait dans les un mètre de long et soixante centimètres de haut. Elle était si encombrante que Bette dut utiliser ses deux bras pour la soulever.

— Où tu as trouvé ça ? demanda-t-elle.

— C'est Gage qui s'en est occupé. Cette peluche sera offerte à Travis à la fête de ce soir.

— Tu comptes vraiment y assister ?

— Pourquoi pas ? Je n'aurai pas plus mal là-bas qu'ici, et sans doute même moins : les divertissements prévus au programme devraient me faire oublier la douleur.

Bette esquissa une moue réprobatrice, et Cody reprit :

— Tu vas me gronder ?

Elle lui lança la peluche, et il la rattrapa de la main droite avec un sourire que Bette ne put s'empêcher de lui rendre avant de déclarer :

— Qu'est-ce que je suis censée faire pour t'aider ?

Cody mit la peluche sur la table, disparut dans la salle de bains et en revint avec la ramure d'un cerf.

— Il faut fixer ces bois à la tête de la vache, expliqua-t-il.

— Pourquoi ?

— D'après Gage, quand Travis avait douze ans, son père et son oncle l'ont emmené pour la première fois chasser le cerf. Il était à la fois si excité et si nerveux qu'il a tiré sur la vache d'un voisin. Il a dû travailler pendant tout un été pour le rembourser.

— J'ai du mal à imaginer Travis, même tout jeune, commettre ce genre de bévue !

— Gage jure que c'est vrai.

— Et il ne rate évidemment aucune occasion de le lui rappeler…

— Évidemment !

Une bobine de ruban marron était posée sur la table, et Cody la montra en disant :

— J'ai acheté ça dans une mercerie pour attacher les bois à la tête de la vache et faire ensuite un beau nœud, mais je n'avais pas prévu que je serais handicapé.

— D'accord, je vais m'en occuper, mais c'est autour de ton cou que je devrais enrouler ce ruban !

— Parce que je t'ai entraînée dans une embuscade, hier ?

— Non ! Tu ne penses tout de même pas que je t'en veux pour ça ?

— Tu pourrais…, répliqua Cody, le visage soudain grave. J'ai été formé pour traquer des gens qui essaient de se rendre invisibles… J'aurais dû m'apercevoir que quelqu'un nous suivait.

— Tu n'avais aucune raison de te méfier ! C'était juste une partie de pêche, et elle a été aussi amusante que tu l'avais prédit… Jusqu'à la découverte du sabotage de la motoneige.

— L'épisode de cette journée dont je garde le meilleur souvenir s'est pourtant produit plus tard.

— Ah bon ? Et de quoi s'agit-il ?

— Du sacrifice de ton soutien-gorge pour bander ma blessure.

Bette éclata de rire.

— Si cette histoire s'ébruite, tu ne crains pas qu'elle te vaille quelques moqueries ?

— Du genre : « Le marshal Rankin porte des sous-vêtements féminins » ? déclara Cody. Non, et même si c'était le cas, je ne me sentirais pas vraiment menacé dans ma virilité.

Puis, sans prévenir, il tendit vers Bette son bras valide, l'attira contre lui et l'embrassa fougueusement. Pas un instant elle ne songea à lui résister, et toute la tension de ces derniers jours se relâcha d'un coup.

Les mains de Cody s'aventurèrent bientôt sous son pull-over, et il releva alors la tête en soulignant sur un ton de feinte déception :

— Tu portes un soutien-gorge, aujourd'hui !

— J'en possède plus d'un.

— Je t'en rachèterai un. Le plus sexy que je pourrai trouver.

— D'accord…

— En attendant, si je t'enlevais celui-là ?

— Non, Cody, ce ne serait pas raisonnable ! Tu es blessé, et…

— À l'épaule. Le reste fonctionne très bien.

— Sans doute, mais j'aurais peur de te faire mal.

— Ce n'est pas toi qui m'as dit que les rapports sexuels avaient des vertus antalgiques ?

En ayant ainsi réponse à tout, Cody empêchait Bette de réfléchir, mais en avait-elle besoin, finalement ? Elle désirait follement cet homme, et leur réconciliation la remplissait de bonheur. Dans ces conditions, faire l'amour avec lui était la chose la plus naturelle du monde…

Alors elle le prit par la main et l'entraîna vers le lit. Notant la présence d'une boîte de préservatifs sur la table de chevet, elle observa avec un sourire amusé :

— Si tu m'as amenée ici, c'était pour me séduire, et

non pour t'aider à attacher des bois de cerf sur la tête d'une vache en peluche !

— J'aurai quand même besoin de toi pour ça… Plus tard.

Mais même « plus tard », après une étreinte passionnée malgré l'épaule blessée de Cody, le cadeau de Travis était la dernière chose à laquelle Bette et Cody pensaient : allongés côte à côte dans un état de douce euphorie, ils savouraient la satisfaction du désir assouvi.

— Avant qu'on se connaisse, tu aurais imaginé avoir une liaison avec une ancienne criminelle ? finit par demander Bette.

— Non. Et toi, tu aurais imaginé prendre un marshal pour amant ?

— Non.

— Comment vois-tu l'avenir ?

— Quelqu'un essaie de me nuire gravement – et peut-être même de me tuer… Ce n'est pas vraiment le moment de parler de l'avenir !

— Comme je suis un optimiste, je pense que si.

— Les policiers n'ont pas la réputation d'être optimistes.

— Moi, je le suis depuis que je t'ai rencontrée. Tu m'as fait croire à l'existence de choses improbables.

Improbable…

Ce qualificatif convenait parfaitement au couple qu'ils formaient, mais ni cela, ni la menace qui pesait sur sa vie, ni un avenir qu'elle continuait de juger incertain n'empêchaient Bette d'être en ce moment plus heureuse qu'elle ne l'avait jamais été.

16

— C'est magnifique ! s'écria Emily l'après-midi de ce samedi en venant rejoindre Bette dans le solarium.

La pièce avait été décorée en respectant le thème de la « féerie hivernale » : en dehors de quelques jolies touches argentées, tout était blanc, depuis les tentures en dentelle accrochées aux murs jusqu'aux fleurs disposées dans des vases, en passant par la nappe de la table du buffet et les faux cristaux de glace dessinés sur les baies vitrées.

— C'est Lacy qui s'est occupée de la décoration, dit Bette. Moi, je me suis concentrée sur mon domaine de compétence : la cuisine.

Emily souleva le film alimentaire qui recouvrait un plateau de petits fours.

— Ça a l'air délicieux ! déclara-t-elle. Je peux en prendre un ?

— Oui, répondit Bette, mais juste un.

Le sourire avec lequel Emily choisit un des petits fours et le croqua fut subitement remplacé par une grimace de dégoût. Elle attrapa une serviette en papier sur la table et cracha le gâteau dedans.

— Qu'y a-t-il ? demanda Bette, interloquée.

— Tu as goûté ces petits fours ?

— Non. Enfin si : la pâte avant cuisson, et le glaçage à différents stades de sa confection… Tout était normal.

— Eh bien, ça ne l'est plus !

Bette prit un petit four, mordit dedans… Il était si amer que ses yeux se remplirent de larmes, et elle le recracha, comme Emily, dans une serviette en papier.

— Quelqu'un a trafiqué mes pâtisseries ! gémit-elle.

Puis elle inspecta le buffet. Les canapés et les choux à la crème étaient encore dans le réfrigérateur – elle ne les en sortirait qu'au dernier moment –, mais les scones, les abricots enrobés de chocolat et les sablés aux noisettes étaient sur la table, dans des plateaux recouverts de film alimentaire.

— Il faut tout goûter ! s'exclama-t-elle. Tu m'aides, Emily ?

Cette dernière acquiesça et, le temps d'arriver au bout de la table, son sourire était revenu.

— Tout le reste est délicieux, dit-elle.

Bette se souvint alors de l'intérêt de Rainey pour ses petits fours, le matin. Elle l'avait ensuite laissée seule dans la cuisine…

Elle s'y précipita, suivie d'Emily.

— Que se passe-t-il ? demanda Rainey en levant les yeux de la vaisselle qu'elle était en train de laver.

— Qu'est-ce que vous avez mis dans mes petits fours ? lui lança Bette.

— Mais… Rien ! Je n'y ai pas touché !

— Je suis sûre que si ! Vous êtes restée seule dans la cuisine, après que je les ai sortis du four… Vous vouliez me ridiculiser aux yeux de Lacy et des invités, alors vous les avez rendus immangeables.

— Je vous jure que non !

— Tenez, goûtez !

Bette tendit un des gâteaux à la cuisinière. Bien que de mauvaise grâce, celle-ci le mit dans sa bouche… pour le recracher aussitôt.

— C'est infect ! s'écria-t-elle. Ça a goût de détergent !

— Je crois que Rainey dit la vérité, intervint alors

Emily en posant une main apaisante sur le bras de Bette. Pourquoi aurait-elle trafiqué tes petits fours ?

— Si ce n'est pas elle qui l'a fait, c'est son fils ! Doug vous a aidée à préparer le déjeuner, Rainey ?

— Oui.

— Vous l'avez vu toucher à mes plateaux de petits fours ?

— Non. Il m'a demandé ce que c'était, et je lui ai dit que c'était des gâteaux destinés à la réception de ce soir, en précisant que vous alliez revenir un peu plus tard pour les décorer.

— Il y a un moment, ensuite, où vous l'avez laissé seul dans la cuisine ?

— C'est possible, mais pourquoi aurait-il fait ça ? Lacy en aurait été très affectée, et il l'aime bien.

— Mais il ne m'aime pas, moi, et vous avez dit vous-même qu'il me craignait… Mon départ ne serait sûrement pas pour lui déplaire !

— Je me rappelle maintenant qu'il est resté seul ici pendant que je débarrassais la table du déjeuner. Quand je suis revenue, je l'ai trouvé nerveux, et il m'a plantée là sous prétexte d'avoir quelque chose d'urgent à faire.

— Où est-il en ce moment ? questionna Emily.

— Dans sa chambre, j'imagine.

— Si on allait lui parler ? suggéra Bette.

— Je vous accompagne ! décréta Emily.

Rainey les emmena dans un couloir situé en haut d'un escalier de service. Elle s'arrêta devant une porte, frappa, mais sans obtenir de réaction.

— Doug ? C'est maman… Ouvre !

Silence.

— Je ne comprends pas pourquoi il ne répond pas…, déclara Rainey, les sourcils froncés.

— La porte est fermée à clé ? demanda Bette.

La cuisinière tourna la poignée et poussa… Le battant ne bougea pas.

— On va devoir attendre que Doug revienne ou se réveille, observa Emily.

— Non, dit Rainey. Les portes de cet étage sont toutes équipées du même modèle de serrure. La clé de ma chambre ouvrira donc celle-ci.

Une minute plus tard, les trois femmes entraient dans une pièce sombre et encombrée, mais vide de tout occupant. Les stores étaient baissés, le sol, le lit et toutes les autres surfaces, jonchés de vêtements, de revues et de jeux vidéo…

Et près de la porte, sur une étagère, il y avait un flacon de détergent et une seringue.

— C'est ça que Doug a injecté dans mes petits fours ! s'écria Bette. Il peut même l'avoir fait après le glaçage : l'aiguille d'une seringue est si fine qu'elle ne laisse aucune trace.

Derrière elle, Rainey se mit à pleurer.

— Je ne… comprends pas pourquoi… il vous a joué un tour… aussi cruel…, bredouilla-t-elle entre deux sanglots.

Sa détresse émut Bette.

— J'en veux à votre fils, lui dit-elle, mais pas à vous. Ce n'est plus un enfant : il est entièrement responsable de ses actes.

Rainey renifla et s'essuya les yeux.

— Je vais vous aider à refaire des petits fours pour remplacer ceux que Doug a trafiqués.

— C'est gentil de le proposer, mais on n'a plus le temps.

— Si on faisait des cupcakes, alors ? C'est rapide, et vous pourriez ensuite les décorer…

— Bonne idée !

Les cupcakes en « jetteraient » moins que les petits fours, songea Bette, mais tout le monde aimait ça…

— Venez, Rainey ! enchaîna-t-elle. Si on veut avoir terminé avant l'arrivée des invitées, on a intérêt à se dépêcher !

— Je ne pensais pas que tu viendrais, déclara Dwight à Cody. Comment te sens-tu ?

— Comme quelqu'un qui s'est fait tirer dessus et charcuter l'épaule…

Assis au comptoir du Moe's Pub entre Travis et Gage, Cody avait un verre de thé glacé à la main. Il aurait préféré un whisky bien tassé, mais avant de quitter le ranch, il avait pris un des comprimés antidouleur prescrits par le médecin de la clinique. Et il savait que le mélange médicaments-alcool était à éviter.

— Personne ne t'a obligé à venir ! observa Travis.

— Il ne voulait pas rater les efforts que tu vas faire pour te lâcher, intervint Gage.

Son frère le fusilla du regard avant de lui demander :

— Quel est le programme de la soirée ?

— J'avais envie d'engager des strip-teaseuses, mais tu me l'as interdit.

— Il n'y en a pas à Eagle Mountain, de toute façon, et la nationale est fermée, souligna Dwight. Mais j'imagine qu'il y a un plan B ?

— Oui, dit Gage. Après avoir bu cul sec une pinte de bière, le futur marié aura droit à une surprise.

Avant de se séparer, Cody et Bette avaient fixé les bois de cerf à la tête de la vache et emballé le tout dans du papier cadeau.

Moe, debout derrière le comptoir, tendit la pinte de bière à Travis – qui en but une gorgée, mais refusa obstinément de la vider. Gage alla néanmoins chercher la peluche dans l'arrière-salle, et quand son frère la découvrit, il rougit jusqu'aux oreilles. Tous ses amis, qui connaissaient l'histoire, s'esclaffèrent.

— Tu n'as pas rapporté de trophée de ta première chasse au cerf, déclara Gage, alors on a voulu réparer cette injustice…

— Tu pourras l'accrocher au-dessus de ta cheminée, Travis ! s'écria Ryder Stewart, l'un des futurs témoins du shérif.

— Très drôle ! grommela ce dernier avant de pousser la peluche sur le côté et de se lever. Si on jouait au billard, maintenant ?

Quelqu'un mit de l'argent dans le juke-box, et presque tous les hommes se dirigèrent vers les deux tables de billard installées au fond du pub. Cody, lui, resta sur son tabouret, à siroter son thé et à se demander s'il n'aurait pas mieux fait de rester au ranch.

Au bout d'un moment, Gage vint se rasseoir, et Cody lui déclara :

— C'est toi qui aurais dû avoir un enterrement de vie de garçon. Tu y aurais pris beaucoup plus de plaisir que ton frère.

— Ne t'inquiète pas pour lui : il ne va évidemment pas l'admettre, mais il passe une très bonne soirée. C'est un excellent joueur de billard, et cette fête lui donne l'occasion de le montrer. Je vais aussi veiller à ce qu'il boive un peu plus que de raison… Oublier pendant quelques heures cette histoire de tueur en série lui fera du bien.

— Il subit beaucoup de pression de la part de la municipalité ?

— Non, le nouveau maire d'Eagle Mountain a toute confiance en lui. La pression, mon cher frère se la met tout seul.

— C'est une affaire compliquée.

— Oui. L'enquête piétine, et pendant ce temps, ce

malade tue d'autres femmes… Mais on est là pour s'amuser, alors si on passait à un sujet moins déprimant ?

— Comme ?

— Comme tes relations avec cette charmante restauratrice…

— Bette.

— Oui, Bette…

Gage posa son verre de bière sur le comptoir et, quand il se tourna vers lui, Cody se prépara à subir un véritable interrogatoire.

— Mon frère m'a dit que tu étais intervenu en faveur de cette jolie blonde à propos du vol des alliances, reprit Gage.

— Je ne la crois pas coupable, et je pense que Travis est de mon avis, au fond.

— D'après lui, Bette a été très affectée par ta blessure.

— Le tireur la visait elle aussi… N'importe qui aurait été secoué, à sa place.

— Oui, mais alors qu'elle s'en est sortie indemne, c'est la seule personne dont tu m'aies demandé des nouvelles, ce matin, quand je suis allé te chercher à la clinique…

— Pourquoi t'intéresses-tu à ma vie privée, tout d'un coup ?

— Je suis curieux. Pour un policier, c'est une qualité, non ?

— Certes, mais si tu allais mettre ton nez dans les affaires de quelqu'un d'autre ?

— C'est peut-être bien ce que je vais faire…, dit Gage en se levant.

La porte du pub s'ouvrit soudain, et un homme franchit le seuil. Grand, un peu voûté, avec des cheveux gris clairsemés et une barbiche, il s'arrêta pour embrasser du regard la demi-douzaine de joueurs de billard et les deux hommes installés au comptoir.

— C'est une soirée privée ! lui cria Moe. Vous n'avez pas vu la pancarte sur la porte ?

— Laissez-le entrer, Moe ! déclara Cody. Venez, monsieur, je vous offre un verre !

Le nouvel arrivant eut un instant d'hésitation, mais la perspective de boire gratuitement le convainquit finalement d'accepter l'invitation. Il s'installa à droite de Gage, qui s'était rassis, et Moe venait de lui servir une bière quand Travis s'approcha.

— Bonsoir, Carl ! susurra-t-il.

L'interpellé sursauta.

— C'est à moi que vous parlez ?

— Vous êtes bien Carl Wayland ?

— Non, et je ne connais personne de ce nom.

— Et Charlie Fergusen, vous le connaissez ?

— Il vaut mieux que je m'en aille, marmonna l'homme.

Il se leva, mais Gage l'empêcha de s'éloigner en lui posant une main sur l'épaule.

— Rasseyez-vous ! dit-il. On va parler.

Les autres joueurs avaient maintenant rejoint le comptoir. Certains, dont Dwight et Ryder, avaient encore leur queue de billard à la main.

— Je ne comprends pas, grogna l'homme. On m'a invité à entrer boire un verre, et maintenant…

— Qu'est-ce que vous faites à Eagle Mountain ? coupa Travis.

— Ça ne vous regarde pas.

— Où logez-vous, depuis que vous avez quitté le motel ?

— Ça non plus, ça ne vous regarde pas.

— Où étiez-vous hier entre 14 et 19 heures ?

Pas de réponse.

— Et mardi après-midi ? demanda Cody.

— Je m'en vais ! s'écria Carl en repoussant son tabouret. Ça pue le flic, dans ce bar !

Puis il esquissa un pas vers la porte, mais Cody lui barra le chemin.

— Bette Fuller ne veut pas vous voir, déclara-t-il. Si vous vous approchez d'elle, je vous renvoie en prison pour harcèlement.

Le sourire qui accueillit cette menace révéla une incisive cassée.

— Bette est une vieille amie, une gentille fille… Quand vous la verrez, transmettez-lui mon bon souvenir !

Carl contourna ensuite Cody et quitta le pub. Cody commença de le suivre, mais Travis le retint par le bras.

— Je veux juste jeter un coup d'œil à sa voiture, expliqua Cody.

— Inutile : Dwight va le prendre en filature, et on saura ainsi où il loge.

Un portable sonna. C'était celui de Travis, qui décrocha, puis s'éloigna un peu et se mit à parler à voix basse. Après avoir coupé la communication, il chercha quelqu'un des yeux avant d'appeler :

— Gage ?

Sa voix trahissait une émotion tellement inhabituelle que tous les regards se fixèrent sur lui.

Son frère le rejoignit et demanda :

— Que se passe-t-il ?

— Il y a une nouvelle victime… Une femme dont le corps vient d'être découvert dans sa voiture, près du lycée.

— À Lacy ! s'écria joyeusement Maya en levant sa coupe de champagne.

— À Lacy ! répétèrent les autres invitées.

— Un discours ! Un discours ! réclama l'une d'elles.

Le bonheur – et peut-être aussi un peu le champagne – avaient rosi les joues de Lacy. Elle se leva et déclara :

— Merci à vous toutes d'être venues. Il ne manque

que Paige, coincée à Denver par la fermeture de la nationale, pour que toutes les femmes que j'aime le plus au monde soient là.

Puis elle écarta les bras comme pour réunir l'ensemble des personnes présentes dans une même étreinte, et elles applaudirent.

— Je voudrais maintenant qu'on porte un toast à mon amie Bette, reprit Lacy. C'est grâce à elle que nous nous sommes régalées, ce soir !

— Il faut aussi remercier Rainey, dit Bette. Elle m'a beaucoup aidée.

— À Bette et à Rainey ! crièrent Lacy et ses invitées en levant leur verre.

— J'ai un petit cadeau pour chacune d'entre vous, annonça ensuite Lacy. Tu m'aides, Bette ?

Les deux jeunes femmes distribuèrent des petits paquets blancs attachés avec du ruban argenté. Quand Casey ouvrit le sien, son visage s'illumina, et elle brandit fièrement la chaîne d'argent ornée d'un flocon de neige en cristal que Lacy avait choisie pour elle.

Pendant que les autres invitées admiraient leur cadeau, Bette entreprit de mettre un peu d'ordre sur la table du buffet. Elle rassembla notamment les pâtisseries restantes, mais il y en avait très peu : un plateau suffit à les accueillir. C'était bon signe : tous ses gâteaux avaient été appréciés.

Lacy la héla soudain et lui fit signe de venir la rejoindre. Surprise, Bette obéit, et son amie lui tendit alors un paquet cadeau en déclarant :

— Tu ne pensais tout de même pas que j'allais t'oublier ?

Un peu intimidée parce que tous les yeux étaient maintenant braqués sur elle, Bette ouvrit le paquet. Il contenait une veste de cuisine blanche avec son nom brodé en lettres bleu foncé sur la poche de poitrine, ainsi qu'un pantalon à petits carreaux.

— Je me suis rappelé t'avoir entendue dire que tu rêvais d'avoir un jour une tenue de chef, expliqua Lacy.

Les larmes aux yeux, Bette l'embrassa, puis elle se rendit dans la cuisine avec son cadeau. Rainey insista pour le voir, et elle observa sur un ton chaleureux :

— Cette tenue est très belle, et vous aurez l'air très professionnelle, dedans ! La fiancée de Travis est vraiment quelqu'un de bien ! J'avais des doutes, au début, et ça prouve que je peux me tromper sur les gens.

— Comme tout le monde, souligna Bette.

N'avait-elle pas elle-même mal jugé Rainey, prenant son manque d'assurance pour de l'animosité, et le désir d'une mère de protéger son fils pour une participation aux méfaits de ce dernier ?

— Doug n'est toujours pas rentré, dit Rainey. Il n'est pas dans ses habitudes de s'absenter aussi longtemps, mais il doit savoir que le fait d'avoir dénaturé vos petits fours risque de lui valoir des ennuis.

— J'ai été obligée d'informer Lacy de ce qui s'était passé. Elle en parlera sûrement à Travis, et ils décideront ensemble de la suite à donner à cette affaire.

— Je comprends. J'ai fait venir mon fils ici pour l'éloigner des mauvaises fréquentations et des tentations des grandes villes. J'ai aussi pensé que ce serait l'équivalent d'un stage de formation, qu'il pourrait ensuite mentionner sur son CV. Vous êtes bien placée pour savoir qu'il est difficile, pour un ancien détenu, de trouver du travail : la plupart des gens refusent d'emblée d'embaucher quelqu'un qui a un casier judiciaire.

— C'est malheureusement vrai.

Grâce à Lacy, Bette pouvait, elle, envisager son avenir professionnel avec un certain optimisme : l'entreprise chargée d'organiser le mariage de son amie l'avait déjà recommandée à une famille de Denver. Encore quelques autres contrats de ce type, et sa carrière de restauratrice free-lance serait lancée.

— Le problème, poursuivit Rainey, c'est qu'un jeune homme habitué à la vie citadine s'ennuie vite à la campagne. Et Doug a toujours eu du mal à se faire des amis. Il m'a dit l'autre jour qu'il avait rencontré une de ses anciennes connaissances de Denver, qui séjournait à Eagle Mountain… Ça a eu l'air de lui remonter le moral, et j'étais contente pour lui, mais après le vilain tour qu'il vous a joué, les Walker vont regretter d'avoir accepté de l'accueillir… Ils vont même peut-être décider de le renvoyer, et moi avec !

— Je vous promets de leur dire que vous n'êtes pour rien dans cette histoire.

— Merci… Maintenant, les invitées de Lacy sont toujours là, et vous avez donc le temps d'emporter votre belle tenue de chef dans votre chalet. Elle risquerait de se salir, ici. Et vous n'êtes même pas obligée de revenir : je ferai le plus gros du rangement et du nettoyage, et on finira le travail demain.

— C'est gentil, mais je vais juste mettre mon cadeau à l'abri : je reviendrai aussitôt après pour vous aider.

Le manteau de Bette était suspendu à une patère, près de la porte de derrière. Elle le prit, l'enfila et, une fois dehors, se rendit compte qu'il s'était remis à neiger.

Une fois arrivée devant sa porte, elle coinça le paquet sous son bras afin de pouvoir prendre sa clé dans sa poche. Celle que les Walker lui avaient donnée après le changement de serrure était fixée à un anneau d'où pendait une patte de lapin.

Peut-être espéraient-ils que cette clé, contrairement à la précédente, lui porterait bonheur…

Bette avait refermé la main dessus et s'apprêtait à la sortir quand un bras s'enroula autour de son cou et la tira en arrière. Le paquet tomba, et son contenu se répandit sur le paillasson. Elle essaya de crier, mais son agresseur exerçait une telle pression sur sa gorge qu'aucun son n'en sortit.

— Re-bonjour, Bette ! lui susurra à l'oreille une voix familière. Ou plutôt, adieu !

17

Anita Allbritton était une petite femme gironde d'une quarantaine d'années aux cheveux blond vénitien. Elle portait des lunettes rondes à monture d'écaille, enseignait la technologie d'entreprise et l'informatique au lycée, et travaillait l'été comme bénévole dans une association caritative d'Eagle Mountain.

Son corps avait été découvert dans sa voiture, une Toyota Yaris orange foncé garée devant l'entrée du parking du lycée, par un parent d'élève qui revenait d'aller chercher son fils à une fête d'anniversaire. Il l'avait ramené chez lui après avoir appelé le 911 et, bien que très affecté, il était ensuite retourné sur les lieux pour parler aux enquêteurs.

« J'ai reconnu la voiture d'Anita, leur avait-il expliqué, et j'ai trouvé bizarre qu'elle soit là, alors que le parking est fermé le week-end. Je me suis arrêté pour m'assurer que tout allait bien, et quand j'ai regardé par la vitre du conducteur et que j'ai vu le… le… »

Sa voix s'était étranglée, mais les interlocuteurs n'avaient pas eu besoin de la fin de sa phrase pour savoir ce qu'il avait vu : Anita Allbritton couchée en travers du siège avant de sa voiture, les poignets et les chevilles attachés avec du ruban adhésif argenté, et la gorge tranchée.

Travis avait trouvé la carte de visite de l'Ice Cold Killer dans le cendrier de la Toyota, et une tache de sang près d'une benne à ordures située à l'arrière des bâtiments du lycée semblait indiquer que le crime lui-même avait eu lieu à cet endroit.

— L'intérieur de la voiture est aussi propre que si on venait d'y passer l'aspirateur, observa Gage en examinant le tapis de sol du véhicule.

— Le tueur a peut-être pris le temps de le faire, déclara Travis. Dans ce quartier excentré, où il y a très peu de circulation le week-end, il a pu se dire que le jeu en valait la chandelle : moins il laisserait d'indices derrière lui, mieux ce serait.

Le shérif chargea ensuite Jamie Douglas, sa toute nouvelle recrue, d'aller frapper aux portes du voisinage, au cas où quelqu'un aurait vu quelque chose en rentrant chez lui.

C'était cette jolie jeune femme aux longs cheveux noirs relevés en chignon sous son stetson réglementaire qui l'avait appelé pour l'informer de la découverte du corps de l'enseignante.

— Je suis désolée d'avoir interrompu votre enterrement de vie de garçon, lui dit-elle.

— Je m'attendais à un cinquième meurtre – pas forcément aujourd'hui, mais je savais que ce n'était qu'une question de temps. Cet homme est tellement sûr de ne pas être démasqué qu'il ne ralentit pas le rythme de ses crimes.

— Espérons que le porte-à-porte donnera quelque chose…, déclara Jamie avant de s'éloigner.

— Qu'est-ce que je peux faire pour t'aider ? demanda alors Cody à son ami.

— Retourne au ranch, et dis aux invitées de Lacy d'y coucher. Il y a assez de place pour toutes les loger. Je ne veux savoir aucune d'elles sur les routes ce soir, et je serai même plus tranquille si un policier au moins est là pour veiller sur la maisonnée.

— D'accord, mais arrête de culpabiliser ! Tu fais tout

ton possible pour résoudre cette affaire... Si tu n'y es pas encore parvenu, c'est juste parce que tu ne disposes d'aucun élément susceptible de te fournir une piste.

Travis fixa le bout de ses chaussures.

— À l'école de police, les instructeurs disent qu'un enquêteur doit veiller à bien séparer, dans sa vie, les espaces professionnel et personnel. C'est peut-être possible dans les grandes villes, mais dans un endroit comme Eagle Mountain, ce cloisonnement est impossible : je connaissais la plupart des victimes de ce tueur – certaines mieux que d'autres, mais elles étaient toutes sous ma responsabilité, alors comment pourrais-je ne pas me sentir personnellement concerné par leur sort ? Et la liste ne cesse de s'allonger...

— C'est parce que tu prends les choses et les gens à cœur que tu es un bon shérif.

— Non, je ne le suis pas : si je l'étais, j'aurais déjà arrêté ce ou ces crapules.

Cody renonça à discuter. Cela ne servait à rien, et il savait en outre qu'à la place de son ami, il aurait éprouvé le même mélange de frustration et de culpabilité.

Le trajet de retour au ranch lui parut très long. Il neigeait de nouveau, et le froid transperçait ses vêtements jusqu'à atteindre sa blessure malgré l'épaisseur du pansement qui la recouvrait. Les effets de l'antalgique pris avant son départ pour le pub s'étaient dissipés, et tout ce que Cody pouvait faire, c'était serrer les dents, tenir solidement le volant de la main droite et avancer coûte que coûte.

Au ranch, il trouva les invitées de Lacy en train de mettre leur manteau tout en bavardant. Son arrivée les réduisit au silence, et il comprit pourquoi lorsque Mme Walker s'exclama :

— Vous êtes blanc comme un linge, Cody ! Venez vous asseoir, sinon vous allez tomber !

— Non, écoutez-moi d'abord, mesdames !

Cody chercha Bette des yeux, mais elle n'était pas là. Elle devait être dans la cuisine, occupée à réparer le désordre créé par la réception.

— J'ai le regret de vous annoncer qu'un nouveau meurtre a été commis, reprit Cody. La victime est une enseignante du lycée.

— Qui est-ce ? demanda Maya. Dites-le-moi, je vous en prie ! C'est d'une de mes collègues que vous parlez !

— Il s'agit d'Anita Allbritton, mais cette information ne doit pas sortir d'ici. Le shérif n'a pas encore eu le temps de prévenir la famille.

— Pauvre Anita…, murmura Maya. C'est horrible !

— Travis veut que vous restiez toutes dormir ici ce soir, pour votre propre sécurité.

— Pas de problème ! indiqua Mme Walker. La maison est assez grande pour loger tout le monde.

— Ce sera comme une soirée pyjama, observa Lacy. On distribuera des vêtements de nuit, et on finira le champagne et les gâteaux.

Les invitées ôtèrent leur manteau tandis qu'Emily, Lacy et Mme Walker discutaient de qui allait dormir où. Cody s'approcha d'elles et leur demanda :

— Bette est dans la cuisine ?

— Sûrement, répondit Lacy. Ses talents de restauratrice ont largement contribué au succès de cette petite fête… Je regrette seulement que la soirée se termine sur une aussi triste nouvelle !

— Je vais l'informer de la situation.

Rainey était cependant seule dans la cuisine. Elle était en train de mettre les restes du buffet dans des tupperwares, et elle s'interrompit pour demander à Cody :

— Qu'est-ce que je peux faire pour vous ?

— Bette est dans le solarium ?

— Non. Elle m'a quittée il y a un petit moment pour

aller déposer quelque chose dans son chalet. Elle devait revenir juste après pour m'aider, mais comme je lui avais dit que ce n'était pas la peine, j'imagine qu'elle a finalement décidé de me prendre au mot.

— En vous laissant seule pour tout ranger ? Ça ne lui ressemble pas !

— C'est vrai, mais elle était sûrement épuisée. Elle a eu une très grosse journée.

— Je vais aller prendre de ses nouvelles.

Cody quitta la cuisine par la porte de derrière. Il avait beau se dire que le meurtre de l'enseignante renforçait logiquement son anxiété, il ne pouvait se défaire du sentiment qu'il était arrivé quelque chose à Bette… Si bien que, le temps d'atteindre sa destination, il courait presque malgré la douleur que cela lui causait à l'épaule.

Et quand il fut sur la terrasse du chalet de la jeune femme, la vue de la veste et du pantalon abandonnés sur le paillasson, à côté d'un grand morceau de papier cadeau, ne fit rien pour le rassurer.

— Bette ! cria-t-il en tambourinant sur la porte. C'est moi, Cody !

Pas de réponse.

Il colla son oreille au vantail, mais aucun son ne lui parvint de l'intérieur du bâtiment. Il tourna la poignée… La porte était verrouillée, et seule Bette avait la clé de la nouvelle serrure.

Après s'être exhorté au calme, Cody se mit en mode policier pour tenter de reconstituer les événements.

Les objets éparpillés sur le paillasson n'y avaient pas été *posés* : ils étaient tombés. Bette était sans doute devant la porte, en train de chercher sa clé, quand elle avait lâché le paquet…

Pourquoi ? Quelqu'un l'avait surprise ? lui avait fait peur ?

Cody redescendit l'escalier extérieur et observa

attentivement la neige. Elle avait été piétinée, et du bas des marches partaient deux sillons parallèles – qu'il suivit. Une lutte avait eu lieu, puis une personne en avait traîné une autre jusqu'à un véhicule dont les roues avaient laissé des marques sur le sol. Cody s'agenouilla pour les examiner.

À en juger par la taille des pneus, ce véhicule n'était ni une berline ni un 4×4, mais un des petits pick-up qui servaient aux employés du ranch à transporter du foin ou rassembler les troupeaux.

Cela signifiait que l'agresseur de Bette devait encore être dans les parages. Cody sortit son portable de sa poche et appela Travis.

— Je suis au ranch, dit-il, et Bette a disparu. Quelqu'un lui a apparemment sauté dessus devant la porte de son chalet, et j'ai découvert à proximité des traces de pneus. Je vais les suivre.

— Attends-moi ! Je peux être là dans une demi-heure.

— Non, il faut agir tout de suite, avant que la neige ait tout recouvert, et en espérant qu'il ne soit pas déjà trop tard… Où est Carl ? Dwight le surveille toujours ?

— Il l'a filé jusqu'à une location située en dehors de la ville, et il est ensuite venu nous aider à analyser la scène de crime.

Carl pouvait donc être le ravisseur de la jeune femme…, songea Cody.

— Je pars à la recherche de Bette, déclara-t-il.

— Demande à un ou plusieurs employés du ranch de t'accompagner.

— Je n'en ai pas le temps, sans compter qu'un samedi soir, ils doivent tous être en ville, dans leur famille ou chez des amis… J'y vais ! Appelle-moi quand tu seras arrivé au ranch, pour que je te dise où je suis à ce moment-là.

Cody coupa la communication et remit son portable dans sa poche. Les traces de pneus s'éloignaient du chalet et, en suivant la piste qu'elles créaient, il se retrouva bientôt en rase campagne.

Bette était allongée sur le sol de l'ancienne cabane de bûcheron qui avait servi de destination à la promenade en traîneau, trois jours plus tôt. Elle était pieds et poings liés, et transie – de froid mais aussi de peur – au point de claquer des dents.

Assis en face d'elle sur un rondin, Carl lui déclara avec un petit rire moqueur :

— Tu ne pensais pas me revoir, hein, Bette ?

— Pourquoi tu t'attaques à moi, Carl ? Qu'est-ce que je t'ai fait ?

— À moi, rien. Je rends juste service à un ami. Il veut que tu disparaisses de la circulation avant d'avoir eu le temps de lui causer du tort.

— C'est Eddie qui t'envoie ?

— Eddie ? Non ! Il est mort.

— Mort ? Comment ?

— Poignardé dans une ruelle sombre, quelques semaines seulement après sa sortie de prison. Il a dû doubler une personne à qui ça n'a pas plu.

— Je ne comprends pas… Si ce n'est pas pour Eddie que tu…

— J'ai plus d'un ami, figure-toi !

Un bruit de pas, dehors, puis la porte s'ouvrit, et Doug Whittington franchit le seuil.

— On n'a pas de chance avec le temps ! observa-t-il en époussetant la neige qui recouvrait les épaules de son anorak.

— Qu'est-ce que vous comptez me faire ? lui demanda Bette.

— On va vous trancher la gorge, mettre votre corps dans votre voiture et abandonner le tout sur une route déserte. Le temps qu'on vous trouve, on sera tranquillement couchés dans nos lits respectifs, Carl et moi.

— Vous êtes l'Ice Cold Killer ?

— Non, mais c'est à lui que la police attribuera votre mort.

Doug sortit un petit carton blanc de sa poche et le tendit à Carl.

— C'est la raison de mon retard, expliqua-t-il. J'ai dû attendre que la voie soit libre pour aller imprimer ça dans le bureau de M. Walker.

Carl montra la carte à Bette. Les mots « Ice Cold » y étaient inscrits.

— Il est pas génial, notre plan ? déclara-t-il avec un grand sourire.

— Vous voulez me tuer juste parce que j'ai été préférée à votre mère pour préparer le repas de mariage de Travis, Doug ? s'écria-t-elle. Ça ne tient pas debout !

— Vous ne savez vraiment pas qui je suis ? demanda-t-il en venant se pencher vers elle. Regardez-moi bien ! Mon visage ne vous dit rien ?

La lumière se fit alors dans l'esprit de Bette.

— Vous êtes le conducteur de la voiture dans laquelle Eddie et les deux autres se sont enfuis !

— Gagné ! Et je peux d'autant moins vous laisser me dénoncer à la police que je suis en plus recherché pour homicide : j'ai renversé un piéton pendant qu'on mettait les voiles. Ce n'est pourtant pas ma faute si cet idiot a traversé la rue juste devant moi !

— Mais je ne pouvais pas vous dénoncer, puisque je ne vous avais pas reconnu !

— Ça aurait fini par se produire. J'ai essayé de vous éviter, mais avec ma mère qui réclamait mon aide dans la cuisine, et vous qui n'arrêtiez pas d'y entrer et d'en sortir sans prévenir, c'était impossible. Et c'est vous qui m'obligez à prendre une mesure aussi radicale.

— Moi ?

— Oui. J'ai tenté de vous faire peur, en écrivant ce message sur votre porte, et en vous agressant sur la route, ensuite… Ce jour-là, vous étiez censée croire que vous aviez échappé de justesse à l'Ice Cold Killer, et ça devait vous convaincre de quitter le ranch, mariage ou pas mariage…

— C'est vous, aussi, qui avez volé les alliances et les avez cachées dans mon chalet ?

Doug poussa un petit grognement de colère avant de déclarer :

— Oui. Je pensais que le shérif vous mettrait directement en prison, et que je serais comme ça enfin débarrassé de vous… Mais ce fichu marshal Rankin est intervenu, et j'ai dû finalement admettre que je devais recourir à une méthode plus… sûre.

— Et c'est là que j'entre en jeu, dit Carl.

— Doug t'a demandé de venir l'aider à me tuer ? lui demanda Bette.

— Pas exactement. C'est moi qui ai repris contact avec lui, parce que j'ai besoin d'un… collaborateur pour un casse à Denver. Il m'a parlé du problème que tu lui posais, et je lui ai proposé mes services.

— Lequel de vous deux a saboté le moteur de la motoneige pendant que nous pêchions, Cody et moi, et nous a ensuite tirés dessus ?

— C'est moi, répondit Carl. Vous étiez à portée de fusil, sur le lac, et j'aurais pu alors vous abattre, mais c'était trop facile : j'aime la traque. Et j'ai failli réussir : quelques minutes de plus, et le marshal aurait été à court de munitions. Je me serais alors approché pour la mise à mort… Je regrette maintenant de ne pas avoir tué Rankin pendant que j'en avais l'occasion ! J'aurais vraiment aimé me faire un agent fédéral !

Bette reporta son attention sur Doug.

— Vous n'êtes qu'un idiot ! lui lança-t-elle. Tout le monde, au ranch, sait que vous avez une dent contre moi, et votre mise en scène n'abusera donc pas la police.

— Moi, je suis idiot, alors que je suis le seul de la bande à ne pas avoir été arrêté après le braquage ? En plus, Travis et compagnie ignorent que j'y ai participé. Ils pensent que rendre vos gâteaux immangeables est le plus grand tort que je sois capable de vous faire… Mais assez bavardé ! Il faut y aller !

Doug souleva Bette par les bras, et Carl la prit par les jambes. Ils la portèrent jusqu'au pick-up qui attendait dehors et la déposèrent à l'arrière.

— Je ne suis pas d'accord avec toi, déclara Carl à Doug. On a en fait de la chance avec le temps, parce que cette neige va recouvrir les traces de nos pneus. Tu as les clés de la voiture de Bette ?

— Oui, mais j'ai dû casser une vitre de son chalet pour entrer. La clé que j'avais ne marche plus. La serrure a dû être changée après le vol des alliances.

— Je t'avais dit que les cacher dans les affaires de Bette était une mauvaise idée : tu aurais dû les garder. On les aurait vendues, et l'or vaut cher, en ce moment.

— Peut-être, mais il est trop tard, maintenant… Allez, on se dépêche !

Lex deux hommes montèrent dans l'habitacle – Carl côté conducteur, et Doug, côté passager.

Le plateau du véhicule n'était pas assez grand pour que Bette s'y tienne complètement allongée : elle avait les jambes repliées. Quand Carl eut démarré, elle décida d'essayer de s'asseoir. Peut-être arriverait-elle ensuite à se rapprocher suffisamment du hayon pour être en position de passer par-dessus et de sauter.

Et puis elle réfléchit. À supposer qu'elle atterrisse sans dommage, ses chevilles attachées l'empêcheraient de s'enfuir. Dès que ses ravisseurs s'apercevraient qu'elle n'était plus là, ils feraient demi-tour et reviendraient la chercher.

Son seul espoir résidait maintenant dans la découverte de sa disparition : Lacy, ou Rainey, finirait bien par se demander où elle était passée… S'agissant de Travis et de ses amis, ils rentreraient sans doute tard du pub. Trop tard pour organiser une battue et la sauver.

Des coups de feu éclatèrent soudain, et une balle heurta l'aile du pick-up, qui se déporta sur la droite. Une vitre de l'habitacle s'abaissa, et Bette entendit Doug crier :

— C'est ce fichu marshal ! Mais il est à pied… Accélère ! On va le semer !

— Je ne peux pas aller plus vite, à cause de la neige…, dit Carl.

Une deuxième balle percuta le véhicule, et cette fois au niveau du hayon, à quelques centimètres des jambes repliées de Bette. Elle devait signaler sa présence à Cody, sinon il risquait de la toucher…

Au prix d'un violent effort, elle parvint à s'asseoir. Cody lui apparut alors, en train de courir après le pick-up. Il avait un pistolet à la main mais ne tirait plus. Parce qu'il l'avait vue, elle en était sûre.

Un cahot la fit retomber en arrière. Les secousses dues au terrain accidenté n'avaient rien d'agréable, mais elles empêchaient Doug, qui tirait maintenant par sa vitre ouverte, de bien viser : ses balles allaient se perdre dans la campagne environnante.

Un cahot encore plus violent que les autres eut subitement raison de la fermeture du hayon, qui bascula en avant. Cela permit à Bette d'allonger les jambes…

C'était maintenant ou jamais !

Sans prendre cette fois le temps de réfléchir, de peur de ne plus ensuite en avoir le courage, elle sauta. La neige amortit sa chute et, malgré la douleur que cela lui causait, elle s'obligea à rouler sur elle-même pour mettre le plus de distance possible entre ses ravisseurs et elle.

Une dernière roulade l'amena aux pieds de Cody. Il s'agenouilla et lui demanda, la poitrine haletante :

— Rien de cassé ?

— Non, mais qu'est-ce qu'ils font ?

— Ils reviennent.

— Ils vont nous tuer tous les deux…

— Non !

Cody alla s'accroupir devant Bette et tira en direction du pick-up. Doug riposta, mais les cahots l'empêchaient toujours de bien viser.

Allongée dans la neige, Bette ferma les yeux et attendit. La fusillade dura encore un moment, puis elle cessa brusquement et, dans le silence relatif qui suivit, le bruit du moteur du pick-up s'éloigna au lieu de se rapprocher.

— Ils s'enfuient, annonça Cody. Travis m'a appelé. Il ne va pas tarder à arriver, et il pourra ainsi se lancer à leur poursuite.

La jeune femme rouvrit les yeux et le vit rengainer son arme. Il sortit ensuite un canif de sa poche et trancha ses liens. Il l'aida à s'asseoir, lui frictionna les mains, les bras et les jambes pour rétablir la circulation sanguine, puis ils s'enlacèrent et restèrent sans bouger ni parler pendant de longues minutes.

— Il faut se remuer, finit par déclarer Cody, sinon on va mourir d'hypothermie.

Ils se relevèrent et, l'un soutenant l'autre, prirent le chemin du ranch.

Peu de temps après, ils virent venir à leur rencontre deux motoneiges, l'une conduite par Travis, et l'autre par Gage. Ils s'arrêtèrent à leur hauteur, et Cody leur expliqua :

— Carl Wayland et Doug Whittington sont partis dans la direction opposée à la nôtre après avoir volé un des pick-up du ranch. Je suis presque sûr de les avoir blessés. Ils avaient enlevé Bette et ont essayé de nous tuer tous les deux.

— Ils avaient au départ l'intention de m'égorger, précisa Bette, et de faire passer ma mort pour l'œuvre de l'Ice Cold Killer. Doug a même imprimé dans le bureau de votre père une carte de visite semblable à celle que le tueur laisse près de ses victimes.

— Il faut les rattraper ! dit Travis. Vous êtes en état de rentrer à pied ?

— Oui, déclara Cody. Allez-y !

Le temps d'arriver à destination, cependant, Bette tremblait de froid, et Cody respirait difficilement. Elle se demandait comment cet homme, sorti de l'hôpital le matin même, avait pu trouver la force de se lancer à la poursuite de ses ravisseurs.

Toutes les femmes présentes au ranch se précipitèrent pour leur apporter des couvertures, des bouillottes et du chocolat chaud, puis Lacy décréta :

— On va les laisser se remettre tranquillement de leurs émotions, maintenant ! Ils nous raconteront plus tard ce qui s'est passé.

Blottis l'un contre l'autre sur le canapé le plus proche de la cheminée, les deux rescapés se turent le temps d'achever de se réchauffer, puis Bette observa :

— Pourvu que Travis et Gage rattrapent Carl et Doug !

— Ils les rattraperont et les arrêteront, affirma Cody.

— Doug m'a avoué être l'auteur du graffiti inscrit sur ma porte, ainsi que du vol des alliances et de leur dépôt dans mon vanity-case. C'est également lui qui m'a agressée sur la route, mais c'est Carl qui a saboté le moteur de notre motoneige et tiré ensuite sur nous, hier.

— Tu sais maintenant pourquoi ils s'en sont pris à toi de façon aussi violente ?

— Oui. Doug était le conducteur de la voiture qui

a permis à Eddie et aux deux autres de s'enfuir de la banque, et il a en plus tué un piéton après les avoir récupérés. Je ne l'ai pas reconnu, mais je ne l'avais vu qu'une fois, à l'époque, et ici, les rares fois où il n'a pas pu m'éviter, il s'est débrouillé pour dissimuler une partie de son visage. Il craignait que je ne le dénonce, ce qui lui aurait valu une condamnation pour complicité de vol à main armé *et* homicide.

— Et Carl ? Comment s'est-il retrouvé mêlé à cette histoire ?

— Il est venu à Eagle Mountain, au départ, pour demander à Doug de l'aider à monter un nouveau hold-up. Doug lui a parlé du « problème » que je lui posais, et ils ont décidé de se débarrasser de moi. De manière permanente.

Bette prit la main de Cody et entrelaça leurs doigts avant d'enchaîner :

— Grâce à toi, leur plan a échoué.

— Je crois que je vais quand même devoir te placer sous surveillance.

— Pardon ?

— En tant que marshal, je suis notamment responsable de la protection des témoins. J'envisage donc d'assurer la tienne. De manière permanente.

Le cœur de Bette bondit dans sa poitrine.

— Tu peux être un peu plus explicite ? déclara-t-elle.

— Oui : c'est une demande en mariage. Je t'aime, et je me suis rendu compte ce soir que je ne concevais plus la vie sans toi.

— Un marshal a le droit d'épouser une personne qui a un casier judiciaire ?

— Je l'ignore, et peu m'importe : tout ce qui m'intéresse, c'est de savoir si tu veux bien devenir ma femme.

— Oui, car jamais je n'aurais cru tomber un jour

amoureuse d'un policier, mais c'est bel et bien ce qui m'est arrivé. Si tu perds ton emploi à cause de ça, cependant…

— Ma blessure à l'épaule va me valoir un arrêt de travail de trois mois au moins, et j'ai beaucoup réfléchi, depuis que je suis ici. J'ai peut-être besoin de changement.

— Tu songes à te reconvertir ?

— Oui. J'ai le niveau d'études de droit nécessaire pour me présenter à l'examen du barreau, et je peux profiter de mon congé maladie pour le préparer.

— Mais tu m'as dit hier que tu jugeais le métier d'avocat ennuyeux…

— Il ne le sera pas pour moi si je me spécialise dans la défense des victimes – et de leur famille quand elles ne sont plus là. Je continuerai ainsi à mettre des malfaiteurs hors d'état de nuire.

— D'accord…

— Tu préférerais être la femme d'un marshal ou d'un avocat ?

— Ça m'est égal. L'important, ce n'est pas ce que tu fais, mais ce que tu es.

Un long et tendre baiser scella leur engagement et, quand ils s'écartèrent l'un de l'autre, Bette déclara avec un sourire malicieux :

— J'ai une recette de pièce montée absolument fabuleuse.

— Alors j'ai d'autant plus hâte de t'épouser !

— Le temps qu'on rattrape Carl et Doug, ils étaient prêts à se rendre, expliqua Travis le lendemain au petit déjeuner. Tu les avais en effet blessés tous les deux, Cody – pas grièvement, mais Carl, avec une balle dans le bras, a dû renoncer à conduire au bout de quelques kilomètres seulement, et Doug, qui saignait beaucoup, n'a pas pu le remplacer au volant. Ils sont en ce moment soignés à la clinique d'Eagle Mountain, où ils vont rester sous bonne garde avant leur transfert dans une cellule de mes bureaux, puis à Grand Junction, quand la nationale rouvrira.

— On a retrouvé sur Doug la fausse carte de visite de l'Ice Cold Killer, indiqua Gage.

— Comment Rainey a-t-elle pris la nouvelle de l'arrestation de son fils ? demanda Emily.

— Avec stoïcisme, répondit Travis.

— Mais elle doit avoir le cœur brisé…, observa Bette.

— Moi, je suis contente que Doug ne soit plus là ! s'écria Lacy. Trafiquer tes gâteaux était déjà abject, mais vouloir te tuer pour être sûr d'échapper à la justice va bien au-delà !

— Il a été filmé hier après-midi par la caméra installée dans le bureau de notre père en train de prendre l'ancienne clé de votre chalet, Bette…, annonça Travis. Et la carabine avec laquelle Carl vous a tiré dessus, avant-hier, a été retrouvée dans ses affaires. Leur culpabilité pour des chefs d'accusation aussi nombreux que variés ne sera pas difficile à prouver.

— Où en est l'enquête sur le meurtre d'Anita Allbritton ? demanda Cody.

Le visage du shérif s'assombrit.

— Nulle part, marmonna-t-il.

— Tu réussiras à capturer ce tueur ! affirma Lacy. Si quelqu'un le peut, c'est bien toi ! Et je ne voudrais pas paraître insensible, mais on a un mariage à préparer ! Il est d'ailleurs important, dans une période marquée par de tels drames, de ne pas oublier que la vie offre aussi des occasions de se réjouir.

— Entièrement d'accord ! s'écria Bette en levant son verre de jus d'orange.

— Je crois que tu as une raison toute particulière d'être de mon avis, observa son amie avec un sourire entendu.

Bette se tourna vers Cody, qui s'éclaircit la voix avant d'annoncer :

— Bette et moi allons nous marier.

— Félicitations ! s'exclama Travis. Mais cette nouvelle ne me surprend pas vraiment…

— Non ? déclara Cody.

— Non. Je me doutais depuis un moment qu'il se passait quelque chose de fort entre vous… L'expérience m'a appris à reconnaître les prémices d'une grande histoire d'amour.

— On n'a pas encore fixé la date du mariage, indiqua Bette. Il aura lieu après notre retour à Denver, mais vous y serez évidemment tous invités.

— Je vous conseille d'attendre que l'épaule du futur marié soit guérie, intervint Gage, afin de pouvoir profiter pleinement de votre lune de miel !

Le rouge monta aux joues de Bette, et les autres convives – à l'exception de Cody – éclatèrent de rire. Ils avaient dû comprendre qu'elle savait déjà que cette blessure à l'épaule n'empêchait pas le « futur marié » de faire l'amour.

— Quoi qu'il en soit, déclara Lacy, Bette a réussi un dernier hold-up !

— Comment ça ? demanda Cody.

— Elle t'a volé ton cœur, espèce d'idiot !

Les rires fusèrent de nouveau autour de la table, mais Bette croisa alors le regard de Cody et, soudain emplie d'un mélange de gravité et de bonheur, elle se dit que, grâce à l'amour de cet homme, l'avenir lui offrait un nombre infini de deuxièmes chances.

Vous avez aimé ce roman ?
Retrouvez en numérique les autres titres
de votre série « Enquête à Eagle Mountain » !

1. *La menace du froid*
2. *La mémoire de la neige*

JENNIFER MOREY

Arrangement sous tension

Traduction française de
PASCALE DOMÉJEAN

BLACK ROSE

HARLEQUIN

Titre original :
COLTON'S CONVENIENT BRIDE

1

Decker Colton saupoudrait son pamplemousse de sucre tout en se demandant comment annoncer délicatement à Cynthia qu'il souhaitait mettre un terme à leur relation.

Il sortait avec elle depuis trois mois maintenant, et il sentait qu'elle attendait plus de lui qu'il ne pouvait donner. Leur histoire avait commencé sur un site de rencontre, comme toutes les relations que Decker avait eues ces derniers temps. Son travail l'occupait trop pour qu'il ait le temps de chercher l'âme sœur d'une manière plus traditionnelle, et il refusait de mêler vie professionnelle et sentimentale. Au cours du dernier mois, Cynthia était restée passer la nuit chez lui de plus en plus souvent, et avait exigé une part grandissante de son temps.

Cette proximité l'étouffait… Il avait besoin de respirer à nouveau.

Cynthia leva les yeux au-dessus de sa tartine – non beurrée, bien entendu – et lui sourit d'un air enjôleur.

À contrecœur, il alla s'asseoir à côté d'elle. Il déposa sur l'îlot central l'assiette contenant son pamplemousse et, s'armant de sa cuillère, commença à entamer le fruit juteux.

— J'ai réfléchi, dit-clle.

Aïe ! Et voilà…

Elle lui posa la main sur le bras.

— Ces dernières semaines ont été merveilleuses !

— Cynthia…

— Nous devrions vivre ensemble… Soit ici, soit dans ta suite à l'hôtel.

Il faillit s'étrangler avec son pamplemousse. Il leva les yeux vers elle et croisa son regard, qui était beaucoup plus hésitant que ses paroles. C'était maintenant ou jamais.

Il posa sa cuillère.

— À vrai dire, je voulais te parler.

— Tu ressens la même chose, n'est-ce pas ?

Son insécurité était manifeste.

— Non. Je suis désolé. Non… Je ne veux pas te faire de mal, Cynthia, mais les choses vont trop vite pour moi. Nous ne nous connaissons que depuis quelques mois, et tu veux déjà que nous vivions comme un couple installé.

— Mais… Tout se passe bien entre nous !

— Je ne suis pas prêt à m'engager pour le moment.

Pas avec elle en tout cas.

— Tu travailles beaucoup, et je le comprends. Je ne t'empêcherai jamais de faire ce que tu aimes. En fait, c'est un trait de caractère que j'apprécie particulièrement chez toi, Decker.

Mais elle appréciait probablement encore plus sa fortune.

— Je suis désolé, Cynthia, mais je ne souhaite pas aller plus loin.

Il lui avait déjà dit à maintes reprises qu'il n'était pas intéressé par une relation durable et ne voulait pas s'engager. Elle n'avait pas dû le croire.

— Mais…

— Je te demande pardon si je te fais du mal.

Il n'avait en aucune manière l'intention de la blesser, mais il voyait bien qu'elle était affectée. Il ne savait pas si c'était à l'idée de l'avoir perdu lui ou son argent.

— Si tu n'avais pas de sentiments pour moi, pourquoi as-tu couché avec moi ?

— C'est toi qui es venue me rejoindre dans ma suite

alors que je ne demandais rien… Et qui as sonné un jour ici et as voulu passer la nuit avec moi.

Elle frappa le comptoir du plat de la main.

— C'est vraiment mufle de ta part !

En quoi cela était-il mufle ? Il était vrai qu'elle avait commencé cette relation alors qu'il ne lui avait rien demandé.

— Tu m'as donné de faux espoirs !

Il secoua la tête.

— Absolument pas. J'ai été honnête avec toi dès le début : je t'ai dit et répété que je ne souhaitais pas m'engager.

— Je pensais que tu appréciais ma compagnie. Toutes ces nuits…

— Écoute, Cynthia, je suis vraiment désolé, mais mes sentiments ne sont pas assez profonds pour que j'aie envie de poursuivre notre relation.

Elle se leva, prit son sac à main accroché sur le dossier de la chaise, et passa la bandoulière sur son épaule. Puis elle resta debout à le défier du regard, les lèvres pincées, l'air furieux. Sa colère sembla soudain se calmer et elle se mit à le considérer comme si elle le voyait pour la première fois.

— C'était donc vrai : tu ne crois pas à l'amour ?

Decker poussa un soupir. C'était ce qu'il lui avait affirmé au début de leur relation, alors il ne répondit pas. Pourtant, ce n'était pas tout à fait vrai. Mais un amour sincère était une chose infiniment rare et précieuse. Ses longues heures de travail ne lui laissaient que peu de temps pour rechercher l'âme sœur… Ce qui réduisait presque à néant ses chances déjà minces de la trouver un jour.

Cynthia déclara avec un soupir méprisant :

— Il vaut mieux que j'arrête de perdre mon temps avec toi !

Sur ces mots, elle tourna les talons et sortit de la pièce.

Decker se leva et l'accompagna jusqu'à la porte d'entrée. Elle l'ouvrit d'un geste théâtral et sortit, affrontant la tempête de neige telle une princesse offensée.

Il méritait peut-être cette dernière réflexion cinglante, mais il ne pouvait pas se forcer à l'aimer. Peut-être valait-il mieux qu'il arrête de chercher une compagne. La direction de The Lodge lui prenait tout son temps, d'autant plus qu'en ce moment, il avait des projets de rénovation pour l'hôtel. C'était la priorité.

Du perron, il vit son père arriver et sortir de son Range Rover. Puis il suivit Cynthia du regard. Elle monta dans sa voiture, démarra sans attendre, et partit sous les épais flocons de neige.

Lorsqu'il n'était pas dans sa suite à The Lodge, Decker vivait sur le vaste domaine situé autour de l'hôtel. Il y avait fait construire un chalet beaucoup trop grand pour lui seul, et avait une vue splendide sur les montagnes Rocheuses.

Russ Colton entra dans la maison.

— Ce n'était pas une fille pour toi, fiston.

— Je viens de lui annoncer que c'était fini entre nous.

— En la voyant, j'ai pensé que c'était elle qui avait rompu.

Son père ôta sa veste et la pendit dans l'entrée. À soixante-cinq ans, il était toujours à la tête de l'empire Colton, ainsi qu'il aimait l'appeler. Russ était grand et brun comme ses fils, mais quelques fils argentés venaient maintenant éclairer sa chevelure épaisse. Il s'enorgueillissait d'avoir bâti l'entreprise familiale qui comprenait une station de sports d'hiver avec un hôtel de luxe – The Lodge – ainsi qu'un palace, The Chateau, dans la vallée.

— J'aurais aimé que ce soit le cas, répliqua Decker.

— Elle était trop désireuse de te plaire. Tu as besoin

d'une fille qui se comporte comme ton égale et qui sache te tenir tête.

Cynthia s'était surtout montrée un peu trop pressante. Il supposait que c'était la raison pour laquelle il n'avait pas souhaité poursuivre leur relation.

— Tu as besoin de quelqu'un comme la fille Hadley.

Decker avait entendu que Kendall était retournée à Roaring Springs depuis quelque temps. Il ne l'avait pas revue depuis leurs années de lycée. Kendall était alors une fille assez réservée, qui se contentait d'un cercle restreint de très bons amis et restait à l'écart des personnes les plus populaires. Il se souvenait d'elle comme d'une fille studieuse, ce qui était un bon point pour lui car lui-même avait toujours été bon élève. À l'époque, il s'était demandé pourquoi une fille aussi belle que Kendall n'était pas plus courtisée. Maintenant qu'il était plus âgé, il comprenait que c'était par choix.

— Que fait-elle depuis qu'elle est revenue à Roaring Springs ? demanda-t-il, intéressé.

— Elle travaille dans l'exploitation forestière de son père. D'après ce que j'ai entendu, elle y joue un rôle clé : elle est responsable de la préservation de l'environnement.

En quoi consistait la mission d'un responsable de la préservation de l'environnement ? Decker était totalement ignorant en la matière.

— Elle veille à la protection des espèces animales et végétales sur leur domaine, expliqua Russ. Elle a fait un master en biologie à l'université du Colorado. Elle est sortie major de sa promotion.

— Comment sais-tu tout ça ?

— J'ai rencontré son père il y a quelques semaines. Il s'est un peu vanté.

Ah… Et apparemment, cela n'était pas tombé dans l'oreille d'un sourd.

— Maintenant que te voilà à nouveau célibataire,

poursuivit son père, j'aimerais te parler d'une chose à laquelle je songe depuis quelques semaines.

La cuisine s'ouvrait directement sur le salon, et Decker suivit Russ jusque-là. La pièce était spacieuse, avec un plafond haut aux poutres apparentes et une baie vitrée qui offrait un panorama magnifique sur la forêt et les sommets des Rocheuses. La décoration – dans des tons de brun et de beige – tout comme les larges fauteuils et le canapé profond qui faisaient face à la cheminée, conféraient à l'endroit une atmosphère à la fois confortable et chaleureuse. Une table basse où étaient posés des livres de voyage invitait à la lecture et à la détente.

Son père traversa la pièce et s'arrêta devant la baie vitrée. Il regarda un instant le paysage, puis se retourna.

— Nos voisins, Bernard et Marion Hadley, gèrent leur exploitation forestière depuis presque aussi longtemps que nous avons monté l'entreprise familiale.

— C'est exact.

Decker ne voyait pas où son père voulait en venir. Il n'allait tout de même pas lui demander de se lancer dans la sylviculture !

— Bernard a gagné des millions avec son exploitation.

Russ avait du respect pour les gens qui réussissaient ce qu'ils entreprenaient, et il avait élevé Decker dans cet esprit. Mais pourquoi cet intérêt subit pour les Hadley ?

— Comment as-tu rencontré Cynthia, Decker ?

— Sur Internet.

— On ne peut pas dire que c'est un succès !

— Dans ce cas, non.

— Pourquoi n'essaierais-tu pas de recontacter Kendall ?

L'idée n'avait même pas effleuré Decker, et encore moins pour sortir avec elle.

— Je pense que j'ai besoin de rester seul quelque temps. Cynthia était très demandeuse, et il faut que je me concentre sur mon travail.

— Tu arrives très bien à faire plusieurs choses à la fois, fiston. D'ailleurs, ce que j'ai en tête a un lien avec les affaires. Si deux familles qui ont aussi bien réussi que les Hadley et les Colton s'alliaient, elles auraient toutes les deux beaucoup à y gagner.

Il toussota en fixant Decker d'un regard sérieux.

— Nous devons penser à l'avenir de nos familles. Notre entreprise est prospère, mais il faut consolider les acquis. Tant que je vivrai, je m'y emploierai.

Decker reconnaissait bien là son père, son amour immodéré de l'argent, et son ambition. Mais de là à…

— Tu voudrais que Kendall et moi sortions ensemble ?

Russ s'approcha, l'air déterminé.

— J'aimerais plus que ça. Je voudrais que tu l'épouses.

— L'épouser ?

Decker en fut sidéré.

Il tenta de se ressaisir.

— Tu voudrais que je l'épouse ? répéta-t-il, incrédule.

— Oui. Cynthia était trop capricieuse et exigeante… Et tu en es réduit à chercher une compagne sur Internet parce que ton travail te prend tout ton temps. Tu avances en âge. Tu ne veux pas d'enfants ?

— Si.

Il avait toujours voulu avoir une femme, une famille, une maison pleine de vie. Son père avait raison, mais ce qu'il lui suggérait lui semblait un peu radical.

Un mariage arrangé ?

— Kendall a sa propre carrière. Et en tant que fille unique de Bernard et Marion, elle est amenée à être un jour à la tête de leur entreprise.

Et voilà que son père se remettait à parler d'argent ! Il n'avait donc que ça à l'esprit ?

— Elle n'acceptera jamais.

Quelle femme avec un minimum de raison le ferait ? Kendall était belle et intelligente : elle aurait l'embarras du choix lorsqu'elle voudrait trouver un mari. Pourquoi accepterait-elle un mariage arrangé… Avec lui ?

— Tu lui as parlé ? demanda-t-il.

— Non, mais j'ai rencontré son père, et nous avons eu une longue conversation. Il m'a rappelé que Kendall et toi étiez ensemble au lycée, et a ajouté qu'il avait toujours pensé que vous formeriez un très beau couple.

Kendall avait une année de moins que Decker, et sa nature réservée faisait qu'il n'avait jamais osé l'inviter à une soirée. Elle ne semblait pas snob, seulement un peu distante, comme si elle ne souhaitait pas se mêler aux autres. Elle paraissait surtout intéressée par les cours et par son petit cercle d'amis…

— Tu as trente-quatre ans, fiston. Il est temps de songer à fonder une famille. N'attends pas trop longtemps.

Decker pivota et se dirigea vers la cuisine en se frottant le menton. Était-il fou de sa part d'accorder un instant de réflexion à ce que venait de lui dire son père ? Le faisait-il parce qu'il était un fils obéissant, ou parce que, au fond, ce que proposait Russ Colton n'était pas si absurde ?

Lorsque Kendall arriva chez elle, il faisait déjà nuit noire. Elle avait passé la journée à observer une meute de loups gris. C'était un spectacle exceptionnel : cette espèce était en voie de disparition, et cela faisait très longtemps que de tels spécimens n'avaient plus été aperçus.

Elle enlevait son manteau et ses bottes lorsque la sonnette retentit.

Qui cela pouvait-il être ? Il était déjà 20 heures, et elle avait faim et envie d'aller prendre une douche.

Elle jeta un coup d'œil par la fenêtre et vit son père. Elle le fit entrer.

— Je suis désolé, je sais qu'il est un peu tard. Où

étais-tu aujourd'hui ? demanda-t-il en secouant les flocons qui s'étaient déposés sur sa parka.

— C'est mon jour de congé. Je suis allée faire une randonnée.

Elle referma la porte alors qu'il enlevait sa veste et son chapeau.

— J'ai repéré une petite meute de loups gris. Ils étaient très beaux, et avaient l'air en bonne santé.

— Hum…

L'indifférence de son père pour les questions environnementales l'agaçait.

— J'ai signalé l'endroit où je les ai observés aux autorités du parc national des Montagnes Rocheuses. Ils vont essayer de mettre une puce à l'un d'entre eux.

— J'ai quelque chose d'important à te dire.

— Papa…, répondit-elle avec un soupir.

— Des loups gris. C'est bien, ma chérie.

— C'est une espèce en voie de disparition. Je ne sais pas si tu te rends compte que c'est très important pour le Colorado qu'il y ait une meute sur son territoire !

Elle n'avait vu que six loups, mais c'était probablement le plus grand groupe observé depuis plusieurs décennies.

— C'est merveilleux, ma chérie !

Il se pencha et déposa un baiser sur sa joue.

— Je sais à quel point tu aimes la nature.

Elle lui pardonna son indifférence… comme toujours.

— Qu'as-tu à me dire ?

Kendall alla dans la cuisine. Elle vivait dans une grande maison en pierre au toit pentu qu'elle avait fait construire sur le domaine de ses parents.

— Tu ne devineras jamais qui est venu me voir un peu plus tôt aujourd'hui !

Elle sortit la salade qu'elle avait préparée la veille et commença à se préparer une assiette.

— Alors, dis-moi !

— Russ Colton, répondit son père en s'asseyant sur un haut tabouret.

Russ Colton ? Le père de Decker Colton ?

— Tu veux quelque chose à grignoter ? lui demanda-t-elle en sortant une bouteille d'eau du réfrigérateur.

— Non, merci. Ta mère et moi avons déjà mangé.

Elle se servit un verre d'eau.

— Russ et moi avons parlé de Decker et toi.

Mon Dieu ! Elle n'avait plus vu Decker depuis des années. L'image de son beau visage, avec ses épais cheveux bruns et ses yeux noirs d'une intensité qui la fascinait lui revint soudain à l'esprit. Elle avait pensé à lui lorsqu'elle était revenue s'installer à Roaring Springs, se demandant s'il avait changé. Elle en était secrètement amoureuse lorsqu'elle était au lycée, mais il ne s'en était jamais aperçu. Il était toujours entouré d'une joyeuse bande d'amis. Il était également intelligent et ambitieux. Comme toutes les filles, elle avait rêvé de sortir avec lui, mais elle était bien trop timide pour lui manifester son intérêt.

— J'ai entendu dire que c'était lui dirigeait The Lodge maintenant… C'est bien ça ? demanda-t-elle.

Elle le savait déjà. Decker avait toujours suscité sa curiosité et son intérêt. Même aujourd'hui, parler de lui faisait battre son cœur un peu plus vite.

— Oui. Et Russ m'a dit qu'un jour, il lui confierait la direction de tout le groupe… Il a aussi suggéré que Decker et toi pourriez peut-être nouer des liens…

Nouer des liens ? Elle reposa la bouteille et regarda attentivement son père. Il était clair qu'il s'apprêtait à lui dire quelque chose, mais hésitait à se lancer.

— Tu veux dire des liens d'affaires ?

— D'une certaine manière… Decker est un homme très occupé. Il n'a pas beaucoup de temps pour rencontrer des femmes.

— Waouh !

Elle leva les deux mains.

— Rencontrer des femmes ? Où veux-tu en venir ?

— Si les Hadley et les Colton formaient une alliance, ce serait une très bonne chose pour eux. Decker veut fonder une famille. Vous êtes tous les deux passionnés par ce que vous faites, et je pense que vous iriez très bien ensemble. Il aurait de la chance d'avoir une compagne comme toi.

Elle en resta bouche bée. Avait-elle bien compris ?

— Tu voudrais que je l'épouse ?

— Russ et moi, nous avons pensé que vous pourriez peut-être vous rencontrer, et voir si vous vous entendez bien…

— Mais… Tu envisages cela seulement pour des raisons financières !

La colère montait en elle. Ainsi, son père projetait de l'utiliser comme un pion, une possession destinée à appâter le puissant Russ Colton !

— Ce n'était pas mon idée, Kendall. C'est Russ qui me l'a proposé.

— Mais tu as accepté avec empressement de te servir de ta fille pour faire avancer tes affaires !

— Non, ça ne s'est pas passé comme ça. Je n'aurais jamais accepté de t'en parler si je ne pensais pas que Decker et toi iriez très bien ensemble. Il te plaisait bien autrefois.

— Absolument pas, répliqua-t-elle sèchement.

— C'est ta mère qui me l'a dit. Elle avait remarqué que tu regardais très souvent sa photo dans l'album du lycée, et tu as parlé de lui plusieurs fois depuis ton retour.

Kendall ne s'en souvenait absolument pas. Elle avait peut-être posé quelques questions pour savoir ce qu'il était devenu, mais rien de plus.

— Et que pense maman de cet… arrangement ?

— Elle n'est pas d'accord.

— Et tu es tout de même venu m'en parler ?

— Je l'ai convaincue que cela n'engageait à rien, répondit-il d'une voix égale. Et je lui ai promis que je respecterais ta décision.

C'était bien la moindre des choses !

Kendall observa son père un instant. Il l'aimait et voulait son bonheur, elle le savait. Mais elle était également convaincue que, s'il trouvait un moyen de la rendre heureuse tout en servant les intérêts de son entreprise, il n'hésiterait pas. Pour autant, jamais il n'était allé jusqu'à lui proposer d'épouser un étranger !

Enfin, Decker n'était pas vraiment un étranger…

— J'y songerai, dit-elle.

Elle voulait seulement qu'il la laisse seule.

— Russ nous a invités à dîner demain soir.

Elle sursauta. Il avait accepté une invitation sans lui demander auparavant ce qu'elle en pensait ? Pourquoi ?

— J'ai l'impression que tu te sers de moi, dit-elle d'une voix tendue.

Il posa la main sur la sienne et la serra.

— Je ne ferais jamais ça, ma chérie. Tu es ma fille. Tu es mon bien le plus précieux.

Oui… Parfois au sens propre du terme !

Même si elle ne l'aurait jamais avoué à son père, elle avait assez envie de revoir Decker, maintenant qu'elle n'était plus une lycéenne timide. D'après ce qu'elle avait entendu de lui, son hôtel était son seul véritable amour. Elle se demandait comment un homme pouvait ainsi se vouer corps et âme à une entreprise. Ne voulait-il pas trouver le bonheur avec une compagne ? Fonder une famille ? Et si non, pourquoi ? La curiosité l'emporta sur tout le reste.

— C'est d'accord.

Elle voulait voir par elle-même l'homme que Decker

Colton était devenu. Ce n'était pas parce qu'elle allait dîner avec lui qu'elle allait l'épouser, de toute façon.

Son père sourit, certainement plus de soulagement qu'elle ait accepté sa proposition que de joie à l'idée de passer une soirée chez des hôtes aussi guindés que les Colton. Du moins, c'était ainsi que Kendall les voyait. Mais peut-être s'était-elle laissé influencer par les commérages.

Lorsque son père partit, au lieu d'aller se doucher, Kendall passa la demi-heure qui suivit à chercher ses albums de lycée. Elle les trouva au sous-sol, dans une boîte où elle gardait quelques souvenirs. Elle emporta le tout dans sa chambre, alluma la télévision et commença à sortir de la boîte une revue et d'autres souvenirs qu'elle avait gardés : des tickets d'entrée pour des parcs de loisirs, des musées, des concerts et des séances de cinéma, qui lui rappelèrent des moments heureux. Elle avait eu l'intention de les arranger dans un album, mais ne s'était jamais décidée à le faire. Elle avait également conservé de petits objets que ses camarades lui avaient donnés autrefois. Elle prit entre ses doigts des bracelets en tissu aux couleurs vives, et sourit. Ses quatre plus proches amies de collège et elle avaient décidé d'échanger leurs porte-bonheur pour Pâques… Et ces bracelets étaient ceux qu'elle avait reçus.

Elle avait gardé un groupe d'amis très soudés tout au long de ses années de lycée, et était toujours en contact avec la plupart d'entre eux. Elle n'avait jamais fait partie de ces bandes tapageuses auxquelles la plupart des élèves rêvaient d'appartenir. Cela lui semblait plutôt vain… Elle avait choisi de travailler sur le domaine familial parce qu'elle aimait la nature et le calme.

Peut-être le fait d'être enfant unique avait-il développé en elle un certain goût pour la solitude : elle évitait la foule et les mondanités, et avait toujours préféré passer son temps à lire des romans et observer les animaux.

Posant les bracelets de côté, elle prit les albums du lycée.

— Bien, monsieur Colton, dit-elle à voix haute, refaisons connaissance !

Elle ouvrit un premier album et le feuilleta, jusqu'à ce qu'elle arrive à un article présentant la candidature de Decker comme délégué des élèves. Elle se demanda s'il était toujours aussi beau. Il était grand et mince, athlétique. Elle le voyait souvent dans les couloirs. Parfois, il la saluait. Elle se souvint du frisson d'excitation qui la parcourait lorsque leurs regards se croisaient. Avait-elle imaginé l'intérêt qu'elle avait parfois cru déceler dans son regard ? À l'époque, elle aurait rêvé qu'il lui propose d'être sa cavalière pour une soirée, suscitant ainsi l'envie de toutes les autres filles. Cela semblait si stupide maintenant !

Elle poursuivit avec un album plus ancien. Poussant les photos et les souvenirs de côté pour avoir de la place, elle se mit sur le ventre, et plaça le volume devant elle.

Il y avait plusieurs clichés de lui cette année-là. Combien de fois les avait-elle admirés, juste pour le plaisir de voir son beau visage ?

Alors qu'elle replongeait malgré elle dans la rêverie amoureuse que Decker faisait naître en elle lorsqu'elle était adolescente, son téléphone se mit à sonner.

Elle se redressa et le saisit.

— Bonsoir, maman !

— Que penses-tu de l'idée de ton père ?

— Il ne changera jamais !

— Effectivement ! Que ne donnerait-il pour faire fructifier son entreprise ! Je trouve qu'il y a quelque chose d'archaïque dans cet arrangement…

— Au moins, papa m'a laissé la possibilité de dire non. Je suppose que je dois m'estimer heureuse !

Sa mère éclata de rire, et Kendall sentit monter toute l'affection qu'elle avait pour elle.

— Je me demande sans arrêt comment Decker a réagi lorsque son père lui a proposé de t'épouser, reprit soudain sa mère d'une voix sérieuse, et j'avoue que je suis… préoccupée.

— Il ne faut pas.

— Et si Decker n'acceptait que pour faire plaisir à son père ?

— Ne t'inquiète pas, maman…

— Tu as toujours été optimiste ! Mais à ta place, j'aurais refusé le dîner de demain, répliqua sa mère d'une voix inquiète.

— Je suis…

Kendall n'était pas certaine de vouloir être honnête jusqu'au bout en ce moment.

— Curieuse.

Cela au moins était vrai.

Elle voulait savoir si elle serait toujours sensible au charme de Decker, s'ils s'entendraient bien, et si être avec lui serait aussi agréable qu'elle l'avait imaginé lorsqu'elle était adolescente.

— Je t'en prie, sois prudente, ma chérie. Si Decker est moitié aussi âpre au gain que son père, il est incapable d'aimer quiconque !

Elle eut un moment de doute. Peut-être était-il ridicule d'accepter ce dîner… Elle aurait pu prétendre qu'elle le faisait pour son père, mais ce n'était pas entièrement vrai.

— J'en saurai plus après le repas.

— Je me demande si Decker est toujours aussi beau, dit sa mère d'une voix songeuse.

— Ça serait un plus, répartit Kendall.

— Ou un problème…

2

Decker se trouvait dans le salon de la somptueuse résidence de ses parents. L'endroit était grandiose, mais il manquait de simplicité à son goût. La décoration moderne en était froide et impersonnelle.

Debout devant l'immense baie vitrée, il attendait l'arrivée de leurs invités tout en regardant pensivement la télécabine qui reliait The Chateau, dans la vallée, à la station de sports d'hiver où se trouvait The Lodge. Derrière lui, Russ et Mara discutaient, assis sur le canapé. D'ordinaire, ils passaient tous deux leur temps à travailler, et Decker les considérait plus comme une équipe efficace que comme un couple. Parfois même, il se demandait s'ils s'aimaient. Les voir ainsi installés côte à côte lui semblait presque étrange.

La sonnerie retentit. Kendall et ses parents étaient là.

Il était rarement nerveux, mais il ressentit une certaine appréhension. Après toutes ces années, il allait enfin revoir Kendall…

Le majordome de Russ et Mara précéda les Hadley dans le salon. Bernard entra le premier. Il était vêtu d'un costume sombre et d'une cravate. Marion le suivait, très élégante dans sa robe beige et noire, avec Kendall à ses côtés. Il retint son souffle. Elle portait une robe noire ajustée sur son buste, sa taille et ses hanches, avec un décolleté qui laissait voir la peau satinée de sa gorge. Ses longs cheveux blonds ondulés étaient lâchés sur ses épaules. Son visage était exempt de tout maquillage, à l'exception d'un peu de gloss sur ses lèvres pleines, et de mascara qui mettait en valeur ses yeux d'un bleu éclatant. Dès qu'elle entra, elle le chercha du regard.

Il n'avait pas anticipé le choc qu'il ressentit en la voyant. Qu'elle était belle !

Elle sembla passer quelques secondes à l'examiner, elle aussi. Ces yeux impressionnants – il ne se souvenait pas qu'ils étaient d'un bleu aussi profond – le parcoururent des pieds à la tête, passant sur son torse pour finalement s'arrêter sur son visage. Il ne portait pas de costume, juste une chemise à manches longues bleu ciel, un pantalon gris, et des mocassins en cuir.

— Kendall, dit-il en s'avançant, quel plaisir de te revoir !

Il lui prit la main et se pencha pour l'effleurer de ses lèvres, saisissant au passage l'occasion de la voir de plus près. Elle avait quelques taches de rousseur qui donnaient du piquant à sa beauté.

— Pour moi aussi, bafouilla-t-elle.

À son regard étonné, il suspecta qu'elle était agréablement surprise de voir l'homme qu'il était devenu : elle avait eu la même réaction que lui. Il surprit le regard approbateur de son père, et son sourire presque ironique.

Bernard et Marion engagèrent la conversation avec Russ et Mara alors qu'un serviteur portant un plateau chargé de flûtes de champagne apparaissait. Kendall en prit une, et Decker fit de même.

— Mon père m'a appris que tu travaillais dans l'entreprise de ton père comme responsable de la préservation de l'environnement…

Autant entamer la conversation par des sujets faciles.

— Oui. J'ai occupé un premier poste à Fort Collins après mes études, mais mon père m'a demandé de revenir à Roaring Springs.

— Pour quelle raison ?

— Il voulait que je l'aide à gérer l'entreprise. Il avance en âge et va bientôt prendre sa retraite, et il aimerait que je prenne sa suite un jour.

— Et toi, tu en as envie ?

Elle détourna le regard, et sembla réfléchir.

— Je suis passionnée par mon métier. Prendre la direction de l'exploitation forestière serait la suite logique, mais je ne suis pas certaine de vouloir assumer autant de responsabilités administratives. J'aime vivre au grand air.

— Tu pourrais confier cela à quelqu'un d'autre.

Elle sourit.

— J'y ai bien pensé ! Mais mon père n'a pas très envie que quelqu'un d'extérieur à la famille dirige son bébé.

Decker hocha la tête.

— Le mien n'y verrait aucune objection, du moment que son bébé lui rapporte beaucoup d'argent.

Elle s'arrêta de sourire et jeta un coup d'œil à Russ, comme si Decker venait de confirmer ses soupçons.

— Ne t'inquiète pas, poursuivit Decker d'un ton qu'il espérait badin, je ne suis pas comme lui.

Son beau sourire revint sur ses lèvres, et elle leva les yeux vers lui.

— C'est bon à savoir…

— Au risque de paraître ignorant, que fait-on dans une exploitation forestière, à part abattre des arbres pour les vendre ?

— Nous fournissons de nombreuses entreprises de construction en sapin de Douglas, mélèze de l'Ouest, pin ponderosa ou pin tordu. Mais il faut également veiller à la protection de l'environnement et des espèces. Depuis que je travaille ici, nous avons établi un partenariat avec le World Wildlife Found.

Elle poussa un soupir avant de poursuivre.

— Une de mes premières décisions lorsque je suis

arrivée a été de faire abattre tous les arbres infestés par le dendroctone du pin. Cela a assaini l'exploitation, tout en nous procurant le capital nécessaire pour replanter d'autres arbres.

— Impressionnant !

— Je suis spécialisée en protection de l'environnement, répondit-elle avec un sourire qui révéla des dents parfaites. Et toi ? Tu diriges The Lodge ? L'hôtel est beaucoup plus grand que lorsque j'ai quitté Roaring Springs pour aller à l'université !

— Oui. Il y a eu beaucoup de travaux. Nous avons ajouté des restaurants et, bien entendu, des chambres.

— C'est devenu un hôtel de luxe…

— Nous avons également développé de nouvelles activités dans la station, et construit des chalets sur le domaine.

— Des chalets tout aussi luxueux, j'imagine…

Désapprouvait-elle ce choix ?

— Nous ciblons une clientèle privilégiée.

— Je regrette seulement que la plupart des gens ne puissent profiter d'un endroit comme The Lodge.

— Mais si, rétorqua-t-il, la station est ouverte à tous !

— Mais ils ne peuvent pas y passer la nuit.

Clairement, elle désapprouvait la ségrégation sociale. Cela lui plut, même s'il n'était pas entièrement d'accord avec elle.

— Certaines personnes aiment pouvoir se retirer loin de la foule.

— Si tu penses cela, répliqua-t-elle, alors tu ressembles peut-être plus à ton père que tu ne le penses.

— Tu n'apprécies pas mon père ?

Un fois encore, elle jeta un coup d'œil à Russ.

— Je pense qu'il ressemble beaucoup au mien.

— Ils sont tous les deux prêts à utiliser leurs enfants

pour faire avancer leurs affaires, dit-il avec un large sourire.

— Exactement !

Ils échangèrent un long regard qui devint plus intense… Mais ce fut d'une voix neutre qu'elle déclara :

— Je ne suis pas allée à The Lodge depuis les travaux d'agrandissement.

— Je t'y emmènerai.

Peut-être que d'ici là, elle aurait décidé qu'elle ne voulait plus le voir.

— Cela me ferait très plaisir !

Il entendit à peine un serviteur annoncer que le dîner allait être servi, et suivit Kendall dans la salle à manger. C'était une grande pièce avec une immense table au centre, une cheminée et un cabinet à porcelaine. Des doubles rideaux égayaient de larges fenêtres, et un énorme lustre en cristal était suspendu au plafond.

Russ était en train de parler fièrement des prévisions de croissance de son entreprise tout en s'asseyant auprès de Mara, qui semblait peu intéressée et demeurait silencieuse. Kendall fut invitée à s'asseoir entre sa mère et Decker.

— Je ne peux pas imaginer une union plus satisfaisante pour nos deux familles, déclara Russ.

— Entièrement d'accord ! répondit Bernard avec un sourire. Mais j'ai tout de même une question : comment cette idée vous est-elle venue ?

— Les médias ont beaucoup parlé de votre exploitation forestière depuis que vous avez pris des mesures de protection des espèces et obtenu des financements du World Wildlife Found. Ce partenariat est très innovant !

Bernard répondit avec fierté :

— C'était l'idée de ma fille.

Colton vit que son père – pourtant difficile à impressionner – lançait à Kendall un regard plein de respect. Il devait être en train de se dire qu'elle serait une addition très bienvenue à la famille Colton.

— Tout est prêt, monsieur, annonça un serviteur qui venait d'entrer.

— Bien ! s'exclama Russ. Decker, j'ai pris l'initiative de faire en sorte que Kendall et toi puissiez dîner en tête à tête.

Il eut un petit rire.

— Vous êtes tous les deux trop âgés pour qu'un premier rendez-vous ait lieu en compagnie de vos parents. Charles va vous emmener vers votre table.

Decker vit la surprise se peindre sur le visage de Kendall. Ils suivirent tous deux Charles jusqu'à l'avant de la villa, où se trouvait une véranda avec vue sur la vallée. Decker songea que c'était certainement sa mère qui avait eu l'idée de placer une bougie sur la table, et de faire diffuser une douce musique.

Decker tira une chaise pour que Kendall s'asseye, puis s'installa en face d'elle. Il regarda un instant le paysage.

— C'est très gênant.

Puis il se tourna vers Kendall.

— Nos parents sont vraiment déterminés à ce que nous sortions ensemble… Et plus si affinités !

— Hum…, fit-elle en trempant ses lèvres dans son verre de vin rouge, pas ma mère.

— Elle y est opposée ?

— Elle veut que je me marie par amour. Elle n'a accepté cette invitation que parce que j'ai voulu venir et me faire ma propre opinion.

— Je ne sais pas trop ce qu'en pense ma mère, admit Decker. Elle est probablement d'accord avec mon père. En fait, elle est tout aussi ambitieuse que lui lorsqu'il s'agit du succès de notre entreprise.

— Je ne suis pas étonnée que Russ ait échafaudé ce plan. Il ressemble beaucoup à mon père.

Kendall souriait, mais son regard demeurait sérieux.

— Les affaires avant tout ! s'exclama Decker.

— Toujours. Mais cela n'empêche pas mon père d'avoir beaucoup de qualités, et je sais qu'il m'aime.

— C'est exactement la même chose avec le mien, répondit Decker.

Parfois, il regrettait la dureté apparente de son père, et se demandait si ce n'était pas la raison pour laquelle il essayait constamment de gagner son approbation en agissant comme il le lui avait demandé. Il lui arrivait de se dire que, comme son frère, il aurait dû braver ses interdits : Wyatt avait arrêté ses études pour se lancer sur le circuit de rodéo. Ce n'est que lorsque leur grand-mère lui avait légué son ranch, le Crooked C, qu'il était revenu à Roaring Springs.

— Bien, et maintenant que nous sommes là où ils voulaient que nous soyons, de quoi allons-nous parler ? murmura-t-elle.

Il s'appuya sur le dossier de sa chaise alors qu'un serviteur apportait le premier plat. Il la regarda, plus intéressé par ce spectacle que par celui du carpaccio de Saint-Jacques assaisonné d'huile d'olive et de sel rouge de Hawaï.

— Qu'as-tu fait depuis le lycée ? demanda-t-il.

— Je suis allée étudier la biologie à l'université. Ensuite, j'ai travaillé pour le Service des forêts. Puis je suis retournée à Roaring Springs lorsque mon père m'a dit qu'il avait besoin que je vienne l'aider à diriger l'entreprise. Il envisage de prendre bientôt sa retraite.

— Et tu n'as jamais eu de compagnon ?

Elle leva à peine les sourcils, comme si elle ne s'attendait pas à la question.

— J'ai eu quelques histoires… mais rien qui vaille la peine d'en parler. Et toi ?

Elle but une gorgée de vin et le fixa de ses magnifiques yeux bleus.

— Rien de sérieux. Je croyais que j'aimais la fille avec laquelle je sortais au lycée, mais j'ai grandi.

— Je me souviens d'elle. Tous les garçons rêvaient de sortir avec elle.

Il soupira. Tout cela semblait si loin maintenant !

Puis il la regarda un instant. Elle était si belle ! Comment avait-il pu ne pas s'en apercevoir ?

— Tu étais très discrète au lycée.

— Je ne cherchais pas à avoir beaucoup d'amis, mais de bons amis.

Même si Decker avait toujours été très sociable, cela ne l'avait pas empêché d'avoir lui aussi un cercle restreint d'amis très proches.

— Et après cette fille au lycée, il y en a eu d'autres ? poursuivit-elle.

— J'ai fréquenté quelqu'un à l'université.

— Pendant longtemps ?

— Oui. Mais elle n'a pas voulu venir vivre à Roaring Springs, et nous avons rompu.

— Ça a été difficile ?

Il aurait menti s'il avait prétendu que non. Il pensait qu'ils formaient une bonne équipe. De plus, son père appréciait cette jeune femme, et Decker devait bien reconnaître que c'était un élément important pour lui.

— Oui. Mais je me suis plongé dans le travail.

— Et tu n'as plus eu de temps pour rien d'autre ! ironisa-t-elle.

Il réfléchit à sa pique, parce qu'elle exprimait une certaine vérité. Puis il lui demanda :

— Et toi ? Pourquoi es-tu toujours célibataire ?

— Oh ! je ne l'ai pas toujours été ! J'ai eu quelques relations assez longues, auxquelles nous avons toujours mis un terme à l'amiable. Puis, à la fin de mes études, j'ai rencontré quelqu'un et nous avons vécu ensemble. Je croyais que c'était le bon jusqu'à ce qu'un jour je rentre, et le trouve au lit avec une autre.

Elle soupira.

— Je n'aurais jamais cru que je pouvais me tromper à ce point sur un homme. Pour moi, c'était le genre de choses qui n'arrivaient qu'aux autres, ou dans les films !

— Et pas à toi ? demanda-t-il en riant. Je n'ai jamais surpris aucune de mes petites amies en flagrant délit, mais l'une d'elles m'a annoncé un jour qu'elle voyait quelqu'un d'autre. C'était après mes études. Je travaillais beaucoup, et je suppose qu'elle en a eu assez.

Il prit une gorgée de vin, tout en se souvenant à quel point cela lui avait fait mal. À l'époque, il s'était dit qu'il était en train de devenir comme son père, obsédé par sa réussite professionnelle…

Il reposa son verre alors qu'un serviteur apportait le plat suivant.

Decker remarqua que Kendall semblait apprécier la façon dont les mets étaient présentés. Elle devait avoir l'habitude de manger dans de bons restaurants, mais elle n'était pas blasée pour autant, et paraissait savourer chaque bouchée.

Là, par exemple, elle était en train de goûter son potage en fermant les yeux. Elle les rouvrit et déclara :

— Tu sais ce que j'aime dans ces repas ?

Il l'observa et sentit une vague de chaleur monter en lui.

— Je ne fais pas souvent des repas gastronomiques, mais lorsque cela m'arrive, je suis toujours sensible au fait qu'ils sont particuliers parce qu'ils prennent du temps. Ce n'est pas seulement la nourriture, c'est l'expérience tout entière que je savoure.

Il était entièrement d'accord. Plus le temps passait, plus Kendall l'intéressait, et il voulait en savoir plus.

— C'est pour cela que tu as accepté ce dîner ?

Elle s'arrêta de manger.

— Bien sûr que non !

— Alors, pourquoi ?

— Et toi ?

— C'est moi qui ai posé la question le premier.

Elle lui sourit, ce qui fit monter la chaleur en lui, et murmura :

— À vrai dire, je ne sais pas trop… Je voulais te rencontrer. Voir ce que tu étais devenu…

— Et qu'en penses-tu ?

— Je dirais que les choses vont plutôt bien pour toi…

Toujours avec un sourire, elle ajouta :

— À toi maintenant : pourquoi as-tu accepté ce dîner ?

Decker n'en avait pas fini : elle n'avait pas vraiment répondu à sa question.

— Si tu as accepté cette invitation, j'imagine que l'idée de nos deux pères ne te paraissait pas si stupide… Tu sais bien qu'ils projettent de nous marier ?

Elle ne répondit pas immédiatement.

— Comme je te l'ai dit, je voulais te rencontrer, expliqua-t-elle, voir l'homme que tu étais devenu. Faut-il vraiment que je te dise là, sur-le-champ, si oui ou non je veux t'épouser ?

— Ça peut attendre la fin du repas, ironisa-t-il.

Elle sourit à nouveau, plus largement cette fois.

— Et toi ? Pourquoi t'es-tu dit que tu pourrais peut-être m'épouser ?

— Je ne suis pas sûr d'avoir pensé ça. En fait, je me suis surtout dit que je ne voulais pas me sentir contraint d'obéir à mon père… une fois de plus.

Son sourire s'évanouit, et elle eut l'air perplexe.

— Alors pourquoi…

— J'étais curieux moi aussi. Je me souvenais de toi, et j'ai eu envie de te revoir.

Elle soutint son regard longuement avant de baisser

les yeux, et il se força à reporter son attention sur son potage. L'idée de son père lui semblait de moins en moins saugrenue.

Quelques minutes plus tard, deux serviteurs revinrent avec le plat suivant.

— Bar sauce fumée, purée de céleri et feuilles d'oseille, annonça l'un d'eux.

Kendall observa son assiette avec une expression admirative, puis goûta le plat avec concentration.

— Que fais-tu de ton temps libre ? demanda-t-il.

— J'aime être au grand air. Je lis beaucoup. Je jardine. Je sors avec des amis. Je passe du temps avec mes parents. Et toi ?

Il répondit avec un petit rire :

— Je travaille beaucoup.

— Mais tu ne fais pas que ça, j'espère ? Tu ne sors jamais de ton bureau ?

— Je fais du ski quand j'en ai l'occasion.

— Bravo !

Il ne fut pas piqué par sa moquerie.

— Parfois je lis…

— Hum… Voilà au moins un point commun. Et les amis ? demanda-t-elle avec sérieux maintenant.

— Je ne vois plus personne du lycée. La plupart de mes amis sont des gens qui travaillent pour moi ou qui fréquentent The Lodge.

— À t'entendre, ta vie est un peu insipide.

— Gérer The Lodge n'est pas insipide ! Je rencontre plein de gens intéressants.

Kendall le regarda, et il pouvait presque entendre ce qu'elle pensait des clients qui fréquentaient un hôtel comme le sien. Il s'agissait de célébrités, de personnes fortunées et qui avaient réussi dans la vie. Il aimait le challenge que représentait la direction d'un établissement aussi prestigieux.

— Qu'aurais-tu fait si tu n'avais pas suivi les traces de ton père ? demanda-t-elle.

Il fut pris au dépourvu, et il lui fallut quelques secondes pour réfléchir.

— J'aurais de toute façon choisi d'être chef d'entreprise. Lorsque j'étais enfant, j'étais fasciné par la station que mon père avait créée, et par The Chateau. J'aimais prendre la télécabine pour venir ici voir les gens skier et se détendre. Puis j'ai grandi, et j'ai essayé de comprendre comment mon père gérait tout cela. Bien avant qu'il suggère que je pourrais un jour prendre sa suite, j'avais décidé de faire des études de management. Mais je ne suis pas certain que j'aurais choisi cette entreprise en particulier. Je crois que j'aurais bien aimé monter ma propre affaire.

Kendall hocha la tête pour lui signifier qu'elle comprenait. Il se sentait vraiment écouté, et devait reconnaître que c'était un sentiment très agréable. Cela faisait monter la chaleur en lui et remarquer à quel point elle était belle. Cela l'avait frappé dès qu'il avait posé les yeux sur elle, mais son admiration ne cessait de croître et de prendre un tour plus sensuel. Il suffisait qu'il la regarde pour sentir le désir monter en lui.

— Tu penses que ton père t'aurait licencié si tu n'avais pas géré The Lodge à son goût ?

— Oui.

Russ était sans pitié lorsqu'il s'agissait des affaires.

— J'aimerais lui succéder un jour. Et pour le moment, il pense que je suis l'homme de la situation.

— Je suis certaine que tu as l'envergure nécessaire pour le faire.

— Je me sens capable d'assumer ces responsabilités… Et je sais que je suis le meilleur candidat pour succéder à mon père.

Ce n'était pas de la vantardise de sa part. Simplement un constat.

— En tout cas, je vois que tu travailles beaucoup pour cela et que tu t'en donnes les moyens. Mais malgré cela, tu es visiblement en forme : tu arrives à trouver un peu de temps pour faire du sport, non ?

— Il y a une salle de sport à l'hôtel, et j'en ai également aménagé une chez moi. J'aime aussi me promener sur le domaine.

Le plat suivant était arrivé, et Kendall se passa la main sur le ventre.

— Je commence à être plus que rassasiée !

Le repas n'était pas terminé.

— Tu n'es pas obligée de tout manger.

— Je m'en voudrais de ne pas goûter à toutes ces bonnes choses !

— Parle-moi de ton travail. Pourquoi l'exploitation forestière ? Es-tu toi aussi la victime des rêves et des attentes de ton père ?

Elle sourit, comme elle semblait souvent le faire. Il la regarda encore, et il fut lui-même surpris de se sentir réagir avec autant d'intensité. Elle avait l'air d'être une femme heureuse, qui avait confiance en elle.

— Oui et non. J'ai toujours voulu travailler dans le domaine de l'environnement. Mon père m'a encouragée à faire également une formation en sylviculture. Alors j'ai suivi quelques cours à l'université, tout en me spécialisant en biologie des organismes.

— Et qu'aimes-tu dans ton métier ?

Elle repoussa la salade et posa les coudes sur la table. L'éclat de la flamme entre eux l'empêchait de la voir nettement.

— Être au grand air. Protéger la forêt et les animaux.

Cela avait du sens. Comme lui, elle était motivée par le désir de bien faire, de changer les choses pour le mieux.

Elle était intelligente, également. Decker eut un sursaut de joie alors qu'il était de plus en plus conscient de sa présence, de ses courbes attirantes, de ses cheveux, de ses yeux… Il avait vraiment envie de la revoir.

— J'ai découvert une petite meute de loups gris, déclara-t-elle soudain. Ils avaient disparu des Rocheuses du Colorado depuis des années. Mais ils semblent être en train de revenir du Wyoming.

— Fascinant !

Il ne pensait pas aux loups…

Kendall ne s'était pas attendue à prendre tant de plaisir à ce dîner, et cette observation ne se limitait pas à la qualité du repas. Decker l'avait surprise. Elle ne pensait pas qu'il serait si honnête au sujet de son père, de son travail, et de lui-même. Il ne ressemblait plus du tout à ce lycéen courtisé de toutes parts qu'elle avait connu. Il avait mûri, et correspondait maintenant à merveille au cliché du beau brun ténébreux. Il était élégant sans ostentation, d'une manière décontractée, et elle sentait en lui une humilité qui n'avait rien de feint, ainsi que du respect pour les autres. C'était en cela qu'il différait de Russ.

Elle se leva de table. Après avoir ensuite goûté au plateau de fromages et à un dessert élégamment présenté et délicieux, elle était plus que repue.

Juste au moment de quitter la pièce, Decker l'arrêta et lui fit face.

— Je n'ai pas envie de te dire au revoir tout de suite. Accepterais-tu que je te montre l'endroit de cette maison que je préfère ?

Rien ne l'empêchait de prolonger la soirée, même si ses parents étaient certainement impatients d'avoir un compte rendu de leur tête-à-tête. D'ailleurs, Decker avait éveillé sa curiosité, et elle avait envie de savoir quel était son endroit favori dans cette maison au luxe ostentatoire.

— Avec grand plaisir ! s'exclama-t-elle.

Elle ne put s'empêcher de remarquer l'étincelle de plaisir qui brilla dans ses yeux.

Decker l'emmena à l'étage supérieur et lui fit suivre un long couloir. Au bout se trouvait une porte plus étroite que les autres, vers laquelle il se dirigea.

Il l'ouvrit, alluma la lumière, et Kendall vit alors un autre escalier.

Les marches en bois craquèrent sous leurs pas. Elle n'avait pas l'impression que l'on venait souvent ici. L'endroit semblait peu entretenu, et le bois clair aurait dû être plus soigneusement astiqué pour soutenir la comparaison avec le reste de la maison.

En haut de l'escalier, Decker pénétra dans ce qui semblait être une mansarde, ou un espace que l'on n'avait pas fini d'aménager. On y avait entreposé des boîtes d'un côté, et des meubles d'un autre. Il y avait des jouets éparpillés sur le sol, ainsi qu'une vieille malle. Tout était recouvert d'une fine couche de poussière.

Elle regarda Decker, qui semblait attendre sa réaction.

— C'est ton endroit favori ? demanda-t-elle, incertaine.

— C'est celui qui a le plus de caractère.

Elle ne pouvait pas le contredire. Le reste de l'immense maison, à l'exception de la véranda où ils avaient dîné, était froid et impersonnel, et elle comprenait que cette pièce puisse avoir un attrait particulier pour lui.

Elle sentit croître son intérêt pour cet homme dont elle n'avait jusque-là qu'une image ne correspondant pas à la réalité.

Elle s'avança dans la pièce. Elle aimait les deux fenêtres en chien-assis qui ouvraient sur l'arrière de la maison, et les poutres apparentes. L'endroit avait un charme rustique et désuet.

— Ma mère trouvait cette pièce trop petite, expliqua Decker. C'est devenu un espace de stockage, et les enfants du personnel de maison y viennent parfois pour jouer.

— C'est un endroit de rêve pour eux ! dit Kendall en souriant. Du moment qu'il n'est pas hanté…

Il eut un petit rire.

— La maison n'est pas assez vieille pour cela, même si je suis certain que bon nombre de membres de la famille Colton auraient une bonne raison pour venir nous tourmenter !

Kendall n'aurait jamais pensé ressentir autant de plaisir à lui parler. Il avait de l'esprit, et un sens de l'humour tout en demi-teintes. Alors qu'elle continuait à sourire, elle vit son attitude changer, et le désir s'allumer dans ses yeux.

— Et pourquoi aimes-tu cette pièce plus que le reste de la maison ? demanda-t-elle.

Il parcourut du regard la pièce poussiéreuse avant de se tourner vers elle.

— Elle est authentique.

— Authentique ?

Elle ne voyait pas trop où il voulait en venir.

— Je ne renoncerais pas à mon argent ou à ma réussite, mais cette pièce, avec toutes ses imperfections, est un rappel que l'humilité est importante.

Elle comprenait ce qu'il voulait dire. Le rapport qu'il entretenait avec cette pièce lui rappelait celui qu'elle avait avec la nature. Elle aimait les belles choses, tout comme lui, mais le fait d'être à l'extérieur et de partager son environnement avec des animaux sauvages la remettait à sa place.

— Je vois. Il n'est pas nécessaire que tout soit luxueux et coûte une fortune !

— Je vais tout de même demander au personnel de faire un peu de ménage.

Il sourit et, une fois encore, elle vit une lueur briller dans ses yeux.

— Et j'avais une autre idée en tête lorsque je t'ai emmenée ici, poursuivit-il, à l'écart des regards indiscrets. Je voulais obtenir une réponse à une question.

Elle lui répondit sur le même ton badin :

— Ah bon ? De quoi s'agit-il ?

Il posa la main au bas de son dos et l'attira doucement vers lui, jusqu'à ce qu'elle soit tout contre son torse.

— Je ne connais qu'une seule manière de savoir si nous sommes compatibles.

Elle le regardait dans les yeux et ne recula pas lorsqu'il baissa la tête pour l'embrasser.

Ses lèvres se mirent à picoter. Il avait commencé un baiser doux et léger qui devint très vite plus passionné. Il sembla vouloir l'approfondir, mais au lieu de cela, il releva le visage et poussa un long soupir, les yeux brillants de désir.

Kendall prit une inspiration, se rendant compte seulement maintenant qu'elle avait arrêté de respirer. Il laissa retomber sa main, et elle recula.

— Eh bien, j'ai la réponse à ma question ! lança-t-il d'un ton railleur.

Elle n'avait plus tous ses esprits.

— Nous… Nous devrions y aller. Nos parents doivent être en train de nous attendre.

Decker la guida à travers la maison jusqu'à la salle à manger, où un serviteur leur apprit que le café était servi dans le salon. Kendall se dit que ce serait certainement le moment où Russ allait évoquer l'idée d'un mariage entre Decker et elle.

Lorsqu'ils entrèrent, leurs parents étaient déjà en train de déguster leurs cafés.

— Ah, les voici !

Russ se leva du canapé pour les accueillir.

Kendall prit une chaise et s'installa auprès de sa mère, avec Decker à ses côtés. Russ se rassit, le visage radieux.

— Comment s'est passé votre repas ? lui demanda sa mère.

Elle se sentait comme une adolescente après son premier baiser.

— Très bien ! Félicitez le chef de ma part, dit-elle en se tournant vers Mara et Russ.

— Il a beaucoup de talent, remarqua Russ. C'est lui qui a formé tous les cuisiniers qui travaillent à The Lodge et The Chateau.

— Bien ! murmura Kendall.

— Alors, s'enquit Russ en se tournant vers son fils, devons-nous préparer le mariage ?

Decker la regarda.

— C'est à Kendall de décider.

Elle eut l'impression que le sang se retirait de ses veines. Il voulait déjà planifier leur mariage ? Elle appréciait Decker, mais elle se sentait prise au piège, et encore incertaine. Allait-elle prendre une décision aussi cruciale sans se donner le temps de la réflexion, simplement parce que son père lui avait demandé de le faire ?

— J'aimerais réfléchir un peu, déclara-t-elle.

— Il n'est pas nécessaire de hâter les choses, confirma sa mère.

— Ils se plaisent, remarqua son père. Je le vois.

Comment pouvait-il affirmer cela ?

— Il s'agit seulement de choisir une date, insista Russ.

— Et vous annulerez tout si vous changez d'avis, ajouta Bernard.

— Papa ! protesta Kendall.

— Seulement fixer une date, répéta Russ, c'est tout ce que nous demandons.

— Il n'y a pas de mal à cela, intervint Marion.

Kendall se tourna vers sa mère, éberluée. Elle avait

des doutes auparavant. Que s'était-il passé pour qu'elle change ainsi d'avis ?

Mara, quant à elle, sourit.

— Je ne vois aucun mal à fixer une date, moi non plus, déclara-t-elle. Et si l'un de vous décide d'arrêter les choses, même à la dernière minute, nous annulerons tout.

Et gaspiller ainsi les efforts faits et les frais engagés ? Certes, leurs deux familles étaient riches, mais pour Kendall, ce n'était pas une raison pour dilapider leur argent.

— C'est traditionnellement la famille de la mariée qui paie la réception, dit-elle. Je ne veux rien prévoir tant que je ne suis pas sûre de ma décision.

Russ agita la main.

— Ne vous inquiétez pas pour l'argent. C'est moi qui prendrai en charge les frais du mariage. Le pire qui puisse arriver est que nous perdions quelques acomptes !

— Alors, je veux pouvoir choisir et payer ma robe.

Kendall n'arrivait pas croire qu'elle venait de prononcer ces paroles.

Elle se sentait prise dans une situation surréaliste où tout se passait beaucoup trop vite.

Russ agita à nouveau la main comme si rien de tout cela n'avait vraiment d'importance.

— Nous discuterons des détails plus tard. Mais choisissons une date.

Choisissons une date !

— Le 31 mars, proposa Decker.

Elle le regarda bouche bée. C'était dans moins d'un mois !

— Fabuleux ! s'exclama Russ.

— Merveilleux ! renchérit son père.

— Voilà qui devrait être intéressant, murmura Marion.

Et Mara se contenta d'un rire léger.

3

Le lendemain matin, Kendall se rendit chez ses parents pour y prendre le petit déjeuner avec sa mère. Sans avoir la splendeur de la demeure des Colton, la maison de Bernard et Marion était impressionnante. Avec ses façades blanches rythmées de hautes fenêtres arrondies et ses toits asymétriques, elle donnait une impression de modernité.

Kendall entra dans le hall, une vaste pièce semi-circulaire ouvrant sur un petit salon où la famille avait l'habitude de se réunir. Kendall le traversa pour se rendre dans la cuisine, où sa mère discutait joyeusement avec la cuisinière.

— Ah ! La voilà ! s'écria-t-elle en se levant pour venir l'embrasser. J'ai demandé à Carol de préparer ton petit déjeuner préféré !

Il consistait en une omelette, des framboises, et une tartine de pain de seigle beurrée.

— Je te trouve très en forme ce matin ! remarqua Kendall en s'asseyant à côté de sa mère.

La cuisine donnait sur une piscine intérieure entourée de baies vitrées par lesquelles on pouvait voir les montagnes enneigées. En ce début de mois de mars, il faisait encore froid.

— Je veux que tu me racontes tout ce qui s'est passé pendant le repas ! s'exclama Marion. Tu n'étais pas très bavarde hier soir. J'ai pensé que si je te laissais un peu de temps pour réfléchir à tout ça, tu m'en dirais plus !

Kendall et sa mère avaient toujours été proches, et elle n'était pas surprise que Marion ait compris qu'elle avait besoin de temps pour assimiler des événements aussi chargés en émotion que ceux de la veille.

— J'ai passé une excellente soirée !

— Tu m'as déjà dit ça hier.

— Decker n'est pas… celui que j'imaginais. Il est ambitieux, mais n'est pas obsédé par la réussite.

Pour Kendall, l'argent était nécessaire, et en avoir rendait la vie plus facile. Mais il n'était pas une fin en soi, et il ne fallait pas tout lui sacrifier. Il lui avait semblé que Decker partageait la même opinion.

— C'était une heureuse surprise, reprit-elle. Il a changé depuis le lycée. Il n'est pas resté en contact avec son ancienne bande d'amis.

Sa mère eut un sourire empreint de bienveillance.

— Vous avez tous les deux mûri. J'ai bien vu qu'il te plaisait hier soir… Et j'ai aussi remarqué la façon dont il te regardait.

Kendall dut avoir l'air étonnée, car Marion jugea utile d'expliquer :

— Il semble très attiré… Tu as l'intention de te marier avec lui ?

— Je ne sais pas.

— À en juger par ce que j'ai vu, je suis presque certaine que lui n'a aucun doute : il veut t'épouser, Kendall.

— Il ne me connaît même pas, protesta-t-elle. J'ai besoin de plus qu'une simple attirance physique !

— Vous vous connaissez assez… Decker a une réputation d'intégrité et, malgré ce que tu en dis, l'attirance physique est un élément important. Le reste viendra avec le temps.

Kendall se laissa aller contre le dossier de sa chaise et inclina la tête sur le côté. Elle était perplexe.

— Hier, tu étais opposée à ce mariage…

— C'était avant que je vous voie ensemble. Je veux toujours que tu réfléchisses avant de t'engager, mais cette idée ne me semble plus si déraisonnable.

— Je veux être sûre de moi, déclara Kendall.

Elle espérait qu'elle ne se laisserait pas emporter par l'attirance qu'elle avait pour Decker… Mais rien n'était moins sûr.

— Il me tarde tellement d'aller choisir ta robe !

— Maman !

— Il va falloir faire vite. Je me disais que nous pourrions y aller cet après-midi.

— Mais j'ai du travail ! protesta Kendall.

— Ton père m'a dit qu'il t'accorderait tous les jours de congé dont tu aurais besoin ce mois-ci.

Mon Dieu ! Qu'était-il arrivé à sa mère ?

— Je te connais, Kendall : quand quelque chose te plaît, tu n'hésites pas. Et Decker te plaît beaucoup.

Elle appréciait Decker Colton, c'était certain. Mais elle ne savait pas encore évaluer la profondeur de ses sentiments. Elle avait cru trouver l'homme de sa vie en son dernier compagnon, et pourtant, il l'avait trompée et lui avait brisé le cœur. Elle ne voulait plus revivre un tel déchirement. Peut-être était-ce une des raisons pour lesquelles l'idée d'un mariage arrangé ne lui avait pas paru si étrange… En s'impliquant moins émotionnellement, elle se mettrait beaucoup moins en danger, et contrôlerait mieux la situation.

— Decker est différent de ce dont je me souviens…

— En quoi est-il différent ?

— Moins m'as-tu-vu… Moins…

— Immature ? proposa sa mère.

Kendall n'avait pas envie de parler de la cour qui

entourait Decker pendant leurs années de lycée, et qui lui avait donné l'impression qu'il était hors d'atteinte.

— Oui. Il consacre tout son temps à son travail. C'est la seule raison pour laquelle il a accepté de considérer l'idée d'un mariage arrangé.

Elle aurait voulu avoir la première place dans la vie d'un compagnon, mais il était vrai qu'elle-même était très investie dans sa vie professionnelle. Elle avait une passion pour la protection des animaux et de l'environnement.

— Toi aussi, tu t'engages complètement dans ton travail, Kendall. Depuis que tu as rompu avec cet homme que tu fréquentais après tes études, tu ne penses à rien d'autre.

Parfois, elle aurait aimé que sa mère ne la connaisse pas aussi bien.

— J'ai l'impression que vous avez tous les deux de bonnes raisons pour qu'un tel mariage fonctionne, poursuivit sa mère. Allez, viens ! Allons voir les robes de mariée !

Decker n'avait pas la moindre hésitation : il voulait épouser Kendall. Assis à son bureau, il regardait fixement l'écran de son ordinateur sans parvenir à penser à autre chose qu'à elle.

Pour une fois, il avait pris une décision sans se soucier de l'opinion de son père. Certes, ce mariage était au départ l'idée de Russ. Mais le dîner de la nuit dernière avait tout changé : Kendall était pour lui la femme idéale. Elle partageait plus avec lui qu'aucune de ses compagnes précédentes.

Elle était intelligente et devait trouver un compagnon à sa mesure. Mais peut-être qu'un mariage arrangé ne serait pas satisfaisant pour elle… Il allait devoir se battre pour la convaincre.

C'était pour cela qu'il était déterminé à lui faire une

cour traditionnelle, et à tenter de la conquérir avec l'ardeur qu'il mettait dans tout ce qu'il entreprenait.

— Tu rêves ?

Decker leva les yeux et vit son père entrer dans son bureau. Il remarqua immédiatement son sourire entendu, et comprit que son père était convaincu qu'il songeait à Kendall. Visiblement, Russ était très satisfait de la manière dont les choses se déroulaient, et se réjouissait à l'idée que les Colton et les Hadley puissent unir leurs fortunes pour ne former qu'une seule grande famille.

— Un peu…

— Alors, que vas-tu faire avec Kendall maintenant ? demanda son père en s'installant dans un des fauteuils de l'autre côté du bureau.

— Peut-être lui envoyer des fleurs et l'inviter à dîner…

— C'est banal. Kendall a l'habitude d'évoluer dans un milieu raffiné. Tu devrais l'emmener dîner à Paris… Ou trouver une idée tout aussi inédite.

— Je ne pense pas que Kendall s'attache à ces choses-là.

Elle aimait la nature, pas ce que l'argent pouvait acheter.

— A-t-elle déjà été invitée à dîner à Paris ? demanda Russ.

Certainement pas. Mais il savait que ce n'était pas ainsi qu'il gagnerait son cœur.

— Je suis assez grand pour me débrouiller seul, papa.

Le sourire de Russ s'élargit.

— Il faut que ce mariage aboutisse. Avec la fortune des Hadley ajoutée à la nôtre, nous pourrons nous développer à un niveau que nous n'avons jamais espéré.

Certes, c'était une idée contre laquelle Decker n'avait aucune objection, mais il commençait à ne plus supporter la façon dont son père transformait un engagement personnel essentiel en une simple transaction.

— Je verrai ce que je peux faire, répliqua-t-il sèchement.

Russ hocha la tête.

— Très bien.

Puis, après un temps d'arrêt, il demanda soudain :

— Les réservations ont repris depuis le meurtre de cette femme ?

Après l'homicide de Bianca Rouge, une call-girl de Las Vegas qui avait séjourné à The Lodge juste avant d'être assassinée, Decker avait travaillé jour et nuit pour que le chiffre d'affaires de l'hôtel retrouve son niveau habituel… Mais il craignait encore de ne pas avoir réussi à redresser complètement la situation d'ici cet été, lorsque le festival de cinéma aurait lieu.

— Notre stratégie de communication a réussi à enrayer la crise, et les choses sont en bonne voie… mais il faudra du temps.

— Bien. Tiens-moi au courant.

— Comme toujours !

— Le meurtre de Bianca Rouge a porté une ombre sur notre établissement, remarqua son père. Maintenant, certaines personnes sont mal à l'aise à l'idée de venir ici.

— Je fais le point chaque semaine avec l'adjointe du shérif, Daria Bloom, pour savoir où en est l'enquête, répliqua Decker.

— C'est bien, mais il faut vite redresser la situation. Un futur P-DG doit être capable de régler une situation de crise comme celle-ci.

Decker sentit la colère le gagner. Son père avait coutume de faire ce genre de menaces voilées.

— Je t'ai déjà déçu ? demanda-t-il.

— J'ai quelques exemples qui me viennent à l'esprit…

Decker soutint le regard de son père.

— Personne n'est plus à même que moi de diriger The Lodge, et tu le sais parfaitement.

— Tout ce que je veux dire, c'est que j'ai besoin que tu me prouves que je ferais une bonne chose en te nommant P-DG.

Non, son père n'avait pas besoin d'arguments : il voulait seulement lui faire sentir qu'il était en position de supériorité. Decker dut se mordre la langue pour ne pas rétorquer que ce n'étaient pas ses capacités qui posaient problème, mais l'ego de son père.

— Je me demande souvent ce que Wyatt aurait fait de cet hôtel s'il avait agi comme il l'aurait dû et avait rejoint l'entreprise familiale, ajouta son père, qui semblait déterminé à l'irriter.

— Je doute qu'il en aurait fait quoi que ce soit, dans la mesure où il n'avait pas la moindre envie de travailler ici, répliqua Decker, qui savait pertinemment que sa réponse allait contrarier son père. Contrairement à moi.

Le visage de Russ se ferma.

— Je sais que tu admires la détermination de Wyatt à suivre ses envies, mais être champion de rodéo n'est pas à la hauteur des standards de notre famille.

Decker n'en était pas certain.

— Il dirige un ranch. Ça, c'est à la hauteur de tes attentes ?

Decker regarda son père. Au bout de quelques secondes, le visage de Russ s'éclaira, et ses lèvres se retroussèrent en un petit sourire.

— C'est ce que j'apprécie en toi, fiston : tu ne t'avoues jamais vaincu. C'est ce qui fait la différence entre un bon P-DG et un P-DG d'exception, déclara-t-il en se levant.

Decker ne sut que répondre : son père venait de lui faire un compliment.

Kendall décida de faire plaisir à sa mère et se rendit avec elle dans le magasin de robes de mariée le plus chic de Roaring Springs. Il s'agissait d'une boutique qui vendait des marques prestigieuses et proposait également un service de robes faites sur mesure. Cette sortie lui semblait prématurée, et elle ressentait à la fois de l'excitation et un certain malaise : était-il normal de regarder des robes de mariée alors qu'elle n'était pas certaine de vouloir épouser Decker ?

Le talon de ses bottes claquait sur le parquet de la boutique alors qu'elle passait devant des rangées de somptueuses robes suspendues les unes à côté des autres. Certaines créations étaient mises en valeur sur des mannequins, et, même si Kendall avait été certaine de vouloir se marier, elle aurait eu beaucoup de mal à choisir. Mais une robe en particulier attira son attention avant même qu'elle ne s'intéresse aux autres.

Elle réagissait souvent de la sorte : elle remarquait une chose qu'elle trouvait belle, et alors, plus rien d'autre ne lui plaisait. Lorsque cela arrivait, elle n'avait aucun mal à choisir, et les courses étaient vite faites. Elle commença à oublier ses doutes et laissa l'excitation prendre le dessus. Quelle fille n'aimait pas les robes de mariée ?

Il s'agissait d'une robe bustier dont le corsage était rebrodé de perles blanches aux reflets nacrés, qui devenaient de plus en plus petites et espacées au niveau de la taille pour se fondre dans une fine dentelle. Le jupon, très ample, n'avait pas de traîne, mais un petit nuage de tulle à l'arrière.

— Elle est vraiment charmante ! s'exclama sa mère.

Kendall se rendit alors compte qu'elle regardait fixement la robe.

— Essaie-la !

Une vendeuse qui avait remarqué leur intérêt s'approcha d'elles.

— Vous aimeriez l'essayer ?

— Oui, s'il vous plaît, répondit la mère de Kendall.

Kendall se sentait incertaine.

— Allons, allons ! l'encouragea sa mère, sous l'œil amusé de la vendeuse.

Elle revint avec une robe à la taille adéquate, et conduisit Kendall vers une cabine d'essayage. Lorsqu'elle se vit dans la glace, celle-ci n'en crut pas ses yeux. Le travail de broderie était exquis ! Elle s'imaginait avançant dans l'église pour aller retrouver Decker au pied de l'autel. L'image était très précise, et Decker si beau dans son habit qu'elle sentit son cœur battre de désir.

Lorsqu'elle s'en rendit compte, son excitation s'évanouit immédiatement.

Elle ferait mieux d'enlever cette robe, de la rendre à la vendeuse, de quitter le magasin… et de conseiller à sa mère d'abandonner, elle aussi, cette idée de mariage !

Mais au lieu de cela, elle sortit de la cabine d'essayage le cœur battant.

Dès que Marion la vit, elle demeura bouche bée, semblant la dévorer de ses yeux bleus. Cette robe était magique.

— Oh ! ma chérie, tu es merveilleuse !

— Vous êtes vraiment très belle, confirma la vendeuse. Je n'ai jamais vu une cliente trouver la robe parfaite en si peu de temps !

Malgré son trouble intérieur, Kendall se sentait comme une princesse dans cette robe. C'était un sentiment enivrant…

— Choisir le voile sera peut-être plus difficile, remarqua-t-elle.

— Nous allons prendre la robe, déclara sa mère.

Kendall se sentait comme tirée au bord de l'abîme par une force invisible. Lorsqu'elle se lancerait dans le vide, serait-elle portée par les nuages, ou tomberait-elle sur le roc ?

Elle se changea et donna la robe à la vendeuse. Sa mère la paya, même si Kendall aurait pu se l'offrir : elles tenaient toutes les deux à respecter les traditions.

Lorsqu'elles sortirent du magasin, Marion avait un large

sourire aux lèvres. Elles se dirigèrent vers leur berline où leur chauffeur les attendait, et Kendall remarqua un homme assis dans une voiture stationnée de l'autre côté de la rue. Il semblait grand, costaud, et son visage était caché par des lunettes noires et la capuche d'un sweat de couleur sombre.

Même si elle ne parvenait pas à distinguer ses yeux, elle était certaine qu'il les regardait… Sa bouche avait un pli dur.

— Qui est-ce ? demanda-t-elle.

Sa mère suivit son regard.

— Je ne sais pas.

— Il est en train de nous dévisager.

Sa mère monta dans leur berline, et Kendall la suivit.

— C'est toi qu'il regarde, pas nous, dit sa mère en s'installant.

— Il est vraiment bizarre…

— À mon avis, il t'observe parce qu'il te trouve jolie !

Kendall n'en était pas persuadée. Un sentiment de malaise l'envahit.

Elle jeta un coup d'œil derrière elle alors que leur chauffeur s'engageait sur la chaussée. L'autre voiture démarra et fit demi-tour.

— Que se passe-t-il, ma chérie ? demanda sa mère en regardant dans la même direction que Kendall.

— Cette voiture…

— Tu penses qu'elle nous suit ?

Le chauffeur jeta un coup d'œil dans le rétroviseur. Kendall était soulagée qu'il les ait entendues et soit maintenant en alerte. Elle regarda à nouveau en arrière. L'autre voiture demeura à distance mais continua à rouler derrière eux, même lorsqu'ils sortirent de la ville.

Alors qu'ils approchaient de l'embranchement menant à leur maison, Kendall et sa mère se retournèrent pour observer la voiture qui les suivait. Leur chauffeur s'engagea sur la petite route.

Le cœur de Kendall se mit à battre alors que l'autre véhicule se rapprochait du croisement. Mais il passa sans même ralentir, et Kendall poussa un soupir de soulagement.

Elle se laissa aller contre le dossier de la banquette.

— Tu es bien nerveuse ! remarqua sa mère.

— C'est certainement à cause des circonstances : on n'achète pas une robe de mariée tous les jours !

Lorsque le chauffeur s'arrêta devant sa maison, elle dit au revoir à sa mère, la serra dans ses bras, et sortit.

Une fois arrivée chez elle, elle referma la porte à clé et brancha l'alarme, sans trop savoir pourquoi elle se sentait si déstabilisée. Elle était en train d'enlever sa veste quand la sonnette retentit.

Elle s'immobilisa et se raidit. L'homme avait-il fait demi-tour, s'était-il engagé sur la petite route, et l'avait-il retrouvée ? Cela lui paraissait fort improbable, dans la mesure où la voie sur laquelle ils avaient tourné menait à plusieurs autres habitations. Elle se dirigea vers la porte et regarda par la partie vitrée qui se trouvait sur le côté. Un livreur était là, tenant un magnifique bouquet de fleurs sauvages et un loup en peluche. Le cœur soudain plus léger, elle débrancha l'alarme et ouvrit la porte.

— C'est pour vous, madame.

Le livreur était un homme d'âge moyen portant une doudoune marron, et une casquette de base-ball.

Elle prit les fleurs et la peluche qu'il lui tendait.

— Merci !

Le loup était doux et les fleurs exhalaient un parfum frais et léger.

Elle referma la porte, remit l'alarme en marche, et se dirigea vers le salon.

Avec un sourire, elle déposa les fleurs sur la table

basse et admira la peluche, tout en songeant que c'était un cadeau original et amusant. Elle trouva une carte dans le bouquet.

Le repas d'hier soir était très agréable, mais ce n'était qu'un préambule. J'enverrai mon chauffeur te chercher à 19 heures pour un autre dîner. Il n'y aura que nous deux cette fois-ci. D.

Il avait choisi des fleurs sauvages parce qu'elle lui avait dit qu'elle aimait la nature, et le loup parce qu'elle lui avait parlé de la meute qu'elle avait aperçue. C'était très attentionné de sa part. Elle ne s'attendait pas à cela.

Pourtant, elle n'était pas certaine d'apprécier le fait qu'il semble aussi sûr de lui. S'attendait-il à ce qu'elle abandonne tous ses projets de la soirée pour sortir avec lui ? Elle allait devoir le lui demander, car il était essentiel que les choses soient claires dès le départ : elle ne voulait pas changer sa vie pour s'adapter à l'emploi du temps ou aux ambitions de Decker. Elle avait ses propres centres d'intérêt et aspirations, et refusait d'y renoncer pour lui. Il devait respecter cela.

Le ferait-il ?

4

Decker n'avait pas eu de nouvelles de Kendall, et il supposait donc qu'elle avait accepté son invitation. Il l'attendait dans un des restaurants de The Lodge – le Columbine – où il avait réservé un salon juste pour eux deux. Le personnel avait reçu l'ordre de donner le meilleur de lui-même.

Il reçut un message lui signalant que Kendall était arrivée et se posta près de la porte pour l'accueillir. Des notes de jazz s'élevaient. Il n'y avait pas de bougies ce soir, mais une petite lampe posée sur la table diffusait une lumière intime. Un serveur se tenait derrière le bar. Decker avait choisi pour eux une pièce séparée du reste du restaurant par des portes vitrées, mais il avait demandé que les rideaux soient fermés pour préserver leur intimité.

Il vit Kendall s'avancer et eut le souffle coupé tant elle était belle. Elle portait une robe noire qui mettait en valeur sa silhouette longiligne, et avait relevé ses longs cheveux blonds en un chignon.

— Tu es merveilleuse ! dit-il en déposant un baiser sur sa main comme il l'avait fait la première fois.

Derrière elle, un des serveurs referma la porte vitrée.

— Il faut s'habiller lorsque l'on est conviée à The Lodge.

Il crut déceler une pointe d'acidité dans sa voix.

— Tu aurais pu venir en jean et tu aurais tout de même été très belle !

— Et toi, tu aurais pu *m'inviter* à dîner au lieu de me convoquer.

Oui, elle était fâchée.

— Je ne t'ai pas convoquée ! Je voulais seulement te surprendre.

Cela ne lui avait pas plu.

— C'était présomptueux de ta part de penser que je n'avais pas d'autres projets, et que si c'était le cas, j'allais les changer pour toi.

Il étouffa un rire. Avec Kendall, il ne tiendrait jamais rien pour acquis.

— En fait, j'étais presque certain que tu allais refuser. Mais quand j'ai vu que tu ne m'appelais pas, j'ai commencé à me réjouir.

Il la vit instantanément s'adoucir.

— Bon… Tu es pardonné.

Elle sourit.

— Et merci pour les fleurs et la peluche. Cela m'a fait très plaisir.

— C'est ce que je voulais.

Il lui fit signe de venir avec lui jusqu'au bar.

Elle le précéda, et il put profiter de la vue de ses hanches étroitement moulée par la robe.

Elle prit une coupe de champagne et se tourna vers lui.

— Tu as commandé un autre repas gastronomique ? demanda-t-elle en trempant ses lèvres dans le champagne.

— Bien sûr !

Elle s'éloigna du bar et se dirigea vers les fenêtres. Il la suivit.

— Tu fais cela pour toutes tes conquêtes ?

Il fronça les sourcils.

— Tu es une conquête, ou ma fiancée ?

Elle le regarda sans répondre.

— Non, seulement pour toi, répondit-il.

— Pourquoi es-tu si insistant ?

— Parce que je veux que tu m'épouses.

Avec un autre regard, plus incertain cette fois, elle se retourna et se dirigea vers la table.

— Nous allons bien ensemble, poursuivit-il en se rapprochant d'elle. Tu as un métier que tu aimes. Tu viens du même milieu que moi. Et j'ai le sentiment que, comme moi, tu as envie d'une relation qui ne soit pas compliquée. Je sais déjà que tu embrasses très bien. La seule chose que j'ignore, c'est si tu veux des enfants.

Lentement, elle se tourna vers lui, l'air perplexe.

— Une relation pas compliquée ?

— Nous voulons tous les deux nous investir dans notre travail sans craindre que l'autre ne le comprenne pas et s'en aille.

— C'est vrai, mais je ne suis pas certaine de vouloir d'une relation où je ne verrais jamais mon mari.

S'était-il trompé sur elle ? Il avait eu l'impression qu'elle n'était pas du genre à se plaindre que son compagnon ne passe pas assez de temps avec elle.

— Nous nous verrions souvent. Il s'agirait seulement de planifier des moments de liberté.

Cela sembla l'apaiser. Elle continua à le regarder, et il s'abîma dans le bleu de ses yeux.

— À part l'aspect impromptu de cette idée, qu'est-ce qui te retient de te marier ?

— Tu te souviens de cet homme dont je t'ai parlé ?

Cet imbécile qui l'avait trompée ?

— Oui.

— Eh bien, voilà.

— Tu veux que je te promette de ne jamais te tromper ? Aucun problème. Ce n'est pas mon genre. Je préférerais divorcer.

— C'est réconfortant !

Il eut un petit rire.

— Je doute d'avoir jamais la moindre raison de le faire avec une femme comme toi. Il faudrait vraiment que je sois stupide !

— Comment peux-tu en être sûr alors que tu me connais à peine ?

— J'en ai l'intuition.

Il soutint son regard un moment, puis se dirigea vers la table pour y déposer son verre. Il attendit qu'elle se retourne vers lui.

— C'est plus que ça, dit-elle en posant les deux mains sur le dossier d'une chaise. Je l'aimais. Le fait qu'il m'ait trahie et que je n'aie rien vu venir m'a marquée. Maintenant, je ne veux plus trop m'impliquer émotionnellement dans une relation.

— Alors, tu ne te sentiras pas menacée en t'engageant avec moi… Et les sentiments viendront peut-être avec le temps.

Un sourire se dessina lentement sur le beau visage de Kendall.

— J'aime cette idée, dit-elle.

— Bien.

Il s'approcha d'elle et lui prit les mains.

— Si nous dansions ?

La chanson qui se jouait en sourdine était parfaite pour cela.

Elle se laissa faire, et lui demanda :

— Dis-moi : est-ce à cause de cette femme qui t'a quitté parce que tu étais trop pris par ton travail que tu as pensé qu'un mariage arrangé était peut-être une bonne idée ?

— Elle n'a pas été la seule : aucune de mes compagnes n'a pu se satisfaire de mon emploi du temps.

— Et pourquoi penses-tu que je vais pouvoir le faire ? murmura-t-elle.

— Je n'en sais rien. C'est simplement une intuition. J'ai l'impression que nous irions très bien ensemble.

Elle leva les yeux vers lui, semblant satisfaite de l'honnêteté de sa réponse. Bien. Mais il voyait qu'elle n'était pas encore entièrement convaincue.

— Je voudrais avoir des enfants, dit-elle soudain.

— Moi aussi.

— Tu veux avoir une famille, mais tu travailles soixante heures par semaine. Comment vas-tu faire ?

— Je travaillerai plus souvent à la maison.

Elle rit.

— Dans ce cas, tu ferais mieux d'embaucher une nurse !

— Si c'est nécessaire, je le ferai. Mais si tu crains que je ne passe pas assez de temps avec mes enfants, je te promets que ça ne sera pas le cas.

Il était déterminé à avoir des moments privilégiés avec sa famille. Cela serait plus facile lorsqu'il serait enfin P-DG et qu'il pourrait diriger l'entreprise comme il l'entendait.

Kendall se mouvait en rythme avec lui. Decker la sentait à l'aise et détendue dans ses bras, et il eut une flambée de désir en pensant au moment où ils seraient seuls dans un lit.

Kendall appréciait l'honnêteté de Decker, mais elle n'était pas pour autant prête à consentir à se marier à la hâte. Pas sous la pression de leurs deux pères, déterminés à accroître leur fortune et leur pouvoir. Pour eux, il ne s'agissait que d'un contrat, mais pour elle, c'était un engagement personnel de la plus haute importance. L'aspect matériel de ce mariage lui importait peu. Si elle avait accepté de considérer cette idée, c'était uniquement parce que Decker l'intriguait et l'attirait, mais elle refusait de se sacrifier pour quiconque, pas même pour son père.

Le repas de ce soir s'avéra encore plus raffiné et délicat que le précédent. Après ce festival de saveurs, elle suivit Decker dans un petit salon situé dans un étage élevé de l'hôtel pour y prendre le café. Il lui apprit que c'était juste à côté de l'endroit où se trouvait sa suite. Elle ne savait pas trop pourquoi il avait jugé utile de le lui dire. Espérait-il qu'elle le suivrait dans son lit ce soir ?

— Qu'aimerais-tu faire la prochaine fois que nous nous verrons ? lui demanda-t-il en s'asseyant à côté d'elle sur le canapé.

Il avait ôté sa veste et l'avait déposée sur le dossier d'une chaise.

Hum… Il fallait qu'elle trouve une idée originale… Quelque chose qui lui permettrait de déterminer s'ils pourraient véritablement s'entendre. Kendall songea à ses loups bien-aimés.

— Pourquoi ne commencerions-nous pas par une randonnée ? suggéra-t-elle.

— Commencer ?

— Oui.

— Tu veux que je fasse mes preuves ?

Elle sourit, et lui répondit sur le même ton léger :

— Peut-être.

Lorsqu'il étendit le bras sur le dossier du canapé, elle sentit l'atmosphère changer. Il posa le doigt sous son menton et lui fit lever la tête. Elle se laissa faire, trop curieuse et troublée pour résister.

— Tu es si belle ! Tu as un sourire ensorceleur, murmura-t-il.

— J'aime beaucoup tes yeux.

Beaucoup d'autres choses en lui l'attiraient : ses cheveux bruns, son corps musclé…

Il se pencha en avant et l'embrassa, déposant tout

d'abord sur ses lèvres un léger baiser qui devint de plus en plus profond et la fit trembler de tout son corps. Lorsqu'il s'éloigna un peu, elle ouvrit les yeux et vit qu'il la dévorait du regard. Le désir monta en elle. Il arriverait peut-être à la faire aller dans son lit ce soir ! Mais dès que cette pensée lui traversa l'esprit, elle se ressaisit et s'éloigna maladroitement.

— Je suis désolé, dit-il. Tu ne voulais pas ? Je pensais qu'après ce premier baiser, nous pourrions essayer à nouveau.

Elle sourit.

— J'ai bien aimé… Mais je ne suis pas sûre de ce qui pourrait suivre…

Il lui sourit.

— Tu veux regarder un film ?

Il avait l'air aussi embarrassé qu'elle. Il se leva, prit une télécommande, et alluma l'écran de télévision accroché au-dessus de la cheminée.

Il sélectionna un film d'animation. C'était un bon choix, car l'atmosphère devint soudain plus légère… Mais Kendall ne parvenait pas à oublier la sensation de ce baiser brûlant.

Elle avait une conscience aiguë de tout ce que faisait Decker, de la façon dont il bougeait, se penchait pour reposer la télécommande sur la table basse. Il était assis tout près d'elle, mais elle ignorait si c'était intentionnel ou non.

Le film commença, mais Kendall était tout entière absorbée par la sensation de Decker contre elle. Elle s'autorisa à poser la main sur son genou, et ne se retint pas lorsque l'inclinaison du coussin la fit glisser contre sa longue jambe musclée. Son cœur se mit à battre plus fort. Elle regarda malgré elle son entrejambe, et ce qu'elle devina fit monter son excitation d'un cran. Elle aurait voulu passer la main sur son torse pour voir s'il était aussi musclé qu'il le semblait. Sa chemise se tendait dessus, attisant un peu plus son désir.

Sur sa mâchoire, une légère barbe commençait à pousser. Elle suivit la ligne de son nez droit et vit qu'il la regardait fixement.

Sa respiration s'accéléra, et elle sentit son cœur battre plus fort.

Decker enfonça les doigts dans son chignon, libéra ses cheveux de la barrette qui les retenait et les arrangea sur ses épaules. Puis il prit le temps de la regarder, la dévisageant, et s'attardant un peu plus bas sur son décolleté.

La tension entre eux était telle que Kendall voyait clairement ce qui allait suivre. Bizarrement, elle n'avait pas la moindre envie d'arrêter les choses. Au contraire, elle était déterminée à goûter l'instant. Elle n'avait qu'à se laisser aller et faire l'amour avec cet homme qui l'avait toujours fascinée.

Decker se pencha vers elle et l'embrassa avec plus de passion. Elle lui répondit, savourant sa chaleur, sa respiration saccadée, et posa la main sur son torse qu'elle avait tant envie de toucher. Il était aussi solide qu'elle l'avait imaginé. Elle lui caressa ensuite les épaules, les bras, savourant la sensation de ses muscles sous ses doigts, puis s'agrippa à lui comme si sa vie en dépendait, alors que leur baiser devenait de plus en plus passionné.

Kendall se rendit compte qu'elle était maintenant allongée sur le canapé, mais cela n'avait aucune importance. Il fallait que Decker lui fasse l'amour.

Elle desserra sa cravate, la fit passer par-dessus sa tête, et la lança à terre. Il saisit le bas de sa robe et la fit remonter, alors qu'elle soulevait les hanches pour l'aider, et se redressait pour qu'il puisse la lui ôter. Le vêtement rejoignit la cravate sur le sol.

Kendall frissonnait de désir alors que Decker la dévorait du regard. Elle portait des sous-vêtements en fine dentelle noire. Lorsqu'elle les avait mis, elle n'avait pas prévu qu'il les verrait. Elle les avait choisis parce qu'elle se sentait sexy avec, et elle pensait qu'elle serait la seule à le savoir. Son secret était maintenant dévoilé.

Il déboutonna fiévreusement sa chemise.

Kendall le regarda faire sans parler. Le silence conférait à ce moment une atmosphère de rêve, et rien ne faisait obstacle à la satisfaction de leur curiosité charnelle.

Lorsqu'il découvrit son torse et ses abdominaux, elle trembla encore de désir. Il avait un corps magnifique et, à en juger par la lueur qui brillait dans ses yeux, il pensait la même chose d'elle.

Il jeta sa chemise sur le sol et commença à ôter son pantalon et ses chaussures sans cesser de la dévorer du regard.

Kendall voyait son sexe dressé. Elle sentit son corps s'enflammer lorsqu'il quitta son boxer et s'approcha d'elle. Posant un genou sur le canapé, il saisit sa culotte de dentelle noire et commença à la faire glisser lentement.

Puis il se pencha sur elle, l'embrassant avec fougue. Elle passa les mains sur son dos, sur ses fesses, ne cessant de le caresser. Il dégrafa son soutien-gorge et le fit glisser pour libérer sa poitrine. Il posa son regard dessus et s'immobilisa, comme hypnotisé.

— Tu es si belle !

Sa voix rauque et son regard brûlant lui donnaient autant de plaisir qu'il semblait en avoir à la contempler.

— Toi aussi, tu es beau…

Il plongea son regard dans le sien avant de prendre le bout d'un sein entre ses lèvres.

Kendall souleva les hanches, l'invitant à aller plus loin.

Il se pressa contre elle, mais poursuivit avec l'autre sein. Elle avait l'impression qu'elle ne pourrait plus tenir s'il ne l'emplissait pas immédiatement. Elle s'arc-bouta à nouveau, sans pouvoir réprimer un gémissement.

— Decker… Maintenant ! supplia-t-elle, submergée par la passion.

Il s'enfonça en elle, et Kendall renversa la tête en arrière avec un autre gémissement.

Grognant de plaisir, Decker commença à aller et venir avec une lenteur presque insupportable. Il tremblait de l'effort qu'il faisait pour se contrôler. Elle sentit qu'elle commençait à se contracter de tout son corps. Elle lui agrippa les bras et le regarda fixement dans les yeux.

À chaque coup de boutoir, son souffle se faisait plus rauque. Il s'enfonça en elle avec force, profondément, et s'immobilisa.

— Ne t'arrête pas ! supplia-t-elle.

— Kendall…

— Je t'en prie !

Il se retira et s'enfonça en elle avec rudesse, rapidement, plusieurs fois de suite, lui donnant enfin ce qu'elle demandait.

Kendall cria de jouissance. Tout son corps tremblait et elle fut un instant comme aveuglée. Elle avait à peine conscience des petits cris qu'elle poussait. Puis il se laissa retomber sur elle.

Ils haletaient tous les deux.

— Mon Dieu, souffla Kendall. Que s'est-il passé ?

— Il faut vraiment que nous nous mariions !

Kendall s'habilla. Elle était maintenant revenue à la réalité, et le souvenir du moment si intense qu'ils venaient de passer la hantait… Tout comme la réflexion qu'il avait faite. Il voulait l'épouser, non par amour, mais pour l'argent et – ils le savaient maintenant – le sexe.

— Il faut que j'y aille.

Elle avait besoin d'être seule pour repenser à tout cela.

Il avait remis son pantalon et la regardait.

— Tu veux partir ?
— Il faut que je rentre chez moi.
— Pourquoi ? Tu peux dormir à l'hôtel avec moi.
— Non.
Elle n'était pas encore prête pour cela.
Il se rapprocha d'elle. Il la dominait de sa haute taille, envahissant son espace.
Elle recula.
— Il faut vraiment que je rentre chez moi.
Il la dévisagea un instant.
— Que se passe-t-il ?
— Rien.
— Cela t'a fait peur ?
Peur ? Plus que cela : elle était terrifiée. Et si maintenant elle tombait amoureuse de lui ? Pour Decker, elle n'était qu'un moyen d'accroître la fortune des Colton.
— Non, mentit-elle.
— Si, tu as peur, dit-il en lui caressant le visage. Il ne faut pas.
Elle recula.
— Non, je n'ai pas peur.
Il la regarda, et l'expression de son visage disait clairement qu'il ne la croyait pas.
— Je ne te ferai aucun mal, Kendall. Tu peux me croire.
— Je t'appellerai dans quelques jours.
Elle se retourna et se dirigea vers la porte.
— Attends ! dit-il.
Il la rattrapa.
— Dans quelques jours ?
— J'ai besoin de réfléchir, Decker.
— Non, tu as surtout besoin d'un peu plus de ce que nous venons de faire.
Il lui prit le bras et la força à s'arrêter.
À contrecœur, elle se tourna vers lui.

— Tu passeras du temps avec moi jusqu'à ce que nous soyons mariés, et alors tu t'absorberas à nouveau dans ton travail, et je ne serai pour toi rien de plus qu'une partenaire sexuelle.

Elle regrettait déjà d'avoir prononcé ces paroles.

— Tu as peur et je le comprends, dit-il avec douceur. Mais tu n'as aucune raison de t'inquiéter.

Il la prit tendrement par les épaules et lui sourit.

— Tu vas venir vivre ici avec moi et je te verrai tous les jours. Tous les matins et toutes les nuits, nous serons ensemble.

Elle avait du mal à imaginer cela alors qu'il travaillait autant. Elle serait déjà endormie ou presque lorsqu'il arriverait. Et d'ailleurs, pourquoi cela l'inquiétait-il autant ? Avait-elle vraiment besoin qu'il soit près d'elle aussi souvent ? Pourquoi se sentait-elle si vulnérable ? Peut-être était-elle hésitante à l'idée d'épouser un homme qu'elle n'aimait pas et qui ne l'aimait pas.

Elle dut se souvenir qu'elle avait déjà cru trouver le grand amour et que, cette fois-ci, elle ne se mettrait pas en danger : il ne pourrait pas lui faire de mal si elle ne l'aimait pas.

Mais si elle tombait vraiment amoureuse de lui ? Cette question lui fit l'effet d'une gifle.

— D'accord, prends un moment de réflexion. Nous parlerons plus tard. Je voudrais que demain soir, tu passes la nuit avec moi.

Cette demande fit flamber le désir en elle. Mais elle n'aimait pas sa manière de la régenter.

— Je verrai.

Il la prit par la taille et l'attira à lui.

— Je veux vraiment que tu restes avec moi, Kendall.

Il l'embrassa de ses lèvres fermes et chaudes, et le contact de sa langue lui rappela l'intensité du plaisir qu'ils s'étaient donné l'un à l'autre.

Serait-elle capable de lui dire non lorsqu'il lui proposerait de revivre un moment comme celui qu'ils venaient de passer ensemble ?

— Je ne pense pas que ce soit une bonne idée.

Elle se dégagea, et il n'essaya pas de la retenir.

Il l'observa silencieusement pendant un moment, puis téléphona pour demander à son chauffeur de la ramener chez elle.

Il la raccompagna jusqu'à l'ascenseur et descendit avec elle dans le hall. Elle vit sa voiture s'arrêter devant la porte.

— Merci pour ce délicieux dîner et…

Que pouvait-elle dire ? Merci de l'avoir fait jouir avec une telle intensité ?

— Je t'appellerai, lui dit-il doucement.

Elle hocha la tête, et se dirigea vers la voiture qui l'attendait.

Sur le chemin du retour, Kendall ne parvenait pas à chasser Decker de ses pensées. Elle ne cessait d'être surprise par le fossé qu'il y avait entre ce qu'elle imaginait de lui et ce qu'il était réellement. Même s'il avait grandi dans un milieu très privilégié et suivi les traces de son père, il était plus intègre qu'aucun des hommes qu'elle avait rencontrés auparavant. Elle ne pouvait donner d'exemples précis pour illustrer cette affirmation. C'était plus une conviction intime, fondée sur les conversations qu'ils avaient eues au cours de ces deux soirées.

Son insistance et sa conviction qu'ils allaient se marier l'agaçaicnt, mais cllc devait bien admettre qu'elle préférait un homme qui savait ce qu'il voulait.

Alors qu'ils approchaient de l'embranchement menant à sa maison, elle remarqua une lueur de phares derrière eux. Elle se retourna et distingua une voiture à une centaine de mètres. Elle ne savait de quel type de véhicule il s'agissait, ni s'il y avait des passagers.

Se pouvait-il que le conducteur de cette voiture soit l'homme qui l'avait observée cet après-midi ?

Si c'était le même homme et s'il la filait, il savait déjà quelle route prendre. Combien de temps lui faudrait-il pour trouver sa maison ?

— Vous croyez que cette voiture nous suit ? demanda-t-elle au chauffeur.

Il regarda dans le rétroviseur.

— Je ne crois pas, madame. Je n'ai rien remarqué sur l'autoroute.

Il continua à conduire, semblant indifférent à l'autre véhicule, et vaguement surpris par sa question.

Elle regarda derrière elle lorsque le chauffeur s'engagea sur la petite route. La voiture poursuivit son chemin. Dans l'obscurité, elle ne put déterminer s'il s'agissait du même véhicule. Mais il lui sembla que oui…

5

Quelques jours plus tard, Kendall quitta son bureau à midi pour aller manger une salade dans un de ses restaurants préférés. Elle sortait d'une réunion avec son père au cours de laquelle ils avaient étudié les chiffres des ventes de pins infestés par le dendroctone. Ce bois avait des nuances bleutées qui le rendaient particulièrement intéressant pour les artisans et les décorateurs. S'absorber dans son travail avait permis à Kendall de ne pas penser à Decker pendant un moment, mais il lui occupait à nouveau l'esprit.

Elle sortait, inspirant l'air frais, lorsqu'elle aperçut un homme appuyé contre une voiture, les bras croisés. Elle reconnut Decker et s'arrêta net.

Il lui sourit. Elle n'avait pas répondu à ses appels téléphoniques, alors il était venu l'attendre devant son bureau.

Lentement, elle s'approcha de lui.

— Que fais-tu là ?

— Je suis venu te chercher pour t'emmener déjeuner.

Il ouvrit la portière arrière de la berline aux fenêtres teintées.

— Ton père m'a dit que vous aviez une réunion qui se terminerait vers midi, et que tu pensais ensuite aller manger une salade à The Toss.

— Ah bon ? Il a fait ça ?

Elle grimpa dans la voiture, s'écartant pour lui faire de la place.

Elle ne pouvait s'empêcher d'être heureuse qu'il lui ait fait cette surprise.

— Comment va le travail ? demanda Decker.

— Bien ! La vente du bois infesté par le dendroctone nous procure de nouvelles liquidités. Et demain, j'irai voir où en est ma meute de loups.

Elle se tourna vers lui.

— Et toi ? Comment se fait-il que tu arrives à trouver du temps pour moi dans tes journées si pleines ?

— Je trouverai toujours du temps pour toi, ma chérie.

Et maintenant, il l'appelait « ma chérie » ! Quant à savoir s'il trouverait toujours du temps pour elle, elle en doutait fort. Il faisait des efforts en ce moment pour l'amener au pied de l'autel, mais lorsqu'ils seraient mariés, il consacrerait certainement toutes ses journées et toute son énergie à son travail. C'était ce que lui soufflait son instinct. Elle ne parvenait pas à se débarrasser de l'idée qu'elle n'était pour lui qu'un moyen d'accroître sa fortune et son pouvoir.

— Tu acceptes de la compagnie lorsque tu iras voir tes loups ?

— Il est vrai que c'est toujours très impressionnant. À mon avis, ils ne quitteront pas de sitôt l'endroit où je les ai repérés : ils y trouvent beaucoup d'animaux à chasser.

— La meute est grande ?

— Ils sont six. Les parents ont certainement quitté leur groupe d'origine et ont fait deux ou trois portées, donc ils doivent avoir quatre ou cinq ans.

— J'aimerais beaucoup les voir. Peu de gens ont l'occasion d'admirer un tel spectacle !

— Eh bien, si tu te tiens bien et que tu fais ce que je te dis, je pense que tu pourras venir !

— Je me tiendrai bien ! répondit-il en riant.

Le chauffeur gara la berline devant The Toss, et Decker vint lui tendre la main pour l'aider à sortir. Alors qu'elle contournait l'arrière du véhicule, elle remarqua la voiture qu'elle avait déjà vue devant le magasin de robes de mariée, garée à quelques mètres derrière celle de Decker. L'homme assis à l'intérieur l'observait derrière ses lunettes de soleil. Elle s'arrêta pour l'examiner. Il avait des cheveux bruns qui lui arrivaient aux épaules, et semblait grand et costaud.

Il démarra et passa devant elle sans plus la regarder. Kendall se retourna et suivit la voiture des yeux jusqu'à ce qu'elle disparaisse.

— C'est quelqu'un que tu connais ? demanda Decker.

— Non.

Il lui prit la main et la dévisagea, tout en la guidant vers le restaurant.

— Quelque chose ne va pas ?

Elle préférait ne plus penser à cela.

— Non…

Devait-elle lui parler de ses craintes ? Elle n'était même pas certaine qu'il y ait lieu de s'inquiéter.

— Cet homme te harcèle ? demanda Decker, les sourcils froncés.

— Kendall Hadley, c'est bien toi ? s'exclama une femme, interrompant Decker et épargnant à Kendall la peine de répondre.

Kendall leva les yeux : Karen Evanston, une de ses amies de lycée, sortait du restaurant. Elle ne l'avait plus vue depuis plusieurs années. Avec ses longs cheveux bruns et ses yeux bleu foncé, elle n'avait pas beaucoup changé.

— Karen ! s'écria-t-elle en serrant son amie dans ses bras.

— J'avais entendu dire que tu étais revenue !

Karen recula d'un pas et jeta un coup d'œil à Decker.

— Pourquoi ne m'as-tu pas appelée ?

— Je suis désolée, je n'ai pas pris le temps de le faire. Mais je m'étais promis de t'inviter à déjeuner un de ces jours !

— Alors, il faudra le faire. Je suis très heureuse de te revoir ! Tu travailles pour ton père maintenant ?

— Oui.

— Tu as toujours été très proche de tes parents. Tu as de la chance !

— C'est peut-être parce que je suis fille unique.

Son amie jeta un autre coup d'œil à Decker.

— Je te présente Decker Colton, dit Kendall.

— Ainsi, les rumeurs sont vraies ? demanda Karen, les yeux brillant d'excitation. Vous allez vous marier ?

— Eh bien…

— Oui, déclara Decker.

— J'ai entendu dire qu'il s'agissait d'un mariage arrangé. C'est vrai ? demanda Karen d'un ton hésitant. Cela ne te ressemble pas.

— Ce n'est pas vraiment un mariage arrangé : personne ne m'oblige à dire oui ! Et nous n'avons pas encore pris de décision officielle.

— Nous avons choisi la date, intervint Decker avec un sourire.

Karen les considérait d'un air amusé.

— Eh bien ! C'est rapide ! Comment avez-vous eu cette idée ?

— Nos parents ont pensé que nous irions bien ensemble, répondit Kendall.

— Cela a un côté si… suranné, reprit Karen avec un rire léger, visiblement ravie d'avoir un scoop. Et peut-être romantique aussi… Je me souviens que, lorsque nous étions au lycée, je me suis toujours dit que vous iriez très bien ensemble.

Apparemment, beaucoup de ceux qui les connaissaient le pensaient…

— J'ai épousé Ted Nelson, annonça-t-elle.

Ted Nelson était autrefois le meilleur élève de la classe alors que Karen, vive et enjouée, n'aimait pas particulièrement les études.

— Waouh ! s'exclama Kendall.

— Oui. Il est devenu ingénieur. Il construit des navettes spatiales. Quant à moi, je m'occupe de nos enfants. Nous en avons deux.

Elle chercha dans son sac et sortit son téléphone pour lui montrer la photo de deux adorables bambins.

— Quatre et deux ans.

— Ils sont vraiment très mignons ! s'exclama Kendall.

— J'ai été heureuse de te revoir, Kendall, mais il faut que j'y aille : les enfants sont avec leur baby-sitter. Mais tu m'appelleras, promis ?

Kendall lui dit au revoir et regarda son amie s'éloigner.

— Si la rumeur de notre mariage ne s'est pas déjà propagée, cela ne va pas tarder maintenant, remarqua Kendall.

— Cela ne m'inquiète pas. Je suis plus préoccupé par cet homme dans la voiture. Tu as eu l'air de le reconnaître.

Kendall soupira. Apparemment, Decker n'allait pas la laisser esquiver le sujet. À la vérité, elle ne savait même pas s'il y avait quelque chose à raconter.

— J'ai cru le voir garé devant le magasin de robes de mariée où ma mère et moi étions allées l'autre jour, expliqua-t-elle. Mais je me fais peut-être des idées…

— Ou peut-être pas.

Cela la mit mal à l'aise.

— Pourquoi quelqu'un me surveillerait-il ?

— Pour voir où tu vas, savoir ce que tu fais, où tu vis…

— Mais *pourquoi* ?

Elle ne voyait pas qui pouvait faire cela. Elle n'avait

pas d'ennemis. Cela devait être un hasard : un déséquilibré l'avait remarquée, et faisait maintenant une fixation sur elle.

— C'est une raison supplémentaire pour que tu emménages avec moi.

— Cet homme ne m'a pas menacée. Il ne fait que me suivre.

— *Que* te suivre ? répliqua-t-il sèchement. Nous devrions aller en parler à la police.

— Et leur dire quoi, Decker ? Je ne sais même pas de qui il s'agit.

— Tu peux en fournir une description. Tu te souviens de sa voiture ?

Elle se concentra, et tenta de faire remonter l'image du véhicule à sa mémoire.

— Elle est assez vieille… Je dirais que c'est une Ford Taurus à la peinture un peu ternie.

— C'est assez caractéristique. D'après toi, elle date des années 1980 ? 1990 ?

— Probablement des années 1990.

— D'accord. Nous irons voir la police après le déjeuner. Et demain, lorsque nous serons allés voir les loups, tu viendras t'installer chez moi.

— Non.

— Pour une nuit seulement.

Elle hésita. Ils avaient déjà fait l'amour. Quel mal y aurait-il à ce qu'elle passe une nuit chez lui ? Son insistance la froissait toujours, mais la tentation était trop forte.

— J'y songerai…

— Ah, voilà ce que je voulais entendre !

Il la prit dans ses bras et déposa un tendre baiser sur son front.

— Je veux seulement que tu sois en sécurité, c'est tout.

— Je le sais, murmura-t-elle.

La sollicitude qu'elle devinait dans sa voix lui faisait chaud au cœur.

— Et je dois aussi avouer qu'il me tarde de tester cet arrangement. Je crois que nous avons besoin d'un peu plus d'entraînement, dit-il d'un ton taquin, une lueur moqueuse dans les yeux.

Kendall lui donna une petite tape.

— Tiens-toi bien !

— Et toi, tu n'as pas envie de faire un autre essai ?

— Peut-être, bafouilla-t-elle.

— Je vais me contenter de cette réponse…

Le lendemain matin, Decker prit sa jeep et alla chercher Kendall. Ils se garèrent sur un petit parking au début d'un chemin de randonnée, relativement près de l'endroit où Kendall avait pu observer les loups. Lorsqu'ils sortirent du véhicule, elle lui apprit qu'ils allaient marcher un kilomètre et demi, puis quitter le sentier. À partir de là, elle estimait qu'il leur faudrait encore parcourir cinq ou six kilomètres.

— Les loups se déplacent beaucoup, expliqua-t-elle. Mais leur tanière doit être à cet endroit parce que je les vus là plus d'une fois.

Elle lui expliqua que les loups couvraient de longues distances pour trouver leur nourriture.

— Ils s'approchent des hommes ? demanda Decker. Il y a beaucoup de promeneurs qui empruntent ce chemin ?

— Je doute que les loups s'approchent du sentier, répondit-elle. Ils savent qu'ils seraient dérangés.

Il la suivit, s'absorbant dans la contemplation de ses fesses harmonieusement moulées dans son pantalon. Comme lui, elle portait un sac à dos contenant tout ce qui était nécessaire à une journée de randonnée. Le temps était clément : au-dessus de la cime des pins, le ciel était bleu, et les températures annoncées dépassaient les 15 degrés.

Il n'y avait pas d'autres voitures garées sur le parking et ils ne croisèrent aucun randonneur. Le sentier était peu fréquenté, et parfois abrupt.

Dans une clairière, Kendall s'arrêta et regarda autour d'elle.

— Il y a une brise légère qui vient du sud-ouest. Il faut veiller à ce que le vent ne porte pas notre odeur.

— Les loups ne t'ont jamais vue ?

— Non. J'ai tout fait pour l'éviter.

Lorsqu'elle s'arrêta la fois suivante, elle examina un groupe de peupliers et quitta le sentier. Elle observait le paysage, semblant chercher des repères pour retrouver son chemin.

— Je peux te demander quelque chose ? dit soudain Decker.

— Bien sûr !

Elle continua à marcher sans se retourner.

— Comment était cet homme avec lequel tu as vécu après tes études ?

— Gabe ? C'était quelqu'un d'intelligent et de calme.

— Calme ?

— Oui. Il ne parlait pas beaucoup. Nous n'avions pas de longues discussions.

— Qu'aviez-vous en commun ?

— Nous avions fait les mêmes études. Nous aimions tous les deux les animaux et la nature. Cela lui tenait autant à cœur qu'à moi.

Elle fit quelques pas avant de poursuivre :

— Je ne sais toujours pas pourquoi ça a mal tourné.

— Il te disait qu'il t'aimait ? demanda-t-il.

— Oui.

— Et tu penses que c'était vrai ?

— Oui.

Decker demeura un moment silencieux avant de poursuivre :

— Que faisiez-vous tous les deux ? Pendant votre temps libre, je veux dire ?

— Des randonnées, comme celle-ci… Ou alors nous allions visiter des musées, assister à des festivals… Nous sortions beaucoup ensemble. Il semblait vraiment me comprendre.

Il voyait bien qu'elle était tracassée de ne pas savoir ce qui avait poussé Gabe à la tromper.

— Il t'a expliqué pourquoi il avait fait ça ?

Elle secoua la tête.

— Pas vraiment… Il a dit qu'il avait fait une erreur en couchant avec cette femme, qu'elle n'était rien pour lui…

Elle s'interrompit, puis ajouta :

— Mais je savais que je n'arriverais jamais à lui pardonner, et que même si je le pouvais, les choses ne seraient plus jamais comme avant.

Decker pouvait très bien comprendre ce sentiment.

— Alors, souviens-toi des bons moments que vous avez passés ensemble, et oublie le reste.

Elle croisa son regard une autre fois, et se remit à marcher.

Environ deux kilomètres plus loin, Kendall s'arrêta et se pencha. Lorsque Decker la rejoignit, il vit des empreintes dans la neige.

— Les loups… Nous devons avancer lentement, murmura-t-elle.

Il la suivit, se réjouissant à l'idée de voir enfin ces animaux si sauvages. Il était prêt à faire beaucoup d'efforts pour avoir le privilège de les approcher.

Kendall atteignit le sommet d'une colline et resta dissimulée derrière un bosquet et un gros rocher. Elle leva la main. Avait-elle repéré les loups ? Pourtant, Decker ne voyait rien.

Il s'arrêta derrière elle et regarda au-dessus son épaule, à travers le feuillage. Au loin, un groupe de loups s'était rassemblé sur un versant exposé au soleil, où la neige avait fondu. Les deux plus grands se tenaient en haut de la pente. L'un était allongé sur l'herbe et l'autre, debout, semblait monter la garde.

En contrebas, deux petits loups se poursuivaient et se mordillaient en grognant, pendant que deux autres étaient en train de finir de se repaître du cadavre d'une bête que la meute avait dû tuer.

Il s'agissait d'une famille entière. Decker regarda les deux plus petits qui s'arrêtaient de jouer pour se diriger vers la carcasse. Les deux autres les laissèrent en prendre quelques bouchées. Il songea soudain que Kendall et lui auraient peut-être des enfants qui s'amuseraient ainsi, et fut surpris de se sentir aussi ému.

Le mâle renifla l'air, tournant la tête dans la direction où Kendall et lui se trouvaient.

Decker vit la superbe créature avancer lentement vers eux, semblant flairer quelque chose dans l'air. Puis le loup baissa la tête et émit un grondement, montrant les dents. La femelle se leva d'un bond et regarda dans leur direction.

— Ne bouge pas ! l'avertit Kendall.

Elle n'avait aucun souci à se faire : il n'avait pas la moindre envie d'être attaqué par un loup énorme et visiblement bien nourri.

La femelle était plus petite, mais tout aussi impressionnante.

— Ils ont l'air de trouver ici tout ce qu'il leur faut pour bien se porter !

Elle hocha la tête avec un sourire, sans quitter les loups des yeux.

Le mâle trotta vers la carcasse et les quatre louveteaux.

— Nous ferions mieux de partir, déclara Kendall.

À regret, Decker s'arracha à ce spectacle, mais il remarqua que Kendall s'éloignait du sentier au lieu de s'en rapprocher.

— Où allons-nous ?

Il espérait qu'ils allaient essayer d'observer les loups d'un autre endroit.

— J'aimerais inspecter les environs. J'ai l'impression que leur tanière est par ici, dit-elle en scrutant le paysage. Je suis presque certaine que la femelle va bientôt mettre bas.

Decker se dit qu'il aimerait voir Kendall enceinte.

Elle s'arrêta et désigna quelque chose du doigt.

— Regarde…

Il s'approcha d'elle et vit un rocher entouré de pins et de peupliers. Mais c'était surtout à Kendall qu'il faisait attention. Il tourna la tête et inspira le parfum de ses cheveux. Il brûlait de l'envie d'enfouir ses doigts dedans, de la forcer à tourner la tête vers lui et de l'embrasser.

— C'est leur tanière, expliqua Kendall en se retournant.

Elle vit qu'il la regardait.

Ils restèrent quelques secondes immobiles, et il s'apprêtait à l'embrasser lorsqu'elle souffla :

— Regarde…

Il fit ce qu'elle lui demandait, et vit une petite ouverture au bas du rocher.

— J'aimerais bien m'approcher, murmura-t-elle.

Elle se retourna vers lui.

— Les parents sont jeunes, expliqua-t-elle. Les loups gris peuvent vivre jusqu'à treize ans en liberté. Ce mâle et cette femelle ont quitté leur meute d'origine. En général, les loups qui font cela s'éloignent d'environ une centaine de kilomètres du groupe dont ils sont issus.

— Pourquoi vont-ils si loin ? demanda-t-il, admirant son enthousiasme et ses connaissances.

— Les chefs de meute sont des mâles alpha. Ils

doivent trouver leur propre territoire pour commencer une nouvelle meute.

— Tu aimerais avoir des enfants tout de suite après le mariage ?

Il savait que sa question était abrupte, mais il n'avait pas pu s'empêcher de la poser.

Elle demeura bouche bée.

— Toutes ces histoires sur la reproduction des loups m'ont donné des idées ! dit-il.

Un sourire se dessina sur les lèvres de Kendall.

— Nous pourrons en parler plus tard…

Elle commença à rebrousser chemin, et il marcha à côté d'elle.

— Pourquoi les loups hurlent-ils ? demanda-t-il pour détourner la conversation.

— Je ne sais pas très bien. Et je ne suis pas sûre que quelqu'un puisse vraiment répondre à cette question. C'est peut-être pour revendiquer un territoire… Ou pour signaler leur présence à d'autres meutes. Mais ce qu'il y a de certain, c'est que c'est un mythe de croire qu'ils hurlent à la lune !

Il rit.

— C'est seulement dans les romans ?

— Oui, seulement dans les romans !

— Il serait temps de manger, dit-il soudain. Nous pourrions continuer à avancer jusqu'à ce que nous trouvions un endroit agréable.

— D'accord. Il vaut mieux être plus loin des loups.

— Effectivement.

Environ une demi-heure plus tard, Decker repéra le 4×4 du traiteur. Il lui avait recommandé de les attendre dans une clairière, assez haut sur la montagne pour que Kendall et lui arrivent à cet endroit vers 13 ou 14 heures, mais pas trop loin du parking non plus pour que l'installation ne soit pas trop complexe. Le traiteur semblait avoir mis les choses en place comme il le lui avait demandé.

— Quelqu'un a organisé un pique-nique ici ? s'écria Kendall. C'est étrange. Je n'ai jamais vu ça !

— C'est pour le déjeuner.

Elle s'arrêta et le regarda, stupéfaite.

— Pardon ?

— C'est pour notre déjeuner. J'ai pensé que nous aurions faim.

Elle continuait à le regarder d'un air ahuri.

— Tu peux arrêter de sortir le grand jeu, tu sais. Tu me plais sans ça !

— Oui, mais j'ignore toujours si je te plais assez pour que tu m'épouses à la fin du mois…

Sans répondre, elle se dirigea vers la tente.

Il interpréta cela comme une réponse négative. Il allait devoir continuer à lui faire une cour assidue.

6

Le week-end suivant, Kendall prenait la main que lui tendait Decker pour sortir de sa voiture de sport. Elle portait une robe de cocktail blanche fendue jusqu'à la cuisse, mais qui retombait sagement lorsqu'elle était debout. Decker ne put s'empêcher de plonger le regard dans son décolleté. Il était lui-même tout aussi élégamment vêtu d'un costume de couleur sombre.

— Je n'arrive toujours pas à me débarrasser de l'idée que tu l'as fait exprès ! déclara-elle avec un large sourire.

— D'organiser un gala de charité ? répliqua-t-il en riant. Non ! Même en étant particulièrement efficace, j'aurais eu besoin de beaucoup plus de temps. C'était l'idée de mes parents.

— Alors, c'est Russ qui l'a fait exprès !

— Peut-être… Mais quoi qu'il en soit, ça sera une soirée très mondaine.

Elle aurait pu se passer de cet aspect, mais elle était contente de participer à cet événement, puisque les bénéfices en seraient versés à l'association pour la Protection de la nature. À dix mille dollars le couvert, cette soirée allait rapporter beaucoup d'argent. Et toute la journée, elle avait été excitée à l'idée d'y aller avec Decker pour cavalier. C'était comme un rêve d'adolescente devenu réalité… En mieux.

Pendant que le groom s'installait dans la McLaren de Decker pour aller la garer, elle s'arrêta un instant pour admirer les lieux : le grand jardin à la française impeccablement entretenu de The Chateau, la fontaine majestueuse au milieu de laquelle une nymphe courbait gracieusement le bras, l'entrée monumentale du bâtiment…

Un autre groom leur ouvrit les portes de l'hôtel pour les faire entrer dans le hall immense, au plafond voûté. Des arbres plantés dans de grands bacs en bois accentuaient l'impression de majesté de la pièce, et l'on entendait le clapotis d'une autre fontaine située entre les deux volées de l'escalier monumental.

Kendall posa la main sur le bras de Decker alors qu'ils se dirigeaient vers la salle de bal de l'hôtel. C'était dans ce lieu prestigieux que se tiendrait la soirée.

La pièce était impressionnante avec ses énormes lustres en cristal, ses tables recouvertes de nappes blanches, et la foule des invités en tenue de soirée. Elle était décorée d'une profusion de fleurs dont le parfum capiteux embaumait l'air. Un orchestre de jazz installé à l'autre bout de la pièce jouait un air langoureux sur lequel quelques couples dansaient.

Elle reconnut quelques acteurs célèbres, qui riaient et semblaient passer un bon moment. Ils pouvaient se laisser aller à être spontanés car la presse n'était pas admise à l'intérieur de l'hôtel. Elle reconnut également un sénateur et sa femme. Ses parents ne pouvaient pas venir ce soir, mais elle vit Russ et Mara s'approcher d'eux.

— Prépare-toi ! lui dit Decker d'un ton ironique.

Avec sa petite taille, Mara était obligée de faire deux fois plus de pas pour rester au niveau de Russ. Ses cheveux blonds avaient été arrangés en une coiffure élaborée, et elle portait des boucles d'oreilles en diamants. Elle était maquillée avec art, et, au lieu de son tailleur habituel, portait un fourreau argenté.

Russ, lui, était vêtu d'un smoking qui faisait ressortir sa large carrure. Son épaisse chevelure brune dans laquelle se glissaient quelques fils argentés était soigneusement peignée, et on lisait dans son regard son énergie coutumière.

— Ah, Kendall, s'exclama Russ en la saluant, vous êtes merveilleuse !

— Très jolie robe ! la complimenta Mara, qui brillait de mille feux dans son fourreau.

— La vôtre l'est aussi ! répondit poliment Kendall.

— Vous avez passé du temps ensemble ? demanda Russ.

— Autant que possible, lui répondit Decker. Kendall m'a emmené observer sa meute de loups gris l'autre jour.

La fierté qu'elle lut dans son regard lorsqu'il posa les yeux sur elle lui fit chaud au cœur.

— Ce n'est pas dangereux ? demanda Mara en regardant Kendall comme si elle doutait de sa santé mentale.

— Nous sommes restés à distance, et nous avons veillé à ne pas les déranger. Je ne voudrais surtout pas leur faire peur et les forcer à quitter un environnement qui leur convient si bien ! répliqua Kendall.

— C'est moi qui aurais eu peur ! s'exclama Mara.

Elle se retourna vers son fils.

— D'ordinaire, tu n'es pas du genre à passer tes journées au grand air. Tu es plus à l'aise dans une réception comme celle-ci.

— Je gère une station de sports d'hiver, maman !

— Oui, mais ce n'est pas n'importe quelle station !

Effectivement : elle n'accueillait que des gens fortunés ou célèbres. Mara avait visiblement du mal à imaginer son fils en pleine nature.

— Vous auriez été impressionnée, remarqua Kendall. En tout cas, je l'ai été !

Russ sourit.

— Je suis heureux de voir que vous vous entendez si bien.

Il se pencha vers Decker.

— Ne la laisse pas partir, fiston !

— C'est Kendall qui choisira ce qu'elle veut faire.

Il la regarda avec chaleur avant d'ajouter :

— Et elle restera !

Kendall se demanda s'il disait cela pour faire plaisir à son père, ou s'il était réellement aussi sûr de lui. Elle n'aimait pas qu'on décide à sa place.

— Decker ?

Kendall se retourna et vit Skye Colton se diriger vers eux, un sourire éclatant aux lèvres. Avec son opulente chevelure rousse, la plus jeune sœur de Decker – qui occupait la fonction de directrice du marketing dans l'entreprise familiale – dégageait une impression de dynamisme. Elle se jeta avec fougue dans les bras de son frère. Kendall regarda autour d'elle pour voir si Sloane, leur sœur adoptive, était également présente. Sloane et son frère Fox avaient été élevés par leur oncle et tante Mara et Russ. Phoebe, la sœur jumelle de Skye, et Wyatt complétaient la fratrie.

— Coucou, sœurette ! Ça fait longtemps !

Skye se pencha en arrière pour regarder Decker.

— C'est parce que tu travailles trop ! répartit-elle.

Elle jeta un coup d'œil à Kendall et ajouta :

— Sloane m'a appris que papa avait décidé que tu devais te marier avec Kendall… Et que tu avais dit oui. J'avais besoin de vous voir ensemble pour le croire Quand allez-vous envoyer les invitations ?

Kendall ne sut que répondre. Elle n'avait pas pensé à ces détails : ils n'en avaient pas eu le temps. Puis elle songea soudain qu'elle n'avait même pas eu l'idée de préciser à Skye que le mariage n'était pas encore certain. Cela signifiait-il qu'elle n'était plus aussi hésitante ? Et cependant, comment pouvait-elle avoir pris une décision en si peu de temps…

Avant qu'elle commence à devenir folle avec toutes ces suppositions, Kendall se rappela que ce mariage aurait l'avantage de ne pas la faire souffrir puisqu'elle ne s'impliquerait pas émotionnellement, et qu'ils pourraient toujours divorcer si leur relation tournait mal.

Elle se rendit compte que Decker attendait qu'elle dise quelque chose. Il la laissait décider. Cette attention la surprit.

— Nous n'avons pas encore eu le temps de nous en occuper. Nous allons nous y mettre !

La réaction de Decker fit monter la chaleur en elle : il la considéra avec le regard brûlant d'un homme entièrement satisfait… ou triomphant.

— Si vous avez besoin d'aide, Phoebe et moi pouvons nous en charger, déclara Skye. Tu n'as qu'à nous donner la liste de tes invités, Kendall. Du côté de Decker, je saurai qui convier !

— Oh ! cela m'aiderait beaucoup ! répondit Kendall, qui appréciait sincèrement la proposition de Skye. Nous avons si peu de temps pour préparer le mariage qu'il est difficile de penser à tout !

— Papa a déjà commencé à organiser la réception, dit Decker. Mais Kendall et moi n'avons pas encore décidé où la cérémonie aurait lieu.

Il la regarda à nouveau.

— Au fait, tu aimerais un mariage religieux ?

— Oui, beaucoup…

En lui répondant, elle s'imaginait déjà dans la petite église de la fin du XVIIIe qu'elle avait toujours admirée. Située en bordure de la ville, elle était entourée d'un petit parc et d'une pelouse qui se couvrait de fleurs en été.

— Et toi ? demanda-t-elle à Decker.

— Moi aussi.

Était-il sincère, ou cherchait-il seulement à lui faire plaisir ?

— Ne t'inquiète pas : si cela me posait un problème, je te le dirais, ajouta-t-il, comme s'il avait lu dans ses pensées.

Elle le regarda, arrivant à peine à croire qu'ils étaient déjà en train de décider du déroulement de la cérémonie. Quant à lui, il semblait très satisfait du tour qu'avait pris la conversation.

— Que faut-il faire d'autre ? demanda Skye. Je serais ravie de vous aider.

— Hum…

Kendall avait décidé de ne plus se poser de questions.

— Il faut s'occuper du gâteau.

Skye eut l'air surprise.

— Tu n'as pas envie de le choisir toi-même ?

— Je n'aime pas tellement les sucreries, répondit Kendall en jetant un coup d'œil à Decker.

Et lui ? Comme d'habitude, il semblait impassible. Decker avait l'esprit vif, mais il ne manifestait pas beaucoup ses sentiments, sauf envers elle. Et ceci n'avait rien pour lui déplaire…

— Je n'ai pas d'intérêt particulier pour les gâteaux, lâcha-t-il.

— Bon, je m'occuperai du gâteau, conclut Skye.

Elle sortit son téléphone et se mit à prendre des notes.

— Il faut également trouver un livre d'or, déclara Kendall. Et des fleurs…

— Beaucoup de fleurs ! intervint Decker.

— Bien sûr !

— Il y aura des demoiselles d'honneur ? demanda Skye.

— Une seule.

Kendall voulait que sa meilleure amie de lycée remplisse cette fonction, même si elle avait l'intention d'inviter toutes ses autres amies. Elle regarda à nouveau Decker pour savoir ce qu'il en pensait.

— Wyatt sera mon garçon d'honneur, dit-il à sa sœur.

— C'est bon !

Skye cessa de taper sur son téléphone et sourit à Kendall, puis à Decker.

— J'en sais assez pour le moment.

Elle agrippa la main de Kendall et poursuivit :

— Bienvenue dans la famille ! Il me tarde de mieux te connaître.

Kendall lui sourit en retour.

— Merci. Moi aussi.

Skye se tourna vers son frère.

— Je t'appellerai. Il faut que j'aille parler à quelques amis maintenant.

— D'accord, Skye, merci.

Skye lui planta un baiser sur la joue avant d'ajouter d'une voix basse mais nettement audible :

— Ne la laisse pas partir !

Decker ne cessait de repenser à leur conversation avec Skye. Kendall avait-elle maintenant pris la décision de l'épouser ? Cette idée le remplissait d'enthousiasme.

Il l'invita plusieurs fois à danser et tâcha d'esquiver les questions des autres invités. Kendall avait fait un grand pas ce soir, et il ne voulait pas l'effrayer en rendant leur engagement public.

— Viens, lui dit-il enfin. Je voudrais te montrer quelque chose.

En réalité, il voulait seulement être seul avec elle.

Il lui prit la main et se réjouit lorsqu'elle accepta de le suivre. Ils sortirent du bâtiment, traversèrent un premier jardin, et suivirent une allée qui, en été, était bordée de fleurs multicolores. Il la guida vers une piscine de plein air recouverte d'un voile de vapeur.

— L'eau provient directement d'une source naturelle,

expliqua-t-il. Elle est refroidie avant que nous l'utilisions pour remplir la piscine.

— D'où vient cette eau ?

— Les scientifiques ne sont pas tous d'accord, mais il s'agit vraisemblablement d'une nappe d'eau souterraine qui est réchauffée par l'activité volcanique.

Ils se dirigèrent vers l'endroit où la source jaillissait.

— Le débit semble très abondant ! remarqua-t-elle.

Il hocha la tête.

— Plus de mille litres arrivent chaque minute à la surface, à une température de 53 degrés. Au début du XIXe siècle, les Indiens considéraient ce site comme un endroit sacré, où ils venaient se soigner. Ils l'appelaient Yampah, ce qui veut dire « puissant remède ». L'eau dissout les minéraux de la roche. Ce sont eux qui sont supposés avoir des vertus thérapeutiques. Je venais jouer ici lorsque j'étais enfant, avant que tout cela soit construit…

— On peut se baigner directement dans l'eau ?

— Non, mais il est possible de pénétrer dans des grottes emplies de vapeur d'eau, à une centaine de mètres sous terre. Ce n'est pas recommandé pour les claustrophobes, mais il y a de superbes stalactites et stalagmites.

— Tu y as été ?

— Oui, quand j'avais dix-neuf ans.

— C'est étrange… Je n'aurais pas cru que c'était le genre de choses que tu aimais.

— Eh ! Tu oublies que je dirige une station de sports d'hiver !

Elle eut un rire léger, et s'installa sur un banc d'où l'on pouvait voir les lumières de la ville.

Il s'assit un instant à côté d'elle pour admirer le paysage, puis se leva en déclarant :

— Viens. Je voudrais te montrer quelque chose.

Il la conduisit vers une autre allée, celle-là plus reculée, dont l'accès était interdit aux clients de l'hôtel.

Il entendit le clapotis de l'eau avant qu'ils atteignent une seconde source naturelle. Des lampes solaires permettaient à ceux qui le désiraient de venir prendre ici un bain de minuit. Il guida Kendall à travers les arbres et l'entendit retenir son souffle.

— Oh ! Que c'est beau !

Elle se dirigea vers le jacuzzi taillé dans le roc, s'accroupit, et trempa les doigts dans l'eau.

— Elle est à 33 degrés, été comme hiver, expliqua-t-il.

La surface de l'eau était agitée de petites bulles.

Kendall leva la tête vers lui et déclara :

— J'aimerais me baigner.

Il jeta un coup d'œil derrière lui. Tous les invités à la réception se trouvaient à l'intérieur de l'hôtel. Certains clients se baignaient dans la piscine, mais elle était située à une certaine distance… À moins qu'un membre de la famille ne vienne par ici, personne ne les verrait.

— D'accord ! dit-il en dénouant sa cravate.

Kendall se mit à rire et se redressa, ôtant ses sandales à talons et dégrafant sa robe bustier. Le temps s'était réchauffé et la température n'était pas trop froide, même s'il faudrait qu'ils se dépêchent d'entrer dans l'eau.

Il enleva sa cravate et sa veste et les déposa sur un rocher plat, à proximité du jacuzzi. Elle laissa glisser sa robe à terre, et s'approcha de lui, seulement vêtue de sa culotte et de son soutien-gorge. Il s'immobilisa un instant pour la regarder, tant elle était belle, puis ôta rapidement le reste de ses vêtements.

Elle finit de se déshabiller et descendit dans le bassin. Les couches rocheuses formaient un escalier naturel, et son père avait fait tailler des bancs dans la pierre. Entièrement nu, il alla chercher des serviettes qu'ils gardaient dans un placard creusé dans le roc pour ce genre d'occasions.

Il en prit deux et les déposa sur un banc, avant de descendre dans le jacuzzi, du côté opposé à celui de Kendall.

— Il arrive que mes parents permettent à certains clients de venir ici, mais c'est exceptionnel. Nous sommes tous d'accord pour que cet endroit reste privé.

— Je comprends, dit-elle en fermant les yeux. On sent que l'eau est très minéralisée.

Ce n'était pas une odeur de soufre, plutôt de sels de bain.

— Quand je suis ici, j'aime penser que, dans les profondeurs de la terre, une nappe de magma sous pression est en train de bouillonner. J'ai toujours été très intéressé par la géologie.

— Il n'est pas trop tard pour retourner étudier à l'université. Je connais beaucoup de gens de notre âge qui le font.

— Et quitter tout ça ? dit-il en désignant ce qui l'entourait.

Elle sourit.

— Je pense que j'aurais beaucoup de mal à le faire moi-même, reconnut-elle.

Il vint s'asseoir auprès d'elle, et étendit le bras sur le rebord de pierre derrière eux.

— Je pense que j'aurais beaucoup de mal à *te* quitter.

Elle leva les yeux au ciel.

— Tu dirais vraiment n'importe quoi pour que je t'épouse. Tu veux des garanties ?

Était-elle en train de le tester ? Certes, il tentait d'obtenir l'assurance qu'elle allait l'épouser, mais il n'irait pas jusqu'à dire n'importe quoi pour cela. En fait, plus il repensait à ses paroles, plus il se disait qu'elles exprimaient parfaitement ses sentiments. Il pensait sincèrement qu'ils formeraient un couple harmonieux. Il n'était pas nécessaire qu'ils tombent amoureux l'un de l'autre pour cela.

— Pas *n'importe quoi*, répondit-il.

Il vit une lueur s'allumer dans son regard.

Il accrocha derrière son oreille une mèche de cheveux qui s'était échappée de son chignon, et se pencha vers elle pour l'embrasser.

— Je te trouve fascinante.

Elle leva le menton sur le côté comme si elle se demandait pourquoi il avait dit cela.

— Tu viens d'une famille très fortunée, et pourtant tu es humble et attentionnée…

— Mes parents m'ont bien élevée ! répliqua-t-elle d'un ton moqueur.

— C'est certain, répondit-il avec un regard appuyé sur son corps.

— Quant à toi, tu as toujours été un séducteur !

— Je n'ai plus le temps d'être un séducteur maintenant.

Il l'embrassa à nouveau, déposant sur ses lèvres un léger baiser pour lui montrer à quel point elle l'attendrissait.

Lorsqu'il s'écarta, il remarqua la lueur de désir qui brillait dans ses yeux. Ils échangèrent un long regard, et Kendall pencha la tête en arrière, semblant étudier son visage. Puis, soudainement, elle s'approcha de lui et pressa ses lèvres sur sa bouche.

Decker sentit immédiatement son corps s'enflammer et son cœur s'emballer. Il l'embrassa plus profondément tout en la soulevant et en l'installant sur lui à califourchon. Elle noua les bras autour de son cou. Lorsqu'il la sentit nue contre lui, son sang se mit à bouillir.

Ils se ressaisirent en entendant des rires et des éclats de voix. Kendall s'éloigna de lui, les joues rouges et le souffle court.

Un autre couple s'approchait…

Decker abattit le plat de la main sur l'eau pour signaler leur présence. Le silence se fit soudain, et ils entendirent l'homme déclarer :

— Il y a déjà quelqu'un.

— Je connais un autre endroit, répondit la femme.

Ils s'éloignèrent.

— Nous ferions mieux de rentrer, dit Kendall.

Il se demanda si le baiser l'avait déstabilisée, ou si elle craignait qu'on ne les surprenne ici. Elle sortit et s'enveloppa dans une serviette, et il resta dans le jacuzzi un moment de plus pour l'admirer…

Ils s'essuyèrent et s'habillèrent. En les voyant, personne ne se serait douté qu'ils étaient nus dans l'eau quelques instants auparavant. Son costume était peut-être à peine plus froissé, mais c'était à peine perceptible. Quant à Kendall, elle était merveilleuse dans cette robe. Elle réenfila ses sandales à hauts talons et il lui prit la main, la guidant sur le chemin.

Lorsqu'ils atteignirent l'endroit où le couple se trouvait quelques instants auparavant, Decker entendit quelqu'un arriver derrière lui. Avant qu'il puisse réagir, cette personne le frappa lourdement à la tête. Il tomba à terre, perdant un instant conscience avant de revenir difficilement à lui. Il porta les mains à la nuque et sentit qu'il saignait. Le coup avait été assez fort pour faire éclater son cuir chevelu.

Il entendit alors Kendall crier et la vit se débattre. Celui qui l'avait frappé s'en prenait maintenant à elle. Il se remit péniblement debout pour venir à son secours, et vit qu'un homme l'entraînait sur le chemin. Il tenait un bâton à la main et le brandit pour lui en asséner un coup. Elle l'arrêta avec ses avant-bras et se débattit, mais l'homme la projeta à terre, laissant échapper son bâton. Il se pencha pour le ramasser, pendant que Kendall se relevait et se mettait à courir. Le type l'attrapa, lui passant le bras autour de la taille et l'attirant à lui. Puis il l'emmena sous le couvert des arbres alors qu'elle se débattait en criant.

Decker se lança à leur poursuite.

L'homme, qui était occupé à tenter de maîtriser Kendall, n'entendit pas Decker approcher. Lorsque celui-ci le vit frapper Kendall à la mâchoire, son sang ne fit qu'un tour. Il attrapa l'homme par la veste et le tira en arrière, le forçant à la lâcher. Elle tomba sur les fesses, l'air éberlué.

Le type se rua sur Decker, qui esquiva le coup de poing qu'il lui destinait et lui décocha un uppercut, le faisant trébucher. Decker regarda comment allait Kendall : elle était assise par terre et se tenait la mâchoire.

— Ça va ?

Elle hocha la tête et Decker s'élança à la poursuite de l'individu, bien décidé à l'arrêter.

Leur agresseur se dirigea en courant jusqu'au parking de The Chateau, monta dans une berline Toyota grise et démarra. Decker chercha sa McLaren du regard : elle se trouvait dans la rangée suivante. Il avait une deuxième clé sur lui et put déverrouiller sa voiture, alors que la Toyota quittait le parking.

La McLaren de Decker était rapide, mais l'individu avait une longueur d'avance.

Lorsque Decker s'engagea sur la route, la voiture de leur agresseur était déjà hors de vue. Il partit dans la même direction et ne tarda pas l'apercevoir alors qu'il dépassait le sommet d'une colline. La Toyota dépassa une camionnette qui avançait lentement, mais le conducteur perdit le contrôle de sa berline, qui termina sa route dans un fossé.

Decker stoppa sa McLaren dans un crissement de pneus, alors que l'homme s'extrayait de sa voiture et prenait la fuite.

Il se mit à courir derrière lui, et le vit disparaître dans les bois. Lorsque Decker arriva à l'orée, il remarqua des empreintes de pas dans la neige et les suivit. Quelques minutes plus tard, il parvint à une rivière où les traces s'arrêtaient. Impossible de savoir dans quelle direction leur agresseur était parti…

Il aurait voulu continuer sa traque, mais il se souvint de l'air perdu de Kendall lorsqu'il l'avait laissée seule. Il fallait qu'il retourne auprès d'elle pour s'assurer qu'elle n'avait pas été blessée.

Il remonta dans sa voiture, revint se garer sur le parking, et courut à travers les arbres pour rejoindre Kendall. Quelques personnes s'étaient rassemblées autour d'elle.

— Pardon… Laissez-moi passer…

Il se fraya un chemin à travers la foule aussi doucement qu'il le put et parvint auprès de Kendall. Elle était assise sur un tronc d'arbre, et regardait Russ, qui avait posé la main sur son épaule.

— Je vais bien, déclara Kendall lorsqu'elle vit Decker.

— Tu en es sûre ? demanda Decker en s'accroupissant devant elle et en lui prenant les mains. Tu as reçu un coup violent sur la tête !

— Oui, répondit Kendall en se touchant la nuque à l'endroit où on l'avait frappée. Je vais avoir une bosse, mais je t'assure que ça va.

— Il me semble que tu devrais aller à l'hôpital, par précaution.

— Non, ce n'est pas nécessaire…

— C'est peut-être plus sérieux que tu ne le crois, insista Decker.

Il voulait être rassuré.

— Allons voir un médecin !

Il se leva, et l'aida à faire de même. Lorsqu'il la vit chanceler, il fut convaincu qu'il devait l'emmener aux urgences.

— C'est vrai, reconnut-elle, je suis un peu étourdie.

— Je peux appeler une ambulance, proposa une des personnes qui se trouvaient là.

— Non, répliqua Kendall d'un ton ferme. Je l'emmènerai à l'hôpital moi-même.

Decker la guida jusqu'à sa voiture, l'aida à s'asseoir dans son siège, attacha sa ceinture de sécurité, et s'assura qu'elle était bien installée. Elle ne semblait pas avoir de blessures graves, mais elles pouvaient le devenir si elles n'étaient pas traitées. Il ne voulait pas qu'elle risque d'avoir une hémorragie cérébrale.

Maintenant qu'il avait trouvé la femme avec laquelle il voulait passer le reste de sa vie, il allait la protéger.

7

Kendall n'attendait pas de Decker qu'il se comporte en superhéros, mais c'était pourtant ce qu'il avait fait. À sa connaissance, il n'avait jamais appris à se battre, mais il n'avait pourtant pas hésité à venir à son secours, à échanger des coups avec leur agresseur, et à le poursuivre comme s'il avait fait cela toute sa vie. Elle avait subi des examens médicaux, et il s'était avéré qu'elle allait bien. Elle en était d'ailleurs déjà convaincue avant d'aller à l'hôpital, et n'avait accepté de s'y rendre que pour rassurer Decker. Ironiquement, le coup qu'il avait reçu à la tête était plus violent, et il avait eu besoin de quelques points de suture.

Maintenant, le médecin leur avait donné l'autorisation de partir, et Decker avait décidé d'emmener Kendall chez lui. Elle n'avait pas protesté. Elle ne voulait pas être seule après ce qui venait de se passer. L'admiration que le courage de Decker avait suscitée en elle avait renforcé son attirance pour lui, et elle aurait bien eu envie de le prendre par la main pour l'attirer dans la chambre la plus proche.

— Papa m'a dit que Trey et son adjointe allaient venir nous voir demain matin, déclara Decker en s'effaçant pour la laisser entrer chez lui.

Le shérif Trey Colton était le cousin de Decker.

— Bien !

Elle se réjouissait de ne pas avoir à parler de leur agression ce soir.

— La Toyota que l'homme conduisait était une voiture volée, ajouta Decker.

Kendall entra dans le hall de la maison de Decker. Elle ne put s'empêcher de remarquer la taille des lieux, et l'impression d'espace qui s'en dégageait.

— Une si grande maison pour une seule personne ?

— J'ai l'intention d'avoir des enfants !

Ils en avaient déjà parlé. Elle aussi en voulait, mais c'était difficile à envisager avec un homme qu'elle connaissait finalement si peu.

Elle alla dans le salon, et admira les poutres apparentes et l'immense baie vitrée donnant sur un paysage qui, de jour, devait être superbe. Une longue console était placée contre le dossier d'un canapé faisant face à une cheminée en pierre. Deux fauteuils assortis étaient placés autour d'une grande table basse couverte de livres. Elle s'approcha pour en lire les titres : c'étaient pour la plupart des livres de voyage. Un bol en céramique contenant des œufs en pierres polies constituait la seule note décorative dans cet intérieur par ailleurs sobre, où dominaient les tons de marron et de beige. Un intérieur masculin, à l'image de Decker.

Elle le regarda, et admira son corps musclé, sa haute taille, son beau visage maintenant ombré d'une légère barbe à la fin de la journée.

— Tu veux boire une tisane avant d'aller te coucher ? demanda-t-il, la surprenant en train de le dévisager.

Il était tard, mais elle doutait fort de pouvoir vite s'endormir après les événements de la soirée.

— Avec plaisir !

Il continua à la regarder, et elle ne détourna pas les yeux.

Il finit par se retourner avec un petit sourire.

Elle le suivit dans la cuisine. La pièce qui communiquait directement avec le salon était, elle aussi, vaste et belle. Des plans de travail en granit couraient le long de deux murs, et recouvraient l'îlot central.

— Combien d'enfants aimerais-tu avoir ? demanda-t-elle.

— Autant que tu voudras !

Elle le regarda avec méfiance : il n'était pas question qu'elle enchaîne les grossesses !

— Un ou deux ? proposa-t-elle.

— Si c'est ce que tu veux, c'est parfait.

Sa réponse lui apprit qu'il serait un partenaire flexible dans leur mariage. Elle appréciait le fait qu'il soit attentionné et ne cherche jamais à lui imposer ses propres opinions.

Elle s'approcha de la fenêtre. Des lumières extérieures éclairaient le paysage endormi et l'orée de la forêt.

— Tu penses que cet homme s'en est pris à toi par hasard ? demanda Decker en remplissant la bouilloire d'eau.

Elle se retourna vers lui.

— Je n'arrête pas d'y repenser. Je n'arrive pas à voir qui pourrait me suivre et essayer de m'enlever.

— C'est insensé !

— C'est ce que je me dis. Je n'ai pas d'ennemi.

— Pas d'ancien petit ami qui pourrait vouloir se venger ?

— Non.

Kendall avait un caractère accommodant, et ses ruptures n'avaient jamais été conflictuelles. Le seul homme qu'elle ait fait souffrir – un ingénieur dans une compagnie d'aviation – était maintenant heureusement marié, et père de deux enfants. De plus, il vivait au Texas.

— J'ai vu cet homme pour la première fois le jour où ma mère et moi sommes sorties du magasin de robes de mariée, ajouta-t-elle.

— Alors, c'est peut-être un illuminé qui s'est pris d'un intérêt malsain pour toi.

Tout en parlant, il disposait des sachets dans deux mugs qu'il avait sortis.

— Peut-être…

— Kendall, je voudrais que tu viennes habiter avec moi.

Elle s'apprêtait à protester, mais il ajouta :

— Tu pourras avoir ta propre chambre, si tu préfères. Mais ici, tu seras en sécurité. Je veillerai sur toi.

Elle devait reconnaître que c'était une bonne solution, et il venait de lui prouver qu'il était tout à fait capable de la protéger. Mais elle n'était pas une faible femme. Certes, elle était encore un peu choquée après cette tentative d'enlèvement, mais demain, tout irait bien. Et les choses allaient un peu trop vite pour elle…

— Je t'accompagnerai chez toi demain afin que tu puisses prendre quelques affaires, lorsque nous aurons vu Trey et son adjointe, déclara Decker.

Elle ne sut quoi répondre : il ne l'avait toujours pas entièrement convaincue.

— Nous pouvons essayer, d'accord ? Et tu pourras toujours partir si je te fais trop peur.

Elle sourit. Elle appréciait son humour pince-sans-rire. Et il savait se montrer très persuasif…

— C'est d'accord.

— Enfin !

Il glissa le bras autour de sa taille, l'attirant vers lui pour l'embrasser.

Il pensait certainement lui donner un léger baiser, mais Kendall sentit tout son corps s'enflammer et pencha la tête en arrière pour prolonger cet instant. Decker pressa sa bouche plus fortement et elle ouvrit les lèvres. Mais une douleur fulgurante la fit gémir, et elle s'éloigna avec un sursaut.

— Pardon, murmura Decker.

— Ça va, répondit-elle avec un sourire. Je me suis laissé emporter. Tu es plutôt séduisant en superhéros !

— Je vais essayer de l'être le plus souvent possible pour toi…

Il versa l'eau chaude dans les mugs et elle en prit un. Elle agita le sachet en se demandant si elle n'était pas sur le point de faire la plus grosse erreur de sa vie. Mais une chose était certaine : son corps, lui, n'avait pas la moindre hésitation.

Le lendemain matin, l'adjointe du shérif, Daria Bloom, prenait en note la description que Kendall lui faisait de l'homme qui avait tenté de l'enlever. Cette jeune femme métisse à la peau ambrée, aux yeux noisette et aux cheveux bruns coupés court avait un esprit vif et une attitude efficace qui suscitaient immédiatement le respect.

Trey avait posé les premières questions à Kendall et Decker, mais maintenant, c'était Daria qui prenait la relève. Il avait lui aussi la peau mate et des cheveux bruns.

— L'agresseur de Kendall et l'homme qui a tué Bianca Rouge pourraient-ils n'être qu'une seule et même personne ? demanda Decker.

Pourquoi avait-il posé cette question ? Il était vrai qu'ils n'avaient pour le moment aucune piste, et devaient tout envisager.

— Je ne sais pas si ce qui est arrivé hier est lié à ce meurtre. Le fait qu'il y ait eu une tentative d'enlèvement me fait réfléchir…, répondit Daria. Mais il se peut également qu'il n'y ait aucun rapport entre ces deux affaires.

— En tout cas, nous avons une description de l'agresseur, remarqua Trey.

C'était déjà ça.

— Je me sentirais beaucoup mieux si nous arrivions à le retrouver, dit Kendall.

Elle ne voulait pas vivre sous la menace constante d'une agression ou d'un enlèvement.

— Nous allons faire notre possible pour mettre la main sur lui. N'ayez pas peur.

— Et si quelqu'un en voulait à ma famille ? demanda soudain Decker.

Kendall le regarda, bouche bée. Qui pouvait vouloir s'en prendre aux Colton ? Et pourquoi ? C'était possible, mais alors, pourquoi s'attaquer à elle ? Pour atteindre indirectement Decker ? Russ ?

— Tout est envisageable à ce point de l'enquête, déclara Trey. Nous n'avons pas beaucoup d'éléments. La police n'a trouvé aucun indice, que ce soit sur les lieux de l'agression ou dans la voiture : aucune empreinte, rien que nous puissions utiliser pour faire une analyse ADN. Nous sommes en train d'enquêter sur la voiture volée, mais nous n'avons rien de concret pour le moment.

L'identité de l'agresseur et ses motifs étaient pour le moment mystérieux… Et ils risquaient fort de le rester.

Plus tard dans la journée, Kendall s'arrêta chez ses parents après avoir chargé dans la voiture de Decker les affaires dont elle avait besoin. Elle avait appelé sa mère dans la matinée pour lui raconter l'agression dont elle avait été victime, et sa mère avait insisté pour la voir. Decker l'accompagnait. Son téléphone se mit à sonner alors qu'ils entraient dans la maison de ses parents, et il resta dans le hall pour prendre l'appel.

La mère de Kendall la serra dans ses bras.

— Ma chérie ! Je suis tellement soulagée que tu ailles bien !

Bernard était là lui aussi. Il avait l'air sombre.

— Pourquoi quelqu'un pourrait-il vouloir t'enlever ? demanda-t-il avec véhémence.

— Le shérif Colton et son adjointe pensent que c'est soit un déséquilibré qui a agi au hasard, soit quelqu'un qui en veut aux Colton.

— Au hasard ?

Sa mère jeta un coup d'œil à son père, qui évita son regard.

Kendall commençait à ressentir une impression étrange. Ses parents semblaient bizzarement nerveux. Elle comprenait qu'ils se soient fait du souci pour elle, mais maintenant, ils voyaient qu'elle allait bien. En toute logique, ils auraient dû être plus soulagés que troublés…

— C'est ce que dit la police, répliqua Bernard.

Marion le dévisagea, les lèvres pincées.

— Ce n'est qu'une hypothèse, lança-t-elle d'un ton aigre.

— Ils pensent aussi que l'attaque pourrait être dirigée contre les Colton, ajouta Bernard.

— Oui. Et cela encore n'est qu'une hypothèse. Mais il y en a une autre qui est beaucoup plus probable.

— Marion…

Que se passait-il donc ici ?

— Dis-lui, Bernard, déclara sa mère. Et je pense que tu devrais aussi en parler à Trey Colton et à Daria Bloom.

— Non.

Le ton de son père était catégorique.

Kendall les regarda alternativement.

— Me dire quoi ? Et pourquoi refuses-tu d'aller parler au shérif si tu sais quelque chose ?

— C'est certainement un déséquilibré, insista son père.

— Bon sang, Bernard, je refuse de me taire plus longtemps ! Ta fille a failli être enlevée !

— Mais que se passe-t-il ? s'écria Kendall.

Elle jeta un regard en arrière et vit que Decker était

toujours au téléphone, concentré sur sa conversation, et qu'il n'avait certainement rien vu ni entendu de ce qui se passait dans le salon.

— C'est certainement quelqu'un qui en veut aux Colton, insista Bernard. Ils ne manquent pas d'ennemis dans cette ville !

— Je ne vois pas pourquoi quelqu'un déciderait de s'en prendre à moi pour atteindre indirectement Decker.

C'était certes possible, mais très peu probable.

— Notre entreprise a des problèmes financiers, Kendall, déclara sa mère. Cette tentative d'enlèvement était peut-être un avertissement.

— Ce ne sont que des ennuis passagers. Rien d'inquiétant, intervint son père.

— Quel type de problèmes ? demanda Kendall.

Était-ce la raison pour laquelle son père avait tellement insisté pour qu'elle épouse Decker ? Elle sentit la colère monter en elle alors qu'elle attendait une explication.

— Nous sommes au bord de la faillite, déclara Marion.

Bernard poussa un long soupir et se frotta les yeux.

— Marion, tu t'inquiètes trop.

— Ton père et moi avons hypothéqué la maison, et avons fait un gros emprunt pour sauver l'entreprise. Mais nous n'arrivons pas à le rembourser en ce moment. Nous risquons d'être expulsés prochainement et de mettre la clé sous la porte. La survie d'Hadley Forestry est menacée.

— Pourquoi ne m'avez-vous rien dit ? demanda Kendall en regardant son père.

Il fuyait son regard.

— Dis-lui ! intervint Marion, qui semblait révoltée par son attitude.

— Je pensais que j'allais trouver un moyen de m'en sortir…

— En me forçant à épouser Decker ?

Elle jeta un coup d'œil à Decker et vit qu'il était toujours au téléphone. Que penserait-il de tout cela ?

— Ce n'était pas mon idée. C'est Russ qui m'en a parlé.

— Et ça ne t'a jamais traversé l'esprit que le fait que j'épouse Decker pourrait régler tes problèmes financiers ?

— Je ne peux pas dire que je n'y ai pas pensé, murmura-t-il. Mais je ne t'aurais jamais demandé de faire cela pour sauver notre entreprise, Kendall.

Elle le crut, ce qui atténua quelque peu sa colère.

— C'est pour cela que tu m'as demandé de revenir travailler avec toi ?

— Oui. Et tu as un peu arrangé les choses. Mais pas assez pour faire une différence, répondit son père d'un ton las. Je suis en pourparlers avec des investisseurs, et j'envisage une réorganisation qui va m'obliger à licencier certains employés… Mais je ne suis pas certain que ça va suffire.

— Non, ça ne suffira pas, répliqua Marion. Nous allons tout perdre !

Sa mère était parfois un peu excessive. Kendall devait examiner la situation avec son père pour déterminer les mesures qu'il était possible de prendre pour sauver Hadley Forestry.

— Et si j'investissais tout l'argent que je possède ? demanda-t-elle.

— Non. Je refuse que tu utilises tes fonds personnels, répliqua Marion.

— De toute manière, cela ne suffirait pas, ajouta Bernard.

Cela voulait dire que les pertes de l'entreprise étaient considérables.

— Je n'arrive pas à croire que tu ne m'aies rien dit ! s'exclama Kendall. Tu aurais dû m'en parler dès que Russ a évoqué l'idée d'un mariage entre Decker et moi !

— Je me sens très coupable, Kendall. Mais je ne

veux pas te mentir : c'est ton mariage avec Decker qui va sauver Hadley Forestry.

Il s'était certainement dit que Kendall allait le tirer de ses problèmes financiers dès qu'elle serait mariée, et elle devait bien admettre qu'il ne s'était pas trompé : elle n'aurait pas pu voir ses parents tout perdre sans rien faire. Mais elle ne pouvait pas non plus manipuler Decker de la sorte.

Elle le regarda et vit qu'il était toujours au téléphone.

— Je t'en prie, Kendall : ne lui dis rien pour le moment, la supplia son père.

Il craignait certainement que Decker n'annule le mariage s'il apprenait que les Hadley n'étaient pas aussi riches qu'il le pensait.

Bien que cela l'agace au plus haut point, elle devait bien reconnaître qu'elle-même ne savait pas quoi faire.

— Tout va bien ? demanda Decker qui venait de pénétrer dans le salon.

— Mes parents se font du souci pour moi, déclara Kendall.

Decker hocha la tête, et elle ne manqua pas de remarquer la lueur de soulagement qui brilla dans les yeux de son père. Elle n'allait rien dire… Pour le moment…

— Ne vous inquiétez pas, dit Decker en posant le bras sur ses épaules. Je vais veiller sur elle. Elle sera en sécurité.

— Il s'est lancé à la poursuite de mon agresseur, annonça Kendall avec une certaine fierté.

— Alors, tu seras plus en sécurité avec Decker, murmura Marion. Je ne veux pas te savoir seule chez toi.

Kendall voyait très bien ce que craignait sa mère : qu'une personne à laquelle Hadley Forestry devait de l'argent ne cherche à l'enlever pour obtenir le remboursement de sa dette.

— Je vais m'arrêter à The Lodge : j'ai un problème à régler là-bas, dit Decker. Tu peux venir avec moi ?

— Bien sûr qu'elle le peut ! s'exclama Bernard.

Kendall lui lança un regard courroucé, et il se reprit :

— Je veux dire : Kendall a tout son temps. Jusqu'à ce que le mariage ait eu lieu, je ne l'attends pas au travail !

Kendall demeura silencieuse pendant le trajet. Decker remarqua son trouble.

— Tu vas bien ? demanda-t-il.

Elle se retourna vers lui avec un petit sourire.

— Oui. Je pensais seulement à mes parents. Ils sont si inquiets !

— Tout ira bien… Pour toi comme pour eux. Tu n'auras qu'à les appeler chaque jour.

Il semblait si sûr de lui ! Mais il ignorait qu'elle était peut-être la cible d'un créancier qui voulait soutirer à son père de l'argent qu'il n'avait pas.

La neige s'était mise à tomber à gros flocons. Le paysage était très beau, mais les routes devenaient glissantes, et la visibilité de plus en plus réduite, d'autant plus que la nuit était tombée.

Decker s'engagea sur la route menant à The Lodge.

— Nous risquons d'avoir du mal à aller jusque chez moi tout à l'heure.

— Oh ! quel dommage : nous allons être obligés de dormir dans une suite luxueuse !

Cela lui faisait du bien de plaisanter… et d'oublier un instant les mensonges de ses parents.

— Il y en a une que j'affectionne particulièrement. J'y séjourne régulièrement.

Ils pénétrèrent dans le hall de l'hôtel. Kendall fut frappée par le faste des lieux, auxquels l'utilisation du bois comme matériau principal et l'immense cheminée en pierre apportaient une touche de chaleur. Deux réceptionnistes se tenaient derrière un long comptoir.

Un troisième homme attendait sur le côté, et les regardait s'approcher. Il était très élégamment vêtu d'un costume gris et d'une chemise blanche, et ses cheveux blonds étaient coupés court.

— Je te présente Seth Harris, chef de la réception, dit Decker lorsqu'ils arrivèrent près de lui.

Seth les salua.

— Kendall va s'installer dans ma suite, reprit Decker.

— Je sais qui vous êtes, déclara Seth en s'adressant à elle. Félicitations.

Il parlait du mariage, bien entendu. Elle ne put s'empêcher de se demander fugitivement ce qu'il en pensait.

Seth se tourna vers Decker.

— Molly Gilford devrait arriver d'un instant à l'autre.

Au moment même où il prononçait ces paroles, une femme blonde apparut. Tout en elle, de son carré net à son tailleur noir, respirait l'efficacité et le professionnalisme. C'était certainement pour régler un problème avec elle que Decker était venu à The Lodge.

— Merci d'être passé, déclara Molly. Le client insiste pour avoir affaire à vous.

— Pas de problème. Il est logé dans quelle chambre ?

— La suite Primrose.

— Je suis allé lui parler, moi aussi, dit Seth. Je pense qu'il s'est un peu calmé.

— Merci, Seth.

Decker posa la main sur le dos de Kendall et la guida vers les ascenseurs.

— Que s'est-il passé ?

— Un présentateur célèbre a l'habitude de séjourner ici, et il est toujours très exigeant. Apparemment, ses œufs brouillés étaient trop cuits. Le chef en a fait d'autres pour lui, mais il estime que cela a pris trop de temps et que le service a été très lent.

— Pauvre chou !

Decker sourit alors qu'ils entraient dans l'ascenseur.

— Seth est un beau parleur. Il a l'art de calmer les clients et de trouver des solutions.

— J'imagine que c'est utile dans ce métier !

Ils sortirent au dernier étage, et se dirigèrent vers la porte où le nom « Primrose » était gravé sur une plaque dorée.

Decker frappa à la porte et, quelques secondes plus tard, un homme d'une cinquantaine d'années vint lui ouvrir.

— Decker Colton, dit-il pour se présenter. On m'a appris que vous n'étiez pas satisfait de votre petit déjeuner.

— Il leur a fallu une heure pour m'apporter ce que j'avais commandé !

— Le petit déjeuner de demain sera offert par la maison en guise d'excuse.

— C'est un peu tard pour cela. Celui d'aujourd'hui a été complètement gâché par l'incompétence de votre personnel !

— Je vais aller leur parler. Cela ne se reproduira plus.

— Vous devriez embaucher des gens qui ont plus de conscience professionnelle, et qui mettent leur fierté dans le travail bien fait. Je n'en attends pas moins d'un cinq-étoiles !

— Moi non plus, monsieur. Vous pouvez avoir l'assurance que je vais prendre vos remarques en compte, et que cela ne se reproduira plus.

L'homme sembla s'adoucir. Il regarda Kendall.

— C'est la personne qui a fait les œufs brouillés ?

— Non. Je vous présente ma fiancée, Kendall Hadley.

— Oh !

L'homme sembla un instant confus.

— Je vous présente mes excuses, madame.

— Il n'y a aucun problème, répondit-elle, se disant que cet individu serait plus heureux s'il ne voyait pas constamment le mauvais côté des choses.

Elle le connaissait pour l'avoir vu présenter l'émission d'information matinale qu'elle regardait parfois. Maintenant qu'elle savait qui il était vraiment, elle choisirait un autre programme !

Decker nota le numéro de son portable et le tendit à l'homme.

— Appelez-moi demain pour me dire ce que vous voulez pour le petit déjeuner, et je m'assurerai personnellement que tout sera comme vous le désirez.

L'homme hocha la tête, clairement satisfait de s'être prouvé qu'il avait du pouvoir.

— Merci.

— Je vous en prie. Je vous souhaite une bonne soirée !

Sur ces paroles, Decker s'éloigna avec Kendall.

— Ce genre de choses arrive souvent ? demanda-t-elle.

— Non. La plupart des clients sont heureux de profiter des installations de l'hôtel.

— Je détesterais avoir affaire aux râleurs.

— Je me prête au jeu. Je sais comment m'y prendre avec eux. Ça ne me dérange pas.

Il l'arrêta avant qu'elle entre dans l'ascenseur.

— Viens !

Elle le suivit jusqu'à une porte à double battant située à l'extrémité du couloir. Il sortit un badge, l'ouvrit, et lui fit signe d'entrer.

— Que fais-tu ? lui demanda-t-elle en pénétrant dans la pièce.

— Je voulais te montrer ma suite.

Il actionna l'interrupteur, et elle découvrit une pièce au luxe simple et raffiné. Une lampe posée sur une console adossée au canapé éclairait la pièce d'une lumière chaleureuse. Un second sofa était placé de l'autre côté de la table basse. En face, une baie vitrée occupait tout un pan de mur et donnait sur un large balcon couvert. Une table avec quatre chaises était placée devant.

Decker vint auprès d'elle.

— C'est beau, tu ne trouves pas ? demanda-t-il à voix basse.

Parlait-il de cette pièce magnifique ou de la neige ?

— Oui, tout est très beau.

Il glissa le bras autour de sa taille et, posant la tête contre la sienne, regarda les flocons tomber.

Elle sentit la chaleur se répandre en elle.

— Lorsque nous avons rénové l'hôtel, j'ai embauché un excellent décorateur d'intérieur.

Kendall décela des accents de fierté dans sa voix. Elle s'écarta de lui pour pouvoir le regarder. Elle savait qu'il était humble, mais il aimait manifestement les belles choses.

— Visiblement, tout cela compte beaucoup pour toi, dit-elle en désignant la pièce et la vue.

Tout d'abord, il la dévisagea avec ce regard imperturbable qu'il avait souvent. Quelques secondes passèrent. Il prit son temps, et se mit à observer silencieusement la neige qui tombait.

Enfin, il se tourna vers elle. L'expression de ses yeux avait changé maintenant : elle était chargée d'émotions qu'elle avait du mal à déchiffrer.

— Ce n'est pas ce que tu penses.

Que voulait-il dire par là ?

— Je ne comprends pas.

Il se tourna vers la fenêtre.

— Les montagnes… La roche… Quand j'étais petit, tout cela me fascinait.

Il parlait avec son cœur, elle le voyait bien. Elle dut se mettre en garde : elle ne devait pas s'attacher à lui ainsi, tomber amoureuse… Enfin non, ce n'était pas de l'amour… Juste un prolongement de son béguin d'adolescente.

— Avant que mon père lance cette station de sports d'hiver, l'endroit n'avait rien de touristique.

— Tu le préférais ainsi ?

— Non.

Il la regarda droit dans les yeux.

— C'est moi qui ai fait de cette station ce qu'elle est aujourd'hui. Mon père avait un rêve. Je l'ai réalisé.

— Oui. Mais c'était *son* rêve.

Elle se rendit compte seulement après avoir parlé qu'elle l'avait peut-être vexé.

Decker se détourna.

— Et tu penses que je ne le sais pas ? répliqua-t-il.

— Si. Mais tu vis *son* rêve, pas le tien.

— Cette station est à moi autant qu'à lui.

Il la regarda, manifestement mécontent qu'elle ose suggérer qu'il ne faisait que suivre la volonté de son père.

Il avait certes joué un rôle déterminant pour faire de son hôtel le palace de renom qu'il était aujourd'hui, mais il ne pouvait pas nier qu'il avait suivi la voie tracée par Russ. Elle se doutait qu'il ne le savait que trop bien, et que cette idée le mettait mal à l'aise.

— J'ai les mêmes sentiments envers mon père, reconnut-elle. Ce n'est pas exactement la même chose, mais si je suis revenue ici, c'est parce qu'il me l'a demandé.

Elle détourna la tête. Maintenant, elle savait ce qui avait poussé Bernard à le faire : il avait besoin de son aide pour sauver l'entreprise…

8

La neige tombait maintenant à gros flocons et le vent s'était levé. Decker avait déjà reçu deux appels du personnel de la réception pour l'informer que des clients étaient bloqués sur la petite route menant à l'hôtel, et il avait envoyé quelqu'un les chercher. Maintenant, Kendall et lui étaient assis autour de la table, et parlaient de leur enfance. La pièce n'était éclairée que par la lueur des flammes dans la cheminée à gaz, et par les guirlandes lumineuses suspendues dehors au balcon, qui faisaient briller les flocons d'un éclat argenté. Une douce musique de jazz contribuait à rendre l'ambiance confortable et chaleureuse.

Kendall lui parla du jour où ses parents l'avaient emmenée au festival annuel de la montagne qui avait lieu chaque été dans la région. Des artistes locaux tenaient des échoppes pour présenter leurs créations, et on y vendait toutes sortes d'objets et produits alimentaires. Il y avait également des spectacles qui se succédaient sur un podium. Elle se souvenait avoir aperçu Decker là-bas avec sa famille. Il avait dix-sept ans à l'époque, et il était bien sûr accompagné d'une fille.

Decker eut un pincement au cœur parce qu'il ne se rappelait pas l'avoir vue ce jour-là. Mais il se souvenait de sa petite amie de l'époque : ils avaient rompu juste avant qu'il entre à l'université.

— J’étais amoureuse de toi, lui avoua Kendall. Pendant toutes mes années de lycée, en fait…

— Et plus maintenant ! la taquina-t-il.

Elle sourit et ne dit rien, se contentant de tremper ses lèvres dans son verre de vin et de le reposer sur la table.

Decker se leva d’un bond et lui prit la main.

Il l’emmena à l’écart, l’attira à lui, et se mit à danser.

— C’est pour cela que tu as accepté de me rencontrer ? demanda-t-il. Parce que tu étais toujours amoureuse de moi ?

— Comme je te l’ai déjà dit, j’étais curieuse de te revoir.

— Et tu es à nouveau amoureuse ?

— Ah, tu aimerais bien le savoir !

Il fut saisi par l’éclat de son sourire.

— Tu pourrais me le dire. Dans un peu plus de quinze jours, nous serons mariés !

— Je peux changer d’avis d’ici là !

En entendant son ton ironique, il se dit qu’elle avait pris sa décision une fois pour toutes.

— Quand mon père saura que tu as définitivement accepté, il sera ravi !

— Bien ! Alors peut-être que nos parents nous laisseront enfin tranquilles ! dit-elle en glissant les bras derrière son cou.

Il sentit la chaleur monter en lui. Ils allaient si bien ensemble !

Il n’essaya pas de contrôler sa réaction. Il l’embrassa doucement d’abord, tout en continuant à danser avec elle sur un rythme langoureux.

Elle pencha la tête en arrière, l’invitant à approfondir leur baiser.

Il posa les mains sur ses fesses et la plaqua contre lui, savourant la sensation de ses seins pressés sur son torse. Elle s’écarta un peu, interrompant leur long baiser.

Les yeux de Kendall étaient voilés par la passion, et le désir qu'il y lisait faisait écho à celui qui montait en lui. L'alchimie qui existait entre eux était indéniable. C'était comme une étincelle qui avait jailli subitement… Ou comme un feu qui couvait depuis leurs années de lycée. Il l'avait toujours trouvée très belle. Simplement, il n'avait jamais eu la chance de la connaître vraiment. C'était étrange de constater à quel point un simple dîner avait tout changé.

Il lui prit la main et la conduisit vers sa chambre. Là encore, tout un pan de mur était occupé par une baie vitrée donnant sur une terrasse.

Elle commença à se dévêtir et il l'imita, tout en admirant la grâce de ses mouvements. Elle se glissa sous la couette, et il vint la rejoindre.

Il n'avait pas envie de hâter les choses, et prit le temps de la tenir blottie dans ses bras. Ils étaient l'un contre l'autre, étroitement enlacés, et regardaient la neige tomber alors que le désir montait en eux. Les flocons étaient toujours plus épais, mais ils étaient au chaud, l'un contre l'autre…

Il se mit sur le côté pour caresser les cheveux de Kendall, échangea un long regard avec elle, puis l'embrassa. Il prit son temps avant de s'allonger sur elle. Elle écarta les jambes, et le désir se fit soudain dévorant. Il entendait sa respiration rauque et saccadée, et sut qu'elle était animée par le même sentiment d'urgence que lui.

Il la pénétra lentement, avec l'intention de donner une importance particulière à ce moment. Il ne savait pas trop pourquoi. Il se laissait seulement guider par son instinct, et par la magie de l'instant.

Il se mit à aller et venir en elle, et ne put résister au besoin d'aller toujours plus vite, plus profondément. Il était encouragé par les gémissements de Kendall, et la façon dont elle lui offrait son sexe en s'arc-boutant contre lui. Il ne leur fallut pas longtemps pour être emportés par la jouissance.

Ils restèrent ensuite un instant silencieux, essayant de calmer leur respiration et de reprendre pied dans la réalité. Enfin, il s'allongea à côté d'elle et la prit dans ses bras. Jamais auparavant il n'avait connu un tel sentiment de plénitude. Il allait épouser une femme superbe et fonder une famille. C'était exactement ce qu'il voulait, ce qui manquait dans sa vie.

— Comment te sens-tu ? lui demanda-t-il avec tendresse.

Elle s'arrêta de caresser son torse du bout des doigts, et leva la tête vers lui.

— Ce n'est pas évident ?

— Tu te sens bien, je le sais. Mais je veux parler du reste…

Elle reposa la tête sur son épaule, et recommença à le caresser. Puis elle finit par dire :

— Très bien ! d'une voix calme, mais joyeuse.

Il l'embrassa sur le front.

— Moi aussi.

Elle cessa de le caresser, et il vit qu'elle avait fermé les yeux et se blottissait contre lui, l'air satisfait.

— J'imagine que nos parents vont être très heureux que nous nous entendions si bien, dit-il. Mon père tout particulièrement !

Kendall ne répondit rien. Mais un instant plus tard, elle s'éloigna de lui pour se coucher sur le dos, et il vit qu'elle fixait le plafond du regard, apparemment perdue dans de sombres pensées.

— Que se passe-il ?

Elle le regarda et fit un sourire qui se transforma en une petite moue. Il voyait bien que quelque chose la troublait.

— Ma chérie, qu'y a-t-il ?

Il se mit sur le côté pour pouvoir la regarder.

— Rien.

— Si ! Dis-moi…

Elle demeura un instant silencieuse, puis secoua la tête.

— Je suppose que je suis simplement un peu stressée…

À cause du mariage ? C'était peut-être vrai, mais il avait le sentiment que ce n'était pas tout. Elle semblait déjà préoccupée lorsqu'elle avait quitté la maison de ses parents.

— De quoi as-tu parlé avec tes parents lorsque j'étais au téléphone ?

— De tout et de rien…

— Ça a pourtant duré.

Et il avait eu l'impression que la conversation était animée. Il avait senti une certaine tension lorsqu'il était entré dans le salon.

— Mes parents n'arrêtent pas de me poser des questions sur nous deux, et de me demander si nous nous entendons bien.

— Oh !

Il se pencha pour déposer un baiser sur sa joue.

— Dans ce cas, parle-leur de ce soir. Ils comprendront une fois pour toutes !

Elle le frappa avec son oreiller.

— Je ne vais certainement pas leur raconter ça !

Il rit. Il avait vraiment trouvé la compagne parfaite.

Quelques jours plus tard, Kendall attendait sur le parking où Decker et elle s'étaient garés pour aller faire leur randonnée. Une certaine routine s'était établie : Decker et elle passaient leurs journées à travailler – elle avait dû batailler pour convaincre son père de la laisser venir au bureau, mais avait finalement réussi – puis ils se retrouvaient pour passer la soirée et la nuit ensemble. Toute la journée, elle attendait ce moment avec impatience.

Leur agresseur semblait s'être volatilisé, et elle commençait à penser que son accident l'avait convaincu de mettre un terme à ses méfaits.

Aujourd'hui, elle avait prévu d'aller voir ses loups. Elle avait contacté le parc national des Montagnes Rocheuses, et ils avaient enfin désigné un biologiste pour l'accompagner dans ses observations. Ainsi, s'ils voyaient la meute, la présence du loup gris dans la région serait officiellement reconnue. Quelques randonneurs avaient déjà fait des signalements, mais les autorités n'avaient pas encore corroboré ces informations.

Puisqu'elle ne serait pas seule, Decker avait fini par se laisser convaincre de ne pas l'accompagner, et de rester travailler.

— J'espère que tu ne vas pas être un de ces maris trop possessifs ! s'était-elle exclamée.

— Non. Je veux seulement que tu sois en sécurité.

— Tu ne peux pas rester avec moi vingt-quatre heures sur vingt-quatre. Alors, fais-moi confiance, d'accord ?

Et il avait accepté de la laisser partir.

Elle vit un 4×4 avec le logo du parc national ralentir, et mettre son clignotant. Le conducteur se gara derrière sa Land Rover. Elle l'attendait au départ du chemin, son sac à dos déjà sur les épaules. Le temps était couvert, et elle s'était habillée en conséquence.

Le biologiste s'appelait Ben Kennedy. Lorsqu'il sortit de son véhicule, elle vit qu'il s'agissait d'un homme costaud, qui semblait avoir une quarantaine d'années. Il prit son sac à dos et vint la rejoindre. Elle se sentait en sécurité : celui qui l'avait agressée n'essaierait certainement pas de s'en prendre à elle avec cet homme à ses côtés.

— Je suis désolé de mon retard, déclara Ben en

s'approchant. Il y avait beaucoup de circulation pour sortir de Lakewood.

— Pas de problème. Allons-y ! déclara-t-elle en se mettant en marche.

Ben engagea la conversation, et lui demanda comment elle avait découvert cette meute.

— Si nous parvenons à les observer aujourd'hui et à déterminer où se trouve leur tanière, ça sera vraiment une étape importante pour notre agence, dit-il.

Elle hocha la tête.

— Je peux vous certifier que je les ai vus, déclara-t-elle.

À vrai dire, devoir passer par une agence fédérale pour que ses observations soient officialisées l'agaçait. Pourquoi sa parole ne suffisait-elle pas ? Elle aurait pu envoyer des photos.

— Je vous crois. Je suis désolé qu'il faille suivre tout ce processus ! Mais parlez-moi plutôt de la meute.

Elle lui raconta tout ce qu'elle avait expliqué à Decker, et ajouta :

— Je suis très impressionnée par l'attention que les deux parents apportent à leur portée. Les humains ne font pas mieux !

— Oui, c'est vrai. J'aime beaucoup étudier les loups. C'est ma spécialité, et c'est pour cela qu'ils m'ont envoyé.

Kendall se réjouit que l'agence ait choisi une personne compétente.

Ils atteignirent l'endroit où il fallait quitter le sentier, et elle l'emmena là où Decker et elle avaient pu observer les loups. Mais cette fois, ils n'y étaient pas.

— Nous allons devoir être très discrets, mais je peux vous conduire jusqu'à leur tanière.

Lorsqu'ils arrivèrent à proximité, ils se tapirent derrière les arbres. Kendall entendit les loups avant même de les voir.

— Waouh, murmura Ben, c'est incroyable !

Les parents avaient la tête tournée dans leur direction, ce qui signifiait qu'ils les avaient entendus approcher. Mais ils ne semblaient pas se sentir menacés.

— À partir de maintenant, c'est notre agence qui va prendre le relais de votre travail. Nous allons mettre une puce sur un des loups, et je vous promets de vous tenir au courant de nos observations.

Elle regarda une dernière fois ses chers loups, en se disant qu'elle ne les verrait certainement plus jamais. Mais Ben connaissait son travail, et c'était à lui qu'incombait maintenant la tâche de les surveiller. Ils rebroussèrent chemin, et elle laissa ses pensées se tourner vers Decker, et la soirée qu'ils allaient passer ensemble.

Lorsqu'elle quitta le biologiste, Kendall alla chez elle prendre quelques affaires qui lui manquaient. Puis elle se mit en route pour se rendre chez Decker.

Au bout d'une dizaine de minutes, elle remarqua une voiture derrière elle. Elle était certaine que personne ne l'avait suivie ce matin jusqu'à son point de rendez-vous avec Ben, mais il était possible que celui qui l'avait agressée ait monté la garde près de sa maison.

Son cœur se mit à battre plus vite. Elle était presque arrivée au niveau de l'embranchement menant chez Decker, et ne savait quelle décision prendre. Elle pouvait aller voir la police, mais que ferait-elle si l'homme tentait de lui faire quitter la chaussée ? Elle tourna sur la petite route et accéléra. La voiture derrière elle fit de même.

On la suivait bien…

— Oh ! non ! s'écria-t-elle tout en sentant son sang se glacer.

Elle conduisit aussi vite qu'elle le put sur la route sinueuse, mais elle ne parvint pas à distancer la voiture.

Elle s'approcha d'elle jusqu'à presque toucher son

pare-chocs, et elle sentit son cœur faire un bond dans sa poitrine.

C'était exactement ce qu'elle craignait : le conducteur allait tenter de la faire sortir de la route pour l'enlever.

Elle allait arriver au niveau de l'allée menant à la maison de Decker.

— Mon Dieu, faites que le portail soit ouvert ! pria-t-elle à voix haute.

Elle avait appelé Decker au moment où elle partait de chez elle, donc il devait s'attendre à la voir arriver d'un instant à l'autre.

Elle se rapprochait de l'allée, retenant son souffle.

Lorsqu'elle vit que le portail était ouvert, elle poussa un soupir de soulagement et s'engagea dans l'allée, prenant le tournant si brusquement qu'elle érafla l'aile de sa voiture contre un montant métallique. Elle savait qu'il y avait des caméras de surveillance, et que son poursuivant serait filmé s'il la suivait.

La voiture continua son chemin. Kendall stoppa le moteur devant la maison de Decker, sortit de son véhicule et se rua vers la porte, jetant un coup d'œil derrière elle pour s'assurer que personne ne l'avait suivie. Heureusement, elle était seule.

Elle entra et referma la porte à double tour, avant de s'adosser contre le battant en fermant les yeux et en poussant un soupir.

Elle entendit du bruit et sursauta. C'était Decker. Il pressa quelques boutons sur le boîtier fixé au mur près de la porte, pour refermer le portail et mettre l'alarme en marche.

— Qu'y a-t-il ? demanda-t-il, les sourcils froncés.

Elle se jeta dans ses bras. Là, enfin, elle se sentait en sécurité.

Il la serra contre lui, puis lui frotta le dos.

— Tout va bien maintenant, lui dit-il d'un ton rassurant.

Elle s'écarta et leva la tête vers lui.

— Il m'a encore suivie… Il m'a presque fait sortir de la route !

Le visage de Decker s'assombrit.

— J'aurais dû être avec toi.

— Tu ne peux pas m'accompagner tout le temps ! répliqua-t-elle en tentant de sourire.

Elle se dégagea et alla poser son sac sur une chaise du salon.

Il la suivit.

— Au moins, ne conduis plus seule. Je vais mettre un de mes chauffeurs à ta disposition.

— J'accepte avec plaisir !

— C'était le même homme ? demanda-t-il.

— Je n'ai pas vu le conducteur. Ce n'était pas la même voiture.

Il la regarda en fronçant les sourcils.

— Ce n'est pas bon… Ce n'est pas une attaque au hasard, Kendall… Quelqu'un t'en veut personnellement. La question est : pourquoi ?

Kendall craignait de connaître la réponse : son père avait dû emprunter de l'argent à quelqu'un qui ne reculait devant rien pour être remboursé.

— Tu es certaine que personne ne te veut du mal ?

— À moi ? Non.

Au moins, elle pouvait répondre sincèrement à cette question. Elle n'avait pas d'ennemis… contrairement à son père.

Il s'approcha d'elle et posa les mains sur ses épaules.

— Nous allons devoir être très prudents jusqu'à ce que nous sachions qui t'en veut, et pourquoi.

Elle se contenta de hocher la tête. Oh oui, elle allait faire attention ! Et elle ne refuserait pas l'aide de Decker.

Il s'éloigna d'elle pour téléphoner à Trey. Kendall l'écouta parler à son cousin, et comprit que la police allait rechercher la voiture qui l'avait suivie. Lorsque Decker raccrocha, il revint la prendre dans ses bras, et elle posa les mains contre son torse.

Quand elle leva les yeux vers lui, son cœur fit un bond : dans le regard de Decker, elle lisait chaleur et tendresse, mais aussi force et détermination.

Il avait tout ce qu'elle rêvait de trouver chez un homme. Peut-être plus encore. Et cela lui faisait peur…

Il fallait qu'elle sache ce à quoi elle s'engageait.

— Decker, je peux te poser une question personnelle ?

— Bien sûr ! Tu peux tout me demander.

Elle pouvait poser sa question. Mais allait-il lui répondre ?

— Tu penses pouvoir tomber amoureux un jour ? demanda-t-elle.

Son visage se ferma. Il demeura un instant silencieux avant de répondre.

— Amoureux ?

— Oui. Tu penses que c'est possible ?

À nouveau, il prit son temps avant de parler.

— Je ne pense pas que cela m'arrivera un jour.

Était-il excessivement pessimiste, ou seulement sincère ? Ainsi, il pensait qu'il ne serait jamais amoureux d'elle ?

— Et si moi, je tombe amoureuse ? murmura-t-elle.

— Alors, tu n'auras rien à craindre, Kendall : je ne te ferai jamais de mal. Je veux que notre mariage soit pour la vie.

Elle aurait dû être satisfaite d'entendre cela, mais elle se sentait incroyablement dépitée.

Il pencha la tête. Visiblement, il avait deviné sa déception.

— Hé, si jamais cela devait m'arriver un jour, c'est de toi plus que toute autre que j'aimerais tomber amoureux !

À nouveau, elle se dit qu'elle aurait dû s'estimer

heureuse, mais ces paroles ne firent qu'augmenter son trouble.

— Je suis fatiguée. Je vais me faire couler un bain et me coucher tôt.

Elle s'éloigna de lui, et contourna le sofa pour éviter d'avoir à le frôler en passant.

Alors qu'elle sortait de la pièce, il l'appela.

— Kendall !

— Tout va bien, Decker. Je voudrais seulement être seule ce soir.

Il la laissa partir, et elle fut soulagée. Elle était elle-même surprise de constater à quel point cette brève conversation l'avait attristée. Peut-être devrait-elle lui parler des problèmes financiers de son père. Alors, certainement, il mettrait un terme à leurs fiançailles, et trouverait une autre compagne… Et elle échapperait à ce qui risquait d'être un désastre pour elle. Parce qu'elle savait maintenant qu'elle risquait fort de tomber follement amoureuse de lui.

9

Decker avait mal dormi. Il ne cessait de repenser à la tristesse qu'il avait lue dans les yeux de Kendall. Il s'était efforcé d'être honnête avec elle, mais leurs sentiments étaient manifestement différents. Elle pensait pouvoir tomber amoureuse… *de lui*. Cela le mettait mal à l'aise. Allait-elle, comme d'autres femmes, devenir exigeante et en attendre trop de lui ?

Mais au moment même où cette pensée lui traversa l'esprit, il eut la certitude que cela n'arriverait jamais. Kendall n'était pas comme les autres. Pour lui, elle était unique. Pourquoi n'arrivait-elle pas à le voir ? Ils s'entendaient exceptionnellement bien, sur tous les plans.

Peut-être Kendall voulait-elle simplement dire qu'elle avait des sentiments pour lui ? Il en avait pour elle. Ils allaient si bien ensemble ! Alors, pourquoi semblait-elle si inquiète ?

Son père fit irruption dans son bureau comme il en avait coutume, mais plus brusquement encore que d'habitude.

— Il faut que nous parlions.

— Tu ne peux pas frapper ?

Russ avait refermé la porte du bureau et s'avançait vers lui.

— Je viens d'apprendre que Bernard Hadley est au bord de la faillite.

Decker fut saisi. La famille de Kendall était une des plus fortunées de la région.

— Tu en es sûr ?

— Oui. On vient de me le confirmer : il est criblé de dettes.

Decker ne lui demanda pas comment il avait obtenu ces informations. Son père avait toujours eu ses sources personnelles.

— Alors, quel est le problème ?

Pourquoi Russ était-il si excité ? Son père avait eu l'idée de ce mariage pour des raisons financières, mais, même si elles n'existaient plus, cela restait malgré tout une excellente idée.

— *Quel est le problème ?* répéta son père. Ils sont ruinés !

— Tu ne t'étais pas renseigné sur leur situation financière avant de parler de ce mariage à Bernard ?

Decker savait que sa question allait agacer son père. Il avait raison. Le visage de Russ s'empourpra.

— Je ne pensais pas avoir à le faire. Leur fortune semblait bien établie. Que s'est-il passé ?

— Tu en as parlé à Bernard ?

— Non, répliqua Russ dont la colère montait, mais ce mariage ne se fera pas.

Decker se laissa aller contre le dossier de son fauteuil. Il était très surpris par la réaction de son père.

— Tu veux que j'annule le mariage parce que le père de Kendall a des difficultés financières ? Il s'en remettra !

— Oui. Avec l'argent des Colton !

Russ posa les deux mains sur le bureau de Decker, et se pencha vers lui.

— Il aurait pu m'en parler au lieu de nous jeter sa fille à la figure !

Decker commençait à perdre patience. Il se leva.

— C'est toi qui es allé lui parler de ce mariage, papa.

Russ se redressa.

— Et alors ? Il aurait dû me dire qu'il était ruiné !

— Pourquoi ? Le seul but de cet arrangement est donc que vos deux entreprises prospèrent ? Peut-être que Bernard a tout simplement pensé que Kendall et moi nous entendrions bien… au-delà de l'aspect financier.

Dès qu'il prononça ces paroles, il se rendit compte que, jusque-là, lui-même n'avait considéré cette union que sous cet angle… Mais il comprenait maintenant que Kendall était beaucoup plus pour lui.

— Bien sûr que le but de ce mariage est de développer l'entreprise ! répliqua Bernard d'un air incrédule.

Decker se leva et s'approcha de lui.

— Écoute-moi bien : d'abord, je n'épouserai jamais quelqu'un seulement pour te permettre de gagner de l'argent. Il faut que j'aie envie de passer le reste de ma vie avec cette femme, que je l'aime ou non.

Il vit le visage de son père se teinter de surprise.

— Ensuite, poursuivit Decker, Kendall a son mot à dire elle aussi. Elle ne se marierait pas avec moi si elle ne pensait pas la même chose.

— Tu crois ça ? Elle connaissait probablement les problèmes financiers de Hadley Forestry avant d'accepter de te rencontrer.

Decker n'avait pas pensé à cela. Était-ce le cas ? Lorsqu'il repensait aux moments que Kendall et lui avaient passés ensemble, à leurs conversations, il n'arrivait pas à croire qu'elle ait pu agir de façon aussi intéressée.

— Elle m'en aurait parlé si elle avait été au courant !

— Ah bon ? Tu penses qu'elle aurait laissé sa famille passer après un homme qu'elle connaît à peine ?

Russ avait marqué un point. Il fallait que Decker réfléchisse à cela. En son for intérieur, il ne pensait pas que Kendall puisse agir avec tant de duplicité. Mais il était vrai qu'elle s'était comportée étrangement ces derniers temps…

— Il faut annuler le mariage ! déclara Russ.

— Je vais parler à Kendall.

Russ pinça les lèvres.

— À quoi cela va-t-il servir ? Les Hadley sont ruinés. Nous ne pouvons pas envisager une alliance avec eux.

— Et alors ? Pourquoi faut-il que pour toi, l'argent passe toujours avant tout ? Tu es vraiment cupide !

Son père recula d'un pas, l'air incrédule.

— Comment oses-tu me parler de la sorte ?

— Tu ne sais juger les gens que par le solde de leur compte en banque !

Decker était excédé par l'attitude de son père.

— Tu ferais bien de faire attention, Decker ! Je peux revenir sur ma décision de te confier The Lodge.

— Vas-y ! hurla Decker. Je suis fatigué que tu me menaces constamment de me retirer la direction de l'hôtel ! Fais-le, et cherche quelqu'un qui fera mieux le travail que moi ! Essaie donc de confier un morceau de ton précieux empire à quelqu'un qui ne fait pas partie de la famille !

Une fois n'était pas coutume, son père demeura sans voix. Il se contenta de regarder Decker avec des yeux ronds, sous le choc.

— J'ai toujours fait ce que tu voulais ! J'ai abandonné tous mes rêves pour réaliser les tiens !

— Quels rêves ? souffla Russ d'un air méprisant. Tu as toujours voulu travailler dans cette entreprise !

— Non, papa. J'ai fait des études de management, mais je n'avais pas particulièrement envie de me mettre au service de riches snobs !

— Qu'est-ce qui t'arrive ? C'est Kendall qui t'a mis ces idées en tête ?

— Elle m'a ouvert l'esprit sur beaucoup de choses.

Son père pointa le doigt sur lui.

— Il faut annuler ce mariage !

Sinon quoi ? Il allait le licencier ? Pour la première

fois de sa vie, Decker se moquait complètement de ce que pensait son père, ou ce qu'il ferait en représailles.

— Si les Hadley ont des ennuis, nous pourrions essayer de les aider.

— Les aider ? hurla Russ. Avec l'argent des Colton ? Je préférerais mourir !

— D'accord. J'en ai assez entendu, déclara Decker en quittant la pièce.

Il fallait qu'il voie Kendall.

Bernard Hadley expliqua à Kendall que le responsable des stocks avait surestimé la demande, et que c'était ainsi qu'avaient commencé les ennuis financiers de l'entreprise. Il avait licencié son employé et tenté de résoudre le problème, mais le fléchissement des ventes observé au cours des deux dernières années n'avait fait qu'accroître le problème. La santé financière de Hadley Forestry semblait irrémédiablement compromise.

— J'ai fait un emprunt qui nous a offert quelques mois de sursis, mais les ventes sont toujours au plus bas.

Il était assis à son bureau et elle lui faisait face, debout.

— J'ai vu que tu avais souscrit un second prêt.

Le visage de Bernard se ferma, et il ne répondit pas. Jusque-là, il n'avait fourni à Kendall que des explications très évasives.

— Papa, il faut que tu me dises la vérité, déclara Kendall en s'appuyant à deux mains sur le bureau. À qui d'autre as-tu emprunté de l'argent ?

Bernard se leva et alla regarder par la fenêtre.

— Je sais que tu as pris un second prêt, papa. Parle-moi d'Aegis Corporation.

Elle avait fait des recherches sur Internet mais n'avait rien trouvé.

— C'est une société écran qui appartient au casino Royal Haven.

Avec un soupir, il se dirigea vers le sofa et s'assit.

Kendall le rejoignit. Son père avait emprunté de l'argent à un casino ?

— J'ai rencontré son dirigeant par l'intermédiaire d'un entrepreneur qui est un de nos principaux clients, déclara son père. Je lui ai expliqué ma situation, et je lui ai dit qu'on m'avait appris qu'il cherchait parfois à placer son argent. Il m'a répondu que c'était le cas, mais qu'il devait réfléchir aux conditions. J'ai pensé que c'était une réaction normale.

— Et quelles étaient ces conditions ? demanda Kendall, craignant d'entendre la réponse.

— Un intérêt, ainsi que la fourniture gratuite de bois à chaque fois qu'il en aurait besoin.

Il était normal de demander un intérêt, mais la seconde clause était pour le moins surprenante… et semblait indiquer que le dirigeant du casino avait l'intention de garder indéfiniment son père sous son emprise.

— Il a également ajouté qu'il tenait à être remboursé rapidement, dit son père.

— Et laisse-moi deviner : tu as demandé un délai…

— Je devais m'acquitter de ma dette en quatre versements. Je lui ai payé seulement la moitié du premier, et je suis en retard pour le second.

— Je pensais que la vente des pins infestés par le dendroctone avait apporté des liquidités ?

— C'est ce qui m'a permis d'effectuer la moitié du premier versement. Si seulement Emilio Elardi acceptait de me laisser un peu de temps, je pourrais le rembourser !

— Tu le lui as demandé ?

— Oui. Il s'est contenté de me rappeler ses conditions, et m'a mis en garde, en me disant que je devais les respecter. C'est tout.

— Il t'a mis en garde ? Que veux-tu dire ? demanda-t-elle, sentant l'inquiétude monter en elle.

— Lors de notre second contact, pour la signature du contrat, il m'a demandé si j'étais certain de pouvoir tenir mes engagements. À l'époque, j'en étais convaincu. Il a poursuivi en disant que c'était un point essentiel, parce que si ça n'était pas le cas, cela compromettrait la bonne marche de ses affaires, et il n'aimait pas ça.

— Il a dit qu'il n'aimait pas ça..., murmura Kendall. Un frisson la parcourut.

— Oui. J'ai trouvé cela étrange, mais le client qui m'avait parlé de lui était un ami, et je n'ai pas pensé un seul instant qu'il ait pu me conseiller d'aller voir une personne peu recommandable.

— Il ne savait peut-être pas que cet homme était un voyou...

Une question lui vint soudain à l'esprit.

— Tu l'as déjà rencontré ?

— Emilio ? Non, pas personnellement. Chaque semaine, deux de ses hommes viennent me demander de lui rembourser l'argent que je lui dois.

— C'est tout ? Ils se contentent de demander ?

— D'une manière faussement amicale, oui. La dernière fois qu'ils sont venus, c'était il y a un peu plus de quinze jours, et ils m'ont dit que si je ne leur versais pas l'argent que je leur devais, M. Elardi serait forcé de garantir son investissement...

On pouvait donner à ces mots le sens que l'on voulait... Elardi pensait-il pouvoir protéger son investissement en enlevant la fille de son débiteur et en lui réclamant une rançon ? Les dates correspondaient. Kendall avait vu un homme la suivre pour la première fois il y avait environ deux semaines. Il n'avait essayé de la kidnapper que quelques jours plus tard. Elardi avait laissé du temps à Bernard, puis il était passé à l'action.

Un coup frappé à la porte du bureau tira Kendall de ses pensées. La secrétaire de son père passa la tête par la porte.

— Je suis désolée de vous interrompre, mais M. Colton est ici. Il aimerait parler à Mlle Hadley.

— Merci, dit Kendall en se levant. Nous allons trouver une solution, papa.

Il leva les yeux vers elle.

— Je me fais surtout du souci pour toi…

— Tout ira bien, répondit-elle en lui pressant l'épaule.

Elle sortit.

Decker attendait auprès de la secrétaire. La jeune femme était installée dans un hall sur lequel donnaient les bureaux de Kendall et de son père.

Kendall sourit en voyant Decker. Comme toujours, elle eut un coup au cœur en remarquant sa prestance et son beau visage.

— Bonjour, dit-elle en déposant un rapide baiser sur ses lèvres. Quelle bonne surprise !

Il ne lui sourit pas en retour.

— Il faut que nous parlions.

Cela n'augurait rien de bon… Elle s'efforça de calmer son inquiétude.

— D'accord. Allons dans mon bureau.

Elle ouvrit la porte et le fit entrer, ne devinant que trop bien ce qui allait suivre.

Decker referma la porte et s'approcha d'elle, l'air sombre.

— Il faut que je te pose une question, et que tu me répondes franchement.

— D'accord. J'ai toujours été sincère avec toi.

Il cligna des paupières. Visiblement, il avait des doutes.

— Ta famille rencontre-t-elle des problèmes financiers en ce moment ?

Elle ne fut pas surprise par sa question, mais eut du mal à répondre. Il fallait qu'elle dise la vérité, pourtant.

— Oui.

Lorsqu'elle lut la déception sur son visage, elle se hâta d'ajouter :

— Je viens seulement de l'apprendre. Tu te souviens de la conversation que j'ai eue avec mes parents pendant que tu étais au téléphone ? C'est à ce moment-là qu'ils me l'ont dit.

Le regard de Decker resta grave, et son visage impassible.

— Ton père le savait ?

— Oui.

— Et tu voudrais vraiment que je croie qu'il ne t'a rien dit ?

— Decker, je te jure que je ne savais rien ! Lorsque mon père est venu me proposer de te rencontrer, j'ignorais tout des difficultés de l'entreprise !

— Tu as accès aux documents comptables, non ?

Elle hocha la tête.

— Oui, mais ce n'est pas mon travail. Je ne les regarde jamais.

— Ton père a dû voir un bon moyen de se sortir d'affaire lorsque le mien est venu lui faire part de son idée de mariage !

— J'ai pensé cela moi aussi… et je ne peux pas dire que cela m'ait fait plaisir !

Le fait que son père ait eu des motivations financières pour accepter la proposition de Russ était indéniable.

— Quand tu as accepté de me rencontrer, tu voulais seulement sauver l'entreprise familiale ?

— Non, je ne savais rien, Decker.

Visiblement, il ne la croyait pas !

— Et si, véritablement, tu viens seulement de l'apprendre, pourquoi ne m'en as-tu pas parlé ?

Elle n'arrivait pas à le regarder dans les yeux, et se

dirigea vers la fenêtre de son bureau. Elle comprenait qu'il soit contrarié.

— Je ne sais pas… Je pense qu'au fond de moi, je craignais que tu annules le mariage…

— Et qu'alors, l'entreprise de ton père fasse faillite ? répliqua Decker d'un ton cinglant.

Elle ne lui répondit pas immédiatement.

— Je crois que je voulais tout de même que le mariage ait lieu…

Elle se retourna vers lui et ajouta :

— Pas pour mon père… Pour moi.

Il la regarda durement pendant un instant, comme s'il se demandait s'il devait la croire ou non.

— Mon père m'a demandé d'annuler. Nous nous sommes disputés ce matin.

— Ton père est au courant ?

— C'est lui qui me l'a appris.

Et il avait dû aller voir Decker pour lui ordonner de mettre un terme à son projet. Apparemment, Decker n'avait pas accepté, puisqu'il venait de lui dire qu'ils s'étaient querellés. Hésitait-il ? Avait-il pris une décision maintenant ?

— Et c'est ce que tu veux faire ? finit-elle par demander.

Il prit un instant pour lui répondre.

— Je ne sais pas. La seule chose dont je suis certain, c'est que je n'agirai comme mon père me le demande que si je suis moi-même convaincu que c'est la bonne décision.

C'était nouveau… Mais elle se faisait peu d'illusions sur sa décision finale, maintenant que ce mariage ne présentait plus le moindre intérêt pour les affaires des Colton.

— Je ne savais rien des difficultés de Hadley Forestry lorsque j'ai accepté de t'épouser.

— Le moment où tu l'as appris importe peu. Ce qui compte, c'est que tu le savais, et que tu ne m'as rien dit.

C'était vrai.

— Je ne l'ai pas fait immédiatement parce que je craignais que tu ne veuilles plus m'épouser. Je vois bien que tu ne veux ce mariage que pour des raisons financières !

À ces mots, il pivota sur ses talons, et se dirigea vers la porte.

Elle ne s'était pas attendue à ce qu'il réagisse ainsi. C'était comme si elle venait de l'insulter en lui disant que les sentiments n'avaient jamais eu de place dans sa décision de l'épouser.

— Decker ! s'écria-t-elle en le suivant jusqu'à la porte. Decker, attends !

— J'ai besoin de réfléchir, lança-t-il par-dessus son épaule.

Il se dirigea vers l'ascenseur, pressa le bouton d'appel, et se retourna pour la regarder. Il semblait extrêmement déçu.

Elle avait un poids sur la poitrine, et la gorge serrée. Elle n'avait jamais eu l'intention de le blesser. À vrai dire, elle ne pensait d'ailleurs pas que cela soit possible. Avait-il pour elle plus de sentiments qu'il ne voulait bien l'avouer ?

Elle remarqua soudain que la secrétaire et son père étaient témoins de la scène. Bernard semblait contrarié et attristé.

Elle retourna dans son bureau, s'assit, et se prit la tête dans les mains.

Et maintenant, qu'allait-il se passer ?

La journée parut interminable à Decker. Il ne parvenait pas à se concentrer sur son travail et, après avoir dû calmer la colère d'un autre client particulièrement pénible, il quitta l'hôtel plus tôt que d'habitude.

Il était maintenant assis devant le bar de son salon, un verre de whisky à la main, et essayait de se détendre. Il avait allumé la télévision mais n'y prêtait pas attention. C'était plutôt un bruit de fond. Il ne comprenait pas qu'il ait été si blessé que Kendall ne lui ait rien dit des soucis financiers de son père. Cela n'aurait pas dû le toucher à ce point.

La raison de sa contrariété n'était pas l'argent : c'était le fait que Kendall ait manqué de franchise envers lui, et lui ait délibérément caché les problèmes de Hadley Forestry.

Pour Decker, le point clé était de savoir si Kendall avait choisi de l'épouser pour aider son père. Si elle disait vrai, elle ignorait que l'entreprise était proche de la faillite lorsqu'elle avait accepté de le rencontrer. Mais au fond, cela n'était qu'un détail, car même lorsqu'elle avait été mise au courant, elle n'en avait rien dit. Avait-elle l'intention de ne révéler ces faits à Decker qu'après leur mariage, en espérant qu'il se sentirait forcé de venir au secours de son père ?

— Tu as encore besoin de réfléchir ?

Il se retourna. Kendall était dans l'embrasure de la porte. En la voyant si belle, il eut un coup au cœur, et cela lui déplut.

— Je suis heureux que tu sois revenue à la maison ce soir.

Il était sincère : Kendall était toujours menacée par un inconnu.

Elle entra dans la pièce et vint s'asseoir à côté de lui devant le bar.

— Tu veux boire quelque chose ? lui demanda-t-il.

Elle considéra son verre de whisky à moitié vide, et secoua la tête.

— Je n’aime pas boire quand je ne me sens pas bien.

Pourquoi ne se sentait-elle pas bien ? Parce que Hadley Forestry allait faire faillite ? Il devait bien reconnaître que s’il était à sa place, il irait très mal. Il n’imaginait pas avoir à vendre The Lodge. Il avait mis trop de lui-même dans ce projet.

— Decker, j’étais tiraillée entre mon père et toi…

Il le regarda, et lut du tourment dans son regard.

— Ses problèmes ont commencé il y a bien longtemps, et il n’en a parlé à personne. Avant de venir ici, je suis allée voir ma mère, et elle m’a dit qu’elle-même n’avait eu vent des difficultés financières de l’entreprise que très récemment. C’est elle qui a insisté pour que mon père m’en parle, le jour où tu étais au téléphone.

Même s’il s’était promis de ne plus lui faire confiance, il eut la certitude qu’elle ne mentait pas.

— Aujourd’hui, mon père m’a parlé de celui qui a investi dans l’entreprise. Il s’agit d’un certain Emilio Elardi, le propriétaire du casino Royal Haven. Il possède une société écran, Aegis Corporation, et c’est elle qui lui a prêté de l’argent. Les clauses du contrat sont étranges : mon père doit les rembourser en quatre versements, et il est tenu de leur fournir du bois sans limite de temps ou de volume.

— Une société écran ?

Cela semblait bizarre. Bernard avait-il accepté de l’argent sale ? Étant donné que quelqu’un avait tenté d’enlever Kendall, c’était probable.

Kendall baissa les yeux. Elle semblait totalement désemparée.

— Mon père m’a expliqué qu’Emilio envoie régulièrement deux de ses hommes réclamer les sommes dues. Ils l’ont averti que M. Elardi serait forcé de garantir son investissement si cela devenait nécessaire.

— D'où cette tentative d'enlèvement… dit-il, sentant la colère monter en lui.

— Oui…

— Pourquoi ton père ne s'est-il pas adressé à une banque traditionnelle ?

— Il l'a fait. Ils ont refusé de lui prêter de l'argent.

Parce que sa situation financière était trop compromise. Decker se passa les doigts dans les cheveux. Voilà qui allait plaire à Russ !

— Je n'avais jamais entendu parler de M. Elardi ni d'Aegis Corporation jusqu'à ce matin. Je suis venue ce soir pour te le dire… Et pour t'annoncer que j'ai décidé que je ne t'épouserai pas.

— Kendall…

Que pouvait-il dire ? Lui non plus n'était plus certain de vouloir que ce mariage ait lieu.

— Je ne peux pas t'épouser si tu doutes de moi, et que tu penses que je le fais pour l'argent.

— Nous n'annulons rien du tout.

Pas pour le moment, du moins. Il avait encore besoin de réfléchir. Il était troublé de constater que le mensonge de Kendall l'avait autant affecté. Jamais il n'avait eu une réaction semblable avec une autre femme. Il ne parvenait pas à s'expliquer pourquoi, mais cela le tracassait…

— Alors, demande à un de tes avocats de rédiger un contrat de mariage, et je le signerai, déclara Kendall.

Elle ferait cela ? Dans ce cas, Russ se laisserait certainement convaincre que le mariage pouvait avoir lieu, mais ses conditions promettaient d'être draconiennes.

— Je pense qu'il est préférable que je retourne chez moi pour le moment.

— Non, dit Decker en lui prenant les mains. Non, Kendall. Je veux que tu restes avec moi. Ici, tu seras en sécurité.

— Mais tu as dit que tu avais besoin de…

— Non. Reste.

Elle le regarda, visiblement réticente.

— Je t'en prie, reste ! Tu peux dormir avec moi, si tu veux, ou dans une autre chambre. Tu choisis. Je veux seulement que tu sois avec moi pour que je sache que tu es en sécurité. Cet Emilio Elardi a l'air dangereux… Plus que nous le pensions. Il a embauché un professionnel. Reste, Kendall, tu veux bien ?

— Comment pourrais-je refuser si tu me le demandes comme ça ?

Elle eut un pâle sourire, mais son regard demeura triste.

— Tu es une femme forte et déterminée ! dit-il en déposant un baiser sur ses lèvres.

Elle répondit à son baiser, et il sentit son corps s'enflammer. Vite, il s'écarta. Ce n'était pas le moment.

10

Bernard Hadley avait finalement choisi de mettre la police au courant de ses démêlés avec Emilio Elardi, et le shérif Trey Colton et son adjointe, Daria Bloom, se présentèrent le lendemain matin chez Decker.

— Bonjour ! dit Trey en leur serrant la main.

Daria les salua également.

— Nous vous voyons un peu trop souvent ces derniers temps ! remarqua Kendall.

— C'est vrai, répondit Daria en se tournant vers Decker. À ce propos, nous n'avons rien de neuf à vous apprendre sur le meurtre de Bianca Rouge.

— Inutile de faire le point cette semaine, donc, répliqua Decker.

— Votre père m'a parlé d'Emilio Elardi, dit Trey à Kendall.

Il avait un visage grave, et elle se demanda s'il souriait souvent. En cela, Decker lui ressemblait, sauf lorsqu'il était avec elle. Elle avait remarqué qu'il adoptait une attitude réservée avec la plupart des gens, surtout avec son père.

— J'ai fait quelques recherches, qui ont mis au jour des éléments inquiétants, poursuivit Trey.

Kendall eut un coup au cœur. *Inquiétants ?* Elle aurait préféré que ses soupçons concernant le propriétaire du casino soient infondés. Elle sentit le regard de Decker posé sur elle et se retourna vers lui. Il avait l'air sombre, préoccupé. Se faisait-il du souci pour elle ?

— Elardi a déjà eu des problèmes avec la justice, expliqua Daria.

— Et son nom est apparu dans d'autres affaires, ajouta Trey.

Kendall tenta de maîtriser un sursaut de colère : comment son père avait-il pu faire des affaires avec un homme pareil ? Bernard n'était pas stupide : il avait fait de brillantes études et était devenu un entrepreneur respecté. Elle ne comprenait pas comment cela avait pu arriver. Il semblait s'être fait mener par le bout du nez !

— Une femme récemment arrêtée pour trafic de drogue prétend qu'elle travaille pour lui, leur apprit Trey.

— Et l'informateur qui a permis cette arrestation est certain qu'Elardi est lié à un réseau qui a des ramifications au Mexique, ajouta Daria.

— Quel est le lien avec l'attaque dont Kendall a fait l'objet ? demanda Decker.

Trey demeura impassible.

— Peut-être aucun, mais Elardi est violent. Sa femme a déjà appelé la police parce qu'il la battait.

— Ils se querellaient pour une histoire d'argent, expliqua Daria. Apparemment, il contrôle la moindre de ses dépenses, et ne lui laisse aucune liberté.

— Ce qui a attiré notre attention, c'est que son épouse a disparu peu après, dit Trey. La dernière fois qu'on l'a vue, elle était chez son coiffeur… Et comme par hasard, Elardi a un alibi en or !

— Elardi a été inquiété après le coup de fil de sa femme ? demanda Decker.

— Il a été interrogé, et remis en liberté, dit Trey. Et sa femme n'a jamais eu l'occasion de déposer plainte officiellement.

Kendall regarda Decker : visiblement, ils avaient affaire à un homme très dangereux.

— Et ce n'est pas tout, ajouta Daria. Elardi est lié à un enlèvement avec demande de rançon. La personne kidnappée n'a jamais été retrouvée.

Kendall en eut le souffle coupé. Elle avait véritablement peur, maintenant.

— La famille de la victime a travaillé avec le FBI pour organiser la remise de rançon. Les ravisseurs leur avaient ordonné de laisser l'argent dans un lieu précis, et d'aller récupérer la victime ailleurs. Mais elle n'était pas là, et son corps n'a jamais été retrouvé.

Kendall en avait la nausée.

— Le FBI avait placé des agents en embuscade dans les deux endroits, ajouta Trey. Ceux qui se trouvaient là où la rançon a été déposée ont vu un homme vêtu de noir qui portait une cagoule prendre l'argent, et s'enfuir à moto.

— La famille de la victime était riche, ou elle avait emprunté de l'argent à Elardi ? demanda Decker.

— Ils lui devaient de l'argent, répondit Daria. Ce qui est intéressant, c'est qu'Elardi leur avait été recommandé par un entrepreneur local.

— C'est ainsi que mon père a été mis en contact avec lui ! s'exclama Kendall.

— Nous allons rencontrer cet entrepreneur cet après-midi, déclara Trey. Rien ne permet pour le moment d'affirmer qu'il est impliqué. Il ne sait peut-être rien des démêlés d'Elardi avec la justice.

— Pourquoi Elardi n'a-t-il pas été arrêté ? demanda Kendall.

— Il n'y a aucune preuve contre lui : ce n'est pas illégal de prêter de l'argent. Et aucun lien n'a jamais été établi entre Elardi et l'enlèvement ou la demande de rançon.

Kendall se dit qu'elle avait échappé de peu au même sort…

Le lendemain, Decker ne parvenait pas à se concentrer sur son travail : il ne cessait de penser à Kendall. D'après lui, il n'était pas prudent qu'elle reste seule en ce moment, et il était heureux de l'avoir convaincue de rester chez lui. Malgré le différend qui les opposait, il voulait être certain qu'elle était en sécurité. Il n'était pas disposé à lui faire confiance et n'était pas certain d'y parvenir un jour, mais il n'était pas prêt non plus à la laisser partir.

Aux alentours de midi, il entendit quelqu'un frapper à sa porte, et Russ entra. Il n'avait pas attendu d'être invité à le faire, mais il y avait tout de même du progrès…

Decker tenta de déterminer dans quel état d'esprit se trouvait son père. Il semblait plutôt calme… Pour le moment.

— Les réservations ont augmenté ? demanda Russ.

— Je dois voir Remy dans la semaine. Il va peut-être avoir quelques idées.

— Il est très compétent. C'est certainement le meilleur directeur de la communication que The Chateau ait eu !

Russ se tenait debout en face de Decker, semblant réfléchir à quelque chose.

— À propos de notre dernière conversation, commença-t-il d'un ton hésitant, je n'avais pas encore digéré la nouvelle…

Decker resta sans voix. Son père lui présentait des excuses ? Craignait-il que Decker ne quitte l'entreprise ?

— C'est bon. Je ne peux pas dire que cela m'ait fait plaisir non plus.

— Tu as l'intention de repousser le mariage ?

C'était donc ce que Russ désirait.

— Je n'ai pas encore pris de décision, papa. Kendall

et moi nous entendons très bien. Du moins, nous nous entendions très bien jusqu'à ce que tout cela arrive…

Decker sentit l'amertume le gagner à nouveau, alors qu'il se disait une fois de plus qu'il n'était pas certain de pouvoir refaire confiance à Kendall un jour.

— Oui, cela fait beaucoup de choses à assimiler… Mais, fiston, je pense vraiment qu'il vaut mieux que ce mariage ne se fasse pas.

Comme son père lui parlait avec calme, Decker décida de ne pas se braquer.

— Kendall avait-elle entendu parler des problèmes de Hadley Forestry lorsque j'ai évoqué l'idée d'un mariage entre vous pour la première fois ? demanda Russ.

— Elle dit que non.

— Tu ne la crois tout de même pas, j'espère ! Il s'agit d'un mariage arrangé, pas d'une histoire d'amour ! Pour elle, sa famille compte plus que toi.

Decker poussa un soupir, contrarié que son père ait probablement raison. Après tout, Kendall et lui se fréquentaient depuis très peu de temps. Il était normal qu'elle se soucie plus de sa famille que de lui !

— Je sais bien que Kendall semble avoir toutes les qualités, poursuivit son père. Mais pense à l'avenir de l'entreprise. Pense à notre réputation.

La réputation… Tôt ou tard, le monde apprendrait que Bernard s'était associé avec un malfrat, et les conséquences seraient terribles pour Hadley Forestry. Cela pourrait également avoir de graves répercussions sur l'entreprise des Colton.

— Je viens d'entendre que Bernard avait accepté l'argent d'un propriétaire de casino. Tu en sais plus là-dessus ? demanda son père.

Comment l'avait-il appris ? Decker ne lui posa pas la question. Il n'avait pas envie de parler de cela avec son père.

— Tu le lui demanderas.

Russ s'assit sur le coin du bureau.

— Tu pourrais au moins calmer le jeu avec Kendall, prendre ton temps, non ?

— C'est déjà fait.

Il n'avait pas exprimé les choses en ces termes, mais il avait pris ses distances.

— Mais elle vit toujours chez toi…

— Quelqu'un la suit.

Russ hocha la tête.

— J'en ai entendu parler. C'est une grande fille. Elle peut prendre soin d'elle toute seule. Dis-lui de partir avant qu'elle bouleverse ta vie. Nous n'avons pas besoin de cela pour le moment : nous n'avons pas encore réussi à nous remettre complètement du meurtre de Bianca Rouge…

Decker ne répondit pas. Il n'aimait pas entendre son père parler de la sorte, mais il n'avait pas envie de se quereller à nouveau.

— Pense aux affaires, fiston.

— C'est ce que je fais, papa. Je ne laisserai rien ternir l'image de The Lodge. Tu as ma parole.

— Bien. Je sais que tu avais l'intention de placer de l'argent dans l'entreprise de Bernard, mais Dieu merci, nous avons découvert ce scandale à temps ! Si tu épouses une femme comme Kendall, cela pourrait vraiment avoir des conséquences néfastes pour l'empire Colton.

Une femme comme Kendall ? Decker eut du mal à se contenir.

— Comme je te l'ai dit, j'ai calmé le jeu avec elle. Estime-toi heureux, papa.

Il avait besoin d'être seul.

— Quand la police aura mis la main sur celui qui la menace, je prendrai une décision.

— Tu vois ce que je veux dire, n'est-ce pas ? reprit Russ. Kendall a peut-être grandi dans un milieu privilégié, mais tout cela est fini pour elle. Maintenant, nous ne faisons plus partie du même monde.

Decker se laissa aller contre le dossier de son fauteuil, éberlué que son père puisse dire de telles énormités sur le ton de l'évidence. Sa réussite sociale lui était montée à la tête. Decker appréciait l'opulence dans laquelle sa famille vivait, mais jamais il n'aurait le mépris de son père pour ceux qui n'avaient pas eu autant de chance.

Après avoir pris le temps de la réflexion, Kendall avait décidé qu'elle ferait tout pour que son mariage avec Decker ait lieu. Elle avait des sentiments pour lui, et ne voulait pas le perdre pour un malentendu. Son instinct lui soufflait qu'ils étaient faits l'un pour l'autre, et elle allait se battre pour regagner sa confiance.

Elle se rendit à The Lodge pour avoir une conversation à cœur ouvert avec lui. L'assistante de Decker n'était pas à son bureau. La porte de celui de Decker était ouverte, et elle entendit la voix de Russ Colton s'élever.

— Pour elle, sa famille compte plus que toi.

Elle tendit l'oreille, sentant son cœur se serrer.

— Pense à notre réputation.

Decker ne répondit rien à cela, ce qui la peina un peu plus.

— Tu pourrais au moins calmer le jeu avec Kendall, poursuivit Russ.

— C'est déjà fait, conclut Decker.

Ah bon ? Kendall n'avait pas compris cela ! Elle dut contrôler sa respiration. La conversation se poursuivit, et elle surprit au passage quelques bribes de phrases qui la blessèrent toujours un peu plus.

— C'est une grande fille. Dis-lui de partir avant qu'elle bouleverse ta vie.

Encore une fois, Decker ne répondit rien. Kendall

n'en revenait pas : c'était comme si, par son silence, il donnait raison à son père !

— Pense aux affaires, fiston. Si tu épouses une femme comme Kendall, cela pourrait vraiment avoir des conséquences néfastes pour l'empire Colton.

— Comme je te l'ai dit, j'ai calmé le jeu avec elle, dit Decker. Estime-toi heureux, papa.

Kendall retint une exclamation, et se couvrit la bouche de sa main.

Elle attendit que Decker prenne sa défense, mais il demeura silencieux. Comment pouvait-il penser qu'elle allait le tirer vers le bas, ruiner sa réputation ? Ce mariage n'était donc vraiment pour lui qu'une transaction, une transaction qui, maintenant, ne devait pas aboutir ?

— Tu as vu les derniers chiffres de la semaine ? demanda soudain Decker, changeant radicalement de sujet.

Il était passé à tout autre chose avec une facilité déconcertante. Lorsqu'ils étaient ensemble, il se comportait comme si Kendall comptait pour lui, mais tout cela n'était qu'apparence. Maintenant qu'elle n'était plus riche, elle n'était plus rien à ses yeux.

Elle entendit Russ déclarer :

— Je me faisais du souci à ton propos, mais maintenant, je vois bien que tu es l'homme dont j'ai besoin ici.

— Tu sais tout ce que cette entreprise représente pour moi. Tu n'aurais jamais dû en douter, répondit Decker.

Kendall ne voulait pas en entendre plus. Visiblement, Decker n'avait pas le moindre sentiment pour elle : il ne se souciait que de ses affaires, et d'obtenir l'assentiment de son père.

Elle tourna les talons, et faillit heurter l'assistante de Decker.

— Bonjour, Kendall. Vous vouliez voir Decker ?

— Non, répondit-elle en se dirigeant rapidement vers l'ascenseur.

Comment avait-elle pu être aussi aveugle ? Decker avait joué la comédie, lui avait fait la cour, lui avait fait croire qu'il était honnête et sincère, alors qu'il voulait seulement que les Colton et les Hadley unissent leur fortune. L'alliance parfaite.

Dans l'ascenseur, elle ravala ses larmes, puis se dirigea vers son véhicule en courant. Mais dès qu'elle eut refermé la portière, elle ne put retenir ses sanglots. L'intensité de sa réaction la surprenait.

Elle n'aimait pas Decker, alors pourquoi avait-elle eu si mal en l'entendant parler ainsi à son père ? Ou plutôt, en l'entendant ne *pas* parler ? C'était ses silences, ce qu'il n'avait pas dit, qui l'avait le plus blessée. Lorsqu'elle l'avait entendu, sa voix était calme, plutôt basse, comme si la déception lui avait ôté un peu de son énergie. Kendall, la compagne idéale, avait perdu tout attrait pour lui, et ce mariage n'était plus qu'une mauvaise idée.

Cette conversation ravivait toute la douleur qu'elle avait ressentie lorsqu'elle avait découvert que son ancien compagnon la trompait. Elle détestait penser que ce qu'elle croyait être de l'amour n'avait jamais existé, et détestait plus encore le sentiment de tristesse et d'humiliation que cela lui faisait ressentir. C'était le pire.

Elle arriva chez Decker, et se mit à faire ses bagages.

Decker se rendit chez Kendall environ une heure après que son père avait quitté son bureau. Ils avaient parlé chiffres pendant quelques minutes, puis son père était parti. Un peu plus tard, son assistante était venue lui faire signer quelques documents, et lui avait demandé s'il avait vu Kendall.

— Elle était ici ?

— Oui. Je l'ai croisée alors qu'elle se dirigeait vers l'ascenseur. Elle semblait très pressée.

Son cœur avait fait un bond dans sa poitrine.

— Je lui ai demandé si elle voulait vous voir, et elle m'a répondu que non. J'ai trouvé cela étrange, ajouta son assistante.

Lui aussi. Ou plutôt non : elle avait dû surprendre sa conversation avec son père. Russ Colton avait tenu des propos durs à son égard.

Decker se rendit d'abord chez lui, mais Kendall avait déjà pris ses affaires et était partie. Maintenant, il était devant sa porte d'entrée, et sonnait pour la seconde fois.

Elle ne répondit pas. Pourtant, sa voiture était dans le garage. Elle était à l'intérieur, mais ne voulait pas lui parler.

— Kendall ! cria-t-il. Je sais que tu es là !

Elle ne répondit toujours pas.

Il fit le tour de la maison, regardant à l'intérieur par les baies vitrées. Soudain, il l'aperçut qui l'observait, debout, immobile.

Il leva la main pour la saluer.

Elle croisa les bras, restant là où elle se trouvait.

— Laisse-moi entrer, Kendall ! cria-t-il.

Elle demeura immobile.

— Je ne partirai pas d'ici avant de t'avoir parlé, insista-t-il.

Elle laissa retomber ses mains, l'air exaspéré, et alla ouvrir la porte arrière.

Il entra dans la cuisine.

— Tu as entendu ma conversation avec mon père tout à l'heure, déclara-t-il.

Elle pinça les lèvres et fronça les sourcils, l'air buté.

— Il a unc manière de s'exprimer parfois très agressive, dit-il.

— Jamais tu ne lui as donné tort, répliqua-t-elle d'une voix tendue.

— Je ne voulais pas me disputer avec lui.

— Je vois bien que pour toi, il est plus important de plaire à ton père qu'à moi.

Elle leva les mains en l'air, l'air excédé.

— Et tu sais quoi ? Ça ne fait plus rien. C'est terminé : je ne veux plus jamais te revoir !

Plus jamais ?

— Kendall, sache que je n'approuve pas du tout ce qu'il a dit…

— Ah bon ? Pas même quand il a déclaré que m'épouser pourrait avoir des conséquences néfastes pour l'entreprise ? J'imagine que ça risquerait de rebuter tes riches clients, non ?

— Non. Je n'étais pas du tout d'accord.

— Vraiment ? Et si les gens apprenaient que mon père s'est associé avec un malfrat ? demanda-t-elle. Ça ne serait pas très bon pour tes affaires !

Il ne pouvait pas le nier, alors il se tut.

— Et il paraît que je n'appartiens plus au même monde que les Colton, ajouta-t-elle.

— Ce n'est pas vrai, Kendall. Tu n'es pas responsable de ce qu'a fait ton père !

— Merci, je me sens soudain beaucoup mieux ! répliqua-t-elle d'un ton sarcastique.

— Je me doute de ce que tu as pu penser en entendant cette conversation, admit-il. Les mots de mon père dépassent parfois sa pensée. Il s'en remettra.

— Ça ne sera pas nécessaire, Decker. Comme tu l'as dit, tu as calmé le jeu avec moi. Tu es venu ici seulement parce que tu te sens coupable.

— Non. Je suis venu parce que je voudrais que tu reviennes vivre chez moi.

Elle eut un petit rire.

— Certainement pas ! Je n'ai pas envie de voir comment tu obéis bien aux ordres de ton père !

— Je ne suis pas à ses ordres.

— Alors pourquoi lui as-tu dit que tu avais calmé le jeu avec moi ?

— Parce que c'est le cas.

Il se passa les doigts dans les cheveux. Comment pouvait-il s'expliquer ?

— Ça aurait été sympathique de ta part de me mettre au courant, remarqua-t-elle sur le ton de l'ironie.

— J'ai simplement besoin d'un peu de temps.

— De temps pour quoi ? Le mariage est annulé, Decker. Je ne veux plus t'épouser.

Il la regarda sans répondre, comprenant qu'elle pensait vraiment ce qu'elle disait. Il avait été vraiment stupide de douter d'elle !

— Attendons quelques jours pour y voir plus clair, proposa-t-il. Je n'ai rien décidé pour le moment, et tu devrais prendre le temps de la réflexion, toi aussi. Ne t'occupe pas de mon père et de ce qu'il pense : malgré ce que tu imagines, ce n'est plus lui qui dicte mes décisions. J'ai pris la résolution d'agir selon ma conscience dans tous les domaines… Y compris en ce qui concerne nos relations.

— Eh bien, j'agis selon ma conscience moi aussi, et j'ai décidé de ne pas t'épouser. Et maintenant, pars, s'il te plaît.

L'avait-il vraiment perdue ? Il ne parvenait pas à s'y résoudre.

— Kendall…

— Je t'en prie, Decker, pars. Je sais que tu ne voulais ce mariage que pour le bien de ton entreprise, et, dans l'état actuel des choses, ce n'est plus du tout une bonne idée. Pour quelle autre raison pourrais-tu vouloir m'épouser ?

— Parce que je m'entends bien avec toi… Que nous avons beaucoup de choses en commun… Et que nous avions décidé de fonder une famille.

Elle le regarda fixement. Sa colère semblait s'être calmée, mais elle avait l'air plus résolu que jamais.

— Après avoir entendu ta conversation avec Russ, ça ne me suffit plus, dit-elle.

Elle en voulait plus. Elle voulait l'amour…

— Et dorénavant, je refuse d'être traitée comme un atout financier.

— Tu n'as jamais été cela pour moi, déclara Decker d'une voix rauque.

En son for intérieur, il sentait qu'il ne disait pas tout à fait la vérité. Il l'avait tout d'abord considérée ainsi, et il en avait honte maintenant. Il avait placé son entreprise au premier plan… parce qu'il ne pensait pas pouvoir trouver un jour l'amour véritable.

— Je n'ai jamais voulu te traiter ainsi, corrigea-t-il. Il est vrai que mon entreprise est importante pour moi, mais au fil du temps, la façon dont j'ai envisagé notre mariage a beaucoup changé…

Il la vit cligner des paupières, comme s'il était enfin parvenu à la toucher.

— Je n'ai jamais considéré ce mariage uniquement comme l'union de deux familles puissantes, ajouta-t-il. J'ai toujours voulu avoir des enfants avec une femme qui serait une compagne agréable, avec laquelle je m'entendrais bien… Et je sais que ce sera le cas.

— Je ne vivrai pas avec toi, Decker… Et je ne vais pas me marier avec toi. Pas à la fin du mois, en tout cas.

Il y avait du progrès : au moins, elle ne lui disait plus qu'elle ne l'épouserait jamais.

11

Decker ne se manifesta pas pendant les deux jours qui suivirent. Mais ce matin, lorsque Kendall arriva dans son bureau, elle y trouva six bouquets de roses rouges. Dans l'un d'eux, il y avait une carte.

Dîner ce soir ?

— Il sait ce qu'il veut !

Kendall se retourna, et vit que sa mère venait d'entrer. Elle alla la serrer dans ses bras.

— Qu'est-ce qui t'amène ? demanda-t-elle.

— Je voulais te parler de ton père, répondit Marion en s'asseyant sur le canapé.

Kendall vint s'installer à côté d'elle.

— Tu vas bien ? lui demanda sa mère.

— Oui.

— Tu as vu Decker ces derniers jours ?

— Non.

Sa mère parcourut le bureau du regard.

— Que se passe-t-il ?

— Il m'a proposé d'aller dîner avec lui.

— Et tu vas accepter ?

— Je ne sais pas.

Tout en prononçant ces paroles, elle comprit qu'elle en avait trop envie pour pouvoir refuser.

— Probablement.

Elle prit son téléphone et envoya un message à Decker.

Oui

Il répondit immédiatement.

Je viendrai te chercher à 5 heures. Le restaurant est assez loin

Où allait-il l'emmener ?

— Tu as entendu les derniers commérages ? lui demanda sa mère.

— Non… Et je ne sais pas si j'en ai envie !

— Il paraît que Russ Colton dit à qui veut l'entendre que Decker a rompu vos fiançailles… Et tout le monde en ville parle également des mauvaises fréquentations de ton père, ajouta Marion, l'air préoccupé.

Son père s'était mis lui-même dans cette situation, et Kendall ne le plaignait pas outre mesure.

— Ton père ne voulait pas en arriver là, déclara sa mère. Il était tellement désespéré qu'il s'est précipité dans cet accord avec Emilio Elardi sans réfléchir aux conséquences. Cette entreprise est son bébé, et il est prêt à tout pour la sauver !

— Oh ! je l'ai bien compris ! Même à organiser un mariage avec Decker !

— Et à nous cacher la vérité… Mais les choses sont ce qu'elles sont, Kendall. Maintenant, il faut que nous essayions ensemble de redresser la situation.

Sa mère avait raison. Il fallait qu'ils se sortent au plus vite de cette association avec Emilio Elardi, et qu'ils trouvent un moyen de redresser l'entreprise et de rétablir sa réputation.

Elle entendit un bruit de conversation de l'autre côté de la porte : son assistante disait à un livreur qu'elle n'attendait aucun colis.

— Je ne fais qu'apporter ce qu'on me confie ! répliqua l'homme avant de s'en aller.

Kendall se leva, méfiante.

— Mary, éloignez-vous de ce paquet. Venez par ici.

Étant donné les circonstances, mieux valait être prudente.

Mary fit ce qu'elle lui avait demandé.

Kendall alla inspecter le colis : l'adresse de l'expéditeur lui était totalement inconnue. Elle prit le carton et le secoua. Quelque chose bougea à l'intérieur, mais légèrement seulement. Le paquet n'était pas très lourd… Pas léger non plus… Deux ou trois kilos peut-être.

— Appelons un gardien, déclara-t-elle.

Elle retourna vers Mary et sa mère qui se tenaient debout dans son bureau, l'air inquiet.

Avant que Kendall les rejoigne, une explosion assourdissante retentit.

Kendall sentit le souffle la pousser en avant et elle tomba à terre, roulant sur le sol. Elle entendit sa mère pousser un hurlement. Son assistante fut la première à se précipiter vers elle.

— Ça va ? demanda sa mère en tombant à genoux à ses côtés, l'air hagard.

Kendall n'avait pas l'impression d'être blessée.

— Je pense…

Mary appela les secours pendant que sa mère l'inspectait de la tête aux pieds. La déflagration avait été violente, mais il y avait peu de dégâts matériels. Si Kendall avait eu le colis en main, elle aurait vraisemblablement été blessée, mais pas tuée. Celui qui avait envoyé le paquet voulait surtout lui faire peur.

Au cours des cinq minutes qui suivirent, des secouristes arrivèrent, et vérifièrent qu'elle allait bien. Kendall était encore sous le choc, et n'avait toujours pas vraiment compris ce qui lui était arrivé.

La police vint également sur les lieux, et un officier interrogea Kendall, sa mère et son assistante. Kendall lui expliqua le contexte dans lequel cet attentat avait eu lieu, évoquant la tentative d'enlèvement dont elle avait fait l'objet, et les recherches entreprises par le shérif.

— Nous travaillerons avec lui, déclara le policier.

Soudain, Kendall vit Decker apparaître dans l'embrasure de la porte. Il se précipita vers elle.

— Comment vas-tu ? demanda-t-il en lui prenant les mains et l'examinant, pour voir si elle n'était pas blessée.

— Je vais bien… Comment as-tu appris ce qui m'était arrivé ?

Kendall sentait que sa mère les observait avec intérêt.

— Trey m'a appelé. Il avait entendu l'appel radio.

Elle eut chaud au cœur en pensant qu'il avait tout laissé pour être à ses côtés.

— Tu es blessée ? demanda-t-il sans cesser de l'inspecter du regard.

— Non, je vais bien. Je suis juste un peu choquée.

— C'était un autre avertissement, déclara sa mère.

La secrétaire sortit de la pièce pour faire du café, et Kendall vit que Trey était arrivé. Il était en train de parler avec le policier qui l'avait interrogée.

— Les choses deviennent très inquiétantes, déclara Marion. Pourquoi Elardi s'en prend-il à toi, et pas à Bernard ?

Une lueur d'angoisse brillait dans ses yeux.

— Pour le faire souffrir, répliqua Decker.

En se retournant vers Kendall, il ajouta :

— Tu n'es en sécurité nulle part.

Elle ne pouvait pas le contredire : Elardi avait réussi à l'atteindre sur son lieu de travail. Que ferait-il la prochaine fois ?

Soudain, Bernard, qui était en réunion à l'extérieur de l'entreprise, fit irruption dans la pièce. Il avait le souffle court et les yeux hagards.

— Oh ! mon Dieu ! Tu vas bien !

Il se baissa pour l'embrasser sur le front, et déclara en se redressant :

— Elardi vient de m'appeler. Il m'a dit que la prochaine fois, Kendall ne s'en sortirait pas, et que ça ne serait pas à l'hôpital que j'irais la voir.

Ainsi, Elardi pensait qu'elle serait blessée ? Fort heureusement, il avait échoué dans son projet !

Decker se leva.

— Je pense que Kendall devrait rester chez moi.

— Moi aussi, déclara Bernard.

Kendall le menaça du regard. Essayait-il encore de la jeter dans les bras de Decker ? Elle vit à l'expression du visage de sa mère que la même idée lui avait traversé l'esprit. Elle se tourna vers Decker qui la considérait, le visage impassible, attendant sa réponse.

Elle n'allait tout de même pas s'écrier « Bien sûr, c'est d'accord ! ». Il fallait qu'il sache qu'elle n'avait pas changé d'avis.

Dans la pièce adjacente, les techniciens avaient terminé leur inspection du dispositif explosif utilisé, et Trey entra dans le bureau de Kendall.

— Comment allez-vous tous ? demanda-t-il en s'approchant de Decker.

— Ça va à peu près.

— Les techniciens ont confirmé qu'il s'agissait d'un dispositif de faible puissance, à peine plus qu'un gros pétard, mais qui aurait pu causer des blessures aux mains et au visage, leur expliqua Trey. La bombe était destinée à faire peur, pas à tuer… Mais Kendall a eu de la chance !

— Je ne pense pas qu'elle devrait rester seule, insista Decker.

— Je suis d'accord, confirma Trey.

— Moi aussi, ma chérie, ajouta sa mère. Pourquoi

n'acceptes-tu pas la proposition de Decker ? Jusque-là, il t'a protégée efficacement.

Kendall ne savait pas quoi faire. Elle n'était pas en sécurité au travail. Elle ne l'était pas chez elle non plus. Decker avait raison : partout, elle était menacée. Mais l'hôtel de Decker et sa maison étaient tous deux équipés d'un système de sécurité très performant.

— Je vais rester dans une chambre de The Lodge, finit-elle par dire.

— C'est bien, répondit Decker. L'hôtel est très bien surveillé. Je voudrais seulement que tu me promettes de ne pas sortir de l'hôtel sans me prévenir.

Sa demande était raisonnable.

— C'est d'accord.

Decker ne cessait de penser à Kendall. Il n'était pas seulement obsédé par l'idée de la savoir en danger : elle lui manquait. Deux jours seulement s'étaient écoulés depuis qu'elle avait reçu ce colis piégé. Il l'avait laissée seule la plupart du temps. Mais maintenant, il n'y tenait plus. Il ne comprenait pas pourquoi il avait tant envie de la voir, mais c'était ainsi. Il lui envoya encore des fleurs, et avait bien recommandé au personnel de satisfaire le moindre de ses désirs.

Il leva la tête et vit Liam Kastor pénétrer dans le hall où se trouvait le bureau de son assistante. Elle vint annoncer son arrivée à Decker.

— Vous pouvez le faire entrer, dit-il avant même qu'elle puisse parler.

Decker était curieux de savoir ce que son futur beau-frère, policier à Roaring Springs, avait à lui dire.

Il se leva et contourna son bureau pour aller lui serrer la main.

— Merci de me recevoir sans rendez-vous, déclara Liam.

— C'est la moindre des choses que je puisse faire pour toi ! Comment allez-vous, Sloane et toi ?

— Bien. La date du mariage est choisie, mais je vais laisser Sloane te l'annoncer elle-même. Ce sera une cérémonie intime.

— Je ne la manquerais pour rien au monde !

— Sloane a entendu parler de ton prochain mariage avec Kendall Hadley. Où en êtes-vous ?

— Il y a un petit contretemps, mais je suis certain que tout va s'arranger.

— Oui, tout le monde sait maintenant que Bernard Hadley s'est endetté auprès d'Emilio Elardi. Cet homme est-il aussi dangereux qu'on le dit ?

— J'en ai bien l'impression ! La police et Trey sont en train d'enquêter.

— Sloane m'a dit que, d'après elle, Russ allait mettre son veto à ce mariage.

— Il n'a pas son mot à dire.

Liam eut l'air surpris.

— Tu épouserais Kendall sans son consentement ?

— Oui. J'ai pris une décision, et je m'y tiens.

Liam émit un petit sifflement.

— Eh bien, ce n'est pas le Decker Colton dont Sloane m'avait parlé !

— Tu veux dire celui qui fait tout ce que son père lui demande ? Oui, grâce à Kendall. Elle m'a ouvert les yeux sur bien des choses…

Liam hocha la tête avec un sourire.

— Je connais ça : on pensait ne jamais pouvoir tomber amoureux, et un jour…

Decker se sentit piqué par cette réflexion. Amoureux ? Lui ? Il avait une vision très claire de ses relations avec Kendall : ils allaient très bien ensemble. Point. Kendall était certainement la meilleure épouse qu'il puisse trouver, et il était très satisfait de son choix. Mais de l'amour ? Non !

— Qu'est-ce qui t'amène aujourd'hui, Liam ?

Liam eut un petit rire.

— Je vois : tu n'as pas envie d'en parler.

Il glissa la main dans la poche de sa veste et en sortit quelques photos.

— J'enquête sur une disparition.

Decker prit la première photo, et crut qu'il s'agissait de Bianca Rouge.

— Cette jeune femme est April Thomas, expliqua Liam. Elle s'est rendue à Roaring Springs pour y chercher du travail, et depuis, sa famille ne l'a plus revue. Puisque April et Bianca se ressemblent beaucoup, je me suis dit qu'il y avait peut-être quelque chose à creuser, et j'ai voulu voir si toi ou un de tes employés la reconnaîtrait.

— Elle lui ressemble beaucoup, c'est certain… On peut tout à fait la confondre avec Bianca.

Liam lui montra un second cliché. Sur celui-ci, Decker constata que les cheveux et les traits d'April n'étaient pas tout à fait semblables.

— Non, je n'ai vu aucune autre jeune femme qui ressemblerait à Bianca… Mais je peux te présenter à mes employés, et tu pourras les interroger.

Il conduisit Liam jusqu'au bureau de Molly Gilford, la responsable de la relation clientèle. Elle était très appréciée des clients, et Decker avait ses qualités professionnelles en haute estime. Si quelqu'un avait remarqué April, ce serait certainement Molly.

— Bonjour, Decker ! lui dit-elle lorsqu'il entra.

Elle lui sourit et se tourna vers Liam pour le saluer.

Decker lui expliqua l'objet de leur visite, et Liam lui montra les photos.

— Non, je suis désolée : je ne la reconnais pas. Mais

vous dites qu'elle cherchait du travail ici, à Roaring Springs ?

— Oui.

— Alors, je vais vous emmener voir le service des ressources humaines.

— Je vous accompagne, déclara Decker en leur emboîtant le pas.

Lorsqu'ils arrivèrent dans le bureau du responsable des ressources humaines, Molly présenta Liam à Curtis Shruggs, qui se leva pour les saluer. C'était un homme mince, de taille moyenne, aux yeux bleus qui étincelaient sous des cheveux poivre et sel.

— Bonjour, Curtis, lui dit Decker. Je te présente Liam Kastor : il enquête sur une disparition.

Liam lui montra les photos pendant que Molly entamait une conversation avec l'assistante de Curtis, Shelly Bates.

— Vous avez déjà vu cette femme ? demanda Liam à Curtis.

— Non, jamais.

Liam alla ensuite poser la même question à Shelly.

Shelly examina les photos pendant quelques secondes.

— Oui, je pense l'avoir déjà rencontrée…

Elle leva la tête.

— C'est bien elle. Du moins, je le pense… Pourquoi me posez-vous cette question ?

— Elle a disparu, répondit Liam.

Le visage de Shelly s'assombrit soudain.

— Oh ! C'est terrible !

— Elle a séjourné ici ? demanda Molly en utilisant l'ordinateur de Shelly pour le vérifier.

— Non. Elle s'est présentée à l'hôtel pour trouver du travail il y a un peu plus d'un an. Je lui ai donné un formulaire à remplir, mais elle n'est jamais venue le rapporter.

— Cela explique pourquoi je ne trouve pas son nom dans notre système, remarqua Molly.

— Êtes-vous certaine qu'il s'agisse bien d'elle ? demanda Liam.

Shelly avait semblé hésitante.

— Elle ressemble beaucoup à la jeune femme à laquelle j'ai donné un formulaire… Mais cela fait plus d'un an !

— Merci, dit Liam. Vous nous avez bien aidés.

Decker se retourna, et vit Curtis qui les regardait. Il n'avait rien dit et semblait tendu. Était-il pressé de se remettre au travail ?

— Voulez-vous que je vous emmène voir d'autres employés ? proposa Molly. Peut-être que quelqu'un l'aura remarquée…

— Bonne idée !

— Je te laisse avec Molly, dit Decker. Il faut que je retourne travailler.

Lorsqu'il fut dans son bureau, il se demanda si celui qui avait tué Bianca Rouge avait encore frappé. Était-elle la victime d'un tueur en série ?

Kendall n'aurait jamais pensé qu'elle se plairait autant à The Lodge. Decker l'avait installée dans la suite qu'il affectionnait, celle où ils avaient déjà passé la nuit. Le room service était très rapide et les repas délicieux. Aujourd'hui, elle avait pris la télécabine pour se rendre à The Chateau et y avait passé le plus clair de la deuxième journée. Elle avait mis Decker au courant de ce déplacement, ainsi qu'il le lui avait demandé, et il avait chargé un membre de la sécurité de l'hôtel de l'accompagner. Ils devaient se retrouver pour dîner ensemble à The Lodge.

Lorsqu'elle pénétra dans le hall majestueux de l'hôtel pour le retrouver, elle le vit qui l'attendait près des ascenseurs. Avec son costume gris clair et sa chemise blanche qu'il portait sans cravate, il était incroyablement beau.

Elle-même était simplement vêtue d'un pantalon en soie blanche et d'un chemisier du même tissu.

Elle prit le bras de Decker, et se laissa guider vers la salle de restaurant. Tout en l'escortant, il se tourna vers elle pour lui sourire, et elle sentit son cœur cogner contre sa poitrine. Elle se réjouissait vraiment de dîner avec lui, et espérait que ce moment passé ensemble allait apaiser les tensions qu'il y avait entre eux.

Des chandeliers en cristal et des tableaux de maîtres décoraient la salle à l'atmosphère feutrée. Des serviteurs en uniformes noirs s'affairaient pour satisfaire les moindres désirs de clients fortunés.

Decker la conduisit vers une table à l'écart des autres. Elle était située près d'une fenêtre et offrait une vue sur les pistes pendant la journée. Mais maintenant que la nuit était tombée, Kendall pouvait seulement voir les lumières extérieures trouer l'obscurité de loin en loin.

— Merci d'avoir accepté que nous dînions ensemble.

— Je n'ai plus grand-chose à faire depuis que mon père a décrété qu'il était trop dangereux que j'aille travailler !

Elle se rendit compte que sa réponse pouvait être vexante : elle semblait presque sous-entendre qu'elle n'avait accepté son invitation que parce qu'elle s'ennuyait.

— Je veux dire…

— Ne t'inquiète pas. Comment s'est passée ta journée à The Chateau ?

Elle sourit à ce souvenir.

— Jc pense que je m'habituerais très vite à être une femme gâtée !

— C'est ce que tu serais si tu m'épousais.

Elle se sentit soudain mal à l'aise. Visiblement, il n'avait pas abandonné cette idée. Elle ne comprenait pas pourquoi… D'ailleurs, pensait-il seulement ce qu'il disait ?

— Oublions ce mariage arrangé, déclara Decker. Reprenons tout du début.

— C'est ce que tu veux ?

Kendall avait du mal à le croire.

— Oui.

— Tu veux dire : comme si nous étions amoureux ? Tu m'avais dit que tu pensais que cela n'arriverait jamais.

— C'est toujours le cas, répliqua-t-il d'une voix bourrue. Je sais seulement que lorsque tu n'es pas là, tu me manques. Et j'ai toujours envie d'avoir une famille. Je t'ai déjà dit dès le début que notre mariage était bien plus pour moi qu'une transaction financière avantageuse.

— M'épouser ne serait *pas* une transaction avantageuse, lui rappela-t-elle.

— Je peux faire en sorte que cela le devienne, répliqua Decker.

— Ton père ne sera pas d'accord.

— Peut-être pas…

— Et il ne voudra pas de ce mariage.

Il fit une petite grimace.

— Cela ne le regarde pas. C'est peut-être lui qui a eu l'idée de nous présenter l'un à l'autre au départ, mais c'est moi qui ai pris la décision de t'épouser.

— Il pourrait te retirer les responsabilités qu'il t'a confiées.

— Il ne le fera pas. En revanche, je n'exclus pas de partir. S'il continue à vouloir me dicter la façon dont je dois mener ma vie, c'est ce que je ferai.

Kendall entendit sa conviction dans sa voix. Elle la voyait sur son beau visage, dans ses yeux noirs pleins de chaleur… et cela lui plut.

Lorsqu'elle avait accepté d'épouser Decker, elle avait pensé qu'elle n'engageait pas son cœur. Mais maintenant, elle savait que c'était faux. Elle craignait de tomber follement amoureuse de lui, et de souffrir comme par le passé.

— Nous avons encore un peu de temps, reprit Decker.

Elle sourit.

— Pas beaucoup…

— Liam Kastor est passé aujourd'hui.

— Ah bon ? Pourquoi ?

— Pour enquêter sur la disparition d'une jeune femme… Elle ressemble beaucoup à Bianca Rouge, celle qui a été assassinée à The Lodge.

— Oh ! Tu penses que les deux affaires sont liées ?

— C'est ce qui me tracasse depuis que Liam m'a montré sa photo.

Kendall avait l'impression que Decker avait besoin de parler de tout cela avec une personne en qui il aurait confiance, et elle se sentait flattée que ce soit elle.

— Cette jeune femme allait postuler pour un emploi à The Lodge, mais elle n'en a jamais eu l'occasion : elle a disparu avant.

— Si ces deux affaires sont liées, il pourrait y avoir un tueur en série à Roaring Springs…, murmura Kendall.

— Oui. C'est ce qui me trouble…

— Liam a interrogé d'autres personnes que toi ?

— Oui. Shelly Bates, une de nos employées du service des ressources humaines, pense l'avoir vue.

La conversation se poursuivit, et leur entente était manifeste : Kendall pouvait presque deviner les pensées de Decker avant qu'il les exprime, et elle avait le sentiment qu'il lisait tout aussi facilement en elle.

Après le repas, Decker la conduisit vers les ascenseurs.

— Tu veux monter avec moi ? demanda-t-elle.

Elle n'avait pas envie que ce moment à deux se termine si vite. Il y avait un lien fort entre eux, et elle était certaine qu'il ressentait la même chose, qu'il le veuille ou non.

Il ne croyait peut-être pas à l'amour fou, mais elle, oui, et elle voulait voir où irait cette relation.

— Tu en es sûre ? demanda-t-il calmement.

— Oui.

Ils avaient déjà passé plusieurs nuits ensemble. Pourquoi se priverait-elle d'une chose aussi délicieuse ?

Elle voulait tout oublier pour un temps, seulement profiter de l'instant…

Il entra dans l'ascenseur après elle, et elle ne détourna pas le regard lorsqu'elle lut le désir dans ses yeux. Ils montèrent en silence, tout près l'un de l'autre, sans cesser de se dévisager.

Dans le couloir, il marcha près d'elle, mais sans la toucher… Pour le moment.

Elle ouvrit la porte de sa suite et entra. Il la suivit. La porte se referma, et elle prit la décision de laisser le reste du monde et tous ses soucis de l'autre côté du battant.

Decker ôta sa veste, et alla la poser sur l'accoudoir du canapé. Kendall quitta ses chaussures et décida d'enfiler des vêtements plus confortables. Elle choisit d'abord une chemise de nuit à manches longues, mais se ravisa lorsqu'elle en remarqua une beaucoup moins couvrante : elle avait un décolleté profond, de simples bretelles, et épousait étroitement les formes de son corps.

Elle enfila celle-là, et rejoignit Decker. Il était pieds nus, et avait déboutonné le haut de sa chemise.

Lorsqu'il posa le regard sur elle, elle eut la satisfaction de constater que sa nuisette avait eu l'effet désiré.

Il s'assit sur le canapé et lui fit signe de venir s'installer près de lui. Elle se blottit tout contre lui, et dut reconnaître qu'elle s'était rarement sentie aussi bien. Plus rien d'autre ne comptait.

Elle leva la tête et le vit qui la regardait. Leurs regards se croisèrent… Puis il l'embrassa doucement. Elle sentit son souffle chaud et doux sur sa peau lorsqu'il la caressa de ses lèvres. Il n'approfondit pas leur baiser, préférant laisser monter le désir. Elle glissa la main dans sa chemise pour sentir son torse musclé sous ses doigts.

Il s'écarta un peu, mais ce fut pour la prendre dans ses bras et la soulever. Elle se laissa faire, contemplant son visage alors qu'il la portait dans la chambre.

Il la mit debout, recula, et commença à se dévêtir. Elle resta immobile, sans cesser de le regarder.

— Tu ne te déshabilles pas ? demanda-t-il.

Elle secoua la tête.

— Non. Je veux que ce soit toi qui le fasses.

Le désir crispait les traits de son visage, et allumait une lueur sauvage dans ses yeux.

— Il y a quelque chose là-dessous ?

— À toi de le découvrir…

Lorsqu'il fut nu, il s'approcha d'elle. Il souleva sa chemise de nuit, et vit qu'elle ne portait rien d'autre.

Kendall eut le souffle coupé en remarquant la lueur de désir sauvage qui s'alluma dans ses yeux. Il lui saisit les cheveux à pleines mains et lui fit pencher la tête en arrière, pour l'embrasser fiévreusement. Puis il la poussa vers le lit, la fit basculer dessus, et s'allongea sur elle. Alors elle ne pensa plus à rien, s'abîmant dans leurs étreintes. Decker lui fit l'amour, lentement, prenant son temps, jusqu'à ce qu'aucun d'eux ne puisse tenir plus longtemps.

Alors, il s'enfonça en elle avec plus de force encore, plusieurs fois, les laissant tous deux hors d'haleine et délicieusement comblés.

La dernière pensée consciente de Kendall avant qu'elle se blottisse contre lui fut qu'elle ne pourrait jamais oublier cet homme. Elle espérait qu'elle n'aurait pas à le faire, mais la vie était si incertaine…

12

Decker fut réveillé par des coups sonores frappés à la porte. Il sentit Kendall s'étirer auprès de lui. Elle dormait allongée sur le côté, une main sur son torse. La sensation de sa peau nue, douce et soyeuse contre son corps le fit immédiatement réagir. Mais les coups reprirent avec force.

Il s'écarta d'elle et vérifia l'heure d'un coup d'œil. Qui pouvait frapper ainsi à 6 heures du matin à peine ? Kendall et lui s'étaient endormis très tard, après une nuit qu'il n'oublierait jamais. Ils avaient laissé tomber toutes leurs défenses, et s'étaient complètement abandonnés au simple bonheur d'être ensemble, et de se donner du plaisir l'un à l'autre.

Il enfila son pantalon et se dirigea vers la porte, alors que des coups plus forts retentissaient. Il devait s'agir d'une urgence…

Il ouvrit la porte, et découvrit le visage furibond de son père.

— Tu es ici avec elle ! s'écria Russ en entrant sans y être invité. Bon sang, mais que fais-tu ?

Decker referma la porte, et vint faire face à son père. Fallait-il vraiment qu'ils aient cette discussion ici et maintenant ?

— Je suis un grand garçon, papa… Plus un enfant auquel tu peux dicter toutes tes volontés.

— Alors, tu as vraiment passé la nuit avec elle ?

Juste à cet instant, Kendall sortit de la chambre en nouant la ceinture d'un peignoir autour de sa taille.

— Inutile de le nier ! s'écria Russ.

— Pardon ? répliqua Kendall.

La situation menaçait de s'envenimer… et très rapidement. Decker s'interposa entre son père et Kendall.

— Il faut que tu cesses de voir cette fille, Decker ! Immédiatement !

— Non. Et maintenant, pars !

— Je ne partirai pas avant elle ! Je ne la veux pas dans mon hôtel !

Kendall semblait atterrée. Elle restait debout, bouche bée, comme pétrifiée.

Decker devait se contenir pour ne pas en venir aux mains.

— Sors de cette chambre !

— Je t'interdis d'épouser cette fille !

— C'est toi qui l'as choisie. Ce n'est pas ma faute si tu n'avais pas vérifié auparavant qu'elle correspondait à tes critères ridicules !

— Oui, et c'était une erreur ! Maintenant, je ne peux que limiter les dommages, et cela implique que je t'empêche de faire à ton tour une erreur colossale !

Decker avait du mal à contenir sa colère.

— Pendant toutes ces années, j'ai fait tout ce que tu attendais de moi. Et maintenant, lorsque j'agis selon ma conscience, tu essaies de m'en empêcher !

Decker se pencha vers son père et pointa le doigt vers son visage.

— Je refuse que tu continues à me dicter la moindre de mes actions ! C'est à moi de décider quelle femme je veux fréquenter, et si je veux l'épouser ou non. C'est clair ? Je ne supporterai plus que tu t'immisces ainsi dans ma vie ! Et si tu me demandes de choisir entre agir selon mes convictions et toi, sache que je préfère rester fidèle à moi-même !

Le visage de Russ devint écarlate. Personne ne lui avait jamais parlé ainsi, et surtout pas Decker.

— C'est mon entreprise ! J'ai parfaitement le droit de dire comment j'entends qu'on la dirige, et je ne m'en priverai pas !

— Mais cela ne te donne pas pour autant le droit de choisir qui je peux ou ne peux pas épouser. Et si Kendall veut bien de moi, nous allons nous marier à la fin du mois.

D'écarlate, le visage de Russ devint livide. Pendant quelques secondes, il sembla incapable de parler.

— Tu n'es qu'un gamin ingrat ! Tu n'as eu qu'à tendre la main, et je t'ai tout donné. Et voilà comment tu me remercies ?

— Quand j'ai pris la direction de The Lodge, l'hôtel était loin d'être ce qu'il est aujourd'hui. Personne ne peut gérer cet établissement mieux que moi, et tu le sais bien.

— Si tu épouses cette femme, tu peux dire au revoir à The Lodge.

Decker se rendit soudain compte qu'il ne pouvait plus vivre ainsi, sous l'emprise constante de son père.

— Eh bien, puisque j'ai décidé d'épouser Kendall, je vais t'épargner le souci de me licencier. Je démissionne.

Decker se retourna et se dirigea vers Kendall.

— Habille-toi. Nous partons

— Comment ça, tu démissionnes ? Tu ne peux pas démissionner ! hurla Russ. Tu ne peux pas quitter cette entreprise ! Elle compte pour toi autant que pour moi !

Decker lui fit face.

— À vrai dire, je n'aurais jamais cru que tu penses cela, étant donné la façon dont tu me traites. Mais c'est fini, papa. Tant que tu agiras de la sorte avec moi, je ne reviendrai pas.

— Je te déshérite, Decker ! hurla Russ.

— Bien. Je ferai ma fortune tout seul.

Il claqua la porte de la chambre et alla s'habiller pendant que Kendall rangeait ses affaires dans son sac.

— Je n'arrive toujours pas à croire ce que je viens d'entendre ! déclara-t-elle tout en s'affairant.

— C'est pourtant vrai… Et j'aurais dû faire ça plus tôt !

— Je ne veux pas que tu démissionnes à cause de moi.

Il s'approcha d'elle.

— Ce n'est pas à cause de toi, Kendall. Depuis que je travaille ici, mon père n'a cessé de mettre son nez dans mes affaires, de me donner des ordres, et de poser des ultimatums. Je l'ai laissé faire, parce que l'hôtel était important pour moi, et que je voulais réussir à en faire quelque chose de bien.

Il poussa un soupir.

— Mais maintenant, je vois qu'au cours de toutes ces années, j'ai oublié l'essentiel : être fidèle à moi-même. Mon père doit comprendre que je ne peux pas continuer ainsi. Et il ne le fera que s'il se rend compte du vide laissé par mon absence.

— J'espère que tu as raison…

— Je suis certain que oui.

Il se pencha vers elle et déposa un baiser sur ses lèvres.

— Et c'est grâce à toi.

— À moi ?

Elle chercha son regard.

— Oui. Tu es une femme extraordinaire, Kendall. Et le fait que ta famille connaisse des difficultés financières ne change rien à cela. J'ai honte que mon père se comporte de la sorte. Il n'a pas le droit de te juger ni de parler de toi en ces termes. Il se montre sous son pire jour !

Le sourire qui illumina son visage lui fit chaud au cœur. Elle posa la main sur sa joue.

— Et tu es un homme extraordinaire, Decker ! Je vois bien que tu n'es pas comme ton père !

— C'est rassurant !

Lorsqu'ils furent prêts à partir, Decker sortit de la chambre avant Kendall, et eut la surprise de constater que Russ n'avait toujours pas quitté leur suite. Son père n'avait donc pas la moindre retenue ?

— Alors, tu vas vraiment faire ce que tu as dit ? lui demanda Russ.

— Nous allons partir. Je ne veux pas discuter avec toi tant que tu seras incapable de me répondre calmement.

Il s'arrêta devant son père.

— Et ne reparle plus jamais de Kendall en ces termes. Je ne le supporterai pas.

La lueur d'arrogance qui brillait dans les yeux de Russ s'affaiblit quelque peu.

— Que t'arrive-t-il ?

— Une bouffée d'air frais.

Il saisit la main de Kendall. Elle considérait Russ avec défiance.

— Demain matin, tu seras déjà revenu ! cria Russ lorsqu'ils s'éloignèrent.

— Non, papa. Je ne veux plus travailler pour un tyran.

Il aida Kendall à faire entrer sa valise dans l'ascenseur. Russ les suivit.

— Mais je suis ton père !

— Je ne le sais que trop bien ! répliqua Decker en se retournant.

Russ se tenait debout, devant la porte.

Decker passa le bras autour de la taille de Kendall, pour signifier clairement à son père quel camp il avait choisi. Russ les considérait, immobile, bouche bée, comme s'il n'arrivait toujours pas à comprendre ce qui se passait.

Les portes de l'ascenseur se refermèrent.

Une autre tempête de neige s'abattit sur la région cet après-midi-là, mais cela n'empêcha pas Trey de proposer à Kendall, ses parents et Decker de se réunir. Il voulait leur donner des nouvelles de l'entrevue qu'il avait eue avec l'homme qui avait mis Bernard Hadley en contact avec Emilio Elardi. Decker avait insisté pour que la rencontre ait lieu chez lui, car il pensait que Kendall y serait en sécurité.

Kendall était près de la fenêtre, et contemplait la neige qui tombait au-dehors. Elle se retourna, et balaya le salon du regard. Decker et Trey discutaient debout dans un coin de la pièce, alors que ses parents s'étaient assis sur le canapé.

Puis Decker vint à ses côtés et glissa le bras autour de sa taille, comme pour lui signifier qu'il était là pour la soutenir.

— Nous avons fait quelques progrès sur l'affaire Elardi, commença Trey. J'ai réussi à contacter l'entrepreneur qui a mis M. Hadley en contact avec Elardi. Il s'agit d'un certain Antonio Garcia, qui est spécialisé dans la construction de maisons individuelles. Il a été très surpris lorsqu'il nous a vus débarquer dans son bureau, mais il a immédiatement accepté de coopérer. M. Garcia recevait une commission pour toutes les personnes qui contactaient Elardi par son intermédiaire. À l'en croire, leurs relations s'arrêtaient là.

— Elardi avait-il précisé à quel genre de personnes M. Garcia pouvait proposer ses services ?

— Oui, répondit Trey. Il voulait des emprunteurs qui ne pouvaient pas obtenir de crédit auprès des banques, et qui ne savaient plus vers qui se tourner.

Et Antonio Garcia n'avait pas trouvé cela suspect ? songea Kendall.

— Comment ont-ils fait connaissance ? demanda-t-elle à son père.

— Je ne sais pas. Antonio ne me l'a jamais dit.

— J'ai posé cette question à M. Garcia, intervint Trey, et il m'a répondu qu'il avait construit une petite maison d'invités pour Elardi… Mais à vrai dire, il ne m'a jamais donné le sentiment de savoir quel homme était véritablement Elardi.

— Alors, Antonio Garcia vous semble de bonne foi ?

— Pas complètement non plus… Je trouve étrange qu'il ait accepté de l'argent d'un homme comme Elardi… Il a bien voulu nous donner une copie de ses relevés de compte : les sommes qu'il a perçues en commission y figurent… et elles sont assez importantes pour lui donner envie de se taire. À moins qu'il n'ait peur d'Elardi…

— Je le comprendrais tout à fait ! s'exclama Kendall.

— Et il y a autre chose, poursuivit Trey. Nous avons mis Garcia sur écoute, et nous l'avons fait suivre. Il a rencontré Elardi après notre visite. Nous avons réussi à surprendre leur conversation, et la tentative d'enlèvement dont Kendall a fait l'objet a été évoquée. Elardi a même reconnu qu'il avait loué les services d'un homme de main pour intimider Kendall.

Kendall retint son souffle. Même si les informations de Trey ne faisaient que confirmer leurs soupçons, elles demeuraient difficiles à entendre.

Sa mère pencha la tête et se mit à pleurer sans bruit. Lorsque Bernard tenta de la réconforter, elle se dégagea et se leva. Kendall alla la prendre dans ses bras. Par-dessus son épaule, elle vit son père les regarder, l'air consterné.

— Nous avons le nom de cet homme, poursuivit Trey en se retournant vers Decker lorsque sa mère parvint enfin à retenir ses larmes. Il a un casier.

Trey sortit une photo de la poche de sa veste, et Kendall s'approcha de lui pour la voir. Elle montrait un homme avec d'épais cheveux noirs et des yeux foncés.

— Voici l'homme qu'Emilio a engagé, déclara Trey.

Decker vint auprès d'elle pour regarder lui aussi le cliché. Comme souvent, sa proximité fit monter en elle une vague de chaleur.

— Tu le reconnais ? demanda Decker.

Elle secoua la tête.

— Je ne l'ai jamais vu de près. L'homme qui m'a attaquée avait la même stature, mais c'est tout ce que je peux dire… Si ce n'est qu'il avait lui aussi les cheveux bruns.

Elle regarda Trey.

— Il mesure combien ?

— Un mètre quatre-vingt-cinq.

Elle hocha la tête.

— Ça pourrait être lui… Mais à chaque fois que je l'ai vu, il portait des lunettes. Je ne suis pas certaine que je le reconnaîtrais.

— Nous n'avons aucun autre élément pour le moment. Nous sommes à sa recherche.

Kendall se sentit soulagée qu'ils aient au moins identifié son agresseur. Avec un peu de chance, ils mettraient la main sur lui avant qu'il frappe à nouveau…

Deux jours plus tard, Decker reçut un appel téléphonique de son père. Avant même de décrocher, il sut à quoi s'attendre. Cela faisait un certain temps que Russ s'était retiré de la direction de The Lodge. Très certainement, il se trouvait face à un problème qu'il était incapable de résoudre sans son aide.

— Bonjour, dit-il d'une voix neutre.

— Bonjour, fiston, répondit Russ. Il faut que nous parlions. Tu peux venir ?

Decker regarda Kendall, qui l'attendait dans le hall. Il était prévu qu'il l'emmènerait à son bureau pour qu'elle puisse y rencontrer le biologiste chargé d'observer ses loups. Après l'explosion du colis piégé, elle ne voulait plus se déplacer seule.

— Parler de quoi ? Je suis occupé, répondit Decker, qui sentait monter en lui l'excitation qu'il ressentait dès qu'il s'agissait de The Lodge.

— J'ai besoin de toi. Il y a des problèmes que je ne peux pas régler seul.

Decker ne répondit pas.

— Je t'en prie, poursuivit Russ. Je sais que j'ai dépassé les bornes la dernière fois que nous nous sommes parlé.

« Parlé » ? Il voulait dire « querellés » !

— Effectivement, tu les as dépassées… Et de très loin !

— Quand peux-tu venir ? demanda son père, préférant ignorer son commentaire.

— Je dois emmener Kendall chez Hadley Forestry. Je peux être là vers 17 heures.

— Ça sera trop tard. Une des remontées mécaniques ne fonctionne plus, et j'ai des problèmes avec le contrat de maintenance.

Cette panne signifiait que les skieurs ne pouvaient pas se rendre à la station. C'était un problème majeur. Decker sentit son excitation monter : The Lodge avait besoin de lui… Maintenant.

— Decker…, reprit son père après quelques instants de silence.

— Oui.

— Il faut que nous parlions de toute façon. Je t'en prie, viens.

— D'accord. J'arrive.

Il n'attendit pas que son père raccroche. Il le fit lui-même, et regarda Kendall.

Avant même qu'elle parle, il comprit qu'elle était déçue. Tout dans sa posture – sa tête penchée sur le côté, ses sourcils froncés – indiquait son agacement.

— Une remontée mécanique est en panne et mon

père ne sait pas quoi faire. Les touristes n'ont pas accès à la station.

Comment pouvait-il lui faire comprendre l'urgence de la situation ? Leur entreprise avait beaucoup souffert des conséquences du meurtre de Bianca Rouge… Et il avait The Lodge dans la peau. Il se sentait un attachement inconditionnel pour cet hôtel.

— Je peux aller seule à la réunion, déclara Kendall.

À la tension qu'il entendit dans sa voix, il comprit que ce n'était pas vrai.

Il se dirigea vers elle, et lui prit la main.

— Ma chérie, je sais ce que ces loups représentent pour toi, mais peux-tu repousser ta réunion ?

— Ben n'est disponible à aucun autre moment de la semaine. D'ailleurs, il est venu exprès de Lakewood. Non, je ne peux pas déplacer ce rendez-vous.

— Il faut que j'aille voir mon père. Tous les efforts que j'ai faits pour redresser The Lodge vont être ruinés en une journée.

— Je comprends.

Il voyait bien que c'était faux. Mais il avait pris sa décision.

— Je dois aller le voir. Je suis désolé. Il se passe ce que j'espérais : mon père est en train de se rendre compte qu'il ne peut pas gérer cette station sans moi.

C'était précisément la raison pour laquelle un mariage de raison lui convenait si bien : il avait besoin d'une femme qui comprenne qu'il doive laisser tomber tout le reste lorsque de telles difficultés se présentaient.

Il sentit que Kendall évaluait mentalement la situation, essayant de déterminer quelles priorités – les siennes ou celles de Decker – étaient les plus importantes.

Il vit son attitude changer. Elle se redressa et le regarda, l'air froid, professionnel et efficace.

— Vas-y, dit-elle en quittant son manteau.

Decker ressentit un pincement de culpabilité. Il avait conscience que donner la priorité à The Lodge pouvait dégrader leur relation, mais il n'avait pas le choix. S'il laissait passer l'occasion que Russ lui offrait, il craignait qu'elle ne se représente plus jamais… D'autant que le problème évoqué par Russ pouvait porter le coup de grâce à The Lodge.

— Kendall…

— Vas-y.

Il partit, avec un creux au ventre.

Alors qu'il se rendait chez son père, Decker ne parvenait pas à se libérer du sentiment qu'il avait trahi Kendall. Il se sentait la proie d'émotions si fortes qu'il en avait le tournis. Lui qui était habitué à garder son flegme en toutes circonstances ne savait comment les gérer. Jamais il ne s'était senti aussi troublé.

Depuis quand donner la priorité aux affaires était-il devenu un problème ?

Arrivé devant la porte du bureau de son père, il marqua un temps d'arrêt pour tenter de se ressaisir. Lorsqu'il entra, il vit Russ lever les yeux de l'écran de son ordinateur, et le soulagement se peindre sur son visage.

— Merci d'être venu, Decker, déclara son père en venant vers lui.

— Je n'ai pas encore accepté de travailler à nouveau pour toi.

Il devait rester ferme sur ses principes.

Russ posa la main sur son dos.

— Je le sais bien. Allons nous asseoir.

Decker le suivit jusqu'à la table de réunion. Des papiers étaient disposés dessus.

— Je t'ai nommé P-DG. Tu n'as qu'à signer ces

documents. Tu peux demander à un avocat de les examiner au préalable si tu le désires.

Decker regarda son père avec surprise. Il ne s'attendait pas à cela, et devait bien reconnaître que c'était une offre très tentante. Russ devait vraiment vouloir qu'il revienne, sinon il ne serait pas allé si loin. Mais pour Decker, il y avait une condition sine qua non.

— Et Kendall ? demanda-t-il.

— Je t'ai dit que j'avais dépassé les limites.

— Ça ne me suffit pas. Je veux être certain que tu ne la traiteras plus jamais comme tu l'as fait.

— Tu as ma parole. L'attachement que j'ai pour cette entreprise m'empêche parfois de réagir raisonnablement, et les ennuis financiers des Hadley m'ont fait paniquer.

Decker pouvait comprendre cela. Il appréciait également la franchise de son père. Russ présentait rarement des excuses, mais Decker voyait bien que cette fois-ci, elles étaient sincères.

— Je me rends compte maintenant que ton mariage avec Kendall n'est pas une menace pour l'empire Colton, poursuivit Russ. Tu ne voudrais jamais compromettre ce que nous avons bâti au prix de tant d'efforts !

— J'ai tout de même l'intention de voir si je peux investir dans l'entreprise des Hadley. Réussir à la redresser serait un beau challenge !

Russ fit une petite grimace. Visiblement, il n'était pas ravi d'entendre cela.

— Tu me fais confiance ? demanda Decker.

Russ cilla.

— Oui, fiston. Je crains seulement que tu n'injectes de l'argent dans cette entreprise pour faire plaisir à Kendall, et non parce que ça serait un bon placement.

— Cela pourrait être les deux à la fois, papa. Je n'essayerais jamais de sauver une affaire qui n'en vaudrait pas la peine.

Au bout de quelques secondes, Russ hocha la tête.

— C'est entendu.

D'un geste de la main, il désigna la table.

— Et si tu signais, afin que nous puissions nous mettre au travail et régler les problèmes qui se sont accumulés depuis ton départ ?

Lorsque Kendall avait téléphoné à Ben pour le prévenir qu'elle ne pourrait se rendre à Hadley Forestry, il lui avait proposé de venir la retrouver chez Decker. Il lui apprit que les loups se portaient bien et que la femelle allait bientôt donner naissance à une nouvelle portée. Ben avait abandonné l'idée de mettre une puce sur l'un des animaux, mais il était allé les observer régulièrement, tout en veillant à ne jamais les effrayer.

Maintenant qu'il était parti, elle avait enfilé une chemise de nuit et une robe de chambre, et regardait un film. Il était plus de 21 heures et Decker n'était toujours pas rentré. Il ne l'avait même pas appelée.

Elle tenta d'oublier sa contrariété, sans y parvenir complètement. Elle savait que Decker avait accepté de l'épouser car il pensait qu'elle accepterait de jouer les seconds rôles, et qu'elle le laisserait consacrer toute son énergie à son entreprise. Au départ, elle n'avait pas pensé que cela serait un problème dans la mesure où elle était bien déterminée à ne pas engager ses sentiments : elle ne voulait plus souffrir. Mais plus le temps passait, plus elle comprenait que c'était illusoire…

Elle entendit la porte d'entrée s'ouvrir, et jeta un coup d'œil par-dessus son épaule. C'était Decker. Il ôta sa veste, la déposa sur le dossier d'une chaise, et s'avança vers elle.

— Bonsoir, dit-il de cette voix rauque qui la faisait frissonner à chaque fois.

— La journée a été occupée ? demanda-t-elle sans cesser de regarder la télévision.

— Il y avait beaucoup de problèmes à résoudre.

Il vint s'asseoir à côté d'elle.

— Kendall, je suis désolé d'avoir dû partir aussi brusquement.

Elle balaya son excuse d'un geste de la main.

— C'est fait. Finalement, Ben est venu me rejoindre ici. Comment s'est passée l'entrevue avec ton père ?

— Il m'a nommé P-DG de The Lodge. Il m'a également présenté ses excuses.

Elle se tourna vers lui.

— Il a reconnu que l'attachement qu'il avait pour cette entreprise l'empêchait parfois de réagir raisonnablement.

— Mais il ne cessera jamais de penser que tu t'es marié avec quelqu'un qui est indigne de toi ! répliqua-t-elle.

Le souvenir des insultes de Russ ravivait sa colère. Pour qui se prenait-il ?

Decker soutint son regard.

— Non, il ne pensera pas cela. Surtout lorsque j'aurai sauvé Hadley Forestry de la faillite.

— C'est ce que tu as l'intention de faire ? demanda-t-elle, sentant l'espoir renaître en elle.

— Oui. J'aimerais en parler à ton père.

— Si tu veux, nous pourrons aller le voir demain matin.

— Je ne suis pas libre : il faut que j'aille à l'hôtel.

Kendall sentit le même pincement au cœur que lorsque Decker était parti tout à l'heure. Elle détourna le regard.

Comment pouvait-il la faire systématiquement passer au second plan avec une telle facilité ?

Elle était peut-être trop susceptible mais elle ne pouvait s'empêcher de se sentir triste et déçue.

— Je vais me coucher, dit-elle en se levant. Dans la chambre d'amis.

— Kendall…

— Bonne nuit, Decker.

Elle quitta la pièce, espérant qu'il n'allait pas la suivre pour essayer d'arranger les choses. Il ne le fit pas.

Elle avait besoin d'être seule. Au cours des jours précédents, tout allait si bien que l'espoir était monté en elle. Elle avait cru un instant que Decker et elle formeraient un couple harmonieux, mais maintenant, elle comprenait qu'elle s'était trompée. Decker n'était qu'une erreur de plus…

13

Lorsque Kendall se réveilla le lendemain matin, elle chercha Decker à tâtons dans le lit à côté d'elle. Elle venait de faire un rêve délicieux, où ils étaient ensemble. Lorsque sa main rencontra le vide, la réalité s'imposa à elle : elle avait dormi dans la chambre d'amis, et Decker était probablement déjà reparti au travail.

Elle se leva et prit une longue douche, se demandant comment elle allait remplir sa journée. Tant que son agresseur n'était pas sous les verrous, elle ne voulait pas sortir de la maison, mais il y avait une multitude de choses à faire ici : elle pouvait aller dans la salle de gym, regarder des films, choisir un livre dans l'immense bibliothèque de Decker, inviter sa mère à manger… Ou peut-être des amies…

Le temps s'était rafraîchi. Elle enfila un jean et un sweat-shirt, et descendit au rez-de-chaussée. Elle vit qu'il y avait du café fumant et s'en servit une tasse, qu'elle alla boire en regardant les nouvelles du matin à la télévision.

La porte d'entrée s'ouvrit, et elle vit apparaître Decker, un grand vase empli de fleurs dans les bras.

— Tu es déjà levée ? Et moi qui voulais te faire une surprise !

— Mais je *suis* surprise ! Je te croyais au travail.

Il alla dans la cuisine et déposa le vase, avant de

revenir près d'elle et de se pencher pour déposer un baiser sur ses lèvres.

— Je t'attendais. Je voulais que tu viennes avec moi.

Au travail ? Avec lui ? L'odeur de son eau de toilette, son souffle chaud et la caresse de ses yeux bruns la déstabilisaient complètement.

— Je t'avais promis de te faire visiter la station, dit-il. Nous n'avons pas encore eu le temps de le faire.

— J'ai déjà presque tout vu !

— Oh non ! Allez, viens !

Après tout, cela valait mieux que rester seule ici.

— C'est d'accord.

Kendall espérait qu'elle parvenait à maintenir une apparence de calme, mais la perspective de passer la journée avec Decker l'excitait. Il fallait seulement qu'elle se souvienne qu'il était un habile homme d'affaires qui n'avait pas l'habitude de perdre : il avait décidé qu'elle devait l'épouser, et il faisait tout pour qu'elle accepte.

Le chauffeur de Decker les conduisit jusqu'à The Lodge. Pendant le trajet, il appela son assistante pour lui annoncer qu'il n'allait pas être disponible pendant les deux heures à venir, mais qu'elle pouvait l'appeler s'il y avait une urgence.

— Tu es prête à marcher un peu ? lui demanda-t-il.

— Avec plaisir !

Elle avait aimé la randonnée qu'ils avaient faite ensemble pour aller voir les loups. Les alentours de l'hôtel étaient loin d'être aussi sauvages, mais elle se réjouissait à l'idée de ce moment… D'autant plus qu'elle aurait Decker pour elle toute seule.

Il commença par l'emmener voir la construction la plus ancienne de la station, qui avait été le tout premier hôtel.

— Maintenant, c'est ici que vivent les employés qui veulent rester sur place, expliqua-t-il.

Elle observa le vieux bâtiment dont le caractère avait

su être préservé. Elle aurait adoré vivre dans un endroit aussi beau.

— Pine Peak offre de très belles pistes de ski de descente, mais une partie du domaine est également dédiée aux sports de glisse extrêmes, lui expliqua-t-il.

Tout d'abord, il l'emmena près des chalets de luxe disséminés dans les arbres, à l'écart des pistes. Puis il prit une motoneige. Kendall monta derrière lui, noua les bras autour de sa taille, et il démarra.

Lorsqu'ils arrivèrent au bas des pistes, Decker stoppa l'engin. Ils en descendirent et elle le suivit jusqu'à un terrain cerné de gradins. Ils s'y installèrent et regardèrent pendant un moment les évolutions de trottinettes des neiges sur un parcours d'obstacles fait de rampes, de virages et de tremplins. Kendall n'était pas particulièrement intéressée par le spectacle, mais la joie de Decker faisait plaisir à voir.

— C'était mon idée ! expliqua-t-il. Je voulais organiser des événements sportifs autour des sports de glisse.

Il se tourna vers elle, et sentit vraisemblablement son manque d'enthousiasme.

— Bon, j'ai compris : on continue !

Il lui prit la main et la conduisit vers la motoneige. Elle grimpa à nouveau dessus, heureuse d'être tout contre lui. Elle se demanda s'il ressentait lui aussi ce même frisson d'excitation.

Il suivit une piste à vive allure. Après un tournant, il s'arrêta devant une pente très abrupte et lisse, semblable à un large toboggan de glace. Des gens la dévalaient dans de petites structures métalliques allongées, dont la forme rappelait celle d'un bateau.

Le conducteur de l'une d'elles perdit le contrôle de son engin, qui alla s'enfoncer dans la neige de l'autre côté de la pente.

— C'est fou ! s'exclama-t-elle.

— Je suis certain que ça va devenir un sport très populaire. Tu veux essayer ?

— Certainement pas !

Il se mit à rire et elle comprit qu'il voulait la taquiner. Elle lui donna une petite tape alors qu'il se remettait en route. Il se dirigea vers le départ d'une remontée mécanique où une file de skieurs attendaient de pouvoir goûter à la joie des sommets.

Il alla voir l'opérateur du télésiège, qui le reconnut immédiatement et les installa sur le premier siège disponible. Elle s'assit contre Decker pour se laisser gagner par sa chaleur. Leurs regards se croisèrent, et elle lut dans ses yeux tout le plaisir qu'il avait à lui faire partager son enthousiasme pour cette station. Elle sentit le désir monter en elle.

Decker posa sa main gantée sur son menton et l'embrassa profondément. Kendall se sentit emportée par cette caresse pleine de tendresse. Lorsqu'il se recula, la sincérité de l'émotion qu'elle lut sur son visage lui donna le tournis. Elle ne se trompait pas : il avait des sentiments pour elle. Pourquoi refusait-il de l'admettre ?

Soudain, il tourna la tête.

— Nous avons failli ne pas les voir !

Elle suivit son regard et remarqua trois personnes qui faisaient du snowkite. Ils glissaient sur un terrain en pente douce. Le spectacle était très beau. Les skieurs étaient manifestement expérimentés et effectuaient des figures pleines de grâce.

— Tu vois ? The Lodge est bien plus qu'un hôtel de luxe avec quelques clients célèbres.

— Oui. Je le comprends maintenant. Je vois aussi à quel point tu es fier de cet endroit… à juste titre.

— Merci. Venant de toi, le compliment me touche beaucoup.

— Pourquoi « venant de moi » ?

— Parce que je ne veux pas que tu penses que The Lodge passe avant toi, ni avant aucun de mes proches. Mais ce domaine vient tout juste après, c'est certain.

Elle sourit, voyant bien qu'il était sincère.

— Je comprends.

Quant à savoir si elle pourrait s'en accommoder, c'était autre chose…

Decker était suspendu entre ciel et terre, heureux de faire découvrir à Kendall ce qui comptait pour lui, et la place qu'elle occupait dans sa vie. Lorsqu'ils arrivèrent en haut de la pente, ils ne descendirent pas du télésiège mais retournèrent à la station.

— Decker ?

— Oui ?

— Je crois que je t'aime, murmura-t-elle.

Il n'était pas préparé à entendre cela. Pourquoi cette déclaration ? Et pourquoi maintenant ?

Elle n'avait pas dit qu'elle l'aimait… Seulement qu'elle *croyait* qu'elle l'aimait. C'était le problème : on ne savait jamais vraiment quand on tombait amoureux.

— Tu veux dire que tu m'apprécies beaucoup, répliqua-t-il d'un ton léger.

— Non. Je pense vraiment que je t'aime.

Il la regarda, troublé.

— Pourquoi dis-tu cela ?

Elle posa la main sur sa cuisse, et la caressa. Au bout de quelques secondes, elle leva les yeux vers lui.

— Parce que je ne me lasse pas d'être avec toi. Je suis si bien ! Et quand nous nous éloignons l'un de l'autre… j'ai mal.

— Quand je vais travailler ?

Elle venait pourtant de lui dire qu'elle avait compris.

— Non. Quand tu me laisses alors que nous avions prévu de faire des choses ensemble.

— Tu veux parler de ta réunion avec Ben ?

Pourquoi avait-elle commencé cette conversation en lui disant qu'elle l'aimait ?

— Non… En fait, ce que j'essaie de te dire, Decker, c'est que j'ai peur. Je t'aime et tu ne m'aimes pas. J'ai l'impression de reproduire ma dernière relation, et c'est cela qui m'angoisse.

Ah, elle voulait parler de son insécurité.

— Ce n'est pas du tout pareil, Kendall : je ne te tromperai jamais. Je serai toujours là pour toi. Je te promets que nous aurons toujours cette relation de confiance.

Elle posa la tête sur son épaule.

— Tu parles comme si nous allions passer notre vie ensemble !

— C'est le cas.

Elle leva la tête.

— Seulement si j'accepte de t'épouser.

— Tu vas le faire.

Il sourit, pour alléger l'atmosphère.

Elle ne répondit pas et le regarda d'un air sérieux. Waouh ! Elle était têtue. Elle ne l'épouserait que si elle était certaine de faire le bon choix.

— Qu'attends-tu de moi pour accepter de m'épouser ? demanda-t-il.

— Une demande en mariage qui vienne du cœur.

14

Lorsqu'ils furent de retour à l'hôtel, Kendall ne savait toujours pas si ses paroles avaient poussé Decker à réfléchir. En lui disant qu'elle l'aimait, elle l'avait surpris, ce qui était plutôt positif : il allait devoir réfléchir à la nature de ses propres sentiments, et éventuellement remettre en question la certitude qu'il avait de ne jamais tomber amoureux. Peut-être allait-il enfin se rendre compte que ce qu'ils partageaient n'avait rien d'anodin.

— Decker…

Kendall et Decker se retournèrent pour voir Remy Colton s'approcher d'eux. Le cousin de Decker occupait le poste de directeur de la communication de The Chateau. Grand, les cheveux châtain clair, il portait un costume impeccable.

— Te voilà enfin ! déclara Remy.

— Je suis désolé pour le retard, répondit Decker en lui serrant la main.

— Pourquoi voulais-tu me voir ?

— Tu es expert en communication, et notre établissement a beaucoup souffert du meurtre de Bianca Rouge. Je voulais examiner avec toi quelques pistes pour essayer de redresser la situation.

— Avec plaisir. Mais si tu préfères, nous pouvons nous voir à un autre moment : tu as l'air très occupé aujourd'hui.

Decker échangea un regard de connivence avec Kendall.

— Non, c'est parfait maintenant.

Kendall remarqua que Remy avait surpris leur regard, mais Decker sembla ne se rendre compte de rien.

— Kendall pourrait également assister à cette réunion, déclara-t-il.

Il se retourna vers le comptoir de la réception, où Seth, le responsable de l'accueil, était en train d'expliquer à une employée comment se comporter avec un client difficile.

— Pourriez-vous vérifier si la salle de conférences est libre ? leur demanda Decker.

Seth indiqua à la jeune femme, qui devait être nouvellement embauchée, comment vérifier la disponibilité de la salle. Pendant qu'elle s'y employait, Seth se tourna vers Decker et Remy.

— Quel est l'objet de votre réunion ?

Kendall se dit que la question était étrange. En quoi cela lui importait-il ?

Decker sembla remarquer son étonnement.

— Seth et Remy sont demi-frères, lui expliqua-t-il.

Seth et Remy échangèrent un sourire complice.

— Ah ! s'exclama Kendall. Je vois !

— Je voudrais évoquer un problème de communication. Le meurtre de Bianca Rouge a eu des conséquences désastreuses sur nos réservations. J'aimerais que Remy me donne son avis sur la stratégie à adopter.

Kendall savait que Decker était ouvert à toute suggestion. Si elle-même avait envisagé de venir passer quelques jours dans une station comme celle-ci, elle ne pensait pas qu'un meurtre – qui ne s'était même pas déroulé sur les lieux – l'aurait fait changer d'avis : Bianca Rouge n'avait fait que séjourner à The Lodge. Mais il était vrai que cela pouvait être dérangeant : dans l'esprit de certains, le nom de l'hôtel était maintenant associé à la prostitution de luxe.

Decker guida Kendall vers la salle de conférences

et referma la porte avant d'aller s'asseoir à côté d'elle, en face de Remy.

— En fait, j'ai une idée, déclara Kendall. Dans mon travail, j'essaie de trouver des moyens de préserver les écosystèmes. Là, vous essayez de préserver les réservations de votre clientèle huppée.

Elle vit les yeux de Decker briller… Était-ce d'admiration ?

— Et donc… ? demanda Remy.

— Pourquoi ne pas organiser un gala pour l'association Choisir de vivre ? Elle lutte contre la traite des êtres humains, et aide les victimes à commencer une nouvelle vie. Cela signifierait clairement que l'éthique est une valeur essentielle à vos yeux.

Decker demeura un instant silencieux.

— Nous pourrions sembler trop désireux de faire oublier qu'une call-girl a été tuée après avoir rendu visite à un de nos clients, dit-il enfin.

— Je vais y réfléchir avec mon équipe, déclara Remy. L'idée mérite d'être creusée.

— À propos d'événements, tu vas aller à l'inauguration de Bree ? lui demanda Decker.

Leur cousine dirigeait une galerie de peinture.

— Oui, j'y serai… Comme la plupart des membres de la famille, j'imagine.

Decker jeta un coup d'œil à Kendall.

— Tu voudras m'y accompagner ?

— Avec plaisir !

Elle ne put s'empêcher de lui sourire largement, et songea qu'elle devait avoir l'air follement éprise de lui… Ce qui était vrai.

— J'ai l'impression d'être de trop, lança soudain Remy. Pour parler d'autre chose, il y a du nouveau dans l'enquête sur l'agression de Kendall ?

— Oui, répondit Decker. Trey pense avoir identifié le coupable.

— J'espère qu'il sera vite derrière les barreaux, répartit Remy. Ce n'est pas rassurant de le savoir en liberté.

D'autant plus que cet homme était très probablement en train de chercher un moyen de lui nuire, songea Kendall. Elle regarda Decker. Au moins, il y avait quelqu'un qui essayait de la protéger.

Elle croisa son regard et s'y abîma pendant un long moment.

— J'ai l'impression que vos projets de mariage avancent, déclara Remy. Les mariages arrangés sont parfois de grandes réussites, à en juger par vous deux.

— Je suis heureux de pouvoir le confirmer, répliqua Decker.

Kendall resta silencieuse.

— Kendall a encore quelques réticences, mais j'essaie de la convaincre.

Remy eut un petit rire.

— Vous feriez mieux de vous méfier, Kendall. Lorsque mon cousin décide d'obtenir quelque chose, plus rien ne l'arrête ! Il n'a pas son pareil en affaires.

En affaires, oui… Mais il s'agissait d'une histoire personnelle.

Decker entra dans la galerie que sa cousine Bree venait d'ouvrir. Elle se trouvait sur la 2e Rue de Roaring Springs, dans un ancien quartier industriel devenu très branché. Un vieil entrepôt rénové de deux étages procurait maintenant un cadre épuré et lumineux aux œuvres exposées. À l'intérieur, des gens déambulaient ou se regroupaient pour bavarder, une flûte de champagne à la main.

— C'est ta cousine qui a peint ces tableaux ? demanda Kendall.

— Bree vend ses œuvres et celles d'autres artistes. Les siennes sont là-bas, dit-il en les désignant d'un coup de menton.

Il admira une fois encore Kendall dans sa robe de cocktail blanche sans manches, qui épousait sa silhouette longiligne avant de s'évaser au niveau du genou.

Elle alla regarder plus attentivement les tableaux de Bree. Certains étaient abstraits, et d'autres représentaient des paysages.

— J'aime beaucoup ce qu'elle fait.

— Elle a toujours été très douée.

Ils parcouraient la galerie à pas lents.

— Et cet endroit est si beau !

— Oui. Bree vit juste au-dessus.

Decker aperçut ses parents, Bernard et Marion, ainsi que bon nombre de membres de la famille Colton.

Phoebe et Skye Colton étaient ensemble. Decker avait du mal à les distinguer l'une de l'autre : les jumelles étaient minces, avec des formes pleines et de longs cheveux roux. Mais si elles se ressemblaient comme deux gouttes d'eau, leurs personnalités étaient très différentes : Skye était exubérante, alors que Phoebe était beaucoup plus réservée. Il suffisait d'observer l'attitude de chacune pour pouvoir les différencier.

Trey Colton était en conversation avec le maire, alors que son cousin Mason Gilford et la femme de celui-ci, Elaine, admiraient un tableau. Mason était le directeur des ventes de l'empire Colton, mais il se murmurait qu'il s'estimait spolié d'une partie de son héritage, et qu'il en concevait une certaine amertume. Decker avait également entendu dire que le couple essayait d'avoir un bébé. Même si on décidait de ne pas y prêter attention, il était difficile d'ignorer les commérages de cette petite ville.

Decker trouva enfin la maîtresse des lieux : Bree était en train de parler à un couple qu'il ne reconnut pas. Vêtue d'une robe de soie noire décorée de motifs floraux dorés, elle était très élégante.

— Voici Bree, déclara Decker en la désignant à Kendall.

Bree l'aperçut et lui fit un signe de la main accompagné d'un large sourire. Elle mit un terme à la conversation et se dirigea vers eux. Ses yeux dorés illuminaient son visage.

— Elle est vraiment magnifique ! murmura Kendall.

Lorsqu'elle arriva vers eux, Bree serra Decker dans ses bras.

— Félicitations ! s'exclama-t-il. Cette exposition est une réussite !

— Merci, Decker.

Elle fit un pas en arrière et sourit à Kendall.

— Vous devez être la jolie fiancée dont j'ai tant entendu parler !

Apparemment, la nouvelle de leur mariage s'était largement répandue.

— Ces œuvres sont superbes ! s'exclama Kendall.

— Merci ! répondit Bree en balayant l'endroit du regard. L'art est toute ma vie !

— Cela se voit, répliqua Decker. Quant à ce lieu, il est vraiment exceptionnel.

— Oui, je suis très heureuse d'avoir réussi à trouver un espace qui mette aussi bien les œuvres en valeur. J'ai eu beaucoup de chance !

— Tu as travaillé dur, et c'est un succès bien mérité, répliqua Decker.

— Je pourrais aussi dire cela de toi, Decker !

Il se contenta de sourire.

Un invité s'approcha de Bree et lui posa une question sur une œuvre exposée.

— Veuillez m'excuser…, dit-elle à Decker et Kendall, avant de se diriger vers la toile en question.

— Bree m'impressionne ! déclara Kendall.

— C'est quelqu'un de remarquable. Elle a monté cette galerie toute seule. Elle a commencé par vendre ses toiles, et dès qu'elle a eu du succès et une certaine reconnaissance sur le marché, elle a préféré épargner l'argent gagné pour l'investir dans cette galerie.

Kendall alla rejoindre ses parents, et Decker la suivit. Elle serra sa mère dans ses bras.

— J'ignorais que vous seriez ici ! s'exclama-t-elle.

— Tu sais bien que ta mère aime les expositions de peintures, répliqua son père. Decker, comment allez-vous ?

— Très bien, répondit Decker.

— Et toi, Kendall ? demanda sa mère d'un air inquiet.

— Je vais bien, maman. Decker prend soin de moi.

— Le mariage est toujours d'actualité ? demanda Bernard.

Decker vit le visage de Kendall se fermer.

— Oui, répondit-il.

— Nous en parlons, corrigea Kendall.

Bernard se rembrunit. Visiblement, il était déçu qu'il n'y ait encore rien de certain.

— Kendall…

Russ s'était approché d'eux. Decker vit Kendall esquisser un sourire. Elle semblait déterminée à faire preuve de bonne volonté, même si Russ s'était mal comporté envers elle la dernière fois qu'ils s'étaient vus.

— Kendall, j'aimerais vous présenter mes excuses pour la façon dont je vous ai parlé.

— Je vous remercie, monsieur Colton.

— Je me trompe, ou j'ai entendu dire que vous n'étiez pas encore certaine d'épouser mon fils ?

— Vous ne vous trompez pas : je n'ai pas encore pris ma décision.

— J'espère que le mariage se fera, déclara Bernard.

— Je n'en doute pas, répliqua Russ d'un ton caustique.

— Papa…, intervint Decker.

Russ leva la main en signe d'apaisement.

— Tu es entièrement maître de tes choix, fiston. Je te demande seulement de ne pas prendre de décision financièrement hasardeuse.

Il faisait allusion à l'argent que Decker avait l'intention d'investir dans Hadley Forestry.

Decker se tourna vers Kendall.

— Tu veux du champagne ?

— Avec plaisir.

Il la conduisit vers le buffet, et ils prirent chacun une flûte sur le plateau que leur présenta un serveur. Puis ils se mirent à l'écart, et observèrent les invités.

Soudain, on entendit un bruit retentissant et un projectile vola. Avant que Decker puisse réagir, une brique s'écrasa sur le sol et une pluie d'échardes de verre s'abattit sur Kendall et lui. Elle reçut un gros morceau sur le visage.

Elle poussa un cri et tomba sur Decker. Il la retint et l'aida à s'asseoir. Elle avait été touchée près de l'œil droit… Beaucoup trop près. Un filet de sang coulait sur son visage.

— Appelez les urgences ! s'écria-t-il.

Il chercha autour de lui ce qu'il pouvait mettre sur la blessure. Quelqu'un lui tendit un petit tas de serviettes en papier, et il le pressa doucement sur la joue de Kendall.

Il vit Trey se précipiter à l'extérieur, vraisemblablement pour s'élancer à la poursuite de celui qui avait lancé le projectile.

— Decker ?

— Je suis là, ma chérie. Reste tranquille, les secours arrivent.

— La blessure est profonde ?

Il n'arrivait pas bien à voir avec le sang qui coulait.

— Ne t'en fais pas, tout ira bien.

— Je ne vois pas de mon œil droit, et j'ai la tête qui tourne. J'ai l'impression que je vais m'évanouir.

À ces mots, l'angoisse le saisit. Avait-elle été gravement touchée ?

— Tu ne vois pas bien à cause du sang. Essaie de rester calme.

Bree s'était précipitée vers eux. Elle s'agenouilla auprès de Kendall.

— Oh ! mon Dieu ! Que s'est-il passé ?

— Quelqu'un a lancé une brique à travers la vitrine, expliqua Decker. Kendall a été blessée par un éclat de verre.

— Oh ! Kendall, je suis désolée !

— L'ambulance arrive ? demanda Decker

Il ne s'était passé qu'une ou deux minutes depuis l'accident, mais l'attente lui semblait interminable. Il n'aimait pas l'aspect de la blessure de Kendall, et il voulait qu'elle soit soignée au plus vite.

Une voix s'éleva.

— Pas encore…

Trey apparut, tout essoufflé.

— Kendall va bien ? demanda-t-il.

— Elle a été blessée par un éclat de verre, répondit quelqu'un.

— Celui qui a lancé la brique était déjà parti lorsque je suis sorti, déclara Trey

Bree leva les yeux vers Trey. Elle semblait très préoccupée.

— Mais qui ferait une chose pareille ? s'exclama Trey

Bree se mordit la lèvre.

— Tu le sais ? demanda-t-il.

— Non, répondit Bree en se redressant, mais j'ai reçu des menaces.

— Quel genre de menaces ?

— Surtout des appels téléphoniques. Quelqu'un me disait que je méritais une leçon.

— Tu as des ennemis ? Quelqu'un qui aurait une raison de t'en vouloir ? demanda Trey.

Bree secoua la tête.

— Je me suis posé la question, mais je ne vois vraiment personne.

Soudain, le hurlement de sirènes s'éleva, et la foule s'écarta pour laisser passer les secouristes. Decker ne put rien faire de plus que les regarder donner les premiers soins à Kendall, puis l'installer sur un brancard, et la conduire dans l'ambulance.

Il entra derrière elle.

— Decker ? dit-elle.

— Je suis là, ma chérie. Je reste avec toi.

Il lui prit la main. L'inquiétude qu'il ressentait pour son œil lui tordait le ventre.

Kendall se réveilla sur un lit d'hôpital. Les médecins avaient refermé sa blessure, lui disant qu'elle avait eu de la chance : elle avait failli perdre l'œil.

— Kendall ?

La voix de Decker la rassura et calma un peu son angoisse. Il pressa les lèvres sur sa bouche avec tendresse.

Elle leva la main et toucha prudemment son pansement.

— Le médecin a dit que ton œil n'avait pas été touché, mais que tu devrais subir une petite opération plus tard pour enlever la cicatrice.

Kendall poussa un soupir de soulagement : ce n'était rien à côté de ce qu'elle avait craint.

Il lui prit la main et l'embrassa à nouveau.

— J'ai eu très peur, ma chérie.

— Moi aussi.

— Je suis tellement soulagé que ce ne soit pas trop grave !

Elle sentit son cœur se gonfler d'espoir.

— Ça veut dire que, finalement, tu m'aimes ? demanda-t-elle doucement.

— J'aime être avec toi.

Elle s'efforça de ne pas laisser paraître sa déception. Avec un pincement au cœur, elle répondit sur un ton qu'elle essaya de garder léger :

— C'est un bon début !

15

Kendall fut autorisée à sortir de l'hôpital le lendemain. Elle avait un large pansement sur tout un côté du visage, mais elle était très soulagée que ses blessures ne soient pas plus graves. Decker l'emmena dans sa suite à The Lodge, et malgré ses protestations, il la porta lui-même jusqu'à la chambre. Il l'installa sur le grand lit et lui recommanda de se reposer. Puis il demanda au personnel de vérifier régulièrement qu'elle allait bien, et ordonna qu'un agent de sécurité reste posté devant la porte de sa suite.

Elle passa le reste de la journée au lit, tantôt à dormir, tantôt à regarder la télévision, mais maintenant, elle se sentait assez forte pour se lever. Lorsqu'elle se mit debout, elle eut instantanément le tournis et se retint au montant du lit. Elle était sur le point de se recoucher lorsque la porte s'ouvrit, et que Decker entra.

Il hâta le pas en la voyant. Il avait dû remarquer sa grimace.

Il vint auprès d'elle et glissa le bras autour de sa taille.

— Comment vas-tu ?

— J'ai la tête qui tourne un peu.

— Retourne te coucher.

— Je commence à en avoir assez. J'aimerais prendre un bain.

— D'accord, je vais en faire couler un. Et ta blessure ? Elle te fait mal ?

— Un peu…

Il l'aida à se rasseoir sur le lit. Puis il déposa un léger baiser sur ses lèvres.

Il lui sourit et, malgré sa fatigue, elle sentit tout son corps s'embraser.

— Attends-moi ici, lui dit-il.

Il alla dans la salle de bains et elle l'entendit faire couler l'eau. L'odeur de la lavande parvint jusqu'à elle, et elle comprit qu'il avait mis un galet dans la baignoire. Quelques minutes plus tard, il revint et, la prenant dans ses bras, il la souleva.

Kendall se délectait d'être ainsi choyée alors qu'il la portait vers la salle de bains. Mais rien dans l'attitude de Decker ne suggérait qu'il soit lui aussi ému de la sentir tout contre lui.

Il lui lâcha les jambes et l'aida à se mettre debout.

Elle se déshabilla, et il lui tint la main lorsqu'elle entra dans l'eau.

— Hum…

Elle se laissa aller contre l'arrière de la baignoire et ferma les yeux.

— Tu as toujours été si attentionné ?

— Avec les femmes ? Non. Avec mon travail ? Oui.

Elle sourit, mais fit la grimace en sentant sa blessure tirer.

— Désolé ! dit-il en riant.

Elle ouvrit les yeux pour le regarder. Il était assis sur un banc et la regardait avec dans les yeux la même étincelle que lorsqu'ils allaient faire l'amour.

— Que penses-tu qu'il serait arrivé si nous étions sortis ensemble au lycée ? demanda-t-elle.

— Nous aurions tout arrêté au moment d'entrer à l'université, et nous en serions au même point maintenant, répliqua Decker.

Elle dut reconnaître qu'il avait raison.

Ils continuèrent à parler pendant quelques minutes de leurs années de lycée et d'université. Cette conversation les rapprocha un peu plus, et elle eut l'impression de le connaître encore mieux. Puis l'eau commença à se rafraîchir.

— Je suis prête à sortir !

Il l'aida à se lever et lui tendit une serviette. Elle se sécha, avec une conscience aiguë de sa nudité. Sans le vouloir, elle laissa tomber la serviette, et resta immobile lorsqu'elle vit qu'il la mangeait du regard. Il s'approcha d'elle.

Il la prit dans ses bras et l'embrassa. Très vite, ils voulurent aller plus loin. Il la souleva et la porta jusqu'à son lit où il la déposa avec délicatesse, avant de se dévêtir rapidement.

Il s'allongea auprès elle et l'embrassa comme s'il voulait la dévorer. Elle lui répondit avec une même fougue jusqu'à ce que la douleur la fasse tressaillir. Elle poussa un petit cri.

— Pardon, dit Decker d'une voix rauque.

— N'arrête pas, je t'en prie !

Elle caressait ses bras musclés sur toute leur longueur.

— J'ai peur de te faire mal.

Il prit un téton entre ses lèvres, et commença à l'agacer du bout de la langue.

— Ça, ça ne me fait pas mal !

Il eut un petit rire.

Elle lui caressa ensuite les épaules, puis enfouit les doigts dans son épaisse chevelure, alors qu'il entreprenait d'exciter l'autre téton.

Il descendit ensuite jusqu'à son ventre sans cesser de déposer de petits baisers sur sa peau. Lorsqu'il arriva à son sexe, elle s'agrippa à ses cheveux. S'il continuait ainsi, elle allait jouir beaucoup trop vite.

Il dut le sentir car il continua à descendre le long de

sa cuisse, puis jusqu'à ses genoux et sa cheville. Puis il leva la tête pour la regarder d'un air taquin.

Cette fois, ce fut elle qui rit.

Avec un large sourire, il revint se placer entre ses jambes et l'embrassa tendrement. Ce n'était pas assez pour elle. Il faisait beaucoup trop attention à ne pas lui faire mal.

Plus Kendall le connaissait, plus elle l'aimait et l'estimait. Il n'était pas seulement son compagnon, mais aussi son meilleur ami. À lui, elle pouvait tout dire. Jamais elle ne se lassait de sa présence. Et faire l'amour avec lui était comme une célébration de cette entente presque magique.

Elle lui caressa les fesses, épousant leurs courbes, savourant la sensation de ses muscles tendus, l'attirant toujours plus près d'elle.

Il comprit ce qu'elle attendait et la pénétra d'une poussée profonde, l'emplissant de tout son sexe gonflé. Lorsqu'il se mit à aller et venir, elle l'accompagna, s'arc-boutant pour qu'il l'emplisse le plus complètement possible.

Leur plaisir atteint bientôt son paroxysme et les emporta tous les deux.

Ensuite, elle se blottit contre lui, goûtant pleinement la sensation de langueur de son corps satisfait.

— Tu penses que nous aurions fait ça lorsque nous étions au lycée ? lui demanda-t-il.

Elle sourit.

— Oui, mais ça n'aurait pas été aussi bien !

— Tu veux dire que ça aurait été maladroit et peu satisfaisant ?

— Je ne sais pas. Avec combien de filles as-tu couché avant d'aller à l'université ?

Il eut un sourire malicieux.

— Pas autant que tu dois le croire. Deux.

— Seulement deux ?

— Oui. J'étais difficile. Mais je fantasmais sur toi.

Elle se mit sur le coude.

— Tu mens !

— Pas du tout !

— Moi aussi, je pensais tout le temps à toi, confessa Kendall.

— Tu me l'as dit.

Elle lui donna une petite tape et redevint sérieuse.

— Je suis heureuse que nous ne soyons pas sortis ensemble au lycée. Ce qui nous lie est spécial. Cela aurait pu être différent à l'époque.

Il devint lui aussi sérieux et se tut. Kendall savait ce qu'il se disait : ce lien, c'était peut-être de l'amour. Et elle voyait bien qu'il essayait de repousser cette idée.

Elle posa la tête sur son épaule, préférant ne pas intervenir. Elle savoura ce moment, en espérant qu'il avait franchi un nouveau pas pour s'affranchir de ses anciennes convictions.

Decker laissa Kendall dormir et alla travailler. Ensuite, il avait prévu de rendre une visite surprise à Elardi. Il prit trois de ses agents de sécurité avec lui, d'anciens militaires en qui il avait toute confiance. Avec la clientèle riche et célèbre qui fréquentait l'hôtel, il avait besoin de gardes du corps efficaces et entraînés.

Ils se rendirent ensemble dans une petite ville de montagne voisine, et entrèrent dans le casino Royal Haven. C'était un bâtiment en brique qui occupait tout un îlot du centre-ville. Toutes les vitres du rez-de-chaussée étaient protégées par des stores, alors que des fenêtres hautes et étroites garnissaient la façade de l'étage supérieur.

L'intérieur était typiquement celui d'un casino : des néons tapageurs brillaient, et l'on entendait des sonneries diverses tinter de toute part. Des gens étaient assis devant des machines à sous ou au bar. Decker chercha comment accéder aux bureaux de la direction qui se trouvaient vraisemblablement à l'étage. Accompagné de ses agents de sécurité, il traversa la salle principale, et se dirigea vers un large escalier situé au bout. Deux hommes vêtus de costumes noirs étaient en haut des marches. L'un était chauve et très large d'épaules. L'autre, plus jeune, avait une épaisse chevelure blonde. Ils vinrent tous deux leur bloquer le chemin lorsqu'ils atteignirent la dernière marche.

— Je suis venu voir M. Elardi pour affaires, déclara Decker.

— Il vous attend ?

— Non, mais je suis certain qu'il sera intéressé par ce que j'ai à lui dire.

— Votre nom ?

— Decker Colton.

— Et vos amis ?

— Ils assurent ma sécurité.

Le plus âgé des deux hommes les regarda attentivement avant de faire signe à son partenaire.

Quelques minutes plus tard, l'homme revint.

— M. Elardi va vous rencontrer. Suivez-moi.

Decker lui emboîta le bas et ils se dirigèrent vers une porte à double battant située au bout d'un couloir. Il y avait d'autres portes sur chaque côté, mais toutes étaient fermées. Decker se demanda s'il s'agissait de chambres, ou de bureaux pour les employés d'Elardi.

Lorsque Decker entra dans la pièce, il vit Elardi assis derrière un large bureau en bois. Quatre hommes costauds, d'aspect inquiétant, étaient également présents. Deux étaient assis sur un canapé, un autre était debout près du bureau, et le dernier était appuyé à un bar.

Elardi se leva.

— Monsieur Colton, dit-il en se dirigeant vers lui, et en lui tendant la main.

Decker la serra. Pour l'instant, tout allait bien.

— Je vous remercie de me recevoir.

— J'ai entendu parler de vous et de votre famille. À quoi dois-je l'honneur de votre visite ?

— Je souhaiterais investir dans Hadley Forestry. J'en ai parlé à Bernard Hadley, et il semblerait qu'il ait contracté un emprunt auprès de vous.

— C'est exact.

Elardi semblait parfaitement à son aise.

— Je suis ici pour négocier un arrangement.

— Les termes du contrat signé par Bernard Hadley étaient très clairs.

— J'ai lu le contrat. Il ne mentionnait pas d'enlèvement au cas où Bernard ne paierait pas sa dette à temps.

Decker prenait un risque en disant cela, mais il n'avait pas peur.

Elardi continua à considérer Decker et ses hommes d'un air impassible.

— Bien sûr que non, dit-il enfin. Qui ferait une chose pareille ?

— Vous, répliqua Decker, tout aussi calmement.

— Vous avez la preuve de ce que vous avancez ?

— Pas encore. Mais cela ne saurait tarder… À moins que vous n'acceptiez ma proposition.

Elardi eut un sourire sans joie.

— Et quelle est-elle ?

— Que vous divisiez le taux d'intérêt consenti par deux, et que vous annuliez la condition selon laquelle Hadley Forestry doit vous fournir en bois gratuitement sans limite de temps.

Elardi se mit à rire.

— C'est une proposition grotesque, monsieur Colton. Vous ne vous attendez tout de même pas à ce que je l'accepte !

— Si. La police a identifié l'homme que vous avez engagé pour kidnapper Kendall. Il ne tardera pas à parler.

— Je ne vois pas ce que vous voulez dire. Je ne veux aucun mal à la fille de Bernard Hadley.

— Vous connaissez sa fille ? demanda Decker. Je ne pense pas que vous l'ayez déjà rencontrée. Jusque très récemment, elle-même n'avait jamais entendu parler de vous.

— Bernard l'a mentionnée.

— Ah bon ? Je crois surtout que vous avez enquêté pour trouver un moyen de faire pression sur lui, au cas où vous auriez besoin de le forcer à payer.

— Bernard a signé librement le contrat qui nous lie. Il en a compris et approuvé les termes.

— Ils sont inadmissibles ! répliqua Decker. Si vous acceptez mes propres termes, je vous paierai sur-le-champ toutes les sommes qui restent dues.

— Et qu'obtiendrez-vous en retour ?

— Soit des parts dans l'entreprise, soit un remboursement de Bernard Hadley.

— Vous lui en avez parlé ? demanda Elardi.

— Non, pas encore.

— Et pourquoi ?

Decker ne voulait pas entrer dans les détails.

— J'ai mes raisons.

— Ces raisons pourraient-elles avoir un rapport avec Kendall ? Elle est très belle. Je pense que je pourrais être tenté d'aider sa famille, moi aussi.

Pourquoi Elardi jouait-il ainsi avec lui ? Il devait savoir que Kendall vivait chez lui, et qu'il était question qu'ils sc marient.

Il était temps d'être clair.

— Monsieur Elardi, si vous pensez que ma famille n'a pas les ressources nécessaires pour régler cette situation, je vous conseille de reconsidérer la question.

Cela sembla faire mouche et, pour la première fois, le visage d'Elardi trahit une certaine tension. Il semblait évaluer la menace que constituait Decker.

— Si vous n'acceptez pas ma proposition, je réglerai le problème d'une autre manière, reprit Decker. Nous avons des liens étroits avec plusieurs personnes d'influence qui pourraient vous rendre la vie très difficile.

Elardi fit un pas vers lui.

— Vous osez venir ici pour me menacer ?

Deux des agents de sécurité de Decker avancèrent à ses côtés, pendant que le troisième restait derrière lui.

Les hommes debout près d'Elardi plongèrent la main sous leur veste, et ceux qui étaient assis se levèrent d'un bond. Elardi fit un signe de la main pour leur indiquer de ne pas sortir leurs armes.

— Je vous donne vingt-quatre heures pour prendre une décision.

Sur ces mots, Decker sortit, flanqué de ses gardes du corps.

Kendall se réveilla de sa sieste avec une énergie renouvelée. Elle allait beaucoup mieux maintenant : sa blessure ne la faisait presque plus souffrir, et elle sentait ses forces revenir. Elle se leva et vit un ruban rouge noué à un montant du lit. Un message y était accroché.

Intriguée, elle se précipita vers la note.

Quand mon père est venu me faire part de son idée d'un mariage arrangé avec toi, ma première réaction a été de dire non.

Mais pourquoi Decker lui racontait-il cela ? Le ruban rouge courait sur le sol. Elle le suivit du regard et remarqua un autre message. Elle alla le lire.

J'aime la façon dont tu savoures ce que tu manges.

Elle sourit, et s'arrêta lorsqu'elle sentit sa blessure se tendre. Le ruban la mena ensuite vers la pièce principale. En voyant Decker assis à la table près de la fenêtre, tenant l'autre extrémité du ruban, elle sourit encore. Elle avait deviné ce dont il s'agissait.

Elle se dirigea vers le troisième message, attaché à une lampe placée sur la console.

J'aime faire l'amour avec toi.

Elle alla ensuite vers le canapé et lut :

J'aime le lien qui nous unit.

Elle jeta un coup d'œil à Decker. Il la regardait avec une telle intensité qu'elle en eut un frisson.

L'avant-dernier message disait :

Je suis sûr que toi aussi, tu as conscience de ce lien.

Oh oui !

Le dernier message était près de la main de Decker qui tenait le ruban.

Elle regarda d'abord Decker dans les yeux. Tout son corps tremblait d'anticipation. Elle demanda :

— Depuis combien de temps attends-tu ici ?

— Environ une heure.

Elle lut le dernier message.

La nuit dernière m'a convaincu plus que jamais que tu es la femme de ma vie.

La nuit dernière l'avait convaincue, elle aussi.

— Veux-tu m'épouser ? demanda-t-il.

Il ne lui avait pas dit qu'il l'aimait, mais cela transparaissait dans chacun de ses messages. Il avait encore du mal à mettre ce mot sur ses sentiments. Elle décida alors que, malgré cela, elle ne voulait pas le laisser partir.

— Oui.

Il eut un sourire éclatant, se leva, et l'attira contre lui. Il l'embrassa tendrement.

— Je pense chacun des mots que j'ai écrits.

— Je le sais, murmura-t-elle en l'embrassant.

— Tu sais, je vais…

Elle le força à s'interrompre en déposant un baiser sur ses lèvres.

— Faire tout ce qui est en mon pouvoir pour…

Elle l'arrêta à nouveau.

— Être le mari que tu mérites. Je voudrais te rendre heureuse.

Elle s'écarta de lui et lui prit le visage entre les mains.

— Je le sais, Decker.

Cette fois, ce fut lui qui l'embrassa. Puis il la souleva dans ses bras et l'emporta dans la chambre.

Elle sentit qu'il avait laissé tomber la garde, et lui avait ouvert son cœur. Mais elle doutait qu'il ait réussi à mettre un mot sur ses sentiments profonds, qu'il ait compris leur force. Elle espérait seulement que cela arriverait un jour.

16

Le jour suivant, Decker alla travailler, sans pouvoir cesser de penser à Kendall et à la nuit qu'ils avaient passée ensemble. Il avait la sensation que quelque chose avait changé en lui, que les sentiments qu'il éprouvait pour elle venaient du plus profond de lui-même. Cela le perturbait tant qu'il lui tardait d'aller travailler pour ne plus penser à Kendall… Mais il ne parvint pas pour autant à la chasser de ses pensées. Elle était là, tout le temps, dans son cœur.

À 9 heures du matin, il reçut un appel téléphonique d'Elardi. Il avait décidé d'accepter son offre. Decker était donc retourné dans son casino et avait signé avec lui un nouveau contrat rendant caduque celui passé avec Bernard Hadley.

Et maintenant, il arrivait dans les locaux de Hadley Forestry pour annoncer la bonne nouvelle à Bernard. Il était impatient de s'atteler à la tâche et de remettre l'entreprise à flot. Mais surtout, il lui tardait d'aller retrouver Kendall et de lui apprendre que tous les problèmes de son père étaient réglés.

Bernard sortit de son bureau et serra la main de Decker.

— Je ne vous attendais pas aujourd'hui. Où est Kendall ? Elle va bien ?

— De mieux en mieux ! Je l'ai installée dans ma suite à The Lodge

— Quel soulagement ! Venez. Entrez dans mon bureau.

Bernard lui montra le chemin, puis se retourna vers lui.

— J'ai rencontré Emilio Elardi, annonça Decker de but en blanc.

Bernard eut l'air inquiet.

— Il s'est montré menaçant ?

— Nous sommes parvenus à un accord.

— Quelle sorte d'accord ?

— Je lui ai entièrement remboursé l'emprunt qu'il vous a consenti, en ajoutant quelques conditions : il a réduit le taux d'intérêt, et supprimé la clause concernant la fourniture de bois gratuite.

— Comment avez-vous fait pour qu'il accepte ?

Bernard se ravisa.

— Aucune importance, poursuivit-il. Je ne veux pas le savoir. Mais je peux vous assurer de toute ma gratitude.

— Avec plaisir.

— Cela signifie-il que Kendall ne court plus aucun risque ? demanda Bernard.

— Je le suppose… J'aimerais que nous parlions de mon rôle dans votre entreprise, Bernard. J'aimerais vraiment travailler avec vous.

— Et quelle fonction souhaiteriez-vous occuper ? Directeur général ?

— Non. P-DG. Je dois avoir toute liberté pour prendre des décisions stratégiques.

— Mais j'aurai mon mot à dire, j'espère ?

— Bien entendu. Mais je souhaiterais avoir un contrôle absolu sur l'entreprise, du moins jusqu'à ce que la situation soit redressée.

— Qu'entendez-vous par « contrôle absolu » ?

— Je viens d'investir une très grosse somme d'argent dans Hadley Forestry. Je veux pouvoir prendre toutes les décisions nécessaires pour que ce placement soit rentable. Maintenant, si cela ne vous convient pas, vous pouvez toujours me rembourser ce prêt au lieu de le rembourser à Elardi. Je ne veux pas vous forcer à quoi que ce soit.

— Je vous en remercie, Decker. Si c'est la solution que je choisis, vous accepterez tout de même de m'aider à gérer l'entreprise ?

Decker craignait que Bernard ne lui fasse cette demande. Étant donné l'ampleur des sommes investies, il fallait soit que Bernard lui rembourse ces fonds assez rapidement, soit qu'il soit certain d'être entièrement libre de faire ce qu'il estimerait nécessaire, surtout en matière de finance et de stratégie.

— Je suis désolé, Bernard, mais j'ai besoin que vous choisissiez une de ces deux solutions.

Bernard fronça les sourcils.

— Si j'ai bien compris, soit je vous confie la direction de l'entreprise, soit je vous rembourse l'argent que vous venez de verser ?

— C'est cela.

— Je n'interviendrai pas, Decker. Je vous laisserai entièrement libre, du moment que j'adhère à vos choix.

Decker poussa un soupir.

— C'est bien là le problème ! Si je prends une décision que j'estime nécessaire, même si elle ne vous plaît pas, il faut que je sois libre de l'appliquer.

— Je vous promets que je n'interférerai pas avec vos choix. Vous avez ma parole.

Cela ne suffisait pas à Decker. En homme d'affaires avisé, il n'accordait aucun traitement de faveur aux membres de sa famille ou à ses amis. Il ne connaissait pas assez Bernard, et ne savait rien de la façon dont il menait Hadley Forestry. Il ne pouvait pas accepter un tel arrangement.

— Je suis désolé. J'ai investi une somme si conséquente dans Hadley Forestry que je tiens à avoir un accord écrit.

Le visage de Bernard s'assombrit.

— Ma fille va vous épouser ?

— Oui. Je l'ai demandée en mariage, et elle a accepté.

— Alors, vous ne me laissez pas le choix. Je vais appeler mes avocats pour qu'ils rédigent un contrat.

Lorsque Decker revint à The Lodge, il trouva Kendall allongée sur le canapé, en train de lire. Il aima son sourire lorsqu'elle le vit entrer. Elle posa le livre sur le côté et s'assit sur le canapé. Il s'approcha d'elle et se pencha pour l'embrasser.

— Bonjour !

Ce simple contact raviva le souvenir de la nuit dernière, de sa demande en mariage, du moment où elle avait dit oui, de la communion qu'il y avait eu entre eux lorsqu'ils avaient fait l'amour… Il avait l'impression de fondre dès qu'elle posait la main sur lui.

— Bonjour ! répondit-elle d'une voix un peu rauque.

Et il sut qu'elle ressentait la même chose.

— J'ai de bonnes nouvelles.

— Oh ! J'aime les bonnes nouvelles !

— Je reviens de Hadley Forestry. J'ai été voir ton père. Je voulais lui apprendre que j'avais remboursé l'argent qu'il devait à Elardi, et que j'allais prendre la direction de l'entreprise, le temps d'en faire à nouveau une affaire rentable.

Le visage de Kendall s'illumina.

— C'est vrai ?

Puis son sourire disparut.

— Attends… Tu as rencontré Elardi ?

— Oui. Hier. Et nous avons signé un contrat ce matin.

Elle resta bouche bée.

— Pourquoi ne m'as-tu rien dit ?

— Je ne voulais pas que tu t'inquiètes… Et j'avais

également envie de te faire la surprise. Et quand je te vois maintenant, je me dis que j'ai eu raison !

Cela semblait lui faire tellement plaisir ! Plus que tout, il voulait la rendre heureuse.

— Elardi a accepté ?

— Je ne lui ai pas vraiment laissé le choix. Je lui ai expliqué que Trey avait identifié son homme de main, et qu'on ne tarderait pas à remonter jusqu'à lui.

— Alors, non seulement je ne suis plus menacée, mais tu as aussi sauvé l'entreprise de mon père !

Il était toujours penché vers elle, une main appuyée sur le dossier du canapé, et elle noua les bras autour de son cou.

— Quel type d'arrangement as-tu trouvé avec mon père ? Tu lui avais fait part de ton intention d'aller voir Elardi ?

— Non. Je n'en avais parlé à personne. Je vais devenir P-DG de Hadley Forestry.

L'expression du visage de Kendall devint soudain soucieuse.

— P-DG ?

— Oui. Il faut que j'aie l'entière liberté de prendre toutes les décisions nécessaires pour sauver l'entreprise.

Elle fronça les sourcils.

— Mon père accepte de te laisser la direction de Hadley Forestry ?

— Seulement le temps de redresser les finances.

— Officiellement, c'est lui qui restera à la tête de l'entreprise, non ?

— Non. C'est moi. Temporairement.

Elle se leva.

— Mais… Vous allez signer un contrat ?

Il hésita avant de répondre.

— Oui.

Elle semblait en colère maintenant.

— J'ai fait ça pour toi, Kendall.

— Pour moi ? Mon père a construit Hadley Forestry à partir de rien ! Tu vas lui prendre le travail de toute une vie !

— Il a pratiquement mené cette entreprise à la faillite !

Kendall se détourna en mettant la main sur la bouche.

— Je pensais que cela te ferait plaisir, ajouta Decker. Je te promets que je vais redresser votre entreprise.

Elle pivota pour lui faire face.

— Tu n'as pas déjà assez à faire avec The Lodge ? Peut-être qu'en écartant mon père de la direction de Hadley Forestry, tu auras la certitude d'être beaucoup trop occupé pour tomber amoureux de moi. Tu vas travailler quatorze à seize heures par jour, tu ne seras jamais à la maison, et nous nous verrons à peine !

Jamais Kendall n'avait semblé aussi blessée.

Il fit un pas vers elle.

— Ma chérie, je suis désolé ! Je pensais vraiment bien faire ! Je ne dirigerai pas l'entreprise pendant très longtemps : il s'agit seulement de la remettre sur les rails, et ensuite, je redonnerai la direction à ton père. Je veux seulement être certain de pouvoir gérer Hadley Forestry comme je le veux, sans interférence de ton père.

— C'est *son* entreprise, pas la tienne ! lança-t-elle.

— Et je dois le laisser la mener à sa perte ?

Il vit que ces paroles n'avaient fait qu'attiser sa colère.

— Pourquoi penses-tu que mon père a accepté tes conditions ? Il n'aurait jamais fait cela s'il avait eu le choix !

— Et il a pris une sage décision, répliqua Decker.

Kendall souffla et pivota sur ses talons avant de sortir de la pièce. Elle était à la porte de la chambre lorsqu'il la rejoignit et lui prit la main, la forçant à s'arrêter. Decker ne pouvait pas laisser cette dispute se terminer ainsi. Il n'avait pas pensé un seul instant que Kendall pourrait être contrariée. Pouvait-il se permettre de ne pas avoir le contrôle absolu de Hadley Forestry ? Il avait l'impression que cela lui ferait courir un très gros risque… Mais lorsqu'il regardait Kendall, il se sentait obligé de le prendre.

— Hé…, dit-il en l'attirant doucement à lui.

Elle refusait de le regarder.

Quelques secondes se passèrent avant que Decker parle.

— Je renonce à être P-DG si cela te contrarie autant.

Elle tourna lentement le visage vers lui, comme à contrecœur. Elle était si belle, si sexy, même avec son bandage. L'œil bleu qu'il voyait briller le regardait avec méfiance.

— Je vais investir dans l'entreprise et en assurer la direction conjointement avec ton père, jusqu'à ce qu'elle soit à nouveau rentable.

Sans rien dire, elle continua à le regarder. Il n'aurait pu dire si elle le croyait.

— Honnêtement, Kendall, je ne pensais pas que cela te ferait du mal. Je vais retourner voir ton père, et demander qu'un nouveau contrat soit rédigé.

— Tu ferais cela pour moi ?

— Bien sûr. Tu vas être ma femme.

— Et s'il n'est pas d'accord avec tes décisions ?

— Alors, il faudra que je me montre très convaincant.

Elle cligna des paupières. Sa colère semblait s'apaiser, et sa méfiance disparaître. Mais elle ajouta :

— Mais si tu as tort, et qu'il a raison ?

— Je n'aurai pas tort.

En affaires, cela n'arrivait jamais.

Kendall se sentait réconfortée par sa conversation avec Decker. Il n'en avait peut-être pas conscience, mais il montrait tous les signes d'un homme follement amoureux. Sinon, pourquoi aurait-il accepté de changer ses projets pour elle ?

Il s'était comporté avec une tendresse à son égard qui l'avait surprise.

Elle était assise contre lui sur le canapé, en train de regarder un film, lorsque soudain, des coups frappés à la porte retentirent.

Bien sûr, c'était Russ. Et il avait l'air très mécontent.

— Je viens tout juste d'entendre parler de l'accord que tu as signé avec Bernard ! s'écria-t-il en entrant.

Decker referma la porte, et Kendall se retourna pour saluer Russ.

— Qui t'en a parlé ? demanda Decker.

— Un des agents de sécurité que tu avais emmenés. Tu as l'intention de te mettre à dos un criminel notoire ?

— Non. J'ai assaini une situation difficile.

Russ réfléchit un instant avant de demander :

— Elardi a accepté tes conditions ?

— Oui.

Russ hocha la tête, l'air satisfait.

— Et Bernard ?

— Lui aussi, répondit Decker d'un air assuré.

— Et ces conditions sont… ?

— Nous en parlerons demain. Il est tard.

— Je me fais du souci, Decker. Que…

— Nous en avons déjà parlé, papa.

— Quelles conditions ? répéta Russ d'un air impérieux.

Kendall se leva et alla vers eux.

— Decker et mon père dirigeront conjointement l'entreprise jusqu'à ce qu'elle soit à nouveau rentable. Cela pose-t-il un problème ?

Russ la regarda un instant avant de se retourner vers Decker.

— Tu seras P-DG de l'entreprise ?

— Non. Mais Bernard me laissera faire ce que je veux.

Kendall vit que Russ bouillait de colère, mais à son actif, il sut rester calme. Et soudain, cette colère sembla s'évanouir comme s'il avait soudain entrevu une opportunité nouvelle.

— Je n'aurais jamais cru qu'un jour, une femme pourrait influencer tes décisions, déclara-t-il.

Cette réflexion toucha Decker, même s'il sut le cacher.

— Je ne dis pas que c'est mal, poursuivit Russ. En fait, cela pourrait te donner une motivation supplémentaire.

Il eut un petit rire.

— Mon fils est en train de tomber amoureux ! s'exclama-t-il en regardant Kendall.

Le visage de Decker se figea.

Russ lui donna une tape sur l'épaule.

— Assure-toi seulement de tirer un bénéfice de cet investissement, fiston.

Avec un autre rire, Russ se dirigea vers la porte, l'ouvrit, et déclara en les regardant :

— Nous nous reverrons au plus tard le jour du mariage !

17

Alors qu'il était auprès de Kendall, superbe dans sa robe noire ajustée, Decker ne cessait de repenser aux paroles de son père.

« Mon fils est en train de tomber amoureux. »

Russ avait semblé si sûr de lui !

Il regardait à peine le très beau bâtiment ancien où ils étaient réunis pour le mariage de Liam et Sloane. Les mariés n'étaient toujours pas arrivés. Le temps s'était radouci et le soleil brillait dans un ciel sans nuages. C'était une belle journée pour un mariage.

Il se retourna et croisa le regard de Kendall. Elle avait toujours l'œil couvert d'un petit bandage. Mais même ainsi, il la trouvait magnifique. Il eut une fois encore pleinement conscience de l'intensité de leur relation, plus forte encore depuis la nuit dernière. Il détourna le regard et surprit son frère Wyatt et Russ en train de les regarder.

Wyatt fit une réflexion, et Russ et Mara se mirent à rire. Disait-il que son frère avait l'air d'un amoureux transi ?

Decker avait toujours eu beaucoup d'admiration pour son grand frère. Lorsqu'il le voyait là, avec son stetson crème d'où dépassaient quelques mèches de cheveux bruns éclairées de fils argentés, il se dit qu'il avait vraiment l'air heureux : il avait su tracer sa route, et devenir le rancher accompli qu'il rêvait d'être.

Bailey Norton, la fiancée de Wyatt, était debout auprès

de lui. Ses longs cheveux cascadaient sur ses épaules, son rire résonnait en notes argentines, et ses yeux bruns étincelaient de joie.

Les jumelles Skye et Phoebe étaient en grande conversation. Decker se demandait parfois ce qu'elles pouvaient encore trouver à se dire. Elles semblaient ne pas pouvoir se passer l'une de l'autre.

Le frère adoptif de Decker, Fox Colton, bavardait avec Wyatt et leurs parents. Wyatt et Fox avaient beaucoup de points communs : ils géraient tous les deux un ranch, et aimaient la vie au grand air.

Il ne manquait que Blaine, le jeune frère de Decker, qui n'avait pas pu venir assister au mariage.

Un membre de la famille de Liam leur fit signe qu'il était temps d'entrer dans la salle.

Decker et Kendall s'avancèrent et s'assirent du côté de la famille de la mariée. Wyatt s'installa derrière eux, avec sa fiancée.

— Maman m'a parlé de ton mariage, lui souffla Wyatt. Tu es certain que c'est ce que tu veux ?

— Oui.

— Tu ne le fais pas pour papa, j'espère ?

Russ et Mara, qui s'étaient assis devant eux, se retournèrent.

— Je t'assure que non ! répliqua Russ. Tu as bien vu la façon dont il la regarde !

— Oui. C'est difficile de ne pas le remarquer !

Wyatt croisa le regard de Bailey, et lui fit un clin d'œil.

Ils formaient un beau couple, tous les deux, mais Decker n'était pas d'humeur à remarquer ce genre de choses. Il n'aimait pas qu'on le taquine à propos de Kendall.

Kendall avait surpris leur échange, et Decker remarqua qu'elle souriait.

— Ça semble d'ailleurs faire plaisir à Kendall, fiston, déclara Russ.

Il avait dû voir l'expression de Kendall, lui aussi.

— Laisse-le tranquille, Russ ! s'exclama Mara. Il n'a jamais été amoureux avant. Je suis certaine que ça lui fait un peu peur !

Wyatt et Bailey étouffèrent un petit rire.

Soudain, les conversations se turent, et Decker vit Liam arriver. Sloane l'attendait à l'entrée de la salle, avec sa fille Chloe devant elle, qui tenait un panier empli de fleurs. Sloane était très belle dans sa robe de mariée toute simple. Ses cheveux bruns étaient arrangés en un chignon d'où s'échappaient quelques mèches. Elle portait un chapeau à voilette, et sa fille était vêtue d'une tenue assortie.

Le juge qui allait procéder au mariage les attendait debout, et une harpiste se mit à jouer alors qu'ils s'avançaient vers lui.

Sloane se pencha pour parler à Chloe. La petite fille – qui n'avait que deux ans – se mit alors à jeter maladroitement des pétales de fleurs sur le sol.

Après un bref discours d'accueil, le juge leur fit réciter les vœux qu'ils avaient rédigés l'un pour l'autre, et les déclara unis par les liens du mariage. Puis ils signèrent les registres et se retournèrent vers l'assistance en se tenant la main.

Decker les applaudit, avec toutes les personnes présentes.

Les taquineries de la famille de Decker avaient amusé Kendall. Elle sentait que les Colton étaient très proches les uns des autres, et qu'il y avait une grande spontanéité dans leurs relations. Elle ne s'y attendait pas : c'était une famille très en vue, et Russ ne brillait pas par sa modestie. Mais l'amour qu'il avait pour ses enfants était évident, tout comme les liens très forts qui unissaient Wyatt et Decker.

La cérémonie était terminée, et ils se trouvaient maintenant réunis pour la réception qui se tenait dans l'immense demeure de Russ et Mara. Des notes joyeuses de country music résonnaient dans une pièce voisine.

Decker était en train de parler avec le marié pendant que Bailey et Wyatt jouaient au billard. Russ et Mara discutaient, Skye et Fox jouaient aux fléchettes, et Phoebe les regardait, assise sur un tabouret haut. L'ambiance était celle d'une chaleureuse réunion de famille.

— Comment va ton œil ? demanda Sloane à Kendall.

Kendall regarda le joli visage en forme de cœur de Sloane.

— Oh ! tout va bien ! Les médecins m'ont dit qu'on verrait à peine la cicatrice, peut-être même pas du tout.

— Quel soulagement ! Qui a pu faire une chose pareille ? s'écria Sloane.

— Certaines personnes font vraiment peur ! renchérit Kendall.

Elle regarda Decker. Elle était heureuse qu'il soit là pour la protéger.

— Mes anciens beaux-parents ont tenté de me faire disparaître. Alors, crois-moi, je sais ce que tu veux dire ! soupira Sloane. Liam m'a sauvée.

Elle sourit à son mari.

Il lui sourit en retour, et glissa le bras autour de sa taille. Ses yeux verts brillaient d'une lueur joyeuse.

La conversation resta un instant en suspens alors que Liam et Sloane échangeaient un long regard plein d'amour. Kendall remarqua que Wyatt et Bailey faisaient de même, et elle les admira un instant. Wyatt était un très bel homme avec un physique très masculin, alors que Bailey était mince et sexy. Wyatt était visiblement très sensible à cela, à en juger par la façon dont il la regardait, et dont il la touchait comme malgré lui alors qu'ils se déplaçaient autour du billard.

Soudain, Decker demanda à Liam :

— L'enquête sur le meurtre de Bianca Rouge avance ?

— Pas de nouvelle piste… Tu dois toujours faire face à une baisse des réservations ?

— À vrai dire, je n'ai pas encore vu d'amélioration notable, répondit Decker.

Il jeta un coup d'œil à Kendall.

— Nous allons organiser un gala pour une association le mois prochain. Cela nous permettra de faire parler de l'hôtel et de redorer son image, tout en soutenant une cause qui en vaut la peine.

Chloe tira sur la robe de Sloane.

— Maman !

— Je dois l'accompagner aux toilettes.

Sloane prit la main de Chloe et s'éloigna. Fox arriva sur ces entrefaites et entama une conversation avec Liam. Ils allèrent ensemble vers le bar, laissant Kendall seule avec Decker.

Kendall recommença à observer Wyatt et Bailey, et s'aperçut que Decker suivait son regard.

— Comment se sont-ils rencontrés ? demanda-t-elle.

— Sur le circuit du rodéo. C'était avant que Bailey aille à l'université et devienne vétérinaire.

— Cela fait si longtemps qu'ils sont ensemble ? Je pensais…

— Non, l'interrompit-il. Ils se sont mariés il y a plusieurs années, mais ils viennent tout juste de se retrouver. Bailey avait des problèmes avec son passé, et il lui a fallu du temps pour régler ces histoires.

Que pouvait-elle avoir à régler ? Lorsqu'on les voyait ensemble, on se disait qu'ils n'auraient jamais dû être séparés.

— Ils ont l'air si amoureux l'un de l'autre ! Tu crois que les gens pensent la même chose quand ils nous regardent ? demanda-t-elle.

Il tourna brusquement la tête vers elle. Peut-être qu'elle était un peu trop insistante. Il venait déjà d'endurer les taquineries de sa famille !

— Je ne sais pas. Qu'en penses-tu ? demanda-t-il, rejetant la balle dans son camp.

Puis il ajouta d'un air sombre :

— D'après ma famille, oui.

Elle rit doucement et se tourna vers lui, glissant les mains sur son torse.

— Ne t'inquiète pas : il y a des choses pires que tomber amoureux !

Il se rembrunit encore un peu.

— Pourquoi résistes-tu autant ? lui demanda-t-elle.

— Je ne résiste pas !

— Alors, tu penses vraiment que tu n'es pas en train de tomber amoureux ?

— Je commence à me poser la question, finit-il par admettre d'un air bougon.

Kendall sourit, mais sa joie se ternit lorsqu'elle remarqua que la conversation entre Mara et Russ était devenue tendue. Decker se retourna vers eux, comme toutes les autres personnes présentes dans la salle. Mara était manifestement contrariée.

— Pourquoi ne m'en as-tu pas parlé ? s'écria-t-elle.

Russ semblait contrit.

— Je suis désolé. Il m'a demandé de ne rien dire.

— Et tu pensais que cela m'incluait ? Je suis sa mère ! J'ai tout autant que toi le droit de savoir !

— Mara… Je suis désolé.

Decker se dirigea vers eux.

— Laisse-nous un instant, papa.

Russ regarda sa femme, puis Decker.

— S'il te plaît, papa.

Russ marmonna quelque chose, puis quitta la pièce.

— Maman, que se passe-t-il ?

— Blaine a appelé ton père.

Elle était tellement bouleversée que sa voix en tremblait.

— Il lui a dit qu'il était revenu aux États-Unis.

Le plus jeune frère de Decker s'était engagé dans l'armée, et aucun membre de sa famille ne l'avait revu depuis presque deux ans.

— Il a appelé Russ, mais pas moi !

Mara était visiblement blessée que son fils ait préféré parler à Russ qu'à elle.

— Il n'a pas voulu lui dire où il se trouvait pendant tout ce temps, seulement qu'il faisait partie des forces spéciales.

— Peut-être qu'il n'a pas le droit d'en parler, maman, déclara Decker d'un ton réconfortant. S'il est dans les forces spéciales, ses missions doivent certainement rester secrètes.

— Je le sais, mais il aurait pu appeler sa mère pour lui dire qu'il allait bien et qu'il allait bientôt revenir à la maison !

— Connaissant Blaine, il n'a pas voulu te faire de peine. Il a appelé papa parce que tu aurais certainement essayé d'en savoir plus… Mais tu es sa mère et il t'aime. Tu le sais bien !

Mara semblait un peu apaisée.

— Mais Russ aurait dû me dire qu'il avait appelé ! protesta-t-elle.

— C'est vrai, acquiesça Decker.

— Cela fait très longtemps que je ne lui ai plus parlé…

Decker sourit et serra sa mère dans ses bras.

— Allez, tu t'en remettras. Papa n'a pas voulu te faire de peine !

Il fallut une bonne heure avant que Mara pardonne son silence à Russ, mais la soirée fut ensuite excellente.

Lorsque Decker et Kendall repartirent, ravis de ce moment en famille, la température s'était considérablement rafraîchie.

Decker aida Kendall à monter dans la voiture, puis il s'installa derrière le volant et se mit en route. Il veillait à respecter les limites de vitesse, mais il lui tardait d'être de retour à The Lodge pour être seul avec Kendall. Elle était enfoncée dans le siège de sa McLaren, l'air heureuse et un peu endormie. Il commençait à bien la connaître, et l'aimait quelle que soit son humeur. Il se rendit compte qu'il ferait n'importe quoi pour elle… N'importe quoi pour la rendre heureuse.

Était-ce ça, l'amour ?

Soudain, un bruit fort retentit, immédiatement suivi d'un autre, et Decker perdit le contrôle de sa voiture. Il eut l'impression que deux pneus venaient d'éclater. Kendall poussa un cri effrayé alors que la voiture quittait la chaussée. Le châssis bas de la McLaren heurta un obstacle, et la secousse fut telle que Decker ne réussit pas à ramener la voiture sur la route. Elle s'écrasa contre un arbre.

Quelques secondes plus tard, il reprit ses esprits et regarda comment allait Kendall. Elle porta la main à la tête, près de son bandage.

— Tu vas bien ? demanda-t-il en détachant sa ceinture de sécurité pour pouvoir se pencher vers elle.

— Je me suis cognée contre le montant de la portière. Que s'est-il passé ?

— J'aimerais bien le savoir !

Sous le choc, la portière du passager s'était ouverte, et laissait entrer l'air froid. Decker défit la ceinture de Kendall, se demandant ce qui avait bien pu faire éclater les pneus. Il regarda au-dehors, et ne vit rien. Les bruits qu'il avait entendus ressemblaient à des détonations…

Il prit son téléphone pour appeler Trey. Alors qu'il lui parlait, il aperçut une ombre dans le rétroviseur.

— Decker ? Tout va bien ? demanda Trey.

— Nous venons d'être attaqués sur la route !

Il sortit de la voiture en voyant un homme s'approcher de la portière de Kendall. Il se précipita de son côté, mais l'homme avait déjà commencé à tirer Kendall à l'extérieur de la voiture. Elle se débattait, alors qu'il pointait une arme sur sa tempe.

— Il a fallu que tu te mêles de tout ça ! À cause de toi, la police est à mes trousses. Tu mérites de mourir !

— Nous sommes sur la route qui mène à The Lodge ! s'écria Decker avant de lancer son téléphone de toutes ses forces sur le visage de l'homme.

Il le toucha à l'œil. Kendall réussit à se dégager, et courut se mettre à l'abri derrière la voiture.

Decker s'approcha de l'homme au moment où il tournait son arme vers lui. Il lui asséna un coup sur la main, et l'empêcha d'utiliser l'autre pour le frapper. Il voyait nettement le visage de leur agresseur maintenant : il avait des cheveux bruns, des yeux noirs, et une peau grêlée par l'acné. Il était presque aussi grand que Decker.

— Je vais vous tuer ! hurla l'homme. Tous les deux !

Decker lui attrapa le poignet et le frappa contre la portière ouverte.

L'homme hurla de douleur et son arme tomba dans la McLaren.

Decker lui envoya un coup de poing dans l'estomac. Il fallait qu'il garde l'avantage : cet homme était très dangereux.

Leur assaillant se plia en deux de douleur, et Decker lui décocha un coup de pied, le projetant à terre. Puis il se pencha pour se saisir de l'arme tombée dans la voiture. Alors qu'il l'attrapait, il sentit l'homme enrouler son bras autour de son cou, et commencer à l'étrangler.

Puis soudain, son assaillant relâcha la pression, et tomba.

Decker se retourna, l'arme à la main. Kendall avait ramassé une pierre et avait frappé l'homme à la tête.

Decker pointa l'arme sur l'homme à terre, qui le regarda en clignant des paupières, complètement étourdi.

Soudain, ils entendirent le hurlement de sirènes.

Quelques instants plus tard, Daria apparut, accompagnée d'autres policiers. Trey arriva sur les lieux peu après. Il avait dû lancer un message d'alerte.

Daria passa les menottes à l'homme et l'emmena, alors que Trey leur demandait :

— Vous allez bien ?

— Oui, répondit Kendall.

Decker sentit le soulagement l'envahir. Mais il ne put s'empêcher de lui demander :

— Tu en es sûre ?

— Certaine !

— Tout s'enchaîne à merveille ! s'exclama Trey. Je viens d'avoir un appel d'un policier du comté où se trouve le casino d'Elardi. Ils viennent de l'arrêter. Cet après-midi, un témoin l'a identifié comme étant le commanditaire d'un enlèvement. Il aurait ensuite lui-même tué la personne séquestrée.

— Qui est ce témoin ?

— Un de ses hommes de main. Apparemment, il a entendu parler de la tentative d'enlèvement de Kendall, et il savait que la police avait identifié le ravisseur. Cela l'a décidé à passer aux aveux.

Kendall se laissa aller contre Decker en poussant un soupir.

— Oh ! Quelle bonne nouvelle !

— Le témoin va certainement faire de la prison, mais cela ne sera pas grand-chose en comparaison de ce qui attend Elardi, poursuivit Trey. Il va passer de nombreuses années derrière les barreaux.

Maintenant, ils n'auraient plus à être constamment sur le qui-vive, à se demander si Elardi avait décidé de se venger.

— J'ai l'impression que tu vas devoir acheter une nouvelle voiture, remarqua soudain Kendall en considérant la McLaren.

— Je vais appeler un remorqueur, déclara Trey. Ensuite, je vous raccompagnerai à The Lodge.

Il tardait à Decker d'être chez lui. Au départ, c'était pour se retrouver seul avec Kendall, pour une nuit romantique… Mais maintenant, il espérait seulement un moment de calme et de paix en sa compagnie.

18

Le lendemain matin, Kendall se réveilla en entendant le vent siffler au-dehors. Elle ouvrit les yeux et vit Decker. Elle regarda son beau visage endormi un instant, puis se redressa et jeta un coup d'œil par la fenêtre. Le jour s'était levé depuis longtemps, mais elle ne voyait pas au-delà de quelques mètres : tout était plongé dans un épais brouillard.

Elle se rallongea. Decker ouvrit les yeux et croisa son regard.

Un lent sourire se dessina sur ses lèvres.

— Bonjour, ma beauté !

Le son de sa voix un peu enrouée, encore lourde de sommeil et pourtant pleine de tendresse fit monter en elle ce frisson de plaisir maintenant habituel.

— Bonjour !

— J'ai l'impression que nous allons passer la journée au lit ! dit-il.

— Hum… Ça serait délicieux ! Regardons un film !

— Tu veux commencer par le petit déjeuner ou le déjeuner ? demanda-t-il en disposant les oreillers derrière son dos, et en saisissant le téléphone.

— Un brunch.

Ils n'avaient pas beaucoup mangé hier soir, et elle avait faim.

— Avec des fruits, ajouta-t-elle.

— Et du bacon ?

Il lui tendit la télécommande de la télévision.

Elle la prit et alluma l'écran.

— Et des œufs !

— Le chef fait des toasts à l'avocat et aux œufs brouillés délicieux.

Il appela le room service.

— C'est Decker. J'aimerais commander un brunch.

Et il se mit à égrener une liste de plats qui lui mirent l'eau à la bouche.

Lorsqu'il eut terminé, il se laissa aller contre les coussins pendant qu'elle cherchait un film. Elle choisit une comédie romantique. Puis elle arrangea ses oreillers et s'installa contre lui. Le film était commencé depuis une demi-heure lorsqu'ils entendirent frapper à la porte.

Decker se leva, enfila un jean et alla l'ouvrir. Un jeune homme vêtu d'un costume noir et d'une chemise blanche entra en poussant une table roulante. Decker le guida vers la chambre, et l'homme dressa la table, prenant la peine d'étendre dessus une nappe blanche et de la décorer de quelques fleurs.

Kendall se sentait un peu mal à l'aise qu'un étranger la voie au lit et, malgré sa chemise de nuit, elle tenait les couvertures remontées sur elle… Elle était pourtant certaine que le groom avait l'habitude de ce genre de situations.

Decker lui donna un pourboire, et il repartit.

Après avoir enlevé son jean, Decker ôta les cloches des assiettes et retourna dans le lit. Pendant qu'ils regardaient le film, il entreprit de la nourrir, commençant par des fraises et quelques gorgées de champagne.

Il semblait prendre sa tâche très à cœur, laissant ses doigts caresser ses lèvres alors qu'il portait les fraises à sa bouche. Il lui fit ensuite goûter le toast à l'avocat et aux œufs, qui était délicieux.

Alors qu'il s'apprêtait à lui en donner une autre bouchée, elle l'arrêta.

— Attends, c'est ton tour maintenant !

Écartant les couvertures, elle se mit à califourchon sur lui et, prenant un toast, l'approcha de sa bouche. Il mordit dedans.

Elle regarda ses lèvres se refermer sur la nourriture, et ne les quitta pas des yeux alors qu'il la mâchait, l'avalait…

Incapable de résister, elle se pencha sur lui et l'embrassa. La tension monta. Il plongea les doigts dans ses cheveux, et lui rendit son baiser avec passion.

Kendall s'écarta et considéra le visage de Decker, ses yeux voilés par le désir. Elle prit une gorgée de champagne. Elle se sentait belle et sensuelle… Elle lui en fit boire une gorgée, puis reposa la flûte.

Maintenant, c'était de lui qu'elle avait faim. Elle suivit du pouce la courbure de ses lèvres, qu'elle aimait tant. Puis elle prit son visage entre ses mains et l'embrassa avec recueillement. Elle voulait qu'il sente la force de son amour.

Il tira sur sa chemise de nuit et elle se souleva pour qu'il puisse la lui ôter. Maintenant, elle n'avait plus que sa culotte sur elle. Elle s'installa sur son sexe dur, se frottant contre lui. Puis elle posa les mains sur son torse, et se pencha sur lui pour l'embrasser encore, tout en continuant à se mouvoir sur le même rythme que lui.

Il lui caressa le dos sur toute sa longueur, et la fit frissonner. Puis il lui enveloppa les fesses de ses mains et la pressa contre lui en gémissant doucement.

Kendall poussa un soupir de plaisir tant la sensation était agréable. Elle l'embrassa encore et encore, sans parvenir à se rassasier de lui.

— Je suis si bien avec toi ! murmura-t-il.

— J'ai l'impression de m'abandonner complètement,

dit-elle en l'embrassant. Si ce n'est pas de l'amour, je ne sais pas ce que c'est.

Les mots étaient sortis malgré elle. Elle le sentit se raidir.

Il leva les yeux vers elle. Il semblait un peu perturbé, même si – elle en était certaine – il ne voulait pas le lui montrer. Pour lui faire oublier ses paroles, elle déposa de petits baisers sur son visage en y mettant toute sa tendresse pour lui. Puis, lorsqu'elle lui caressa les lèvres de sa langue, il les ouvrit, et l'embrassa avec passion.

Elle tira sur son boxer. Il souleva les hanches pour l'aider à le lui ôter. Alors elle se mit sur ses genoux et commença à descendre sa culotte, tout en le regardant.

Decker semblait hypnotisé.

Elle enleva sa culotte et se remit à califourchon sur lui. Elle lui caressa le torse, savourant la sensation de ses muscles compacts. Puis elle se mit à se frotter contre son sexe dur.

Sa respiration se fit haletante. Il la souleva, et elle guida son sexe en elle.

Kendall gémit en se laissant retomber sur lui. Elle avait l'impression que de petites étincelles jaillissaient dans tout son corps. Un frisson la parcourut. Il fallait qu'elle s'arrête, ou elle allait jouir tout de suite.

Mais Decker avait d'autres projets. Il commença à soulever et abaisser les hanches, et elle se laissa aller contre lui. Ses poussées devenaient plus fortes, plus profondes.

Kendall ne put contrôler ses sensations. Elle pencha la tête en arrière et sentit tout son corps se contracter, incapable de retenir le cri guttural qui sortit du fond de sa gorge.

Il cria lui aussi. Alors que la passion s'apaisait, elle continua à se mouvoir sur lui. Elle sentait un autre orgasme monter en elle. Elle continua à aller et venir sur lui, enfonçant son sexe en elle aussi profondément qu'elle le pouvait, tout en le regardant dans les yeux. Une autre vague plus forte encore l'emporta. Elle déferla dans son corps tout entier, et la délivra du plaisir qui devenait presque insoutenable.

Elle se laissa retomber contre lui, puis s'allongea à côté de lui alors que de petites ondes la parcouraient encore. Sa jouissance avait été extraordinairement intense. Était-il possible de mourir de plaisir ?

Decker lui caressa les cheveux, et elle posa la main sur son torse. Elle avait besoin d'un moment avant de revenir sur terre.

Quelques minutes plus tard, elle se tourna vers lui, et croisa son regard. Il avait l'air rassasié et détendu.

— C'était comment pour toi ? demanda-t-elle.

Il sourit.

— C'est vraiment la peine de le demander ?

— Ça a été incroyable !

Il ne dit rien, et elle le laissa à ses pensées. Elle s'installa confortablement contre lui, et regarda le film pendant un moment.

— Tu as déjà eu autant de plaisir avec quelqu'un d'autre ? demanda-t-il.

— Jamais, répondit-elle en le regardant.

Il semblait songeur.

— Et tu as déjà eu les mêmes sentiments pour quelqu'un d'autre ? demanda-t-il.

Il avait visiblement besoin de le savoir pour comprendre ses propres sentiments.

— Non.

Il n'y avait aucune comparaison possible.

— Et toi ? poursuivit-elle.

Après un long silence, il répondit d'une voix calme.

— Non.

Kendall n'insista pas. Mais elle songea : *Alors, tu m'aimes ! Tu m'aimes vraiment !*

Kendall s'endormit à côté de Decker alors qu'ils regardaient le film. Il était encore sous le choc du plaisir extraordinaire qu'il avait ressenti. Et manifestement elle ressentait la même chose. Cela devait vouloir dire quelque chose…

Si ce n'est pas de l'amour, je ne sais pas ce que c'est.

Les paroles de Kendall le hantaient… Ou plutôt, elles le mettaient au défi. Pendant si longtemps, il avait été convaincu qu'il ne connaîtrait pas l'amour. Il doutait même qu'il existe vraiment. La vie n'était pas une succession de joies. Elle était difficile. Il fallait survivre. Et les relations humaines étaient compliquées. Il fallait faire avec les humeurs et les personnalités de chacun, et les contes de fées semblaient faire abstraction de cela.

Decker avait besoin de preuves avant de croire. Et il n'avait pas la moindre preuve que les sentiments qui existaient entre Kendall et lui étaient cet amour véritable. Il n'aurait jamais de preuves.

Il tourna la tête et la regarda dormir. Ses cheveux blonds étaient emmêlés et son visage était doux et tranquille. Le bandage couvrait toujours son œil droit. Elle avait la main posée sur son torse, et la bague en diamant qu'il lui avait offerte y brillait.

Comment pouvait-il savoir ce qu'il ressentait pour elle ? À quel test pouvait-il se soumettre ?

Pourrait-il vivre sans elle ?

Alors qu'il repensait à tout ce qui s'était passé au cours de ces quatre dernières semaines, il eut sa réponse : il ne pourrait pas être heureux sans elle. Elle rendait sa vie intéressante et gaie.

Il voulait passer le reste de sa vie avec elle… Pas

seulement parce qu'elle ferait une bonne épouse et une bonne mère pour ses enfants. Il voulait passer le reste de sa vie *avec elle*.

Kendall ouvrit les yeux juste à cet instant. Elle vit qu'il la regardait, et un doux sourire se dessina lentement sur ses lèvres.

— Je t'aime, murmura-t-il.

Et lorsqu'il prononça ces paroles, il sut qu'il disait vrai.

Elle continua à sourire. Elle ne semblait pas surprise.

— Je le sais. Mais je suis heureuse que tu aies fini par l'admettre.

Il se pencha et l'embrassa. Ce geste avait maintenant pour lui une signification tout autre : c'étaient tous ses sentiments qu'il mettait dans son baiser.

Il l'embrassa jusqu'à ce qu'ils sentent à nouveau la passion monter en eux. Puis il roula sur elle. Elle écarta les jambes et, sans interrompre leur baiser, il s'enfonça en elle.

— Decker… Oh ! souffla-t-elle.

— Je sais. C'est pareil pour moi…

Il se mit à aller et venir.

— Encore ! Encore ! s'écria-t-elle.

Bientôt, ils furent à nouveau emportés par le plaisir. Il s'enfonça en elle toujours plus fort, poussé par le besoin de satisfaire cet amour intense… Comme si c'était possible.

Ils jouirent ensemble, rapidement.

Puis il se laissa doucement retomber contre elle, et sentit leurs souffles se mêler. Il en savoura la chaleur, savoura le plaisir de sentir cette femme merveilleuse tout contre lui, et la sensation de ne plus faire qu'un avec elle.

19

Kendall se préparait dans la petite pièce attenante à l'église où Decker et elle allaient se marier, et s'observait dans le miroir. La robe lui semblait aussi belle que le jour où elle l'avait vue dans le magasin avec sa mère.

Sa mère vint auprès d'elle.

— Tu es vraiment très belle !

Kendall sourit.

— Mais il te manque une chose.

Kendall se tourna vers sa mère. Elle avait un collier de perles à la main.

— Elles appartenaient à ton arrière-arrière-grand-mère.

Elle attacha le collier autour de son cou en disant :

— Elle a donné ces perles à sa fille – ton arrière-grand-mère – le jour de son mariage. Puis ton arrière-grand-mère en a fait cadeau à ma mère, qui me les a transmises le jour où j'ai épousé Bernard.

Kendall porta la main à son cou.

— Tu ne m'avais jamais raconté cette histoire !

— Je n'en ai jamais eu l'occasion. J'ai toujours su que je te donnerais ce collier le jour de ton mariage. Ton arrière-arrière-grand-mère l'avait reçu de son époux pour leur premier anniversaire de mariage, en 1874.

— Ces perles sont superbes !

Kendall regarda dans le miroir et remarqua le très beau fermoir ouvragé, orné de saphirs et de diamants.

— Lorsque tu as choisi cette robe, je me suis dit

qu'elles iraient à merveille, et j'ai eu beaucoup de mal à garder le secret. Je savais que ça serait parfait !

Kendall se retourna et prit sa mère dans ses bras.

— Merci, maman !

— Je t'aime, ma chérie. J'espère que tu seras très heureuse avec Decker. Je l'ai été avec ton père presque tout le temps… Sauf lorsqu'il a momentanément perdu la tête et signé des contrats douteux !

Kendall éclata de rire.

— C'est l'heure.

Kendall et sa mère se retournèrent, et virent Bernard dans l'embrasure de la porte.

— Je vais m'asseoir, dit Marion.

Elle déposa un baiser sur la joue de Kendall et partit.

Kendall alla prendre le bras de son père.

— Tu es prête ? demanda-t-il.

— Oui.

Elle se dirigea avec son père jusqu'à l'entrée de l'église. Elle retint sa respiration tant l'endroit était beau. Le soleil frappait les vitraux et projetait des éclats de couleurs sur la pierre. Les bancs en bois avaient été décorés de fleurs, et d'énormes bouquets avaient été placés près de l'autel.

La petite église était bondée. L'assistance se leva, et l'on entendit résonner la marche nuptiale.

Kendall s'avança au bras de son père. Decker était debout au pied de l'autel, auprès du pasteur. Il tenait ses mains croisées devant lui. Lorsqu'elle le vit, si beau dans son habit, elle en oublia tout le reste. Il n'y avait plus que lui. Elle était si heureuse !

Son père la mena jusqu'à l'autel, et invita Decker à lui prendre la main.

La musique s'arrêta, et le pasteur commença la cérémonie par un mot d'accueil.

— Nous sommes ici rassemblés pour unir Decker et Kendall par les liens du mariage. Beaucoup d'entre vous ont été surpris par l'annonce de cette union, puisque cela ne fait qu'un mois que Decker et Kendall sortent ensemble, mais ils se connaissent depuis bien plus longtemps.

Le pasteur s'adressa ensuite à eux.

— Et il s'avère que vous formez un couple remarquable.

Kendall sourit à Decker, qui lui répondit. Il y eut quelques murmures d'approbation dans la salle.

— Nous ne pouvons pas dire que c'est le destin qui a fait se croiser leurs chemins, puisque tout a commencé par une proposition de mariage arrangé. Le souvenir que Kendall avait de Decker l'a poussée à accepter de le rencontrer, et le souvenir que Decker avait de Kendall a fait qu'il a consenti lui aussi à un premier dîner. Mais quelque chose s'est passé pendant le mois qui a suivi.

Le pasteur s'adressa ensuite aux mariés.

— C'est l'amour et uniquement l'amour qui vous a menés ici aujourd'hui. N'oubliez jamais que vous êtes venus ici librement, au nom de l'amour, parce que c'est lui qui va permettre à votre couple de durer.

La cérémonie se poursuivit par une lecture et l'échange des consentements. Kendall avait l'impression de vivre un rêve.

— Decker et Kendall vont maintenant échanger leurs alliances, reprit le pasteur. Ils ont voulu rédiger eux-mêmes leurs vœux. Decker, tu veux commencer ?

Decker approcha l'alliance de son annulaire en déclarant :

— Kendall, je te donne cette alliance. Elle est le signe que tu m'as appris à aimer. Je promets de t'être fidèle, de t'aimer, de te respecter, et d'avoir conscience chaque jour du bonheur que j'ai de vivre avec toi.

Kendall dut refouler les larmes qui perlaient à ses yeux. Decker ne lui avait pas montré les vœux qu'il allait prononcer. Elle avait également tenu les siens secrets. Ils avaient seulement décidé de commencer tous les deux par « je te donne cette alliance », et de se faire une promesse.

Il lui passa la bague au doigt.

Kendall prit l'alliance de Decker, et la plaça à l'extrémité de son annulaire.

— Decker, je te donne cette alliance, signe de mon amour pour toi. Je ne voulais pas être amoureuse de toi, mais tu m'as montré que je pouvais te donner mon cœur et mon âme. Je te promets d'être ton aimée, ton amie, ta compagne, ton soutien, et d'être à tes côtés tous les jours de ma vie.

— Désormais vous êtes unis par les liens du mariage.

Le pasteur sourit, puis dit à Decker :

— Vous pouvez embrasser la mariée.

Decker s'approcha d'elle et l'embrassa tendrement. Les invités applaudirent.

Decker n'aurait jamais pensé qu'il ferait un mariage d'amour, et il avait l'impression d'être l'homme le plus heureux de la terre.

La réception avait lieu à The Chateau. Le bal était maintenant commencé, et Kendall et lui passaient de groupe en groupe pour dire quelques mots à chacun de leurs invités. Il ne se lassait pas de la regarder, et remarqua qu'elle faisait de même.

— Tu la dévores des yeux !

Il se retourna, et vit Skye près de lui.

— Cela me fait plaisir de te voir si heureux ! s'exclama-t-elle. Je me faisais du souci pour toi.

— Il ne fallait pas !

Skye regarda Kendall, qui était encore en train de lancer un coup d'œil à Decker.

— Elle est vraiment formidable ! Nous l'aimons tous beaucoup.

— J'en suis heureux.

— Même papa l'adore !

Decker roula les yeux.

— C'est parce qu'il pense que Hadley Forestry va me faire gagner beaucoup d'argent !

— Bien sûr ! L'empire Colton est son premier enfant.

Decker regarda la salle de bal. Kendall et son père, tout comme Russ et Mara, faisaient partie des couples qui dansaient. Wyatt et Bailey sautillaient avec entrain au milieu d'eux.

Phoebe apparut de l'autre côté.

— Skye et moi avons beaucoup aimé préparer cette soirée.

— Bravo ! C'est très réussi !

C'était vrai. Le buffet et la décoration étaient très raffinés.

Sloane s'approcha de lui.

— Papa m'a dit qu'il y avait parmi les invités un entrepreneur qui n'est pas content de son fournisseur de bois de construction actuel, dit-elle en désignant quelqu'un. Il s'appelle Nicolas Stone. Papa l'a invité au mariage pour que tu puisses lui parler.

Decker poussa un soupir ironique.

— Il n'y a que papa pour faire ça !

Mais il se dirigea tout de même vers Nicolas Stone.

L'homme le vit arriver.

— Decker Colton ? demanda-t-il.

— Oui. Merci d'être venu, répondit Decker en lui serrant la main.

— Félicitations !

— Je vous remercie.

— Votre père m'a invité pour que je puisse vous parler. Je lui ai dit que cela pouvait attendre, mais il a insisté.

Decker hocha la tête.

— Cela lui ressemble tout à fait ! Comment puis-je vous aider ?

— Je dirige l'entreprise Stone Homes.

Decker en avait entendu parler. Il s'agissait d'un très gros entrepreneur du Colorado.

— Actuellement, j'ai un fournisseur de bois de construction dont je suis mécontent. J'aurais aimé travailler avec Hadley Forestry.

— Avec grand plaisir. Je suis certain que nous pouvons nous entendre.

— Je suis très intéressé par votre bois de décoration, reprit Stone. C'est pour cela que j'avais l'intention de vous contacter. Puis j'ai rencontré Russ, et il m'a dit que vous étiez devenu co-dirigeant de l'entreprise.

— C'est cela.

— Bien. J'aimerais que nous fixions un rendez-vous lorsque vous serez rentré de votre voyage de noces.

Stone sortit une carte de visite, que Decker glissa dans sa poche.

— Et maintenant, profitez de cette soirée ! lui dit Stone.

Decker n'arrivait pas à croire à sa chance. Il remercia Stone et alla retrouver Kendall. Elle était assise à une table avec sa mère et Sloane.

Il lui tendit la main.

— J'aimerais passer quelques instants avec mon épouse.

Elle lui prit la main et se leva.

— J'aimerais passer quelques instants avec mon époux.

Les premières notes d'un slow s'élevaient. Wyatt et Bailey étaient déjà sur la piste de danse, et Decker guida Kendall jusque-là. Il vit Liam prendre la main de Sloane et les suivre.

— Qui était cet homme à qui tu parlais ? demanda Kendall.

— Notre nouveau client. Stone Homes cherche un nouveau fournisseur de bois de construction. Nous allons nous rencontrer bientôt et voir comment nous pouvons travailler ensemble.

Elle le regarda, bouche bée.

— C'est une excellente nouvelle !

— J'ai l'impression que je ne vais pas être obligé de participer à la direction de l'entreprise, après tout. Du moins, pas pendant longtemps… Et j'aimerais passer moins de temps à The Lodge, et plus avec toi. J'ai pris la décision de rentrer le soir à une heure décente. Qu'en penses-tu ?

— Que cela ne ressemble pas du tout à Decker Colton !

Elle se mit à rire.

— Mais ça me va tout à fait !

— Je devrai parfois rester un peu plus longtemps, mais je pense que le plus souvent, ce sera possible.

Elle eut un sourire éclatant pour réponse, et elle noua les bras autour de son cou.

Decker l'embrassa.

Elle lui souffla :

— Continue comme ça, et nous allons devoir partir très vite !

— Pourquoi pas, répliqua-t-il en l'embrassant plus longuement.

— Decker…

— Nous pourrions commencer à faire une famille, murmura-t-il.

— Ce n'est pas la peine de hâter les choses. Je voudrais profiter de toi un moment.

Il la tint tout contre lui alors qu'ils continuaient à danser.

— Quand voudrais-tu avoir des enfants ? reprit-il quelques instants plus tard.

Il y avait beaucoup de choses dont ils n'avaient pas

encore parlé. Après tout, ils ne se connaissaient vraiment que depuis un mois.

— Dans un an peut-être… Et toi ?

— Ma chérie, je suis heureux lorsque tu es heureuse.

Il s'arrêta de danser.

— À propos de partir tôt…, reprit-il.

Elle regarda autour d'elle avec un air de connivence, comme si elle cherchait un moyen de s'esquiver.

— Je connais un chemin, lui dit-il sur le ton de la conspiration.

Il lui prit la main et la conduisit vers les portes menant aux cuisines. Il ne s'était jamais senti plus vivant que maintenant, et il savait que Kendall partageait ce sentiment. Il allait aimer sa nouvelle vie… Sa nouvelle vie avec elle.

Composé et édité par HarperCollins France.

Achevé d'imprimer en avril 2020.

BLACK PRINT

Barcelone

Dépôt légal : mai 2020.

MIXTE
Papier issu de sources responsables
FSC® C108412

Pour limiter l'empreinte environnementale de ses livres, HarperCollins France s'engage à n'utiliser que du papier fabriqué à partir de bois provenant de forêts gérées durablement et de manière responsable.

Imprimé en Espagne.

OFFRE DÉCOUVERTE !

Vous souhaitez découvrir nos collections ? Recevez **votre 1er colis gratuit*** **avec 2 cadeaux surprises !** Une fois votre colis de bienvenue reçu, si vous souhaitez continuer à recevoir nos livres, cela se fera automatiquement. Vous recevrez alors vos livres inédits** en avant-première.

Vous n'avez aucune obligation d'achat et cette offre est sans engagement de durée !

*1 livre offert + 2 cadeaux / 2 livres offerts pour la collection Azur + 2 cadeaux. Les collections Gentlemen et Aliénor démarrent avec le 1er colis payant.
**Les livres Ispahan, Sagas, Best-Sellers Féminins, Gentlemen et Hors-Série sont des réédités.

☛ COCHEZ la collection choisie et renvoyez cette page au
Service Lectrices Harlequin – CS 20008 – 59718 Lille Cedex 9 – France

Collections	Références	Prix colis*
❑ **AZUR**	Z0ZFA6	6 livres par mois 28,79€
❑ **BLANCHE**	B0ZFA3	3 livres par mois 23,65€
❑ **LES HISTORIQUES**	H0ZFA2	2 livres par mois 16,59€
❑ **ISPAHAN**	Y0ZFA3	3 livres tous les 2 mois 23,35€
❑ **PASSIONS**	R0ZFA3	3 livres par mois 25,09€
❑ **SAGAS**	N0ZFA3	3 livres tous les 2 mois 27,66€
❑ **BLACK ROSE**	I0ZFA3	3 livres par mois 25,09€
❑ **VICTORIA**	V0ZFA3	3 livres tous les 2 mois 25,69€
❑ **GENTLEMEN**	G0ZFA2	2 livres tous les 2 mois 17,35€
❑ **BEST-SELLERS FÉMININS**	E0ZFA2	2 livres tous les 2 mois 18,75€
❑ **ALIÉNOR**	A0ZFA2	2 livres tous les 2 mois 17,35€
❑ **HORS-SÉRIE**	C0ZFA2	2 livres tous les 2 mois 17,35€

N° d'abonnée Harlequin (si vous en avez un) ___

Mme ❑ Mlle ❑ Nom : ___
Prénom : ___ Adresse : ___

Code Postal : ___ Ville : ___
Pays : ___ Tél. : ___
E-mail : ___
Date de naissance : ___

❑ Oui, je souhaite recevoir par e-mail les offres promotionnelles des éditions Harlequin.
❑ Oui, je souhaite recevoir par e-mail les offres promotionnelles des partenaires des éditions Harlequin.

Date limite : 31 décembre 2020. Vous recevrez votre colis environ 20 jours après réception de ce bon. Offre soumise à acceptation et réservée aux personnes majeures, résidant en France métropolitaine, dans la limite des stocks disponibles. Prix susceptibles de modification en cours d'année. Vous pouvez demander à accéder à vos données personnelles, à les rectifier ou à les effacer. Il vous suffit de nous écrire en nous indiquant vos nom, prénom et adresse à : Service Lectrices Harlequin CS 20008 59718 LILLE Cedex 9. Service Lectrices disponible du lundi au vendredi de 8h à 18h : 01 45 82 47 47.